Canossagang

Mellers fünfter Fall

BRÖSELBÄR
VERLAG

1. Ausgabe/Juni 2010

BröselBär® Verlag, A-2340 Mödling

Coverdesign: Eva Weiss
Fotos: Eva Weiss, Creativhaus-Archiv
Satz: Creativhaus, A-2340 Mödling
Druck und Bindung: GGP Media GmbH, D-07381 Pößneck
Printed in Germany

ISBN 978-3-902578-05-1

www.wolfgang-weiss.at

Wolfgang Weiss

CANOSSA GANG

Mellers fünfter Fall

KrimiRoman

Nach einer
»MordsIdee«
von
Eva Weiss

BRÖSELBÄR
VERLAG

Im BröselBär® Verlag erschienen:

KrimiRoman-Serie:

»Frühlingsrolle«, Mellers erster Fall	ISBN 978-3-902578-01-3
»Todesfälle«, Mellers zweiter Fall	ISBN 978-3-902578-02-0
»Kampfgeister«, Mellers dritter Fall	ISBN 978-3-902578-03-7
»Punschkiller«, Mellers vierter Fall	ISBN 978-3-902578-04-4
»Canossagang«, Mellers fünfter Fall	ISBN 978-3-902578-05-1

Biografie:

»Sechster-Sechster-Fünfzig«, Roman	ISBN 978-3-902578-00-6

JugendRoman-Serie:

»Bröselbär lebt!«, Erstes Abenteuer	ISBN 978-3-902578-11-2
»Bröselbär brennt!«, Zweites Abenteuer	ISBN 978-3-902578-12-9
In Vorbereitung: Drittes Abenteuer	ISBN 978-3-902578-13-6

Tragische Zufälle

sind die schlecht geknüpften Knoten

im Schicksalsnetz der Menschen.

Wolfgang Weiss

Eins

Donnerstag, 24. September 2009

Draußen war es bereits dämmrig geworden.

Sie saßen im Wohnzimmer, in einer aus Zirbenholz angefertigten Sitzecke, die im Lauf der Jahre nachgedunkelt war.

Bei jeder Bewegung knarrte das Holz.

Die dürftige Lichtquelle, eine mit grobem Stoff bespannte Hängelampe, erhellte die auf dem Tisch liegenden Erinnerungsstücke. Rundum in der Dunkelheit hoben sich die wuchtigen Möbelstücke wie drohende Monster ab.

Zum Fürchten heimelig, empfand Helmut Kleiner.

Er hatte sich als ihr Enkel vorgestellt. Mit einem schicken Blumenstrauß in der Hand war er in ihrer Tür gestanden. Seine ersten Worte waren eine höfliche Entschuldigung, weil er sich nicht anmelden hatte können. Da er ihre Telefonnummer nicht wusste, hatte er es auf gut Glück versucht.

Aufgrund seines freundlichen Wesens und der fröhlichen Augen wegen hatte sie ihm nicht die Tür vor der Nase zugeknallt. Die alte Hartauer war da rigoros. In den Augen konnte sie lesen, ob ein Mensch ehrlich oder ein Gauner war. Dank ihrer Lebenserfahrung wurde sie selten getäuscht. Selbst als er seiner Geldbörse ein Foto ihrer Tochter entnahm und es ihr zeigte – ein Bild, das Herta aus ihren Alben kannte –, war sie dem feschen, jungen Mann gegenüber sehr reserviert gewesen. Da hätte jeder kommen und ihr ein womöglich gestohlenes Foto unter die Nase halten können.

Doch Helmut Kleiner wusste vieles von ihrer Tochter zu erzählen. So war es ihm gelungen, ihr Misstrauen zu zerstreuen.

Die verstaubte Bananenschachtel hatte er aus dem Abstellraum geholt. Im obersten Regal war sie gestanden. Herta hatte ihn darum gebeten, um – wie sie es ausdrückte – gemeinsam in Erinnerungen zu wühlen.

Herta war glücklich, endlich wieder einen Blick in die Vergangenheit werfen zu können. Nach so langer Zeit und sogar mit ihrem Enkel, den sie seit über fünfundzwanzig Jahren weder gehört noch gesehen hatte.

Ein versöhnlicher Wink des Schicksals, dachte sie, als sie die Sachen aus der Schachtel kramte und zur Seite legte – einen Packen Briefe, zusammengehalten von einem breiten Gummiband; eine kleine, hölzerne Schatulle mit bunten Intarsien, die indische Motive darstellten. Als sie die Kassette zur Seite legte, klapperte der Inhalt.

Sie lächelte verschmitzt, als er sie fragend ansah.

»Später«, sagte sie geheimnisvoll.

Ein abgegriffenes, gelbbraunes Bärchen hielt sie jetzt in der Hand. Das linke Knopfauge fehlte. Als Herta das Plüschtier auf den Tisch legen wollte, brummte es stockend. Der Mechanik war das jahrelange Liegen nicht gut bekommen.

Da nahm sie das Bärchen und drückte es innig an sich. Ein Arm hing nur noch an zwei Fäden und baumelte lose.

»Ach, mein Buschelbär. Ich muss dir den Arm festnähen, sonst geht der auch noch verloren, wie so vieles in meinem Leben.«

Traurig sah das zerknutschte Bärchen aus, als es so hilflos in ihren zittrigen Händen lag und ebenso wackelte.

»Das war mein erster Spielkamerad«, sagte sie leise und legte das Plüschtier behutsam zur Seite, weil ihr der lose herabhängende Bärchenarm in der Seele wehtat.

Hertas Hände und ihr Kopf zitterten unentwegt. Doch für ihre 82 Jahre war sie noch gut beisammen, fand Helmut Kleiner.

Während sie ein dunkelgrünes Fotoalbum aus dem Karton holte und auf das rustikal gestickte Tischtuch legte, betrachtete er im schwachen Schein der Lampe ihr Gesicht.

Ihre unzähligen Falten kamen noch mehr zur Geltung. Eine Landkarte des Lebens, fand er. Das dünne, weiße Haar war streng nach hinten gekämmt. Der Haarknödel wurde von einer Spange festgehalten. Er lächelte.

Diese alte Frau hätte direkt einer Wilhelm-Busch-Geschichte entspringen können.

Ihre wachen Augen waren es, die ihn faszinierten, und das Schelmische, das sich in ihren Gesichtszügen verbarg.

Zittrig klappte Herta den Albumdeckel auf und versuchte das vergilbte, transparente Schutzblatt in die Finger zu bekommen.

Er kam ihr zu Hilfe, blätterte es zur Seite und hielt es fest, damit es nicht zurückfiel.

Gebannt sah er auf die beiden Abbildungen.

Das linke Foto zeigte eine junge Frau mit langen blonden Haaren und einem Baby auf dem Arm. Der rechte Rand des Bildes war abgerissen und zeigte nur noch die Hand einer unbekannten Person. Wie ein störender Fremdkörper schwebte sie im Bild.

3. Juli 1962: Herta, Klein-Karin und …, las er.

Der dritte Name war aus dem starken Fotopapier offensichtlich herausgekratzt worden.

Das andere Foto zeigte ein blondes Mädchen, etwa ein Jahr alt, das unsicher und breitbeinig in einer satten Blumenwiese stand. Der Gesichtsausdruck des Mädchens war verkniffen, als würde es sich vor etwas fürchten.

3. Juli 1963: Klein-Karin und die Bienchen, stand unter dem Bild.

»Meine Mutter!«, entfuhr es Helmut Kleiner.

»Ja … Ihre … deine Mutter. Drei Wochen zu früh ist sie auf die Welt gekommen«, erwiderte Herta mit einem Blick, als wäre sie in einer Zeitfalle hängengeblieben.

Das Du-Wort ging ihr nicht so leicht über die Lippen. Ihr prinzipielles Misstrauen wurde durch die Meldungen geschürt, die sie in den Zeitungen gelesen oder sonstwo aufgeschnappt hatte. Über Gangsterbanden, die sich mit dem üblen »Enkeltrick« an alte Leute heranmachten, um sie auszurauben.

Doch dieser junge, fesche Mann war ihr Enkel, davon war sie jetzt überzeugt. Etwas wie Stolz regte sich in ihr.

Ach, wie lang war das schon her, als Herta den kleinen Helmut mit den weißblonden Haaren auf ihrem Schoß sitzen gehabt hatte.

»Weißt du noch, wie ich dich beim Hoppa-Hoppa-Reiter-Spielen immer hab runterplumpsen lassen? Und was hast du dann immer gerufen?«

»Natürlich weiß ich das! Omi plumps machen! Omi, bitte plumps machen, bat ich immer!«

Er lächelte der alten Frau freundlich zu.

Omi – wie lieb! Omi sagt er zu mir, dachte sie und betrachtete ihren Enkel.

Mit Wehmut dachte sie an ihr Kind. Die Gründe, warum sie sich damals im Streit getrennt hatten, behielt sie für sich. Herta wollte erst von ihrem Enkel die Version der Tochter hören und diese nötigenfalls richtigstellen.

Alte Wunden soll man nicht aufreißen, der Meinung war

Herta all die Jahre gewesen. So hatte sie dieses leidvolle Kapitel wie einen schweren Mantel ausgezogen, in eine Bananenschachtel gestopft und auf dem obersten Regalbrett im Abstellraum verschwinden lassen.

Herta hatte ihren Stolz, sie war ein Sturkopf wie ihr Vater, worunter ihre Mutter oft gelitten hatte, daran konnte sie sich noch gut erinnern.

Allein der Name Herta.

Zwei Buchstaben ausgetauscht und schon war aus ihr eine »Harte« geworden. »Harte Herta« wurde sie in der Schule genannt und war dem Spitznamen gerecht gewesen. Sie besaß genug Kraft, um es mit den Buben aufzunehmen. Beim Raufen in der Pause oder wenn es galt, ihren Willen durchzusetzen. Da kannte sie kein Pardon und ging schon mal mit dem Kopf durch die Wand, wenn es denn sein musste.

Ja, ja, die Hartauers waren ihrem Namen gerecht gewesen. Herta hatte ihren Vater geliebt und er sie ebenso, weil sie in Aussehen und Geisteshaltung ein ebenbürtiges Abbild von ihm war. Darauf war Papa ganz stolz gewesen.

Mit Wehmut dachte Herta an die Jahre zurück.

In letzter Zeit wurde sie mehr und mehr von der Vergangenheit gefangen gehalten, ja, direkt erdrückt. In ihrem Kopf vermischten sich die Ereignisse. Das machte ihr das Ordnen von Erlebnissen, von Tagen und Jahreszahlen schwer und brachte sie ganz durcheinander. Es bedrückte Herta, weil sie sich zusehends einem ihr fremd gewordenen Leben ausgesetzt fühlte. So, als würde sie sukzessive in eine andere Person schlüpfen, die mit all ihren Erlebnissen fertigzuwerden hatte.

In den letzten Wochen hätte sie ihre Alben gebraucht, um in ihrem Kopf Ordnung zu schaffen und sich wieder zurechtzufinden. Fotos waren für sie eine Orientierungshilfe. Nächtelang war sie nie richtig zum Schlafen gekommen und hatte sich am Morgen danach wie erschlagen gefühlt.

Doch sie wagte sich nicht mehr auf die Leiter, um den schweren Karton vom Regal zu heben. Seit vergangenem Winter ging es mit den Füßen nicht mehr so recht und einen Beinbruch wollte sie nicht heraufbeschwören. Wie leicht könnte sie von der Leiter fallen. Ein Oberschenkelhalsbruch, ein paar Wochen im Spital und sie käme noch kranker heraus oder gar nicht mehr. Also war der schwere Karton mit den noch schwereren Erinnerungen seit Jahr und Tag dort oben im letzten Winkel des Abstellraums gelegen.

»Jahrzehnte ist es her, seit ich den Karton da hinaufräumte … aber nein, den hatte doch der Herr … Herr … achweh, mein Hirn lässt mich im Stich!«

Herta strich sich mit einer Hand über die faltige Stirn.

Da hellte sich ihre Miene mit einem Mal auf und sie rief:

»Jetzt fällt's mir wieder ein! Der Herr Ganghofer von vis-à-vis war so freundlich und hat mir damals die Schachtel ins Regal gehoben, genau!«

Herta verfiel kurz in eine Nachdenkpause.

»Ach du meine Güte, der nette Herr Ganghofer – wie viele Jahre ist das her, dass er gestorben ist?«

»Jahrzehnte, wie du sagtest«, erwiderte er lächelnd.

Doch Herta ließ nicht locker, ihrer alten grauen Hirnmasse musste doch beizukommen sein.

»Richtig, das war doch damals, als das Attentat bei der Olympiade verübt wurde. Wo war das doch gleich?«

»In München, am 5. September 1972. Ich hab vor Kurzem einen Film darüber gesehen.«

»Sie sind … du bist aber ein gebildeter Mann geworden«, lobte ihn Herta beeindruckt und entschuldigte sich:

»Ich bin halt schon ein bisschen gaga im Kopf und meine Gelenke tun's auch nicht mehr so recht.«

Sie lächelte ihren Enkel hilflos an und fuhr fort:

»Genau an diesem Tag ist auch der Herr Ganghofer gestorben. Denn als ich die Nachricht von dem Anschlag im Fernsehen sah, war plötzlich Lärm im Stiegenhaus zu hören. Da bin ich neugierig geworden und habe nachgesehen. Polizei und Rettungsleute waren da und den Herrn Ganghofer haben sie an mir vorbeigetragen. Da war er zwar noch nicht tot, aber fast. Im Krankenhaus ist er dann gestorben. Das hat mir später ein Polizist gesagt, der mich befragt hat.«

»Ein Polizist hat dich befragt?«

»Ja, weil der Herr Ganghofer nicht eines natürlichen Todes gestorben ist«, erwiderte Herta, sich plötzlich an das damalige Ereignis genau erinnernd, und leise fügte sie hinzu:

»Der ist ermordet worden, der Herr Ganghofer. Dabei war das ein so netter Mensch. Zu mir jedenfalls. Aber zu anderen war er nicht so nett. In der Zeitung ist dann gestanden, dass der Herr Ganghofer ein Betrüger war und deswegen umgebracht worden ist. Von einem Komplizen angeblich.«

Ihre Müdigkeit war mit einem Schlag verschwunden. Von der Erinnerung an damals aufgeweckt, begann sie zu schwelgen:

»Ach, was weißt du schon von den Gemeinheiten dieser Welt, mein lieber Helmut. Ich darf dich doch so nennen. Was ich so alles in meinem Leben erlebt habe, das geht auf keine Kuhhaut.«

»Oma! Ich bin 28 Jahre alt!«, brüstete sich Helmut. »Auch ich habe schon einiges durchgemacht.«

»Und was soll ich mit meinen 82 Jahren sagen? Ich könnte dir so viel erzählen.«

Herta beugte sich wieder über das Fotoalbum.

Ein elektronisches Surren irritierte beide.

Nervös klopfte Helmut die Taschen nach seinem Handy ab. Als er es in der Hand hielt, warf er der alten Frau einen entschuldigenden Blick zu, stand auf und ging ins Vorzimmer.

Dort nahm er den Anruf entgegen.

Herta hörte, wie er mit jemandem sprach. Erst in normalem Ton, dann immer lauter werdend. Plötzlich brüllte er:

»Moment! Es war vereinbart, ich melde mich, wenn ich sie gefunden habe … Ja, ja, das Geld! Ich bring es eh mit!«

Als er wieder ins Zimmer kam, war er bleich im Gesicht.

»Gibt's Ärger?«, fragte Herta besorgt.

Kleiner dachte kurz nach, schließlich gestand er:

»Das Übliche, wenn man sich scheiden lassen muss«, erwiderte er leise und seufzte tief auf. Betroffen stand er da, sah erst die alte Frau an, dann auf das aufgeschlagene Fotoalbum.

»Ich muss mich noch um ein Hotelzimmer kümmern«, sagte er unvermittelt, mehr zu sich selbst.

»Du kannst bei mir übernachten. Im Kabinett wäre Platz. Die Couch ist zwar nicht mehr die neueste, doch für eine Nacht reicht sie allemal … deine Mutter hat darauf geschlafen.«

»Danke. Aber das kann ich nicht annehmen …«

»Und wenn ich dich bitte?«, erwiderte Herta. Mühsam stand sie auf und wackelte unsicher auf ihn zu.

»Du würdest mir eine große Freude bereiten. So, und jetzt lass dich endlich umarmen. Nach so vielen Jahren meinen Enkel wiederzusehen, das macht mich ganz wehmütig.«

Sie nahm ein Taschentuch aus dem Ärmel und wischte sich Tränen der Rührung aus den Augen. Dann drückte sie sich an den jungen Mann und wartete, bis er seine Arme um sie legte.

Unbeholfen drückte Helmut Kleiner die alte Frau an sich und streichelte ihr leicht über den Rücken. Sein Kinn berührte den streng gezogenen Scheitel. Er atmete ihren Haarduft ein, einen Hauch Apfelduftshampoo. Die Haare kitzelten ihn an der Nase, Helmut löste sich abrupt aus der Umarmung. Er musste kräftig niesen und atmete tief durch.

»Und jetzt?«

Diese unerwartet berührende Annäherung hatte ihn aus dem Konzept gebracht. Darauf war er nicht gefasst gewesen.

»Jetzt trinken wir einen Tee. Kuchen hab ich keinen, doch Kekse finden sich bestimmt wo. Du musst dir Zeit nehmen, wir werden uns viel zu erzählen haben – oder willst du Kaffee?«

Herta war schon auf dem Weg in die Küche.

Von ihrer seligen Stimmung getrieben, hatte sie Herzklopfen bekommen. Wenn das meine alte Pumpe nur aushält, dachte sie. Endlich kam Leben in ihre vier Wände. Ihr Enkel würde dafür sorgen, dass Schluss war mit der jahrelangen Einsamkeit.

»Kaffee, bitte!«, rief er ihr nach.

Er setzte sich wieder zum Fotoalbum hin, fixierte die kleine Holzschatulle, nahm sie in die Hand und schüttelte sie vorsichtig. Das verräterische Klappern ließ seinen Kopf bedeutungsvoll nicken. Er betrachtete die Holzeinlegearbeit auf dem Deckel.

»Milch und Zucker?«

Vor Schreck ließ er die Schatulle auf das Album fallen, als er die Alte aus der Küche rufen hörte.

»Beides!«, rief er zurück, hob die Schatulle wieder auf und schüttelte sie ein weiteres Mal.

Tief durchatmen! Er war dem Ziel ganz nah gekommen.

Hertas Herz war beflügelt. Sie hantierte in der Küche. Das Zittern der Hände war hinderlich und sie schimpfte sich selbst wegen ihrer Unbeholfenheit.

Patsch …

Schon war das Kännchen hinuntergefallen, zerbrochen und die Milch verteilte sich über den Boden.

»Herrjeh, wie ärgerlich!«, entfuhr es ihr.

Helmut Kleiner eilte in die Küche und sah die Bescherung.

»Komm, lass mich das machen«, sagte er und hob die Scherben auf. Herta hielt ihm die Tür unter dem Abwaschbecken auf, damit er die Scherben in den Abfallkübel geben konnte.

Dann reichte sie ihm einen feuchten Lappen, mit dem er die Milchspritzer wegwischte.

»Da siehst du's, wie einem das Alter zu schaffen macht«, jammerte Herta.

»Geh bitte, Oma, so was passiert mir laufend. Das scheint in der Familie zu liegen.«

Helmut lachte sie an, als er zu ihr aufsah.

Mein Enkel ist ein guter Mensch geworden, dachte sie, während sie sein Saubermachen genau verfolgte. Einen größeren Milchspritzer hatte er übersehen und war unabsichtlich hineingetreten. Den Fleck würde sie später wegwischen.

»Ich denke, ich verzichte jetzt auf einen Kaffee. Es ist schon spät, sonst kann ich nicht einschlafen. Morgen muss ich früh aus den Federn. Ich hab noch viel zu erledigen.«

»Aber einen Tee trinkst du mit mir. Ich mach Wasser heiß. Geh du nur ins Wohnzimmer. Ich bringe alles nach …«

Herta unterbrach sich. Innerlich aufgewühlt hatte sie wieder zu weinen begonnen.

Sie griff nach dem Wasserkessel.

»Aber, Oma, dieses kleine Malheur ist doch kein Grund zum Weinen!«

Helmut nahm ihr den Kessel aus der Hand.

»So, und jetzt lass dir endlich helfen!«

»Wenn ich doch so glücklich bin. So sehr habe ich mir gewünscht, etwas von euch zu hören«, antwortete sie und setzte leise nach: »Bevor ich sterbe.«

Herta sah auf die Uhr oberhalb der Tür. Es war erst halb sechs. War dieses blöde Ding wieder stehen geblieben? Draußen war es doch schon dämmrig geworden!

Ach, sie war an diesem Tag wieder einmal so richtig durcheinander.

Er bemerkte ihre innere Unruhe. Mit einem Blick auf seine Armbanduhr – auch, um sie zu beruhigen – sagte er:

»Ich bin doch jetzt da, Oma, und ich freu mich ebenso. Und die da«, er deutete auf die Küchenuhr, »die steht, denn es ist bald acht.«

»Aber dann musst du doch längst Hunger haben?«, rief Herta erneut besorgt.

»Hab schon was gegessen. Obendrein esse ich abends selten. Wegen der Linie«, flunkerte er lächelnd und klopfte demonstrativ auf seinen durchtrainierten Körper.

»Ich kann auch nichts essen, so spät. Da schlafe ich dann schlecht ein und träum immer so böse Sachen.«

Der Tee schmeckte und wärmte innerlich, das süßliche Apfelaroma duftete erfrischend.

Sie umgibt sich gern mit Apfeldüften, dachte Kleiner.

Noch wusste er nicht, wie er der alten Frau die Nachricht vom Schicksal ihrer Tochter beibringen sollte. Am besten war es, sich erst gemeinsam das Fotoalbum anzusehen und sie aus ihrem Leben erzählen zu lassen. Das würde sie wieder beruhigen. Er brannte darauf, das Geheimnis seiner Großmutter zu erfahren, auch wenn er keinerlei familiäre Bindung verspürte.

Für Helmut war Herta Hartauer eine fremde Frau.

Allerdings eine mit einem bewegten Leben und einer atemberaubenden Geschichte über jene Schatulle, wie seine Mutter angedeutet hatte, als sie noch halbwegs bei Sinnen gewesen war.

Wenn das alles stimmte, musste Oma einiges auf dem Kerbholz haben. Doch seine Mutter war auch nicht gerade eine Heilige gewesen. Das hatte er am eigenen Leib zu spüren bekommen und es hatte ihn entsprechend geprägt. Statt Liebe und Zuneigung hatte er nur Einsamkeit gefühlt.

Verbittert dachte er an Kindheitserlebnisse, die sich ihm plötzlich aufdrängten.

Später bekam er psychologische Hilfe. Mit dem Ergebnis, dass seine Mutter einen Batzen Geld für seine Seelenheilung hinblättern musste. Das hatte sie ihm oft vorgebetet und gejammert, weil seine Leistungen in der Schule miserabel waren; weil er unbeholfen war und alles, was er anfasste zu Bruch ging; weil er sich nie richtig beschäftigen konnte und mit seinen Gedanken wer weiß wo gerade steckte und, und, und. Was wusste seine Mutter schon von ihm, wo sie doch nie Zeit für ihn gehabt hatte und er meistens schlief, wenn sie nachhause gekommen war.

Als Kind hatte er es seiner Mutter wahrlich schwer gemacht.

Sein auffälliges Verhalten war sein stiller Protest gegen diese lähmende Einsamkeit, der er ausgeliefert war. Er hatte es ihr von Herzen gegönnt, wenn sie jammerte, was er ihr an Kosten verursachte. Wenigstens musste sie sich auf diese Weise mit ihm beschäftigen. Doch dieses Thema war längst vergessen.

Nicht aber jene Taten des Psychotherapeuten, der sich jahrelang an ihm vergangen hatte. Diese Schmach hämmerte tief in Helmuts wunder Seele.

Doch er hatte sich mit seinem Schicksal arrangiert und war hineingewachsen in die Welt eines innerlich Zerrissenen.

Im Lauf der Jahre hatte er mit vielen anderen kapriziösen Menschen zu tun gehabt. Beruflich wie privat. Da war er mit seiner angeknacksten Seele längst nicht mehr allein.

Diese Gewissheit hatte ihm als Erwachsener die nötige Sicherheit gegeben, um »seinen Mann zu stehen«, wie es seine Mutter ausdrückte, die sich über seinen beruflichen Aufstieg sehr gefreut hatte. Ihre jahrelangen Bemühungen hatten letztendlich doch gefruchtet. Helmut war erfolgreich, hatte es mit seinen jungen Jahren schon sehr weit gebracht, war beliebt im Freundeskreis und seine Frau war ein Glücksgriff.

Wenn sie gewusst hätte, wie es um ihren Sohn wirklich stand. Doch das würde sie nie mehr erfahren und das war gut so.

Nach dem finanziellen Fiasko und den letzten Eskapaden seiner verhassten Ehefrau hatte Helmut beschlossen, sich ein neues Leben aufzubauen.

Er sah sich nackt. Alle seine Ängste, vor allem diese verdammte Ohnmacht, Zwängen ausgeliefert zu sein, waren wie eklig stinkende Fetzen an ihm gehangen. Die hatte er sich vom Leib gerissen, jetzt lagen sie vor ihm. Er trat nach ihnen, stieß sie weg. Endlich fühlte er sich befreit. Sein Körper strahlte vor neuer Kraft und er sah sich endlich so, wie er sein wollte.

Als er vor dem Hochhaus gestanden hatte, in dem seine Großmutter wohnte, war der Blick auf sein Leben düster und wie verschleiert gewesen. Jetzt sah er mit einem Mal hell und klar einen Neubeginn – seine Zukunft.

Es gab ein paar Vorbereitungen zu treffen, um dieses Ziel zu erreichen, und es musste mit einer Lüge beginnen. Opferlämmer musste es eben geben, er selbst war zeitlebens eins gewesen. Sollten es jetzt andere sein.

Bei der Bundeswehr nannten sie es Kollateralschaden.

Sein Kollateralschaden war jedoch harmlos und würde maximal jemanden um irdische Werte erleichtern, die er schließlich auch als sein Eigentum betrachtete – als Familienmitglied.

Gute Miene zum bösen Spiel machen?

Doch sein Spiel war nicht böse angelegt. Ein bisschen link vielleicht, wobei ihm niemand auf die Schliche kommen würde, wenn er es geschickt anstellte. Die Oma würde ohnehin nicht mehr davon profitieren können, in ihrem Alter.

Und dennoch befand er sich in einer verzwickten Situation. Es war ganz anders gelaufen, als er es sich ausgemalt hatte, seit er seiner Großmutter gegenübergestanden und in die Augen gesehen hatte. Ihr Blick war offen, warmherzig und weich – nicht so kalt und hart wie der seiner Mutter.

Diese Tatsache hatte ihn irritiert und ihn seine Absicht fürs Erste beiseite schieben lassen.

Jetzt sollte er auch noch bei ihr übernachten?

Fantastisch – so schnell ans Ziel zu kommen …

Die Großmutter und ihr Enkel saßen tief gebeugt über dem Fotoalbum. Die Tassen waren längst leergetrunken.

Während er auf dieses oder jenes Bild zeigte, wusste sie manch deftige Geschichte über die abgebildeten Personen zu erzählen, aber auch von eigenen Erlebnissen zu berichten.

Mein Gott, dachte Herta, was weiß ich schon über meinen Enkel. Nichts – außer, dass ich einen habe. Aber mehr und mehr spürte sie, dass in diesem jungen Mann dasselbe Blut wie in ihren Adern floss. Das stimmte sie ungemein selig.

Bei einem fröhlichen, kräftigen Burschen, der auf einem Traktor saß und Helmut direkt anlachte, schwieg die alte Frau.

Doch er ließ nicht locker. Jetzt wollte er unbedingt wissen, wer dieser junge Mann war. Vermutlich eine Jugendsünde und Oma schämte sich, sie zu beichten, dachte er amüsiert.

»Ein heimlicher Verehrer?« Belustigt lächelte Helmut sie an.

Da atmete sie tief durch und sagte beinahe flüsternd:

»Heinz, dein Großvater.«

»Mein Großvater?« Helmut fuhr es heiß über den Rücken.

Herta nickte unmerklich, strich mit zittrigen Fingern über das Foto, als würde sie den Mann auf dem Traktor streicheln wollen, lehnte sich langsam zurück, schloss die Augen.

Dann begann sie zu erzählen.

Wie viele Jahre war es wohl her, seit sie einem Menschen von Heinz erzählt hatte? Gewiss, ihre Tochter hatte von ihr bruchstückhaft erfahren, warum ihr Vater nicht bei ihnen leben konnte – damals, als sie noch in die Schule gegangen war. Karin hätte es in diesem Alter ohnehin nicht verstanden. Später, als sie ihre wilden Jahre auslebte, hatte Herta nur Sorgen mit ihr und es gab keine Möglichkeit mehr, die wahre Geschichte über ihren Vater zu erzählen. Dann war die Tochter auch schon ausgezogen und wie ein verloren gegangener Schlüssel aus Hertas Leben verschwunden.

Als Hochschwangere war Karin plötzlich wieder vor ihrer Tür gestanden und hatte sie um Verzeihung gebeten, weil sie einfach abgehauen war und nichts von sich hören hatte lassen. Voll Freude hatte sie ihre Tochter aufgenommen, damit das Kind in einem geordneten Umfeld zur Welt kommen konnte. Das war vor achtundzwanzig Jahren gewesen.

»Dass sie dir nie davon erzählt hat?«, wunderte sich Herta.

»Ehrlich gesagt, nie«, antwortete Helmut wahrheitsgetreu.

Das hatte ihm seine Mutter verschwiegen. Als sie noch bei Sinnen war, hatte sie immer wieder von einer Schatulle gefaselt, die ihre Mutter nicht rausrücke, obwohl die eigentlich ihr gehöre. Etwas sehr Wertvolles stecke nämlich in dieser Schatulle und der Vater habe sie ihr angeblich versprochen.

Wie und wann sie mit ihrem Vater gesprochen hatte, das konnte sich Helmut nicht vorstellen, er war nämlich bereits verschollen gewesen, als sie noch ein Baby war.

Auch, dass seine Mutter von daheim einfach abgehauen war, hatte sie Helmut nie erzählt. Nur, dass ihre Mutter zu ihr alles andere als eine gute Mutter gewesen war, das hatte er von ihr zu hören bekommen, und eben die Geschichte von dieser geheimnisvollen Schatulle, die bestimmt noch in den Fängen dieser hartherzigen Frau sei.

In den Fängen dieser hartherzigen Frau – und hatte damit ihre Mutter gemeint, Helmuts Großmutter. Echt krass.

Und je mehr seine Mutter geistig verfiel, was er bei den Besuchen in der Anstalt von Mal zu Mal bemerkte, umso heftiger schwirrte diese Schatulle durch ihr krankes Hirn …

Jetzt saß Helmut seiner Großmutter gegenüber und hoffte, endlich das Geheimnis der Schatulle zu erfahren. Gewiss, es wunderte ihn, dass sich Herta noch mit keinem Wort nach ihrer Tochter erkundigt hatte. War seine Oma wirklich so hartherzig? Was war zwischen den beiden Frauen vorgefallen, dass sich bei seiner Mutter solch ein Hass aufgestaut hatte?

Helmut hing seinen Gedanken nach und fixierte dabei unbewusst die Schatulle auf dem Tisch.

»Ich komm noch darauf zu sprechen. Aber du sollst die Geschichte von Beginn an erfahren«, sagte Herta, die seinen Blick bemerkt hatte.

Wie auf frischer Tat ertappt fühlte sich Helmut und errötete.

Hatte ihn die alte Frau durchschaut?

Doch sie hatte sich schon wieder in ihrer Vergangenheit verloren und erzählte weiter.

Herta war am 21. Juni 1927 in Erfurt geboren worden, als einziges Kind der Hartauers. Ihre Eltern besaßen einen Haushaltswarenladen. Der Vater war ein tüchtiger Geschäftsmann und die meiste Zeit im Land unterwegs, um interessante Waren nachhause zu bringen. Aber auch, um seine patentierten »Kleine Helfer« in den Handel zu bringen. Es waren keine spektakulären Erfindungen, sondern praktische, handliche Geräte und Werkzeuge, die einem die Arbeit erleichtern sollten. Auch musste er seine Partner aufsuchen, die seine Erfindungen produzierten, um Verbesserungen oder aber auch Reklamationen zu regeln.

Hertas Vater war ein quirliger Erfindergeist, ein Pionier mit manch schrulligen Visionen. Aber auch ein sturer Kopf, der seiner Familie oft zu schaffen machte, wenn er daheim war. Für seine Frau oft eine Mühsal, wenn er sich in ihre Geschäfte einmischte – schließlich führte sie den Haushaltswarenladen im Alleingang. Daher war sie froh, wenn er über die Lande fuhr. Nur so ließ es sich erklären, dass die Hartauers es miteinander aushielten.

Herta hingegen war stets traurig, wenn ihr Vater unterwegs war. Einmal nahm er sie mit, auf eine Tagesreise, kurz vor ihrem ersten Schultag. Sie fuhren zu einem seiner vielen Partner. Ein Schulfreund ihres Vaters, der Spielzeug und Plüschtiere produzierte und bei dem er oft übernachtete.

»Eine Puppe und anderes Spielzeug habe ich damals bekommen und diesen Teddybären.«

Herta nahm das zerschlissene Bärchen zu sich.

»Mein Vater sagte, wenn ich traurig bin, soll ich den Bären fest an mich drücken und an ihn denken. Vom vielen Traurigsein und Drücken hat der Bär seine Wuschelhaare verloren.«

Sie drückte den Bären liebevoll an sich, der ein stockendes Brummen von sich gab.

1933 in der Grundschule begannen Hertas Probleme. Manche Jungs verdrosch sie, wenn es denn notwendig war, und die anderen Mädchen neideten ihr diese Stärke. Vor allem, weil die Buben sie deswegen respektierten oder gar anhimmelten.

1937 kam sie in die Edith-Stein-Schule, eine private Mädchenschule des Ursulinenklosters. Ihre Eltern konnten es sich leisten, ihre Tochter in diese elitäre Schule zu stecken, sehr zu ihrem Missfallen.

Als die Nazis an die Macht kamen, wurde daraus die staatliche Goethe-Schule. Jetzt waren auch Buben in der Klasse und das war für Herta wesentlich spannender, denn sie war eine echte Kanone, spielte Fußball wie ein Junge, hatte einen Schuss drauf, der manche Fensterscheibe zu Bruch gehen ließ.

Wenn Hertas Mutter schimpfte und darauf bestand, dass Herta den Schaden aus eigener Tasche bezahlte, steckte ihr der Vater heimlich das Geld zu. Seiner Meinung nach müsse sich eine echte Hartauer eben durchs Leben schießen, wenn's denn nicht anders ginge.

Beim Völkerball rissen sich die Buben um Herta und sie wurde dank ihrer Wurfkraft und Treffsicherheit stets als »Abräumer« aufgestellt. Beim Bezirkswettbewerb 1942 bescherte sie ihrer Klasse den Platz auf dem Siegertreppchen.

»Den ersten Preis beim Völkerball haben wir gemacht!«, sagte sie mit leuchtenden Augen und blätterte im Fotoalbum.

Helmut half ihr beim Umblättern. Es dauerte, bis sie das Foto fanden. Das gezackte Schwarz-Weiß-Bild zeigte eine Gruppe Jugendlicher in hellen Leibchen und dunklen Hosen vor drei Hakenkreuzfahnen. Ein Mädchen hielt einen Pokal in die Höhe.

»Das bin ich«, sagte Herta stolz. »Da waren die Mädchen ganz neidisch auf mich und haben mich links liegen lassen. Nur Rebecca stand zu mir. Sie ist aber nicht auf dem Foto.«

Herta seufzte auf und sagte:

»Ich brauch jetzt noch einen Tee. Das viele Erzählen hat mich durstig gemacht. Ach, mir fallen plötzlich so viele Sachen ein – als wär's erst gestern gewesen.«

»Aber bist du nicht schon müde?«

Helmut wollte die alte Frau nicht zu sehr strapazieren. Er sah heimlich auf die Uhr – bereits neun Uhr.

»Ich? Jetzt werde ich doch erst munter. Das Plaudern mit dir tut mir so richtig gut!«

Helmut schmunzelte innerlich. Sie war es doch, die in einem durch erzählte. Er musste die alte Frau bei Laune halten. Eine frische Tasse Tee wollte er für sie holen.

Eine günstige Gelegenheit, dachte er, griff dabei unbemerkt an seine Rocktasche. Er spürte das Fläschchen.

»Oma, bleib sitzen, jetzt mach ich den Tee. Ich muss mir ohnehin ein wenig die Füße vertreten und kann inzwischen auch telefonieren. Ich muss noch jemanden anrufen.«

Helmut stand auf, legte sanft eine Hand auf Hertas Schulter, damit sie nicht auf die Idee kam, ihm zu folgen. Er nahm die leeren Tassen mit in die Küche.

»Du bist ein guter Junge!«, rief sie ihm nach, während sie nach dem Bärchen griff und es streichelte.

Ein verträumter Zug umspielte ihre Lippen.

»Rebecca, ob du mich jetzt hier sitzen siehst?«, murmelte sie. »Warum musste bloß alles so schlimm kommen.«

Aus ihren geschlossenen Augen traten Tränen hervor.

»Dir habe ich mein Herz, meine Seele geschenkt, meine geliebte Rebecca.«

Sie drückte das Bärchen an sich und dachte innig an ihre Schulfreundin.

Herta Hartauer war plötzlich sehr, sehr traurig geworden. Ihr Brustkorb hob und senkte sich, während die andere Hand über ihre schmale Oberweite glitt, als würde sie sich streicheln.

»Rebecca, wie sehr du mir fehlst – so viele Jahre schon … auch Heinz fehlt mir. Was war ich für ein starkes Mädchen – und jetzt?«, flüsterte sie und ein tiefer Seufzer jagte sie in eine düstere Vergangenheit …

»Rebecca hatte am selben Tag wie ich Geburtstag. Am 21. Juni, was für ein Zufall. Wir fühlten uns wie Zwillinge und sie war für mich viel mehr als bloß eine Freundin. Ich weiß nicht, ob du das verstehst. Die Zeit damals war so schrecklich, dann der furchtbare Krieg, aber auch danach … entsetzlich.«

Ihre zittrigen Hände führten die Tasse, die ihr Helmut gereicht hatte, unsicher zum Mund. Herta nahm einen Schluck Tee. Ihr Kopf wackelte. Wie bei diesen kleinen Dackeln, die in manchen Autos hinter der Heckscheibe zu sehen sind, dachte Helmut. Er schwieg und beobachtete sie nur.

»Ein bisschen bitter ist der aber«, bemerkte sie.

»Entschuldige, Oma, ich weiß nicht, wie süß du ihn willst. Warte, ich mach das für dich.«

Mit einem Blick auf die alte Frau süßte Helmut nach. Auf ihr Kopfnicken hin stellte er den Zuckerspender wieder weg, nahm das Löffelchen und rührte vorsichtig um, damit er nichts verschüttete.

»Jetzt ist er ein bisschen zu süß, aber das geht schon«, sagte sie lächelnd, als sie getrunken hatte. Herta erzählte weiter.

Die Hartauers wohnten in Erfurt in der Paulstraße.

In der Marktstraße, bloß ein paar Häuserzeilen weiter, hatten die Silbersteins ihr Lebensmittelgeschäft. Oberhalb ihres Ladens wohnten sie – eine gediegene, traumhafte Wohnung. Wesentlich eleganter als die der Hartauers, obwohl es Herta daheim gefiel. Ihre Wohnung war groß genug, sie hatten alles, um schön und gutbürgerlich zu wohnen.

Die Silbersteins waren reiche Leute, die mit ihrem Besitz in keiner Weise protzten, vielmehr hielten sie sich damit zurück. Um Wohlstand nach außen hin zu zeigen, dafür waren die Zeiten zu schlecht. Weil Herta aber mit Rebecca befreundet war, hatte sie ein wenig Einblick in die Welt der Silbersteins. Ihr Familienclan lebte verstreut über ganz Deutschland und es waren allesamt kultivierte, hilfsbereite Menschen.

Doch ihr Pech war der Name Silberstein. Ihre jüdische Abstammung war in den Dreißigern ein schlimmes Schicksal und böses Karma zugleich. Für Herta machte das keinen Unterschied, sie verteidigte Rebecca umso mehr, als die verbalen Übergriffe auf die jüdische Bevölkerung begannen. Manch überheblicher Arierpimpf, der Rebecca wegen ihrer Herkunft in den Dreck ziehen wollte, bekam Hertas Härte zu spüren und landete im Staub des Schulhofs. Dafür nahm sie Nachsitzen und Strafaufgaben, ja, sogar eine schlechte Betragensnote in Kauf.

Nicht nur Herta und Rebecca, auch die Hartauers und Silbersteins verstanden sich prächtig und waren über den aufkeimenden Antisemitismus höchst beunruhigt.

»Sturen Hartauer-Schädeln sowie tüchtigen Silberstein-Köpfen können diese Rassisten nicht einmal das Klowasser reichen. So bezeichnete mein Vater ihre Freundschaft.«

Doch als die Nazis an die Macht kamen, wurden die Silbersteins von Tag zu Tag mehr drangsaliert und ihrer Rechte beschnitten.

Das ging bis zum 18. November 1942.

Rebecca war schon tagelang wie vom Erdboden verschwunden. Da wurden ihre Eltern abtransportiert.

In der Nacht hatte man die Silbersteins und viele andere jüdischer Herkunft auf Lastwagen verladen. Hertas Vater hatte den Silbersteins schon seit die Nazis an der Macht waren eindringlich geraten, Deutschland zu verlassen. Doch sie waren geblieben – jetzt war es zu spät, um zu flüchten.

Geschockt von diesen Ereignissen wurde Herta unleidlich und zänkisch.

»Mein Vater war seit 1939 im Krieg. Doch zuhause war er zuvor auch selten gewesen, da gab's keinen Unterschied. Jetzt aber stand er an der Front und niemand wusste, ob er aus dem Krieg heil heimkommen würde. Von wegen heil heimkommen – es war viel schlimmer.«

Sekundenlang schloss Herta die Augen und schwieg bedrückt. Schließlich begann sie erneut:

»Zuletzt war er auf der Halbinsel Krim eingesetzt worden. Dort fiel er am 8. Mai 1944. Doch zuvor hatte er noch zwei verletzte Kameraden retten können. Als er einem weiteren Soldaten helfen wollte, traf es auch ihn tödlich. Das EK II mit Urkunde hatte man meiner Mutter nachhause geschickt. Als wenn er davon wieder lebendig geworden wäre. Ich habe daraufhin meinen persönlichen Krieg geführt, gegen jeden und alle, die noch immer dieses sinnlose Morden bejubelten. Dabei musste ich höllisch aufpassen, denn die Propagandamaschine hatte die Meisten zu willigen, dummen Schafen gemacht, die jede Kritik mit Verrat gleichsetzten und einen sofort denunzierten. Da konnte man ebenso schnell als Vaterlandsverräter sein Leben verlieren. Mit mir war in dieser Zeit nicht gut Kirschen essen und ich habe es alle spüren lassen, die sich mit mir anlegten. Immerhin – im Sport war ich ein Ass, das war damals eine Art Gütesiegel. Wehrhaft im Kampf für Führer und Vaterland oder so ähnlich hieß der Schwachsinn. Daher drückte mancher Lehrer bei mir ein Auge zu, wenn ich es gar zu toll trieb.«

Herta nahm einen Schluck Tee und lehnte sich zurück.

»Als es mit dem Krieg dem Ende zuging, kamen die furchtbaren Bombenangriffe auf Erfurt. Man kann sich das heute nicht mehr vorstellen, was wir für Todesängste ausstehen mussten! Ein Angriff war besonders schlimm. Im letzten Kriegsjahr, es war noch Winter und bitterkalt, da wurden mit einem Schlag Hunderte von Menschen getötet, die im Keller der Bibliothek des Augustinerklosters Schutz gesucht hatten. Die meisten von ihnen waren Kinder ... es war so furchtbar!«

Herta hielt inne, als horche sie in sich hinein.

»Als wir hörten, dass der Feind schon vor den Toren der Stadt stand, stopfte meine Mutter hastig eine Hose für mich und Unterwäsche zum Wechseln in einen kleinen Koffer. Auch für sich selbst legte sie Wäsche dazu. Ein Stück Seife, zwei Zahnbürsten und einen Packen Dokumente, mehr hatte in dem Koffer nicht Platz. Einen Wecken Brot, eine Stange Wurst in Zeitungspapier eingewickelt und je ein zweites Paar Schuhe für uns stopfte sie in einen Stoffbeutel. Den Wintermantel zogen wir an, obwohl es bereits warm war. Ich stritt sogar mit ihr, weil ich unbedingt den Völkerball-Pokal mitnehmen wollte, der über meinem Bett im Regal stand. Da hat sie ihn wortlos geschnappt und aus dem Fenster unserer Wohnung direkt auf die Straße geworfen. Ihren stummen, wütenden Blick in diesem Moment habe ich bis heute nicht vergessen.

Die Nazis hatten die Bevölkerung angehalten, die Stadt bis zum letzten Blutstropfen zu verteidigen. Es war Anfang April 1945, Gott sei Dank ein milder, verfrühter Frühlingsbeginn. Eine befreundete Nachbarin und meine Mutter hatten es irgendwie geschafft, einen Hauptmann aufzutreiben, der uns mit seinem Geländewagen aus Erfurt rausbrachte. Das hatte zwar die letzten Ersparnisse gekostet, uns aber wahrscheinlich das Leben gerettet.

Wir gingen tagelang über Feldwege, durch Wälder und gottverlassene Gegenden, mieden Dörfer und Städte und überquerten nur bei Nacht größere Straßen. Wir schliefen entweder unter freiem Himmel oder in leerstehenden Häusern – stets auf der Hut, um nicht von Soldaten oder Deserteuren aufgegriffen zu werden –, drei Frauen auf der Flucht. Mein Gott, ich war noch keine achtzehn Jahre alt, hatte Hunger und Durst, die Füße taten mir weh und ich hatte eine Wut im Bauch. Auf alle, die an diesem Krieg schuld waren und die meinen Vater auf dem Gewissen hatten. Wie sehr er mir damals gefehlt hat!

Eines Nachts, als wir uns an einen Bauernhof heranschlichen, um etwas Essbares zu ergattern, hatten wir endlich Glück. Die Leute waren fürsorglich und haben uns ausgiebig versorgt. In meiner Gier hab ich alles runtergeschlungen und natürlich sofort wieder erbrochen. Sogar ein heißes Bad durften wir nehmen. Nach Tagen endlich wieder waschen können! Im Heuschober konnten wir schlafen.

In der Nacht tauchten plötzlich vier Gestalten auf, trieben die Familie aus dem Haus und drohten, sie würden das Haus abfackeln, wenn sie nicht sofort was zu essen bekämen. Die Bauersleute hatten einen Jungen, der war bestimmt noch keine vierzehn Jahre alt. Geschockt mussten sie mitansehen, wie die Männer ein Schwein aus dem Stall trieben und es töteten. Im Hof wurde ein Feuer gemacht und Fleisch darüber gebraten. Als die Männer gegessen hatten und Alkohol verlangten, geriet die Situation vollends aus dem Ruder. Betrunken, wie sie bald waren, hänselten sie den Jungen, der ihnen Nachschub bringen musste und zu weinen anfing.

So ein Schwächling soll einmal Deutschland retten!, riefen sie und schubsten den Ärmsten zwischen sich hin und her. Als der Bauer dazwischengehen wollte, hielt ihm einer der Männer plötzlich die Pistole unters Kinn und befahl dem Jungen sich auszuziehen und seine Muskeln zu zeigen. Als er sich weigerte, riss ihm ein anderer das Hemd vom Leib und ein als Junge verkleidetes Mädchen stand zitternd vor ihnen. War das ein Geschrei und Gegröle. Die Männer wollten sich schon das Mädchen greifen, um sich an ihm zu vergehen. Da fiel ein Schuss, einer der Männer schrie auf, brach zusammen und rührte sich nicht mehr. Aus einem Fenster des Bauernhofs ertönte es in gebrochenem Deutsch … mein Gott, ich höre die Stimme noch, als wär's erst gestern gewesen.« Herta rief: »Alle weglaufen! Schnell, sonst ich schießen alle tot!«

Sie schwieg.

»Was passierte dann?«, fragte Helmut nach einer Weile.

»Der mit der Pistole zielte auf das Fenster, wo er den Schützen vermutete. Ein weiterer Schuss peitschte durch die Nacht und der Mann fiel um wie ein Stück Holz. Da bekamen es die anderen beiden mit der Angst zu tun, rissen noch ein Stück Fleisch aus dem Feuer und hauten ab.

Wir hatten das alles vom Stadel aus durch die Ritzen zwischen den Holzbrettern mitverfolgt. Jener Mann, der die beiden erschossen hatte, war ein polnischer Flüchtling, der bei den Bauersleuten Unterschlupf gefunden hatte. Noch in der Nacht wurden die Toten verscharrt. Auch wir haben mitgeholfen. Das arme Mädchen war völlig geschockt, wimmerte vor sich hin und zitterte wie Espenlaub … so wie ich jetzt.«

Herta sah bekümmert auf ihre Hände.

»Am Morgen zogen wir weiter. Ich wusste längst nicht mehr, wo wir uns befanden, meine Mutter und ihre Freundin wollten mir nicht sagen, wohin wir gingen. Schließlich landeten wir nach weiteren zwei Tagen Fußmarsch völlig erschöpft in einem kleinen Ort. Böseckendorf hieß er.«

»Böseckendorf?«

Wie elektrisiert fuhr Helmut hoch. Also stimmte es doch, was seine Mutter in ihrer Verwirrtheit zusammengefaselt hatte.

Nervös richtete er sich auf seinem Sessel auf. Die Anspannung kroch ihm unter die Haut.

»Ist etwas … nicht in Ordnung?«, fragte Herta, die ein plötzliches Unbehagen verspürte. Dieses ewige Misstrauen, es hatte sie sofort wieder gepackt.

»Nein, nein, Oma! Der Fuß mir ist nur eingeschlafen. Ich muss mir etwas die Beine vertreten«, log er.

Helmut stand auf und ging im Zimmer langsam auf und ab.

»Das passiert mir auch. Dann habe ich stets das Gefühl, als krabbelten Ameisen durch meine Beine«, erwiderte Herta.

Sie wartete, bis sich ihr Enkel wieder niedergesetzt hatte, und erzählte weiter.

In Böseckendorf war dann das Wunder geschehen.

Hertas Mutter hatte sich zu einer Familie Rhode durchgefragt. Als sie bei dem bewussten Bauerngehöft angelangt waren, fielen sich Frau Rhode, Hertas Mutter und ihre Nachbarin weinend in die Arme.

»Die Rhodes lieferten bis in die ersten Kriegsjahre ihre Waren bis nach Erfurt und die Silbersteins waren ihre besten Kunden, als sie noch ihren Lebensmittelladen führen durften. Daraus hatte sich eine innige Freundschaft entwickelt.

Und stell dir vor, als wir im Haus der Bäuerin waren, kam mir ein dunkelhaariger Junge entgegen. Dieses Gesicht – ich hätte gewettet, dass es Rebecca war!«

Herta hielt inne und schloss die Augen. Ein seliges Lächeln umspielte ihre Lippen.

»Es war tatsächlich die Tochter der Silbersteins«, flüsterte sie und sah ihren Enkel mit feuchten Augen an.

»Frau Rhode hatte Rebecca vor der Deportation ihrer Eltern bei sich auf dem Hof versteckt. Meine Mutter und ihre Freundin hatten das mit den Rhodes schon lang vorbereitet gehabt. Sie wollten auch Rebeccas Eltern auf dieselbe Weise retten. Diese waren jedoch dagegen, weil es aufgefallen wäre. Sie wussten, dass es für sie zu spät war, so wollten sie wenigstens ihrer Tochter das Leben retten. Ich spüre noch immer diese flehenden Blicke der Silbersteins, die sie mir zuwarfen, bevor sie den Lastwagen besteigen mussten. Verzweiflung und Hoffnung zugleich lagen in ihren Blicken. Die Eltern wussten, dass sie in ein Konzentrationslager kommen und dass sie ihre Tochter niemals wiedersehen würden. Ach, diese Zeiten waren so furchtbar schlimm, das kann sich heute niemand mehr vorstellen.«

Herta schwieg kurz und hörte in sich hinein.

»Rebecca war von Frau Rhode heimlich mitgenommen worden. Bei der örtlichen Polizeidienststelle hatten ihre Eltern die Tochter als abgängig gemeldet. Auf dem einsamen Bauernhof der Rhodes – von den Dorfbewohnern völlig abgeschottet – lebte sie nun. Niemand durfte davon wissen. Wie leicht hätte Frau Rhode von Nazigetreuen verraten werden können.

Als Versteck diente Rebecca ein winziger Erdkeller, der unter dem Stallgebäude lag. Der Eingang befand sich mitten im Schweinekobel und führte durch einen unterirdischen Gang in dieses Erdloch. Das war gut so. Denn immer wieder tauchte die Gestapo auf und kontrollierte auch Bauernhöfe, um versteckte Flüchtlinge oder Deserteure aufzugreifen. Der Schweinestall war ein geradezu ideales Versteck. Denn der Geruchssinn der von den Männern mitgeführten Spürhunde wurde vom beißenden Schweinegeruch völlig ausgeschaltet. Manches Jungferkel musste jedoch dran glauben – wenn nur die Nazis zufriedengestellt waren und wieder abzogen.

Der Rhode-Bauernhof, ein über Jahrhunderte erhaltenes Gehöft, war in der Familie stets weitergegeben worden. Das Getreide, Obst und Gemüse sowie das Fleisch aus eigener Viehzucht wurden auf Märkten direkt verkauft und an Lebensmittelläden ausgeliefert. Der Altbauer hatte beim Vergrößern des Schweinestalls diesen Erdkeller zufällig gefunden und wieder frei gelegt. Früher mochte dieses Kellerloch den Leuten wohl vor brandschatzenden Horden als Vorratslager und Versteck gedient haben. Im Lauf der Zeit schien es in Vergessenheit geraten zu sein. In diesem Erdloch hat Rebecca letztendlich den Krieg überlebt.

Als ich sie wieder in die Arme schließen durfte, war ich wohl der glücklichste Mensch auf der Welt. Sie stank wie ein Schwein, doch ich habe sie abgebusselt, sie an mich gedrückt und immer wieder ihr schönes, ebenmäßiges Gesicht gestreichelt. Aus Rebecca war in den zweieinhalb Jahren eine wunderschöne junge Frau geworden.«

»Lebt sie noch?«, wollte Helmut wissen.

»So warte doch, lass mich erzählen.«

Hertas Wangen glühten, ihre matten Augen blitzten auf.

»Als im April '45 der Krieg dem Ende zuging, durfte sich Rebecca auch wieder zeigen. Wir verbrachten auf dem Rhode-Bauernhof wohl die schönste Zeit unseres Lebens. Ja, und dann … dann … verliebte ich mich in Rebecca. Ich hatte noch keinerlei Erfahrungen mit Männern. In den Kriegsjahren hatte ich bei Gott andere Sorgen, als mich in einen Burschen zu verlieben. Meine Mutter war mir damals keine große Hilfe. Ihr Mann war gefallen, das hatte sie völlig verbittert. Ihre Trauer schlug in Wut um und die ließ sie an ihren Mitmenschen aus. Unser Geschäft ging ohnehin schlecht, aber sie vertrieb die letzten Kunden. Jeder Frau, deren Mann noch lebte, war sie es neidig.

Männer waren in ihren Augen blöd wie die Schafe. Sich für Volk und Vaterland auf den Schlachtfeldern abknallen zu lassen – was für ein Schwachsinn! Doch die jungen Kerle hatten gar keine andere Wahl. Entweder sie starben für ihre Kriegstreiber oder sie desertierten. Wurden sie aufgegriffen, erhängte man sie sofort an Ort und Stelle. Es wussten die Meisten, dass der Krieg verloren war. Doch die Nazis zwangen das Volk, bis zum letzten Blutstropfen zu kämpfen. Tot ist tot – was brachte das denn? Die Männer fehlten den Familien, fehlten für den Wiederaufbau, vor allem aber fehlten sie den Frauen fürs Herz, fürs Ausweinen, fürs Wieder-stark-Werden.

Meine Mutter musste aufpassen, wenn sie solche Töne von sich gab. Wie leicht hätte sie jemand anzeigen können.

Dann plötzlich verstand ich meine Mutter nicht mehr, weil sie oft über Nacht verschwand und erst in der Früh nachhause kam. Oder, wenn ein fremder Mann bei uns übernachtete, der am Morgen wieder verschwunden war. Es gab oft Streit deswegen. Ich warf ihr das vor und war schwer enttäuscht, weil doch Papa für uns gefallen war und sie sich jetzt einfach mit anderen Kerlen vergnügte. Sie sagte mir, dass der Krieg eben alles in ihr kaputt gemacht habe. Das sei eben so und eines Tages würde ich sie wohl verstehen. Die Wahrheit war, meine Mutter und ihre Freundin hatten sich einer Widerstandsgruppe angeschlossen. Mit Frau Rhodes Hilfe schleusten sie Deserteure aus der Stadt und unterstützten sie bei ihrer Flucht.

Das habe ich von meiner Mutter erst nach Kriegsende erfahren. Als Mitwisserin hätte sie mich in Gefahr gebracht, falls ihre Widerstandsgruppe aufgeflogen wäre. Meine schlechte Meinung über sie war wohl das kleinste Übel. Meine Mutter war eine Heldin. Ich habe mich in Grund und Boden geschämt und sie auf Knien um Verzeihung gebeten.«

Herta nippte an der Teetasse.

»Die ersten Monate nach Kriegsende verbrachte ich auf dem Rhode-Bauernhof in Böseckendorf. Die Mutter ging zurück nach Erfurt, um beim Wiederaufbau zu helfen. Trümmerfrauen wurden diese Frauen genannt. Und wieder war sie an vorderster Front mit dabei. Ich sollte erst nachkommen, wenn Erfurt wieder bewohnbar war. Genau, so sagte sie es: Ich sollte mich um Rebecca kümmern. Wir Deutschen hätten die Pflicht, uns bei ihrem Volk zu entschuldigen. Was den Juden angetan worden sei, sei in tausend Jahren nicht wieder gutzumachen.

Ich half auf dem Bauernhof mit. Rebecca und ich waren unzertrennlich. Wir hatten uns im Stadel eine Ecke eingerichtet, richtig gemütlich. Strom und Wasser gab es zwar nicht, aber das machte uns nichts aus. Was gab es Schöneres, als an einem sonnigen Morgen das erfrischende Wasser am Hofbrunnen zu genießen. Wir alberten herum, spritzten uns gegenseitig an und rannten triefnass in unser Heunest, wie wir es nannten. An einem dieser sonnigen Morgen geschah es dann …«

Herta atmete tief durch.

»Ich wundere mich selbst darüber, dass ich es erzählen kann. Vielleicht, weil für mich heute ein besonderer Tag ist. Ich bin alt – es ist so viel Zeit verstrichen – und von Moralheuchelei habe ich noch nie was gehalten.«

Herta lachte kurz auf und fuhr sich mit zittriger Hand über ihr streng zurückgebundenes Haar.

»Rebecca hat mir gezeigt, wie schön die Liebe sein kann. Sie war eine wundervolle Frau.«

Sie schwieg und atmete heftig. Die Vergangenheit schien sie völlig im Griff zu haben.

»An diesem Morgen stand Rebecca hinter mir, während ich mir das Haar kämmte. Da nahm sie mir die Bürste aus der

Hand, umschlang mich von hinten und drückte sich an mich. Mein Gott, ich zittere jetzt noch, wenn ich daran denke. Sie küsste mich. Innig. Wir sanken auf die Knie und sie entkleidete mich, behutsam … ich ließ es geschehen. Auch ich begann, ihr das nasse Nachthemd auszuziehen. Der Duft ihrer Haut, diese Wärme, ihr schöner Körper … Ich war wie von Sinnen.«

Herta schloss die Augen, wiegte ihren Kopf. Dann nahm sie einen Schluck Tee.

»Es war unbeschreiblich. Wir hatten jede Nacht gemeinsam im Heunest verbracht. Doch jetzt war es plötzlich ganz anders – innig, liebevoll, zärtlich und geheimnisvoll. Wir entdeckten unsere Körper, erstmals diese unbändige Freude zu leben, zu lieben …«

Herta unterbrach sich und roch an der Tasse.

»Mir wird ganz komisch.«

»Du bist aufgekratzt … die Erinnerung. Es ist nur Apfeltee wie vorhin. Ich trinke ihn auch und spür nichts.«

»Wird wohl sein, dass mich das Erzählen so hernimmt. Ist ja schon sehr lang her, dass ich so viel auf einmal gequatscht habe.«

Sie lächelte und tätschelte dabei Helmuts Hand.

»Mein Gott, was haben wir damals alles erlebt. Wir hatten gar nichts und waren trotzdem glücklich und zufrieden. Wenn ich an die Jugend von heute denke?«

»Bitte, Oma, das waren andere Zeiten.«

»Himmel, jetzt fällt's mir erst ein! Ich habe dich noch gar nicht gefragt, ob du … ob ihr Kinder habt?«

»Es ist gerade eins im Werden«, erwiderte Helmut leise.

»Das heißt, ich werde Urgroßmutter? Das freut mich … aber, du sagtest doch, dass ihr euch scheiden lassen wollt. Das ist jetzt wohl etwas heikel, mit dem armen Butzerl.«

»Das ist es«, gestand er.

»Und das lässt sich nicht wieder gradbiegen? Schade, dann seh ich mein Urenkel wahrscheinlich gar nicht mehr, bevor ich …«

»Doch, das wirst du, Uroma«, unterbrach Helmut die alte Frau und lächelte sie an. »Ganz bestimmt. Dafür sorge ich.«

»Auch ich hatte damals eine Krise zu bewältigen. Mit etwas gutem Willen geht alles.«

Herta sah ihren Enkel gedankenvoll an. Die Erinnerung holte sie wieder ein.

»Aber lass mich weitererzählen. Wo war ich? Richtig, bei Rebecca und unserem Geheimnis. Das blieb nicht lang unentdeckt. Aber da muss ich etwas weiter ausholen. Der Bauer Rhode war an die Front geschickt worden und gleich in den ersten Kriegstagen gefallen. Seine Frau musste zuerst allein, später mit zugeteilten Zwangsarbeitern den Bauernhof bewirtschaften. Die Rhodes hatten zwei Söhne, beide waren auch im Krieg. Holger, der Ältere, ist leider gefallen. Er hätte den Hof übernehmen sollen. Von Ingo hatte Frau Rhode seit Monaten nichts mehr gehört und sie befürchtete, dass auch er umgekommen war.

Die arme Frau Rhode, ihre drei Männer – alle umgekommen. Ihre Trauer hatte sie verstummen lassen. Vor Schmerz in sich gekehrt, verrichtete sie wortlos ihr Tagwerk. Wer sollte denn jetzt den Rhode-Hof übernehmen? Drei Paar kräftige Rhode-Hände fehlten auf dem Hof. Die zwei russischen Kriegsgefangenen, die sie zuletzt zugeteilt bekommen hatte, waren zu nichts zu gebrauchen.

Kurz vor dem Sommer '45 – der Krieg war schon zu Ende – kam ein Mann auf den Hof. Er sah schrecklich aus, völlig ausgemergelt. Ich kannte die Rhode-Männer nur von einem Foto, das in der Stube im Herrgottswinkel auf einem Holzbord stand.

Der Bauer Rhode in der Mitte, links und rechts flankiert von seinen Söhnen. Ein Trauerflor spannte sich schräg über den Bilderrahmen. Ein verwelktes, vierblättriges Kleeblatt steckte vor Ingo hinterm Glas. Dieses hatte er am Tag seiner Einberufung gefunden. Es würde ihm Glück bringen und ihn wieder heil nachhause kommen lassen. Er wollte es aber nicht mitnehmen, sondern hatte es seiner Mutter gegeben, damit sie immer daran erinnert wurde, was für ein Glückskerl ihr Ingo sei. Das Schicksal war ihm gnädig gewesen, es hatte ihn am Leben gelassen. Im letzten Kriegswinter war er jedoch in russische Gefangenschaft geraten. Nur dank seiner Zähigkeit hatte er überlebt. Bei einem Gewaltmarsch in ein größeres Lager konnten er und noch zwei Männer ihrer Kompanie flüchten. Monatelang waren sie auf der Flucht und hatten sich hinter den feindlichen Linien – stets nur bei Nacht – bis in die Heimat durchschlagen können. Seine beiden Kameraden hatte es dennoch erwischt. Sie wurden auf einem Gehöft von russischen Soldaten beim Stehlen von Essbarem aufgegriffen und sofort erschossen. Ingo war nur mit knapper Not entkommen.

Wie ein kleines Kind weinte Ingo. Mitten im Hof fiel er auf die Knie und dankte dem Herrgott dafür, dass er wieder daheim sein durfte. Seine Mutter eilte ihm entgegen, kniete bei ihm. Wieder und wieder umarmten sie einander. Der Schäferhund, den die Rhodes besaßen, war zuerst auf Ingo losgegangen. Er hatte ihn nicht mehr erkannt. Dann sprang er um die beiden, die vor Wiedersehensfreude schluchzend und heulend im Staub saßen, herum.

Rebecca und ich wurden von dieser ergreifenden Szene völlig in den Bann gezogen. Aber noch etwas befiel mich. Auch wenn Ingo schrecklich mager aussah, seine Augen hatten es mir angetan. Ich verliebte mich auf Anhieb in den Kerl. Mochte es anfänglich Mitleid sein, doch schon nach Wochen hatte Ingo sich erholt, und ich sah täglich ein kräftiges Mannsbild vor mir – Ingo Rhode, blondes wirres Haar und blaue Augen. Doch der Krieg hatte ihn gezeichnet. Sein verschlossenes Gesicht drückte all die Ängste und Verzweiflung aus, die er mitgemacht hatte. Doch wenn Ingo lachte, das war, als würde in seinem Gesicht die Sonne aufgehen.

Jetzt war es Ingo, der sich verstecken musste, wenn Russen auf dem Bauernhof auftauchten. Ein kräftiger junger Bursche, unversehrt von der Front zurück, der wäre sofort aufgefallen. Man hätte ihn nach Sibirien verschleppt. Jedes Mal, wenn also Russen im Anmarsch waren, verkroch sich Ingo in Rebeccas ehemaligem Versteck. Doch der beißende Schweinegestank machte seiner Lunge sehr zu schaffen. Dass es die Jüdin dort jahrelang ausgehalten hatte, war für ihn unvorstellbar.

Da hatte Rebecca eine geniale Idee: Wenn Ingo sich als geistig behindert zeigte, dann würde man ihn in Ruhe lassen und er müsste sich nicht jedes Mal verstecken. Also spielte Ingo den Schwachsinnigen, der obendrein noch stumm war. Er spielte diese Rolle so hervorragend, dass bald das Gerücht umging, Ingo sei im Krieg verrückt geworden. Die Dorfbewohner hielten zwar zusammen, doch man konnte nie wissen, ob nicht ein Verräter unter ihnen steckte. Verräter gab es während der Hitlerzeit, Verräter gab es im Krieg und als die Russen da waren und erst recht in der DDR. Nach dem Krieg war ich gerade achtzehn und schwer verliebt in Ingo. Ich schien ihm auch zu gefallen.

Mein Gott, ich war ja noch so unerfahren!

Meine Liebe zu Rebecca war da ganz anders. Ihre Liebkosungen waren so zärtlich, so inniglich. Sie gaben mir damals das Gefühl, endlich befreit worden zu sein, endlich richtig aufleben zu dürfen nach diesen schrecklichen Kriegsjahren.

Eines Nachts kam Ingo zu mir. Er hatte mir schon tagsüber bei der Feldarbeit angekündigt, dass mich in der Nacht *der Hinker* besuchen würde. Der Hinker, so nannten wir ihn spaßhalber. Denn wenn ein Russe auftauchte, verwandelte er sich augenblicklich in den stummen, hinkenden Kerl mit starrem Blick und halb offenem Mund, so dass Rebecca und ich Mühe hatten, uns das Lachen zu verkneifen. Seine Mutter war darüber gar nicht erfreut, denn sie hatte solch Bedauernswerte gekannt, die weggebracht worden waren. Nach dem Krieg erfuhr man, dass man sie für Versuchszwecke missbraucht und ermordet hatte – die Ärmsten.

Aber zurück zu Ingo. Ich erinnere mich noch ganz genau an jene Nacht. Die anstrengende Arbeit und die Hitze tagsüber ließ uns nach dem Abendbrot erschöpft in die Betten fallen.

Unser geliebtes Heunest hatten Rebecca und ich inzwischen gegen eine geräumige Kammer im Haupthaus getauscht. Zwei Fensterluken trennten unsere Betten, die sich jeweils an der Wand befanden. Dazwischen standen ein klobiger Tisch und zwei Stühle.

Erst spürte ich nur ein leichtes Zupfen am Leintuch, mit dem ich zugedeckt war. Es war eine dieser lauen Sommernächte.

Ich erschrak und war augenblicklich hellwach. Mein Herz pochte mir bis zum Hals, weil ich wusste, dass es Ingo war. Rebecca schlief, ich hörte sie gleichmäßig atmen. Seine Hand berührte mich am Fuß und blieb darauf liegen. Ich richtete mich auf, um ihn zu sehen. Da deutete er mir, mich hinzulegen, und kroch leise zu mir ins Bett. Ingo drückte sich an mich und ich spürte, dass er nackt war. Wie gelähmt und mit einem Ohr stets Rebeccas gleichmäßigem Atmen lauschend, lag ich völlig verkrampft im Bett. Ich wagte es nicht, Ingo zu berühren. Er küsste mich heftig und wollte mich andauernd unten anfassen.

Doch ich schob seine Hände weg. Ich hatte furchtbare Angst, dass ich von seinen Küssen ein Kind bekommen würde. Als Rebecca plötzlich im Schlaf laut zu reden begann, erschraken wir und Ingo verschwand aus meinem Bett.«

Herta schloss die Augen.

»Was kommen musste, das geschah. Ingo musste mir versprechen, dass er mich nur dort berührte, wo ich es wollte. Jetzt kam er beinahe jede Nacht zu mir. Rebecca bemerkte von alldem nichts. Ich wollte es ihr auch nicht sagen, sie hätte es bestimmt nicht verstanden und wäre sehr verletzt gewesen. Die Zeit, die wir vor dem Einschlafen miteinander verbrachten, wurde noch inniger. Ich überschüttete Rebecca mit meiner Liebe, denn ich hatte ein schlechtes Gewissen und sie erwiderte meine Zuneigung mit Hingabe. Aber es war eine ganz andere Liebe als die zu Ingo. Ich hatte plötzlich auch ein unbändiges Verlangen nach einem Mann.

Tage später lag ich mit Ingo im Heu – es war mein erstes Mal. Doch Ingo tat mir weh. Er war alles andere als gefühlvoll. Er war grob, bei Weitem nicht so zärtlich und einfühlsam wie Rebecca. Was war ich enttäuscht, als er aufsprang, sich die Hose zuknöpfte und wortlos aus dem Stadel ging. Er ließ mich einfach liegen, wie ein Stück Holz, der Tölpel.

Das Schlimmste aber war, dass Rebecca es mitbekommen hatte. Sie musste uns die ganze Zeit zugesehen haben. Während ich in Tränen aufgelöst im Heu lag, stand sie plötzlich über mir. Ich war erschrocken, weil ich glaubte, Ingo sei zurückgekommen. Rebecca sah mich nur an, mit Tränen in den Augen …

Ab diesem Tag sprach sie nicht mehr mit mir. Sie umarmte mich auch nicht, kam nicht zu mir ins Bett. Ich war verzweifelt. Ingo wollte ich nicht mehr, Rebecca wollte mich nicht mehr und darüber reden konnte ich mit niemandem.

Im Herbst verließ ich den Bauernhof und ging wieder nach Erfurt zurück. Meine Mutter hatte inzwischen den Haushaltswarenladen halbwegs auf die Beine gebracht, auch wenn es hinten und vorn noch an allem fehlte. Doch sie war ein Talent im Organisieren und bekam bald Kontakte zu Leuten, von denen sie Ware beziehen konnte.

Unser Haus hatte die Bombenabwürfe beinahe heil überstanden, lediglich die Fenster des Geschäfts waren zu Bruch gegangen. Meine Mutter hatte die Fensterlöcher mit Brettern zugenagelt und einfach mit weißer Farbe *Hartauers Haushaltswaren* draufgepinselt.

Ich half die kommenden Jahre im Laden mit. Was ich beruflich machen wollte, war mir damals nicht so recht klar. Die Schule war für mich erledigt. Ich war eine junge Frau und hatte Sehnsucht – einfach nur Sehnsucht nach Rebecca, die mir nicht mehr aus dem Kopf ging. Nach Böseckendorf aber war ich in der Zeit nicht mehr gefahren – wegen Ingo.

Es war Jahre später – aus dem einen Teil Deutschlands hatte man längst die DDR geformt. Ulbricht hatte im Sommer '61 die Mauer errichten lassen.

Eines Tages, im September 1961, kam Rebecca in unseren Laden. Ich stand noch immer mit meiner Mutter in Hartauers Haushaltswaren in der Paulstraße. Das Geschäft war längst renoviert worden und ... aber du wirst es ja wissen, wie es damals in der DDR zugegangen ist. Zwanzig Jahre ist es schon wieder her, dass die Mauer abgerissen wurde ... ach, die Zeit. So viele Jahre ...«

Herta verstummte und ihr Blick fiel auf die Schatulle.

Jetzt kommt sie endlich zur Sache, dachte Helmut erleichtert.

»Nach meiner Zeit in Böseckendorf entstand auch um mein Herz eine Mauer. Mein persönlicher Schutzwall gegen alle möglichen Feinde meines Herzens. Männer wollte ich nicht mehr, so sehr mich auch meine Mutter bedrängte. Mit ihr konnte ich weder über Herzensangelegenheiten noch über etwas anderes als den Klassenfeind reden. Ihr Herz schlug für ein sozialistisches Deutschland, sie war ein glühendes Parteimitglied, eine nach Ulbrichts Visionen mustergültige DDR-Bürgerin geworden. Das muss man sich vorstellen: In der Nazizeit war sie Widerstandskämpferin gewesen, hatte unter Einsatz ihres Lebens gegen diese Hitlerdiktatur gekämpft und unzähligen Menschen das Leben gerettet. Und als sich die DDR zum Spitzelstaat entwickelt hatte, klatschte sie an vorderster Front mit.

Wir entfremdeten uns mehr und mehr, nur im Geschäft standen wir gemeinsam – der traurige Rest der einst so starken Hartauers. Wenn Papa wenigstens noch gelebt hätte. Mit Sicherheit hätte er mit uns längst »rübergemacht« – wie es hieß, wenn man aus der DDR flüchten wollte.

Aber zurück zu Rebecca und zu jenem Tag im September.

Mir fiel vor Schreck und Freude ein Messerset aus der Hand, das mich am Fuß verletzte. Sie sah atemberaubend aus, elegant gekleidet – ich schämte mich, weil ich nur in einer grauen Kittelschürze in unserem Verkaufsladen stand, die Haare fest zu einem Knoten gebunden … so wie jetzt.«

Herta fuhr sich lächelnd über ihr Haar.

»Ein Messer hatte mich am Fuß verletzt, ich blutete. Rebecca kniete sich vor mich hin, legte einen Finger auf die Wunde und sah zu mir hoch. Da war es um mich geschehen. Weinend brach ich zusammen und wir umarmten und küssten uns. Mir war es egal, dass Leute im Geschäft standen. Endlich war Rebecca gekommen, sie hatte mir verziehen. Meine Mutter aber stand wie gelähmt da und starrte uns entgeistert an.

Tage später hatte ich einen heftigen Streit mit meiner Mutter.

Sie regte sich auf, weil Rebecca wie eine aus dem Kapitalistenland daherkam, in Westkleidern, und wie sie geschminkt war. Dazu ihre offen gezeigte ablehnende Haltung gegenüber dem DDR-Regime.

Mein Gott, wenn ich dran denke – die Familie Silberstein und uns Hartauers verband einmal eine innige Freundschaft. Rebecca und ich waren erschüttert über so viel Hass, dem eine diktatorische Ideologie zugrunde lag. Wir waren doch Menschen, die frei denken und frei handeln und sich nicht von einem politischen Einheitsbrei abfüttern und einlullen lassen wollten!«

Herta schwieg wieder. Sie schnappte nach Luft.

»Ich muss mal kurz weg«, sagte sie plötzlich und versuchte, sich vom Sessel zu erheben. Erschöpft sank sie wieder zurück und lächelte ihren Enkel bittend an.

Helmut sprang auf und half ihr auf die Beine. Sie klammerte sich fest an seine Hand, ihr Zittern übertrug sich auf ihn und ein kurzer Schauer befiel ihn. Sie wankte leicht.

»Danke, es geht schon«, ächzte sie. »Ich muss kurz stehen, damit der Kreislauf in Schwung kommt. Ach, meine Beine tun's auch nicht mehr lang … den Stock dort, bitte.«

Der Gehstock lehnte an der Wand nahe der Tür.

Er brachte ihn ihr. Sie griff nach ihm, wie nach einem rettenden Ast, dann schlurfte sie ins Vorzimmer.

Helmut ging seine Strategie durch. Die alte Frau musste unbedingt durchhalten. Von ihr hing seine Zukunft, vielleicht sogar sein Leben ab.

Die Dosierung! Wenn sie zu stark gewesen war? Nein, er war sich sicher. Ein paar Tropfen nur, das hielt sie länger munter.

Herta blieb eine ganze Weile weg. Schon befürchtete er, sie sei umgekippt. Endlich betätigte sie die Klospülung …

»Ich weiß nicht, warum, aber ich bin putzmunter«, sagte Herta, als sie wieder ins Wohnzimmer kam. »Ich könnte noch stundenlang aufbleiben, aber wenn du müde bist …«

»Aber bitte, Oma«, fiel er ihr ins Wort. »Komm, setz dich und erzähl nur weiter. Endlich erfahre ich etwas mehr von meiner Familie.«

Sie wirken endlich, Helmut war beruhigt.

Herta erzählte. Ihre Erlebnisse sprudelten über die dünnen, von Falten durchzogenen Lippen.

Als Herta aus Böseckendorf weggezogen war, hatte Rebecca mit Ingo ein Verhältnis begonnen. Aus Rache. Sie wollte ihn dafür bestrafen, dass er Herta verführt hatte – erst seine Liebe gewinnen, sich Ingo gefügig machen, bis er ihr hörig war. Dann würde sie ihn wie eine heiße Kartoffel fallen lassen und sich vor seinen Augen mit einem anderen Kerl einlassen.

Als sie Herta und Ingo im Stadel belauscht hatte, da war Rebeccas Plan entstanden. Niemand würde ihr Herta wegnehmen können, am allerwenigsten ein Mann.

Ingo hatte nie erfahren, warum Herta wirklich vom Rhode-Hof weggegangen war. Dass es wegen ihm war – konnte sein. Bei Frauen kannte er sich nicht aus, ihm fehlte es an Sensibilität, an Einfühlungsvermögen. Frauen waren in seinen Augen zur Arbeit geschaffen, zum Kochen, zum Kinderkriegen und Kinderaufziehen und natürlich fürs Bett – das war auch wichtig. Der Herrgott musste sich schon was überlegt haben, wenn er Ingo den Krieg überleben hatte lassen. Jetzt musste er als einziger Rhode-Spross den Hof übernehmen, sich eine Frau suchen und Kinder mit ihr haben. Herta war ja recht handfest und praktisch in ihrer Denkweise gewesen, aber eben zickig und verklemmt. Ingo war im Grunde genommen ein unkompliziertes Mannsbild, wenn auch etwas einfach gestrickt. Ein

Bauernsohn eben, der von harter Arbeit mehr verstand als von einer feinfühligen Frauenseele.

Doch jetzt hatte er Rebecca ins Bett bekommen und die war ganz anders. Sie verstand es, seine Lust zu befriedigen – war doch eh so einfach. Ein Mann war ein Mann und der brauchte eben das eine und das ziemlich oft, wenn es schon so viel Spaß bereitete. Rebecca konnte in Ingos Seele wie in einem offenen Buch lesen. Sie verstand es, ihn bei Laune zu halten, ohne ihr Ziel aus den Augen zu verlieren.

Mochte sein, dass sie Ingo ein bisschen lieben gelernt hatte. Frau Rhode gefiel das natürlich außerordentlich. Endlich eine passende Frau für ihren Sohn, eine so schöne noch dazu. Rebecca hatte sich die Haare wieder wachsen lassen, blauschwarz schimmerten sie. Ihr Teint – von der Sonne gebräunt – stand ihr ausgezeichnet. Die Spuren vom Ausharren im Erdkeller waren verschwunden. Sie war eine selten schöne Frau geworden.

Germana Rhode, so hieß Ingos Mutter, hatte Rebecca ins Herz geschlossen und sah einer Hochzeit mit großer Freude entgegen. Irgendwie war sie ja eine Tochter, die ihr der Herrgott ins Haus gebracht hatte. Frau Rhode war trotz all der Kriegswirren, trotz der Verluste von Mann und erstgeborenem Sohn eine gläubige Frau geblieben. Immerhin war der Herrgott so gnädig gewesen, ihr Ingo zu erhalten – und jetzt noch Rebecca dazu. Da konnte es nur aufwärts gehen. Leichten Herzens überschrieb sie den Hof auf ihren Sohn.

Noch in der Hochzeitsnacht schaltete Rebecca plötzlich auf stur, als Ingo sich über sie werfen wollte. Das war ihm gar nicht recht. Ingo war es gewohnt zu bestimmen. Er hatte die Hosen an – auch wenn sie nackt im Bett lagen. Anlass für den Streit war die Sache zwischen Herta und Ingo, die Rebecca plötzlich ins Gespräch brachte. Sie warf ihm vor, dass er damals ihre

Freundin herzlos behandelt habe und Herta deswegen weggezogen sei. Ingo glaubte erst, seine frisch angetraute Frau ziehe ihn wegen der Zicke bloß auf. Doch ein Wort ergab das andere und aus ihrer Diskussion wurde ein erster handfester Ehestreit – verbal war er ihr unterlegen. Schließlich schlüpfte Ingo wütend in den Hochzeitsanzug und brauste mit seinem Motorrad davon. In einer der umliegenden Ortschaften war bestimmt eine Kneipe offen, in der er sich volllaufen lassen konnte. Wann genau Ingo ums Leben kam, konnte man nur erahnen. Ein Bauer fand nach Tagen zufällig eine Reifenspur, die zu einem Weiher führte. Dort musste Ingo, vermutlich betrunken, hineingefahren und ertrunken sein.

So plötzlich konnte es geschehen. Rebecca war zur Witwe geworden und tief betroffen. Ingos Mutter konnte es sich nicht erklären, warum ihr Sohn ausgerechnet in der Hochzeitsnacht durch die Gegend gedüst war. Überall waren doch Russen stationiert und es war gefährlich, ihnen in der Dunkelheit zu begegnen. Dass es ausgerechnet Russen waren, mit denen Ingo die Nacht durchzecht hatte, erfuhren die Hinterbliebenen erst viel später.

Das Rhode-Anwesen gehörte jetzt Rebecca. Gemeinsam mit der Schwiegermutter führte sie die Wirtschaft weiter. Selbstständig zu handeln, dazu war Rebecca Zeit ihres Lebens gezwungen worden. Solang Ingo das Sagen hatte, war sie bei alltäglichen Entscheidungen zurückhaltend gewesen. Doch jetzt, wo Ingo nicht mehr auf dem Hof war, bekam das innige Verhältnis zwischen den beiden Frauen Risse. Es war nur eine Frage der Zeit, bis es zum ersten Zwist kam. Frau Rhode gab Rebecca für Ingos Unfall indirekt die Schuld. Wenn ein Mann sogar in der Hochzeitsnacht eine Kneipe aufsuchen wollte – da stimmte was nicht mit der Braut.

Das Zerwürfnis wurde von Tag zu Tag brisanter. Es war aber auch die politische Situation, die beide Frauen entzweite. Germana Rhode war zwar alles andere als eine glühende Verfechterin einer sozialistischen Volkswirtschaft, wie sie dem Volk von Politgetreuen eingebläut wurde, aber sie liebte ihr Land, ihre Heimat – die Erde war das fruchtbringende Kapital der Bauern. Heimaterde hegte und pflegte man, die verteidigte man, nötigenfalls bis zum letzten Blutstropfen. Das Ulbrichtregime würde ebenso verschwinden wie das »Tausendjährige Reich« der Nazis, das nach dem Krieg verpufft war. Germana Rhode war geduldiger, nicht so rebellisch wie ihre Schwiegertochter. Im Grunde genommen war sie des Kämpfens müde geworden und wollte in Ruhe das machen, was sie seit jeher gemacht hatte – den Bauernhof weiterführen und dabei das Sagen haben.

Irgendwann reichte es Rebecca und sie stellte ihre Schwiegermutter vor die Alternative – entweder sie ließ Rebecca allein bestimmen oder Frau Rhode zahlte sie aus und gab ihr einen gerechten Anteil vom Hof. Nur, wie sollte das funktionieren. Längst in die Landwirtschaftliche Produktionsgenossenschaft, die LPG, eingebunden, war eine Auszahlung in Bargeld unmöglich. Frau Rhode konnte zwar die Felder bewirtschaften und die Ernten einfahren, sie hatte Vieh auf den Weiden stehen sowie Maschinen und Gerätschaften auf dem Hof. Aber der Eigentümer war schon längst das Kombinat, das Volk, der Staat. Also musste sich Rebecca mit ihrer Schwiegermutter irgendwie zusammenraufen. Und dieses Irgendwie war die Fortsetzung des Machtkampfes zwischen Ingo und Rebecca.

Rebecca hatte noch nie Sehnsucht nach Männern verspürt. Ihre Kindheit war von der brutalen Naziwelt geprägt worden. Judenhass, tumber Arierkult sowie der Körperkult von muskelstrotzenden Männern, die in Stein gehauen und auf Plakaten gezeigt wurden. Sie flößten ihr Angst ein. Sie konnte sich nicht vorstellen, dass so ein grimmig dreinblickendes Muskelpaket ihre Liebe und Sehnsucht nach Zärtlichkeit jemals hätte stillen können.

Ihre Jugendzeit war in einem Erdloch erstickt worden. Unbeschreiblich, was Rebecca durchmachen hatte müssen, stets in panischer Angst, von den Nazischergen – wiederum Männer – entdeckt und umgebracht zu werden.

Männer waren in ihren Augen Bestien. Nicht fähig, die Welt zu erhalten, zu schützen und zu gestalten. Männer machten alles kaputt. Solche Geschöpfe konnten keine intelligenten Wesen sein. In Rebeccas Augen waren Männer primitive Raubtiere auf zwei Beinen – ein Irrtum der Schöpfung. Vom jüdischen Glauben war nichts mehr in ihrem Herzen. Die Nazizeit und der Krieg hatten den Glauben an das Gute im Menschen, den Glauben an einen gerechten Gott, ausgelöscht. Gott existierte nicht. Er war eine Erfindung von den Herren der Schöpfung und die Frauen hatten ihnen untertan zu sein.

Nicht so für Rebecca. Ihre stille Auflehnung manifestierte sich in ihrem Kopf, in ihrem Herzen. Die Frau war die Beschützerin allen Lebens, in ihr gedieh und wuchs die Frucht zu neuem Leben. Jede Geburt war die Schöpfung eines Universums. Was sie unter Schmerzen in den Schoß der Erde legte, wurde vor allem Bösen dieser Welt beschützt und bewahrt. Die Frau war eine Augenweide, sie war sanft, war geistvoll, war intuitiv. Sie war eine Quelle der Freude für jeden, der es verstand, sie fließen zu lassen.

Nur, wer von den Männern verstand schon eine Frau?

In Rebeccas Gefühlswelt herrschte noch immer Krieg.

Nach dem Zusammenbruch des Dritten Reichs waren alle

beschäftigt, die Scherben aufzusammeln und aus den Trümmern ein neues Deutschland aufzubauen. Ein Herrgott sollte wieder herhalten und den Stuss der Männer reparieren.

Es waren die Frauen, die den überlebenden Männern zeigten, wie armselig sie waren, in ihren Gedanken und in ihrem Handeln. Im Töten von Menschen, da waren sie stark gewesen.

Hätte Rebecca damals ihre unbändige Wut den Männern ins Gesicht geknallt, sie wären über sie hergefallen.

Was blieb ihr also übrig, als sich einer neuen Männerwelt unterzuordnen? Denn schon wieder taten sich Führer auf und rissen das Ruder des noch zerstörten Staates an sich. Aufbau war angesagt. Frauen hatten da nicht viel zu reden, höchstens Steine zu schleppen und daheim hinterm Herd zu stehen und ihre Brut großzuziehen.

Eine Brut, die auch von Hunderttausenden Soldaten gewaltsam unter die Herzen genauso vieler Frauen verpflanzt wurde. Wie geprügelte Hunde nahmen diese Frauen Schmach und Schande auf sich und trugen ihren Nachwuchs aus, weil es ja doch wieder ein Kind Gottes war, welches das Licht der Welt erblicken durfte.

Was für ein Wahnsinn – Menschen wurden gezeugt, so weit entfernt von Liebe und Zärtlichkeit wie die Erde von der Sonne.

Kaum konnten sich die Überlebenden und die Heimgekehrten den Kriegsstaub aus den Kleidern klopfen und ihr bescheidenes, notdürftig zusammengeflicktes Zuhause genießen, da wurde ihnen eine Grenze vor die Nase gesetzt. Bloß weil sie ein bisschen am Wohlstand »von drüben« mitnaschen wollten. Das war doch verständlich, dass man sich am Wirtschaftswunder des Nachbarn orientierte, wenn es im eigenen Land nicht vorwärtsging. Was also macht man, wenn die Menschen davonlaufen? Man mauert sie ein.

Wie eine Buttersemmel auseinandergerissen, wurde Berlin im August 1961 von einer Mauer durchtrennt. Über Nacht zog sich ein »antifaschistischer Schutzwall« mitten durch das deutsche Land und teilte es in Ost und West. Er lief wie ein gezackter Blitz mitten durch Häuser, Felder, Wälder, Straßen, Flüsse – aber auch durch die Köpfe der Menschen. Er schnitt alles, was ihm im Weg stand, entzwei. Welch Glück für jene Menschen auf der besseren Hälfte des Landes, was für ein Pech für den Rest.

Natürlich wuchsen in den Köpfen der Bürger Widerstand und Auflehnung gegen jede Art von Grenzen, sichtbaren wie unsichtbaren. Die Menschen hatten genug von Gängelei und Staatsräson. Sie hatten genug von den hohlen Phrasen des Politkaders, vor allem genug von den Bespitzelungen. Es gab auch keine Schlupfwinkel mehr, wo man sich verstecken konnte, und man durfte selbst dem besten Freund nicht mehr trauen.

So war für viele DDR-Bürger im wahrsten Sinne des Wortes *die Flucht nach vorn* die einzige Lösung, um sich von der DDR loszulösen …

Auch die beiden Freundinnen, damals 34 Jahre alt, wollten rübermachen in die BRD. Rebecca musste Herta ihren Fluchtplan nicht lang unterbreiten, sie war sofort mit dabei.

Bis jetzt hatte ihnen das Schicksal – außer ihrem Leben – noch nicht viel Freude geschenkt. Doch ein inniges Band hatte sie von Kindheit an zusammengeschweißt und jetzt wollten sie endlich ein neues, vor allem ein freies Leben beginnen und alle Hürden überwinden, komme, was da wolle.

Rebecca wusste auch schon wie, wann und wo die Grenze zu knacken war. Sie plante ihre Flucht für den 2. Oktober 1961. Aus sicherer Quelle wusste sie zwar, dass in dieser Nacht noch andere aus Böseckendorf rübermachen wollten. Sie hatte aber schon länger Kontakt mit einem Fluchthelfer aus dem Westen, der sie genau instruiert hatte, an welcher Stelle sie den antifaschistischen Schutzwall knacken sollte. Sie verriet dem Mann aber nicht, dass eine weitere Person mitkommen würde. Vielleicht hätte er die Sache abgeblasen. Sie musste es riskieren und war deshalb Tage zuvor nach Erfurt gekommen, um Herta in ihr Vorhaben einzuweihen.

Was für ein Risiko. Herta hätte inzwischen ein DDR-Spitzel sein können. Doch Rebecca glaubte an ihre Liebe und so blieb ihr nichts anderes übrig, als sie zu fragen. Rebecca wusste, wenn sie die DDR verließ, würde sie Herta nie wiedersehen.

Hätte Herta damals geahnt, wie ihre Flucht enden würde, sie wäre nie auf Rebeccas Vorschlag eingegangen.

Wie gern hätte sie das Rad der Zeit zurückgedreht – bloß um eine Stunde nur …

Es war schon sehr spät, doch Herta hörte nicht auf zu erzählen. Sie verlor sich mehr und mehr in ihrer Vergangenheit und fuhr Helmut, der einlenken wollte, forsch über den Mund:

»Papperlapapp! Du sollst alles erfahren. Wer weiß, ob ich morgen noch lebe.« Sie lächelte erschöpft. »Wer soll dir sonst berichten, was damals wirklich geschehen ist! Du sollst einmal deinem Kind erzählen können, was die Großmutter mitgemacht hat, denn meine Geschichte wird mit mir begraben werden.«

»Aber, Oma, du stirbst noch lang nicht. Wir können uns doch bald wieder treffen. Jetzt, wo ich dich gefunden hab.«

»Nein, nein, es muss jetzt sein. Ich bin ja gleich fertig.«

Fein, dachte Helmut, besser konnte es nicht laufen.

Herta sah ihren Enkel liebevoll an.

»Lass mich das noch zu Ende erzählen. Wie wir unsere Flucht vorbereitet haben, darauf will ich nicht näher eingehen. In der bewussten Nacht haben Rebecca und ich uns zu jener Stelle nahe der Grenze begeben und gewartet, bis wir von der gegenüberliegenden Seite des Stacheldrahtverhaus das vereinbarte Signal erhielten. Es war erst zwei Mal, dann drei Mal der Ruf eines Käuzchens. Alles, was ich mitnehmen wollte, trug ich als Kleidung am Körper, ein paar feste Schuhe hatte ich an und den Rest nahm ich in einem handlichen Koffer mit. Jenes Köfferchen übrigens, mit dem ich zu Kriegsende mit meiner Mutter aus Erfurt geflüchtet war. Rebecca war wie ich schwarz gekleidet. Sie hatte lediglich einen Stoffbeutel mit. In der anderen Hand hielt sie eine alte Drahtschere. Die hatte sie schon Wochen zuvor aus einer Werkstatt mitgehen lassen.

Als wir das Käuzchen hörten, schlichen wir auf allen vieren in die unmittelbare Nähe des Drahtverhaus. Im Blickwinkel stets auf die Suchscheinwerfer achtend, wagte Rebecca einen Hechtsprung direkt zum Zaun hin und begann vorsichtig, die Drähte zu durchtrennen. Währenddessen hörten wir dauernd Männerstimmen. Einmal plötzlich so knapp neben mir, dass ich im Dunkeln die Silhouette eines Wachesoldaten sah und befürchtete, man würde uns entdecken.

Immer wenn einer der Suchscheinwerfer seinen Lichtstrahl in Rebeccas Nähe über den Boden streifen ließ, legte sie sich flach auf die Erde. Mir pochte jedes Mal das Herz bis zum Hals. Wir hatten Handzeichen vereinbart, wann ich draufloslaufen und wann ich mich sofort auf den Boden fallen lassen sollte. Als das Loch im Zaun endlich groß genug war, hielt sie für einen Augenblick die Hand in die Höhe.

Ich rannte los – etwa dreißig Meter – und kam atemlos bei ihr an. Stumm deutete sie mir, schob mich durch das Loch im Zaun und wollte den Koffer nachreichen. Da verfing sich dieses blöde Ding irgendwie an einer Drahtschlinge und ließ sich nicht lösen. Ich war schon auf der anderen Seite des Zauns und flehte Rebecca an, den Koffer liegen zu lassen. Doch sie rüttelte am Drahtverhau und versuchte ihn abzubekommen.

Plötzlich strahlte der Suchscheinwerfer sie direkt an.

Ein Soldat rief, dass da wer am Zaun sei. Schon stürmten zwei Männer auf Rebecca zu. Sie rief noch: Lauf, lauf, Herta! Doch ich kroch zurück und wollte ihr helfen. Da gab sie mir einen Stoß, so dass ich wieder zurückfiel. Hau doch endlich ab, du blöde Kuh!, schrie sie wütend. Einer der Soldaten hielt sie schon an den Füßen gepackt, der zweite wollte sich gerade auf sie werfen. Da bäumte sich Rebecca mit letzter Kraft auf, riss meinen Koffer aus der Schlinge und warf ihn durch das Loch im Drahtverhau, mir direkt auf den Kopf. Vergiss mich nicht, ich liebe dich!, rief sie. Es gelang ihr noch, ihren Stoffbeutel durch das Loch zu werfen. Ich riss Koffer und Stoffbeutel an mich und lief und lief. Zweige peitschten mir ins Gesicht. Plötzlich packte mich eine Hand und riss mich zu Boden. Dann verlor ich das Bewusstsein.«

Herta schwieg und sah bekümmert auf ihre Teetasse.

»Willst du noch einen?«, fragte Helmut.

»Nein, nein, danke …« Irritiert sah sie ihren Enkel an.

»Als ich wieder zu mir kam, saß ein Mann neben mir – Heinz, dein Großvater.«

»Ah, der Mann auf dem Traktor. Meine Mutter hat mir nicht viel von ihm erzählt«, gestand Helmut.

»Da gab's auch nicht viel zu erzählen. Er verschwand, da war Karin gerade ein paar Wochen auf der Welt.«

»Hat er dich verlassen?«, wollte er wissen.

»Ja … aber bestimmt nicht böswillig. Heinz war Fluchthelfer und wurde geschnappt. Als er mich damals hinter dem Grenzzaun zu Boden gerissen hatte, fiel ich mit dem Kopf auf einen Stein, deshalb wurde ich ohnmächtig. Als ich wieder zu mir kam, wollte ich zurück, um Rebecca rüberzuhelfen. Heinz hatte alle Mühe, mich davon abzuhalten. Weil er mich festhielt, schlug ich auf ihn ein. Ich stand unter Schock. Da knallte er mir eine. Später hat er sich dafür entschuldigt.«

Herta seufzte tief auf.

»Von Rebecca habe ich nie wieder etwas gehört. Sie blieb verschollen. Als ich nach dem Mauerfall in die Stasiakten Einsicht nehmen durfte, fand ich keinen einzigen Hinweis auf Rebecca Silberstein, aber auch nicht auf Heinz Walser, da ein großer Teil der Akten schon vernichtet worden war.

Achja, in Heinz habe ich mich damals verliebt. Mag sein, weil er mein Retter war – ich weiß es nicht mehr. Er nahm mich mit ins Gasthaus, wo er übernachtete. Ab dieser Nacht blieb ich bei ihm – kurz darauf wurde ich schwanger. Heinz Walser war Österreicher, der oft in Deutschland für einen Landwirtschaftskonzern zu tun hatte. Für Österreicher war es unverfänglicher, in die DDR einzureisen. Obendrein hatte Heinz zu LPG-Getreuen in unserem Landkreis guten Kontakt, mit denen machte er seine Geschäfte. Nebenbei aber betätigte er sich als Fluchthelfer. Heinz lebte in Baden bei Wien, im Haus seiner Eltern. Die Mutter war schon gestorben, der Vater im Krieg verschollen. Er hatte eine ältere Schwester, Karin, mit der ich mich nicht verstand. Das Elternhaus teilten sich die Walser-Geschwister. Karin wohnte mit ihrem Freund im Erdgeschoss, Heinz im ersten Stock.

Als er *seine Geliebte, die er Ulbricht geraubt hatte,* wie er spaßhalber sagte, zu sich nachhause brachte, spürte ich sofort Karins Ablehnung. Eine Kommunistin in ihrem Hause, mokierte sie sich, warum ich denn abgehauen sei, wo doch der Kommunismus so wunderbar sei. Am liebsten hätte ich sie in die DDR verbannt, damit sie die Realität zu spüren bekäme.

Heinz wollte unbedingt, dass unser Kind Karin heißt, wenn es ein Mädchen wird. Ich war damals viel zu befangen, um mich dagegen aufzulehnen. Heinz war ein liebevoller Mensch und er bemühte sich rührend um mich – ganz im Gegensatz zu seiner Schwester. Als das Kind zur Welt kam freute sich Heinz über ein Mädchen, mit Namen Karin.

Wenn Heinz unterwegs war – meist zwei Wochen am Stück –, hatte ich meine liebe Not mit seiner Schwester. Nichts ließ sie unversucht, um mich zu beleidigen oder mir im Haus das Leben schwer zu machen. Ich sagte es Heinz. Daraufhin stellte er sie zur Rede und es gab richtigen Zoff zwischen den beiden. Ich war damals so unglücklich, sah aber keine andere Möglichkeit, woanders unterzukommen. Ich musste mich um das Kind und den Haushalt kümmern. Ich flehte Heinz um des Kindes Willen an, doch endlich aufzuhören. Ich hatte Rebecca verloren und wollte nicht auch noch ihn verlieren. Doch Heinz wollte den Wortbrecher Ulbricht für seine Lüge: *Niemand hat die Absicht, eine Mauer zu bauen,* strafen. Der halben DDR würde er beim Rübermachen helfen. Was zu tun sei, sei zu tun, sagte er nur. Andere hätten auch Anrecht auf Freiheit und Glück.«

Herta schwieg wieder.

»Bevor Heinz erneut in die DDR reiste, sagte er mir, dass er seinen Anteil am Haus auf mich überschreiben habe lassen, falls etwas mit ihm geschehen würde. Dann verstrichen die üblichen zwei Wochen, doch Heinz kam nicht zurück. Auch die folgenden Wochen und Monate erfuhr ich nichts über seinen Verbleib. Damals war es nicht so selbstverständlich, kurz mal in der DDR anzurufen. Ich hätte ja nicht einmal gewusst, wo ... Heinz war und blieb verschollen. Das Theater, das ich deswegen mit seiner Schwester hatte, das kannst du dir ja denken. Wie gut, dass mir Heinz seinen Hausanteil überschrieben hatte. Zehn Jahre nach seinem Verschwinden – so lang musste ich warten, bis er für tot erklärt wurde – verkaufte ich meinen Anteil an Heinz' Schwester und leistete mir diese Wohnung.«

Herta sah um sich. Ihr Blick blieb an der Schatulle hängen.

»Ach, was soll ich erzählen – ich war auf der österreichischen Botschaft, die schickten mich zur deutschen Botschaft in Wien. Im Endeffekt kam nichts heraus. Mein Bericht wurde in die BRD weitergeleitet. Man versicherte mir, sich zu melden, wenn Bewegung in den Fall käme ...«

Herta nahm die Schatulle in ihre zittrigen Hände.

»Bis heute hat sich niemand gemeldet. Nur das Foto mit Heinz auf dem Traktor und Rebeccas Schatulle ist mir ...«

Mitten im Satz sackte die alte Frau zusammen.

Ihr Kopf fiel hart auf das Fotoalbum. Mit Gepolter fiel die Schatulle zu Boden und sprang auf. Fotos, Schriftstücke und ein Brief fielen heraus. Etwas Dunkles verschwand unter der Bank.

Helmut erschrak und sprang hoch.

»Oma! Was ist mir dir?«

Wie im Zeitraffer sank die alte Frau vom Sessel – so schnell konnte er nicht zupacken – und landete auf dem Fußboden.

Hilflos sah Helmut sich um, die Vorhänge waren nicht zugezogen. Doch er konnte beruhigt sein, sie befanden sich im obersten Stock eines Hochhauses in der Südstadt.

War die Dosis doch zu stark gewesen? Er beugte sich über sie und fühlte ihren Puls – Gott sei Dank, sie lebte.

Er suchte das Schlafzimmer und öffnete die Tür, dann hob er die alte Frau vom Boden auf, legte sie behutsam auf das Bett und entkleidete sie. Befangen von Hertas zierlicher Statur und ihrer faltigen Haut, wagte er es nicht, ihr ein Nachthemd anzuziehen. Er scheute sich, ihre Haut zu berühren, und kam sich richtiggehend schäbig vor.

Doch seine Absicht trieb ihn vorwärts. Er ließ Herta nackt liegen und deckte sie lediglich zu.

Plötzlich wurde ihm heiß. Sein schlechtes Gewissen heizte ihm ein. Er ging zum Fenster, riss es auf und atmete in tiefen Zügen ein. Eine böse Vorahnung ließ ihn kurz erschaudern, während er fieberhaft Konsequenzen durchspielte. Schließlich schloss er das Fenster, kippte es und wandte sich ihr zu.

»Verzeih mir, Oma«, murmelte er, »aber es musste sein.«

Eine Haarsträhne, die Herta ins Gesicht hing, strich er behutsam zur Seite.

Er eilte ins Wohnzimmer, raffte die Schriftstücke und Fotos zusammen und stopfte sie in die Schatulle. Da fiel sein Blick auf den Brief. Er überflog ihn kurz und drehte das Blatt um. Als er zu lesen begann, hellte sich sein Gesicht auf, er triumphierte:

»Gefunden … endlich, das ist es!«

Es war ein händisch skizzierter Lageplan. Ein Straßennetz mit Namen und Meterangaben; ein markantes Haus, genauestens beschrieben; vier eingezeichnete Birken, einer der Bäume war mit einem Kreuz versehen.

… zwei Meter links davon graben.

Helmut legte den Brief in die Schatulle, löschte die Lichter und verschwand aus der Wohnung …

Zwei

Mittwoch, 11. November 2009

Die beiden waren auf die frei gewordenen Fensterplätze nachgerückt. Jetzt saßen nur noch sie im Abteil.

Draußen war es längst dunkel und ihre Gesichter spiegelten sich im Fenster, auf dem Regentropfen wie Sterne glitzerten.

Das Pärchen neben ihnen hatte vor lauter Schmuserei das Aussteigen beinahe verpasst und war im letzten Moment aus dem Zug gesprungen, bevor dieser ruckelnd aus dem Bahnhof von Neulengbach fuhr.

Natürlich hätten sie einen späteren Zug nehmen können. Einen schnellen, der die Strecke in einem durchfuhr. Doch da hätten sie eine Dreiviertelstunde lang in der feuchten Kälte stehen müssen und wären auch nicht früher angekommen.

Tagsüber war es ungewöhnlich warm für diese Jahreszeit gewesen. Doch abends hatte das Wetter umgeschlagen, die Temperatur war gesunken und es goss in Strömen.

Ein Sauwetter war das und was für ein Tag erst!

Der 11. 11. – Faschingsbeginn, ach wie gspaßig.

Von wegen lustig, stundenlanges Sitzen und ein lauwarmes Buffet zum Vergessen, so hatte der Spaß ausgesehen!

Der Tag war eingeteilt in drei Themenkreise und war – salopp gesagt – die Qual zum Quadrat hoch vier.

Operative Verbrechensbekämpfung innerhalb der EU …

Prekäre Auswüchse der Jugendkriminalität …

Ortung aufkeimender Terrorismuszellen …

Die acht Stunden im Schulungszentrum hatten sich wie ein Strudelteig in die Länge gezogen und sich drei Mal so lang angefühlt.

Ein Optimist hätte sich diebisch gefreut – sechzehn Stunden zusätzliche Lebenszeit geschenkt bekommen!

Mike Lehner war aber zurzeit kein Optimist und auch kein freiwilliger Zuhörer. Er war von seinem Chef nach Ybbs an der Donau abkommandiert worden. Es war gewünscht, dass ein Mann pro Sondereinheit teilnahm. Immer diese Geschlechtsbetonung: *ein Mann pro*. Als wenn es nicht auch eine Kollegin hätte sein können, eine Frau pro und basta. Die Schneider zum Beispiel, eh so eine karrieresüchtige Zicke. Da hätte sie wieder mit neuestem Fachwissen brillieren können …

Phrasen und Wortfetzen der Vortragenden zu dem einen oder anderen Thema rasten durch Lehners Kopf. Vierzehntausend Mal schneller, als der Zug durch die Landschaft zuckelte und – Strich für Strich – die Strommasten am Abteilfenster vorbeifliegen ließ.

Wusch … wusch … wusch …

Vierzehntausend Mal – wieso komme ich gerade auf diese bescheuerte Zahl?, dachte Lehner. Bei vierzehn fiel ihm sein Sohn ein, parallel dazu Statements aus dem Vortrag über Jugendkriminalität. Sein Sohn, mit seinen vierzehn Jahren, war zurzeit ebenfalls ein überaus prekäres Thema. Überhaupt, die heutigen Themen – mit denen wollte er nicht auch noch zu tun haben müssen. Ihm reichte sein Dienst unter Mellers Kommando in der V-Gruppe 4, zuständig für Delikte wie Körperverletzung, Mord und Totschlag – eh blutrünstig genug.

Der V-Agent hing seinen Gedanken nach und bemerkte nicht, wie er seiner Gewohnheit, einem harmlosen Zähltick, verfiel.

Wenn ihn etwas anödete, dann begann er Wiederholungen zu zählen. Bei dem Vortrag über Jugendkriminalität zum Beispiel verwendete die Psychologin das Wort *definitiv* sage und schreibe einhundertdrei Mal.

Das fiel auch bereits der Sitznachbarin auf. Es erheiterte die Kollegin, weil Lehner auf seinem Meetingblock eine Strichliste darüber führte.

Beim ersten Vortrag war es vierundachtzig Mal das Wort *immerhin*. Und beim letzten war es neunundsiebzig Mal die Frage des Vortragenden *Sie verstehen mich?*

Mike Lehner hatte verstanden – alle, alles und noch viel mehr.

Jetzt saß er im Zug Richtung heimwärts.

Innerlich rauchte sein Hirn vor lauter Ausdrücken und Eindrücken. Und vom stundenlangen Sitzen tagsüber tat ihm der Hintern weh.

Sein geliebtes Spiel, Dinge, Wörter oder Ereignisse zu zählen, begann von Neuem.

Für Lehner hatte es auch den Vorteil, nichts so leicht zu vergessen. Egal, in welchem Winkel seiner grauen Zellen es abgespeichert ausharrte, um neu bewertet und gegebenenfalls analysiert zu werden. Sein Zähltick hatte ihn oft auf die seltsamsten Ideen und Spuren gebracht – für Kriminalisten eine ungemein wichtige Gabe.

Jetzt verkürzte ihm sein Tick einfach die Fahrtzeit.

Seit er bei beim S-C-ONE Dienst schob, hatte es schon etliche Mordfälle gegeben, mit denen sich seine Abteilung herumschlagen musste. Er begann in Gedanken die Fälle aufzuzählen:

Die erste Akte lief unter dem Titel »Frühlingsrolle«, weil das Opfer in einen chinesischen Seidenteppich eingewickelt war.

Eigentlich war ja nicht mehr viel vorhanden, nur noch der halb verweste Torso – eine grausliche Geschichte.

Lehner hielt den Daumen für den ersten Ermordeten hoch.

Dann die Causa »Kramer«. Lehner ließ den Fall Revue passieren, er zählte. Eine Person fiel ihm namentlich partout nicht mehr ein, so sehr er sein Hirn anstrengte. Siehst du, rügte er sich innerlich, wie wichtig es ist, sein Gedächtnis zu trainieren.

Damals hätte es auch seinen Chef beinahe erwischt. Sauknapp war das – ein Finger also wieder weg.

Vor zwei Jahren war's dann besonders arg. Finger für Finger addierte er gedanklich dazu.

Und vergangenes Jahr? Lehner zählte erneut gezeigte Finger zur bisherigen Summe unterm Strich.

»Was zählen Sie?«, wollte die Kollegin wissen, weil sie ihm schon eine Weile zusah, wie er Finger für Finger ausstreckte.

»Die Ermordeten«, erwiderte er, im Zahlenspiel versunken.

»Die Ermordeten?«

»Ja. Alle, mit denen ich seit meinem ersten Tag beim S-C-ONE zu tun hatte … Jetzt fällt's mir wieder ein. Schmiedl hieß sie.«

»Welche Schmiedl?«

»Egal, die ist auch schon tot. Also, wenn ich mich nicht verzählt habe, dann sind es bis jetzt genau …«

Sein Handy dudelte. Hastig suchte er es im Aktenkoffer, der neben ihm auf dem Sitz lag.

»Ja?«, antwortete er knapp und hörte angespannt zu. Die Antwort, wie viele Ermordete es waren, blieb er schuldig.

Sie beobachtete sein Mienenspiel.

Selten, dass ihr ein Mann auf Anhieb gefiel.

Mit ihren knappen eins achtzig tat sie sich unendlich schwer, ein passendes Pendant zu finden, obwohl sie eine sympathische, gewinnende Art hatte und eine attraktive Frau war.

Doch Ingrid Kurzweil war wählerisch bei der Suche nach ihrem Mister Right.

Neben Kriterien, wie einwandfreier Charakter, hoher Intelligenzgrad plus einer Prise Humor, gepflegtes Äußeres, erotisierender Stimme und passender Mannesgröße, waren vor allem die Hände eines Mannes ausschlaggebend, wenn ihr Herz für einen solchen schlagen sollte.

Lehners Hände hatten ihr beim ersten Händedruck gefallen. So groß, so kräftig, so beschützend, so inniglich warm war seine Hand, die sie drückte. Da würde die linke um nichts nachstehen – so ihre ironische Bemerkung zu sich selbst.

Reich mir die Hand, mein Leben, hatte ihr Herz gejubelt.

»Lehner, mein Name, Michael Lehner. Die Kollegen nennen mich Mike ... vom S-C-ONE in Mödling«, waren seine Worte und er war dabei errötet.

Ihr »Ingrid Kurzweil« schien er überhört zu haben, weil er sie nur mit *Frau Kollegin* ansprach. Es war viel zu verhalten über ihre Lippen gekommen. Wie immer, wenn ihr ein Mann gefiel.

Ein Zwei-Meter-Mannsbild – und so niedlich schüchtern!

Wie ein kleiner Junge war er tolpatschig in ihr Herz getreten.

Dieser Mann hatte etwas, das wie eine Schaumkronenwelle ihre Herzwand umspülte und in ihre Adern ein brummiges Vibrieren zauberte, wie sie es schon so lang vermisst hatte ...

»Kommt nicht infrage ... wir haben vereinbart, dass du ...«

Diese sonore Stimme! Sie hörte ihm andächtig zu.

Falten bildeten sich auf Lehners Stirn.

»... Moment – das hast du mit ihr abzuklären, so war das von Beginn an ausgemacht. Wie oft haben wir das schon ...«

Allein das Zuhören! Sie wetzte nervös auf ihrem Sitz herum.

Noch tiefere Stirnfalten. Lehners Stimme wurde um einen Deut lauter, obwohl er sich bemühte, gelassen zu klingen:

»Ich bitte dich, Tobias, verschone mich mit solch krummen Ausreden. Du weißt genau, so läuft das nicht …«

Dieser kräftige Ton, bestimmend und fordernd! Der Mann bleibt auch in kniffligen Situationen höflich.

Lehners kurzes, grimmiges Lächeln galt diesem Tobias. Recht hat der Herr Kollege, nur nichts gefallen lassen!

»Das hättest du wohl gern … nein, sagte ich am Morgen. Und *nein* heißt bei mir auch am Abend noch immer *nein!*«

Verärgert unterbrach Lehner die Leitung.

Richtig, gib's diesem Tobias!, feuerte sie ihn innerlich an.

Lehner seufzte auf und blickte kurz in die Nacht hinaus.

Als er nur sein frustriertes Gesicht im Abteilfenster gespiegelt sah, wählte er eine Nummer und wartete sekundenlang.

Ingrid spürte förmlich, wie irgendwo auf der Welt einsam ein Handy dudelte, und stellte sich vor, es wäre ihres. Sie hätte es nicht so lang dudeln lassen, sondern sofort abgehoben.

Schließlich gab Lehner auf, schaltete sein Handy aus und ließ es im Aktenkoffer verschwinden.

»Läuft wohl nicht so toll mit diesem Herrn Tobias«, bemerkte sie mitfühlend.

»Mein Sohn, vierzehn Jahre alt. Da erübrigt sich jedes weitere Wort.« Lehner versuchte ein Lächeln. Es misslang.

Sieh da, ein Sohn – klar, solche Männer können nur Söhne haben. Aber zu einem Sohn gibt es auch eine Mutter.

Das hätte sie sich gleich denken können, dass ein Mannsbild wie Lehner verheiratet ist. Ihr Hoffnungspegel sank um drei Stockwerke bis in den Keller. Aber noch sind ja nicht alle Chancen vergeben. Vielleicht gibt's bei den Lehners Dauerzoff und er lebt getrennt von seiner Frau, gar geschieden? So wie der Mann eben mit seinem Kind diskutiert und mit keinem Wort seine Frau erwähnt hat …

Er beobachtete heimlich die Kollegin, die scheinbar mit ihrer eigenen Gedankenwelt beschäftigt war, so wie sie ihren Blick nach innen gekehrt hatte.

Gut, dass man Gedanken nicht lesen kann, dachte sich Lehner, als er Ingrid Kurzweil betrachtete und von plötzlichem Herzpochen verunsichert wurde – Vorhofflimmern? Das kannte er bis dato nicht. Er hatte aber davon gelesen, dass es Menschen, die besonders unter Stress standen, bekommen konnten.

Sein Herz pochte auf einmal heftig und arhythmisch!

Sie war eine attraktive Frau, lange blonde Haare – nicht unbedingt seine Vorliebe, er stand eigentlich auf … ja, worauf stand er denn?

Wie mit einem Vorschlaghammer in sein Hirn geklopft, kam es ihm plötzlich, dass seine Antennen für weibliche Reize vor Jahren gekappt worden waren. Stoppl war ihm so in Fleisch und Blut übergegangen, dass er nicht einmal bemerkte, wenn sie an sich was änderte, neuer Haarschnitt, ein neues Outfit oder neue Schuhe.

Doch das war die eigentliche Krux – seine Stoppl änderte nie etwas an sich und er auch nicht an ihr. Bedenklich, dachte er.

Mike war fünfundvierzig, seine Jahre waren wie Honig aus dem Stundenglas des Lebens getropft. Jetzt täuschte die honiggelbe Glaswand nur noch Süße vor. Doch den Finger hineinzutauchen und den Rest der Süße abzukratzen? Hatte er davor einen Bammel, vor dem klaren Blick durchs Glas?

Nein! Mike sinnierte vor sich hin und steckte alle seine Finger hinein, holte das letzte süße Klebrige heraus, um Klarheit zu bekommen. Und die schmeckte bitter im Nachgeschmack.

Da gab es ein Leben, das er Tag und Nacht für seine Familie aufopferte. Da gab es seit Jahren seine Frau, die in den letzten Monaten nur noch für ihre eigenen Interessen zu begeistern war und ihn irgendwie links liegen ließ. Okay, er machte es ihr auch nicht gerade leicht, mit seiner oftmaligen Abwesenheit. Doch sein Job verlangte ihm vollen Einsatz ab. Gerade jetzt, wo es mit der Wirtschaft abwärts ging und die Verbrecherszene mehr denn je einen Aufschwung verzeichnete.

Mike war alles andere als ein Karrieretyp, aber das Leben war teuer geworden. Auch er wollte auf der Leiter des Erfolgs hochsteigen und nicht auf der Leitung stehen. Wenn schon Leitung, dann die Leitung der V-Gruppe 4 – so viel zu seinem erdachten Wortspiel. Er grinste kurz.

Sein Chef hatte bereits Andeutungen gemacht, ihn dafür vorzuschlagen, wenn Mike denn wolle. Er hatte Meller beim letzten Fall erfolgreich vertreten, das war bis ins Ministerium durchgedrungen. Bevor ihn Axel Körner oder gar der Tiroler Hofer vom Platz wegdrängten, musste er rechtzeitig Schritte setzen und sich vorrangig unentbehrlich zeigen.

Die Erklärung, dass seine Überstunden das Rückgrat für die Finanzierung ihrer teuren Wohnung waren, hatte Stoppl stets als Ausrede abgekanzelt. Er musste sich allerdings eingestehen, dass er nach manch hektischem Tag noch auf ein Bierchen gegangen war, um wieder runterzukommen, den ganzen Stress und Ärger wegzuspülen. Und das passte Stoppl nicht, denn das Bierchen könne er auch daheim trinken, das sei billiger, von wegen finanzielles Rückgrat.

Gewiss, Mike konnte sich nicht beklagen, dass seine Frau schludrig mit dem Geld umging. Stoppl war sparsam – Gott sei Dank. Nur, da gab es noch Tobias. Seit sein Junge in der pubertären Phase steckte, versuchte er mit allen Tricks, Lehners knappes Haushaltsbudget zu sprengen.

Mochte sein, dass Heranwachsende etwas mehr benötigten als üblich. Aber musste das von allem alles sein?

Mike hatte in diesem Alter, ein wesentlich bescheideneres Dasein gefristet und war glücklich gewesen, wenn er hin und wieder überhaupt ein Taschengeld bekommen hatte. Seine Eltern hatten es nicht so dick gehabt. Er war mit dem Wenigen, was für ihn abgefallen war, stets zufrieden gewesen.

Doch Tobias trieb es auf die Spitze. Seine permanente Forderung nach diesem und jenem brachte Mike auf die Palme. Das Zimmer des Jungen war bereits mehr Warenlager als Schlafstätte. Fernseher, Computer, Spielkonsolen, CDs, DVDs, dazu noch Klamotten, die überall im Zimmer verstreut umherlagen. Markenware, versteht sich. Stoppl sah darüber nicht nur gnädig hinweg. Nein, sie fand auch, dass der Junge sich erst innerlich festigen sollte.

Ein paar hinter die Löffel sollten dem Jungen verpasst werden!

Das war von Mike jetzt nur so dahingedacht – nie hätte er die Hand gegen sein eigen Fleisch und Blut erhoben. Aber Tobias' unverschämte, aufmüpfige Art hatte Mike oft drei Mal tief durchatmen lassen müssen.

Und was war das vorhin gerade?

Versteifte sich dieser unersättliche Pimpf doch plötzlich darauf, ein Mofa zu bekommen! Noch keine fünfzehn, der Bub! Aber weil einer seiner Freunde eins zu Weihnachten bekäme, müsse auch er unbedingt eins haben …

Lehner spürte plötzlich, wie sich sein Magen schmerzhaft zusammenzog und sich am Rückgrat Schweißtropfen bildeten, die lästig kitzelten. Er drückte sich in die Polsterung.

Ein Geschwür, kam es ihm siedendheiß.

Er hatte schon vor Tagen ein verdächtiges Ziehen in Brust und Magengegend verspürt. Kein Wunder, bei dem, was er täglich runterschlucken musste, einschließlich dem heutigen Essen.

»Haben Sie Schmerzen? Sie sind plötzlich so blass im Gesicht.«

Ingrid Kurzweil sah ihn besorgt an.

»Ich? Äh, äh … nein, nicht so direkt.«

Lehner richtete sich auf und atmete tief durch.

»Ich habe Schmerztabletten bei mir. Wollen Sie eine?«

Sie wartete seine Antwort nicht ab, suchte bereits in ihrer Handtasche und hatte bald eine Schachtel in der Hand, die sie Lehner reichte.

Wie ihm das wohltuend runterglitt. Endlich wieder jemand, der sich um sein Befinden Sorgen machte.

»Zum Nachtrinken habe ich auch was.«

Sie lächelte, zog einen Flachmann aus der Tasche, drehte den Verschluss ab und reichte ihm das matt polierte Metallgefäß.

»Manchmal tut ein Schluck wahre Wunder.«

Na, da schau her, dachte Mike erstaunt. Eigentlich müsste dieses Ding in ihrer Hand nicht Flachmann, sondern *Flachfrau* heißen. Flachfrau – was für eine Wortschöpfung, die ihn sein Hirn erfinden hatte lassen. Denn Ingrid Kurzweil war alles andere als flach. Sie besaß eine üppige Oberweite. Seine Stoppl war in dieser Hinsicht mäßig ausgestattet.

Aber jetzt saß ihm eine Frau gegenüber, die er – je mehr er in seinen dunklen Seelenkammern frustriert herumstöberte – von Minute zu Minute anziehender fand. Was hieß anziehender? Er ertappte sich dabei, wie er sie in Gedanken hier im Zug …

Lehner, was ist los mit dir?, mahnte er sich und erschrak über seine Erektion, die sich verdächtig im Schritt formte.

Verlegen überkreuzte er seine Beine.

Mannomann, Lehner! Die Kollegin war doch um glatte fünfzehn, wenn nicht zwanzig Jahre jünger als er! Und er war verheiratet, war Familienvater, war fünfundvierzig Jahre alt.

… na und?, stichelte es in Mikes Kopf.

Eines Mannes Hirn flattert eben hin und wieder auf Halbmast, pfeift auf die Vernunft und lässt sich von Trieben treiben.

Doch Lehners Hirn zischte im Blindflug dahin. Es war der Beginn seines moralischen Abstiegs, den er, wenn auch mit Herzpochen, seelenruhig in Kauf nahm.

Im Mann steckt neben Mut und Stärke auch Wut und Verzweiflung, verteidigte er seinen plötzlichen Sinneswandel, um diese vulkanartige Eruption vor sich selbst zu rechtfertigen.

Mike verglich sich mit dem Erdball – eine nach außen hin gefestigte Masse, die innerlich vor sich hin brodelte. Zwischen den kontinentalen Hirnhälften bahnte sich der seelische Überdruck einen Weg – und Mike brach aus. Noch war er nicht so weit, aber knapp davor, das spürte er. Hatte er nicht lang genug ausgeharrt, zwischen ehelichem Pflichtbewusstsein, Verzicht und geduldigem Über-sich-ergehen-Lassen von allerlei Unliebsamkeiten?

War denn das das Leben, das er sich vorgestellt hatte?

Mäßige dich, Lehner!, raunte ihm sein Gewissen zu. Doch das triebhafte Rauschen der Lust übertönte es und das pulsierende Blut in seinen Adern ließ mahnende Rufe bereits im Keim ersticken.

Wäre er beim Meeting nicht neben Ingrid Kurzweil gesessen, würde er ihr jetzt nicht gegenübersitzen und seine Gedanken wären nie so weit übers Ziel hinausgeschossen wie soeben.

Aber hatte nicht sie neben ihm Platz genommen, nach der ersten großen Pause? Richtig, sie hatte den ersten Schritt getan!

Natürlich war ihm die Kollegin sofort positiv aufgefallen, bei ihrer Größe von mindestens eins achtzig.

Für Lehner schlechthin das ideale Maß einer Frau.

Lehner, du Schwerenöter, schalt er sich, während der Zug in rhythmischem Stakkato Richtung Wien fuhr.

Tatamm … taratatamm … tatamm … taratatamm …

Ein animierendes Geräusch, fand Lehner.

Plötzlich lächelte er seit Langem wieder richtig gelöst.

Ansonsten war es ihm lästig, mit dem Zug nach Ybbs zu fahren. Es war weniger das Zugfahren selbst, vielmehr störte ihn das mehrmalige Umsteigen, bis er im Zug saß. Gewiss, er hätte auch mit dem eigenen Auto fahren können, aber dann hätte er für die Fahrtkosten selbst aufkommen müssen.

»Wozu haben wir die Bundesbahn, wenn nicht einmal wir Beamten mit gutem Beispiel vorangehen«, so die Worte des neuen S-C-ONE Chefs.

Seit sie in das Gebäude nahe dem Mödlinger Friedhof übersiedelt waren, war alles neu. Die Büros, viele Leute und der Chef. Ein gewisser Dr. Erwin Brüller wurde ihnen vorgesetzt. Nix mehr war's mit der »Tuareg«. Nicht etwa, weil sie gegangen wurde oder selbst gekündigt hatte. Dr. Turek hatte sich eine Auszeit genommen – sie bekam ein Baby.

Siehst du, beantwortete sich Lehner seinen Gedankengang, schon wieder alles neu. Aber es sei der Tuareg gegönnt. Sie wird noch draufkommen, wie unkompliziert und bequem das Leben ohne Kind war.

Und wieder fiel dem V-Agenten die letzte Forderung seines Sohnes ein – ein Jahr Vorschuss auf das Taschengeld. Der hat sie doch nicht mehr alle, das würde Tobias so passen!

Aus, Schluss, basta – Papas Spendierhose war für die nächste Zeit verflixt gut zugenäht. Er grinste grimmig vor sich hin, während sein Kopf im Rhythmus des Zuggeräuschs mitwackelte.

Langsam beruhigte er sich und seine Gedanken führten ihn wieder zum eigentlichen Thema – zu seinem aufreizenden Gegenüber, das ihn von Minute zu Minute mehr erregte.

Tatamm … taratatamm …

Sein Gesichtausdruck verriet das Runterfahren seines Gedankenapparats auf null. Einzig animalen Gedankenläufen erlaubte er Eintritt in seine beiden Hirnhälften.

Tatamm … taratatamm …

Es war noch eine gute Viertelstunde bis nach Wien.

Ingrid Kurzweil erhob sich. Sie wollte das Fenster öffnen, um Frischluft zu bekommen.

Plötzlich – ein metallisches Bremsgeräusch, der Zug hielt an.

»Huuuch!«, lachte sie erschrocken auf, als sie auf Lehners Schoß landete. »Entschuldigung, das war keine Absicht!«

Göttlicher Wink des Schicksals, kam es ihr blitzartig, während der V-Agent versuchte, ihr auf die Beine zu helfen.

Da schlang sie die Arme um Lehners Hals und küsste ihn. Ihr plötzliches Begehren ließ Mike zwar kurz erstarren, entlockte ihm sogar noch ein erstauntes »Frau Kurzweil?«, doch nun erwiderte er ihr Lippenspiel nicht minder heftig.

Sie bemerkten nicht, dass der Zug bereits minutenlang stand. Erst das Aufreißen der Abteiltür ließ die beiden wie zwei beim Käseknabbern ertappte Mäuse auseinanderfahren.

Der Schaffner, irritiert von ihrer heftigen Reaktion, musterte sie misstrauisch. Prüfend sah er sich im Abteil um, als hätten die beiden etwas vom Inventar abmontiert.

Schließlich verkündete er unwirsch:

»Der Zug steht … das kann Stunden dauern.«

»Haben wir eine Panne?«, fragte Lehner und fuhr sich über den Mund, um etwaige Lippenstiftspuren abzuwischen.

»Was Sie haben, will ich nicht wissen, das sieht man eh. Aber was da draußen passiert ist …«

Er hielt kurz inne, um die rechten Worte zu finden. »Jemand ist auf den Schienen gestanden und jetzt steht er nimmer … was das heißt, wissen Sie vermutlich.«

»Furchtbar!«, hauchte sie entsetzt und schlug die Hände vors Gesicht …

Ingrid Kurzweil arbeitete bei der Kriminaldirektion 3 in Wien und war eine wissbegierige Fachkraft, sehr zur Freude ihres Chefs. Zum Meeting war sie gefahren, weil sie viele Bereiche des Sicherheitswesens interessierten. Mit Leichen hatte sie bisher nur in Form von Fotos aus Akten und Berichten zu tun gehabt. Doch jetzt waren sie mit dem Zug – wörtlich gesprochen – über einen Menschen gerollt, hatten ihn zerfetzt. Sie kannte solche Bilder von Selbstmördern.

Lehner wusste, was das hieß – stundenlanges Warten, bis die Spurenermittlung abgeschlossen war. Wenn sie Glück hatten, wurden sie von einem Schienenersatzfahrzeug zum Westbahnhof befördert.

Er wollte sich nicht als Krimineser zu erkennen geben. Sein Blick auf Ingrid Kurzweil ließ sie verstummen, da sie schon etwas in der Richtung hatte sagen wollen.

»Die Herrschaften haben eh einen netten Zeitvertreib«, urteilte der Schaffner und wollte das Abteil schon verlassen. Da drehte er sich um und fragte Lehner direkt:

»Ich kenn Sie von irgendwo! Aus Mödling, stimmt's?«

»Mich kennt niemand«, erwiderte Lehner überrumpelt.

Doch der Schaffner blickte ihn prüfend an, murmelte: »Ich merk mir jedes Gsicht«, und ließ die beiden allein.

Mit einem Knall rastete die Schiebetür in der Verriegelung ein.

So ein Trottel! Lehner ärgerte sich maßlos und begann zu schwitzen. Klar hat der mich erkannt, sonst wüsste er nicht, dass ich aus Mödling bin. Wenn der jetzt blöd herumredet?

Haha – geht's schon los mit dem schlechten Gewissen, meldete sich selbiges in Lehners Kopf schadenfroh.

Sie stand in der Küche und stellte Teewasser auf.

Die Falten ihres dunkelroten Seidenmantels glitzerten bei jeder Bewegung. Ihr Haar war zerzaust und die Hand, mit der sie die Tassen aus dem Glasschrank nahm, zitterte leicht.

Lehner stand nur mit seinem Hemd bekleidet hinter ihr und ergötzte sich an ihrem Hintern und dessen makellosen Rundungen. Im matten Küchenlicht glänzten die beiden vom Seidenstoff verhüllten Pobacken wie aus rotem Marmor gemeißelt.

Sie hatte nur die Leuchten unter den Oberkästen eingeschaltet – ein weißlich mattes Licht, aber umso effektiver in der Konturierung ihrer weiblichen Kurven.

Welch sinnlicher Anblick!

Lehner war wie schon lang nicht mehr von einer inneren Zufriedenheit und Glückseligkeit überwältigt. Zumindest fiel ihm momentan keine Epoche seines Lebens ein, in der er Ähnliches verspürt hatte …

Ingrid Kurzweil und Mike Lehner hatten Glück gehabt.

Der Zufall wollte es, dass die Zuggarnitur in unmittelbarer Nähe eines Schrankens an der B44 zum Stehen gekommen war. Der Lokführer hatte den Selbstmord eines Unbekannten natürlich sofort an die Zentrale gemeldet und ein Ersatzfahrzeug angefordert.

Fast zeitgleich mit dem Ermittlerteam war ein Bus gekommen, der die Fahrgäste nach Wien gebracht hatte.

Es hatte keine zwei Stunden gedauert, bis Ingrid und Mike am Westbahnhof ausgestiegen waren.

Sie wohnte in einem Patrizierhaus in der Neubaugasse, in einer renovierten Altbauwohnung. Kurzweil hatte ihre Wohnung dezent eingerichtet. Alte Möbel, gekonnt kombiniert mit ultramodernen Designerstücken, standen auf einem Eichenparkett, das an manchen Stellen knarrte.

Mike bewunderte ihren guten Geschmack.

Alles selbst gestaltet und eingerichtet, wie Ingrid stolz ihr elegantes Reich präsentierte. Dezente Farbtöne an der Wand, wenige Bilder, die aber großflächig und mit Rahmen. Ein Malstil, den Lehner schon des Öfteren in Magazinen gesehen hatte. Malerei aber interessierte ihn nicht besonders.

»Schöne Drucke sind das«, zeigte sich Lehner höflich und ging auf ein besonders großes Gemälde zu.

»Ein Original!«, entfuhr es ihm. Er ging zum nächsten Werk – ebenfalls eines, das sah er an den Pinselstrichen.

Woher hatte diese junge Frau solche Werke? Er kannte den Maler zwar nicht, doch er wusste, dass diese Gemälde wertvoll sein mussten. Etwa gar Hehlerware?

»Alle selbst gemalt«, stellte Ingrid ihre Werke vor.

Lehner war baff. Dieses Talent hätte er einer Mitarbeiterin der KD3 nicht zugetraut.

Weiteren Grund zu einem Lob hatte er, als Ingrid Selbstgekochtes auftischte. Zwar nur Spaghetti, aber mit einer raffiniert gewürzten Soße. So etwas Köstliches war ihm – inklusive italienischem Rotwein – noch nicht durch den Hals gerutscht. Und dass sie anschließend im Bett landen würden, das war so kitschig, wie es in jedem Liebesromanhefterl nachzulesen war.

Was soll's, Mike hatte es eben so empfunden. Vielleicht wäre alles ganz anders gekommen, hätte sein Gewissen sich nicht geweigert, ihm Ezzes zu geben.

Er bekam plötzlich Muffensausen, hatte Bedenken und begann beim Essen von seiner derzeit frustrierten Situation zu erzählen. Eigentlich hätte er nie mit ihr in die Wohnung mitgehen dürfen. Sie, fünfzehn Jahre jünger als er alter Knacker und so weiter …

Da begann Ingrid plötzlich zu weinen.

Darüber erschrak Mike. Er versuchte sie zu trösten, ohne zu ahnen, warum das Wasser aus ihren Augen schoss.

Was war er doch für ein unfähiger Frauenversteher, dachte Mike sich, während er ihr die Tränen wegküsste.

Er hatte tatsächlich keinen Funken Ahnung, wie, wann und warum eine Frau sich so verhielt, wie sie sich verhielt.

Das schien auch bisher bei Stoppl sein Glück gewesen zu sein. Sie hatte ihm alles abgenommen, jede Bürde, jeglichen familiären- und haushaltsmäßigen Kram. Dadurch auch jede Gelegenheit, sich mit anderen Frauen, in welcher Art auch immer, auszutauschen, außer auf beruflicher Basis.

Er hätte sich im Normalfall auch nie mit einer anderen Frau emotionell so nahe eingelassen, etwa um seinen Frust zu beichten. Bis vor ein paar Monaten hatte es ja noch keinen in seinem Leben gegeben. Doch jetzt hatte er es dick in der Seele und im Herzen und Ingrid wusste damit gefühlvoll umzugehen.

Bei ihr fühlte er sich wie ein kleiner Junge, der vom Spielplatz nachhause lief, um sich von seiner Mutter ein Pflaster auf das blutende Knie kleben zu lassen und mit einem Bussi getröstet zu werden.

Das Bussi bekam er jetzt von Ingrid, dazu gierige, feuchte, heiße Küsse auf Lippen, Kinn und Hals. Ein Liebestanz zweier lustfordernder Münder und Zungen.

Gläser, Besteck und Teller waren nahe dran abzustürzen. Hätte nicht Ingrid mit ihrer freien Hand noch rechtzeitig das Tischtuch zu fassen bekommen, wären Glas und Edelporzellan unweigerlich zu Bruch gegangen.

Der Nachtisch war somit für später aufgehoben.

Stattdessen zogen und rissen sie sich – je nach Knopf und Reißverschluss – die Kleider Stück für Stück vom Körper, um endlich dort zu landen, wo der Sündenfall fachgerecht zelebriert werden konnte – im Bett. Es auf dem Teppich oder gar unterm Tisch zu treiben, das wäre für Mike unmöglich gewesen, auch wenn Ingrid nichts einzuwenden gehabt hätte.

Die erste Generationshürde für die beiden?

Im Bett geschah dann das sündige Wunder, dem Mike schier verfiel. Ingrids Liebeskünste machten aus dem schüchternen Waldviertler einen leidenschaftlichen Liebhaber.

Wusste ich's ja! Ingrid war selig.

Sie stand auf Männer seiner Größe, seiner Art und seines Alters, und Mike hatte die Feuertaufe bestanden. Auch wenn er verheiratet war, er würde sich scheiden lassen. Notfalls scheiden lassen müssen, dessen war sie sich sicher. Auch grade Michls sind biegsam.

Mikes Sündenfall war fantastisch, gigantisch. Ingrid hatte Sachen drauf, auf die wäre er nicht im Traum gekommen. Und gekommen war er wie noch nie – und erst recht Ingrid. Sie kam mit einer Heftigkeit, die sie lauthals von sich schrie. Mike war total von den Socken und erschrocken, doch sie beruhigte ihn:

»Altes Gemäuer, da hört man nichts durch.«

Da spürte Mike das erste Mal in seinem Leben sein Loslassen von selbst verordneten Zwängen und Sittenbildern. Im freien Fall kam er aus sich heraus – und wie. Bei einem weiteren Mal entlud sich seine Lustfähigkeit in einem animalischen Brüllen und Stöhnen, was Ingrid noch mehr antörnte.

So alt musste ich werden, um so was Tolles zu erleben, kam es ihm zwischen Ingrids voluminösen Brüsten, in die er sich hineinwühlte, sie drückte, daran leckte und saugte. Mike wunderte sich, wozu er in der Lage war – sich völlig frei in Lustmomente und Fantasien hineinfallen zu lassen.

Daheim stöhnte Stoppl ein bisschen, wenn sie kam. Sein Kommen war stets unhörbar und geschah im Dunklen. Bei den dünnen Betonwänden ihrer Wohnung würden die Nachbarn an ihrem Geschlechtsverkehr passiv teilnehmen. Auch vermieden es beide, beim Orgasmus die Augen zu öffnen. Sie hatten sich daran gewöhnt, lautlos zu lieben und zu stöhnen …

Ingrid schaltete ein intensiv rotes Licht ein und wollte Mike an Händen und Füßen ans Bett fesseln. Doch da streikte er beharrlich. Das Erlebnis seines Kollegen Körner im vergangenen Jahr mit dieser Giftmörderin war ihm noch in Erinnerung.

Auch als Ingrid ein Sammelsurium erotischer Spielzeuge aus dem Kasten holte und sie Mike vorführte, war er irritiert. Erst weigerte er sich, solche Dinger auszuprobieren, doch dieses verrückte Weibsbild schaffte es, dass auch er daran Gefallen fand. Er sah zu, wie sie sich mit diesem Silikonding befriedigte und dem Höhepunkt nahekam. Da hielt er es nicht mehr aus, riss ihr das blöde Ding aus der Hand und bescherte ihr einen weiteren gellend lauten Orgasmus. Dabei bohrte sie ihm die Fingernägel in den Rücken und verpasste Mike einen fünffachen Jetstreifen, der ihn in die harte Realität des Lebens zurückwarf. Panisch dachte er nach, wie er die Kratzer daheim erklären sollte. Vielleicht ein Gartenrechen, auf den er rücklings gefallen war?

Wie schnell dabei die Zeit verging, zeigten die zu Stummeln herabgebrannten Kerzen.

Das muntere Glucksen des kochenden Teewassers ermahnte Mike zum Aufbruch. Er musste – ob er wollte oder nicht – raus aus dieser Wohnung in sein anderes Leben. In kein so lustvolles wie in den vergangenen Stunden. Ingrid hatte ihn wie noch keine zuvor in die Kunst der Liebesfreuden eingeführt.

Nicht einmal Stoppl war dazu in der Lage gewesen, wenngleich auch seine Frau …

Oh Gott, oh Gott, oh Gott … seine Frau! Wenn er nur an sie dachte, wurde ihm übel. Sein Gewissen sprang ihn wie ein Geißbock an, bleckte die Zähne und meckerte scheppernd.

Ingrid sah seinen verzweifelten Gesichtsausdruck im Küchenfenster spiegeln. Da lehnte sie sich an ihn zurück.

»Du bist ein Wahnsinn, Mike. Noch nie hat mich ein Mann so fantastisch befriedigt.«

Mehr brauchte Lehner nicht. Sofort spürte er, wie ein heißer Stromstoß durch sein Rückgrat fuhr, sein Hirn ausschaltete und er wie in Trance reagierte.

Sanft drückte er Ingrid zum Abwaschbecken hin und schob ihren Seidenmantel hoch. Seine kräftigen Hände landeten auf ihren Pohälften und schoben sie auseinander. Bereitwillig grätschte Ingrid die Beine, ließ es mit sich geschehen. Dabei beobachtete sie Mikes Spiegelbild im dunklen Küchenfenster.

»Sei mein Hengst!«, hauchte sie und drückte Mike ihren strammen Hintern entgegen …

»Da wären wir«, hörte er wie aus weiter Ferne.

Lehner schreckte hoch. Er war im Taxi eingedöst.

Das Brummen und Vibrieren des schweren Mercedesmotors sowie der typische Taxigeruch schlugen sich auf seinen Magen. Leichte Übelkeit befiel ihn. Er schob sie auf die Spaghettisoße.

Lehner bezahlte und stieg aus.

Mit einer unerwarteten Härte schlugen ihm Wind und Nässe ins Gesicht. Doch es würde noch härter kommen, das wusste er und ging seine Ausredenliste durch.

Als er ins Vorzimmer trat, leise seine Sachen ablegen und die Schuhe ausziehen wollte, zuckte er zusammen.

Er hatte gehofft, sie würde schon schlafen, wenn er unter die Tuchent schlüpfen würde. Und falls sie munter geworden wäre, hätte er sie mit seiner Erklärung auf später vertröstet. Er war todmüde und erschöpft, drei Stunden könnte er noch schlafen.

Aus dem Wohnzimmer erklang leise Musik und ein Duft nach … nach … er konnte ihn nicht zuordnen, lag in der Luft.

Stoppl lümmelte auf dem Sofa. Lehner hasste dieses alte Ding, aber es war Stoppl Lieblingssofa, ein Erbstück von ihrer Oma.

»Hallo, Stoppl … noch auf?«

Lehner machte sich gefasst darauf, dass sie gleich losdonnern würde, wo er denn so lang geblieben war.

Stoppl aber war von einer Freundlichkeit, die erst recht sämtliche Alarmglocken in Mikes Ohren schrillen ließen.

»Hallo, Mike, ich bin auch erst vorhin heimgekommen«, begrüßte sie ihn lächelnd. »Es war richtig toll. Da müsstest du auch einmal mitkommen.«

»Ahso? Wo warst du denn? Ich habe mehrmals versucht, dich zu erreichen?«, kam er ihr vorwurfsvoll.

»Hab ich dir das nicht gesagt? Wir hatten ein kleines Fest im Verein. Weil doch der 11. 11. ist, Faschingsbeginn. Das heißt, gestern war der … Und wo warst du, Mike?«

Stoppl sah ihn prüfend an. Jetzt kommt's, dachte Lehner und setzte beleidigt an:

»Na, du machst es dir leicht! Du feierst Fasching und wir haben derweil einen Selbstmörder auf der Strecke nach Wien gehabt. Der Zug stand stundenlang und wir mussten warten, bis die Ermittlungen … was soll ich sagen … ich bin fix und foxi. Und in ein paar Stunden geht's gleich wieder weiter in dem Tempo. Also weißt, du fragst mich Sachen …«

»Du Armer!« Stoppl sprang auf, drückte sich an ihren Mann und verpasste ihm einen Schmatz auf die Lippen.

Sie rümpfte die Nase und schnupperte an Mikes Hemd.

»Was riecht denn da so komisch?«

»Das Taxi. Ich komm direkt vom Westbahnhof. In dem Taxi hat's gestunken wie in einem Puff. Was weiß ich, wen der vor mir in seinem Auto ghabt hat. Wahrscheinlich auch so eine lustige Faschingspartie wie eure.«

Er spielte den Beleidigten hervorragend.

»Geh, Mike, das ist jetzt aber nicht fair.«

»Ich muss jedenfalls ins Bett«, schloss er die Debatte und löste sich aus Stoppls Armen.

»Ich würde dich aber noch so gern spüren. Deswegen hab ich auf dich gewartet. Ich hätte so richtig Lust auf dich, Mike. Wir haben doch schon so lang nicht mehr miteinander …«

Stoppl drückte sich wieder an Mike und wollte ihn küssen.

»Du hast Nerven, nach einem Selbstmord und einer halben Nacht auf den Schienen. Ich bin auch nur ein Mensch.«

Und das war nicht gelogen. Mike konnte nicht mehr. Er war Stunden zuvor ausgesaugt worden. Wie makaber, dachte Mike, ich muss einem Selbstmörder dankbar sein, damit ich mich jetzt aus der Affäre ziehen kann. Bei Affäre sah er Ingrid vor sich, wie sie auf ihm saß, ihre festen Brüste in seinen Händen.

»Morgen, bitte«, flehte er Stoppl an, »ich bin wirklich erledigt.«

»Dann machen wir wenigstens PP.«

Sie hakte sich bei Mike unter und zog ihn zum Schlafzimmer hin. PP hieß Po an Po vor dem Einschlafen fest aneinanderdrücken und war der krönende Abschluss, wenn sie sich innig geliebt hatten. Po an Po, wie lang war das her …

»Gute Nacht, Mike. Ich liebe dich, mein ganzes Leben lang«, flüsterte Stoppl und schmiegte sich arschlings an Lehner.

Er lächelte erschöpft im Dunklen, während er den seinen an Stoppls Hintern drückte.

»Ich dich auch«, gestand er ehrlich.

Vier Pohälften, magnetisch aneinandergepresst. Wie heimelig

sich das anfühlte. Po an Po, Stoppl und Mike. Seine noch aktiven Gehirnwindungen mischten im Halbschlaf Ingrids knackige Pohälften dazu Po an Po an Po. Eine tabulose, nur im Traum mögliche Mischkulanz, zusammengehalten von Mikes starken Händen. Darüber hinweg schwebte wie eine akustische Fata Morgana der pubertierende Tobias und verlangte kreischend: »Ich will endlich ein Mofa haben!«

Irgendwie ist alles im Arsch, dachte Lehner und schreckte kurz hoch, weil ein Schaffner rief:

»Hörn S', ich kenn Sie von irgendwo!«

Soll er doch, der Trottel.

Mike Lehner, V-Agent sowie Tabu- und Ehebrecher, schwirrte ab und fiel im Sturzflug ins Land der feuchten Träume …

– – –

Eingefasst von vier schmissig hinskizzierten Linien sah man einen Baum, zwei Büsche, das Rathaus als Silhouette, etwas Himmelblau und drei Wolken – wie von talentierter Kinderhand gezeichnet –, ein buntes Bild im Rahmen. Darunter stand:

Bunt wie das Leben.

ALM – Aktive Liste Mödling

Das Logo wurde auf eine hinter dem Podium aufgespannte Filmleinwand projiziert. Rhythmisch zu instrumentaler Musik wechselte der Slogan auf:

Mit uns in die Zukunft.

Wählen Sie am 14. März 2010 die Bürgerinitiative:

ALM – Aktive Liste Mödling

Der Saal füllte sich, die Sitzplätze waren bald belegt. Jene, die keinen Platz fanden, stellten sich seitlich der Wand entlang hin oder blieben hinter der letzten Sitzreihe stehen.

Eifrig schlängelten sich hübsche Mädchen durch die Reihen und drückten jeder Person einen Prospekt und einen dicken, bunten Kugelschreiber in die Hand. Auf den schwarzen T-Shirts der Mädchen war das fetzige ALM-Logo mit dem Slogan *Mit uns in die Zukunft* aufgedruckt, das manche männliche Besucher fixierten. Denn das dank weiblicher Fülle und Form gewölbte Logo ließ ihre Blicke gern länger dort verweilen. Tumbe Männerträume eben. Ein besonders geistreicher Busenglotzer, der bereits einen Sitzplatz ergattert hatte und von einem der Mädchen das Werbematerial entgegennahm, bemerkte spöttisch:

»Wenn du die Heidi von der Alm bist, dann bin ich gern dein Ziegenpeter!«

Die Angesprochene konterte:

»Der Ziegenpeter hat sich wohl im Stall geirrt. Wir sind hier nicht im Schweinderlstall. Echt peinlich, finden S' nicht?«

Das saß. Der Mann errötete, stand auf und verließ den Saal.

Andere, die den Disput grinsend mitverfolgt hatten, zollten dem Mädchen plötzlich Respekt.

Eine alte Frau, füllig und schwer atmend, ging auf eine der vorderen Sitzreihen zu, in der sie einen frei gewordenen Sessel erspäht hatte, und flappte einen jüngeren Mann, der am Rand der Reihe saß, etwas zu heftig an:

»Na, was is – dürft ich da wohl rein?«

Dieser schreckte hoch. Sich mit seinem Sitznachbarn unterhaltend, hatte er die Alte nicht bemerkt. Jetzt sah er zu ihr auf, sah zu dem freien Sessel hin, dann ungläubig auf die alte, dicke Frau. Wenn die da rein wollte, müssten alle erst die Reihe verlassen, damit sie zu dem Platz durchkäme.

»Warten Sie, ich helfe Ihnen!«

Eins der schwarz gekleideten Mädchen eilte auf sie zu. Eine kesse bunte Schürze, eher wie ein Lendenschurz geschnitten, jedoch seitlich getragen, putzte die gut gewachsene Prospektverteilerin zusätzlich auf.

»Das ist aber sehr nett!«, bedankte sich die Alte schnaufend.

Da flüsterte der junge Mann seinem Sitznachbarn etwas zu, stand auf und überließ ihr wortlos lächelnd seinen Platz.

»Aber deswegen müssen S' doch nicht gleich …!«, rief ihm die Alte nach. Der jedoch winkte ihr nur zustimmend zu.

»Bitte, mir soll's recht sein.«

Schwerfällig ließ sie sich auf den Sessel plumpsen. Verdächtig knackste dieser unter ihrer Last.

»Geht's so?«, fragte das Mädchen freundlich.

»So halbwegs, wenn ich das Wetter net so spüren tät. Das nimmt mir ganz die Luft … und hier drin is auch so stickig.«

»Ich meinte mit dem Sitzen.« Das Mädchen war etwas irritiert.

»Gibt's hier was zu trinken?«, wollte die Frau wissen.

»Warten S', ich bring Ihnen was.«

Das Mädchen eilte davon und kam alsbald mit einer kleinen Mineralwasserflasche, öffnete sie und reichte sie ihr.

Sofort nuckelte die Alte gierig an der Flasche.

»Aahh …! Das hab ich jetzt gebraucht!«

Dankbar sah sie zu dem Mädchen auf und bemerkte:

»Eine schöne Schürze haben Sie.«

»Das ist eine echte Metzger-Schürze. Handmade.«

Das Mädchen drehte sich einmal im Kreis und präsentierte das flotte Kleidungsstück.

»Was? Eine Fleischerschürze tragen Sie?«

»Aber nein!« Das Mädchen lachte hell auf. »Die heißen nur so, weil die Designerin, die solche näht, Metzger heißt. Solche flotten Schürzen gibt's im Laden in der Babenbergergasse.«

»Ich hab auch immer gern Schürzen getragen. Sie müssen wissen, wenn mein Hubert und ich … Gott hab ihn selig …«

»Da schaun S', ich geb Ihnen was zum Lesen … Es fängt nämlich gleich an«, unterbrach das Mädchen den Redefluss der Alten und legte ihr einen ALM-Prospekt mit Kuli in den Schoß.

Missmutig nahm die Frau den Folder und fächerte sich Luft zu. Gern hätte sie mehr von ihrem Hubert erzählt und davon, wie sie – als er noch lebte – gemeinsam gekocht hatten. Beide hatten sie dabei eine Schürze umgebunden gehabt. Seine war blau und ihre rosa gewesen. Rosa mit weißen Punkten …

Das Licht im Saal wurde abgedunkelt und Fanfarenklänge ließen auch die letzten Plauderer verstummen.

Das ALM-Logo verschwand und der typische Filmvorspann lief ab. 5 … 4 … 3 … 2 … 1:

Eine Stadt.

24 Stunden hautnah.

Der Filmtitel verschwand. Dafür tauchte verschwommen die linke obere Ecke eines Fensters auf. Die Kamera zoomte auf einen dunklen Punkt, das Bild wurde gestochen scharf. Der Punkt entpuppte sich als eine Fliege, die zappelnd in einem Spinnennetz gefangen war.

»Markus! Es ist zehn nach sechs!«, hörte man eine Frau rufen.

»Jaa …! Ich komm ja eh schon!«

Das Bild verwackelte plötzlich und schien abzustürzen. Schwankend und wankend konnte der Betrachter mitverfolgen, wie mit mehreren Kameraschwenks ein Jugendzimmer präsentiert und Details in Sekundenschnelle gezeigt wurden … Die Spinne, jetzt ganz nahe, wie sie am Rand ihres Netzes saß und starr verharrte. Bald würde sie sich auf die Fliege stürzen und sie mit tödlichen Fäden umwickeln …

Kameraschwenk – auf ein Bett, auf eine zerwühlte Steppdecke … wieder ein Blick zum Fenster hin …

Kameraschwenk – auf nackte Füße, die aus einem bunt karierten Pyjama ragten und in graue Schlapfen schlüpften …

Kameraschwenk – erneut ein Blick aus dem Fenster – die Sonne schien direkt in die Optik und blendete kurz …

Kameraschwenk – aus dem Zimmer hinaus, einen Flur entlang in ein Badezimmer hinein – auf einen Spiegel zu.

Ein blonder Bursche erschien im Spiegel. Er hatte eine Brille auf, an der seitlich des linken Auges eine Minikamera montiert war. Die Haare standen ihm wirr vom Kopf. Unbekümmert und fröhlich betrachtete er sich im Spiegel und stellte sich vor:

»Hallo! … Ich bin Markus, der soeben von seiner Mutter aus dem Schlaf gerissen wurde … bin 17 Jahre alt und ein geborener Mödlinger. Zurzeit HTL-Schüler und schwer verknallt in Lisa, eine Schülerin aus einer Klasse unter mir. Meine schulischen Leistungen leiden natürlich deswegen, was meine Mutter nicht sehr begeistert. Der Grund ist einfach zu erklären: Ich habe Zoff mit Lisa und sie will mit mir sogar Schluss machen, weil ich … ja, weil ich mir etwas erlaubt habe, das …«

»Was ist jetzt, Markus!«, hörte man erneut die mahnende Stimme aus dem Hintergrund.

Kurzer Kameraschwenk zur Badezimmertür … und wieder zurück zum Spiegel, zu Markus.

»Jetzt muss ich aber wirklich los. Ja, was ich eigentlich sagen wollte – ihr könnt mich einen Tag lang durch Mödling verfolgen … natürlich auch eine Nacht lang. Mit oder ohne Lisa, das wird sich erst weisen … also, servus, bis dann …«

Kameraschwenk … und Ausblendung.

In ähnlicher Form wurden abwechselnd verschiedene Szenen gezeigt. Eine Hausfrau und Mutter, die sich ständig mit zwei streitenden Kindern abmühte … der Inhaber eines Kaffeehauses und dessen Gäste … ein Pensionist, der sinnige Lebensweisheiten von sich gab und mit seinem Hund sprach, als wäre das Viecherl seine Frau …

Abwechselnd hatten die Darsteller die Brille mit der Minikamera auf, so dass man ihren Blicken folgen konnte. Sie erzählten über sich, was ihnen in und an Mödling gefiel und was ihr Leben beeinflusste. Sie sparten aber auch nicht mit kritischen Statements. Am Schluss eines jeden Trailers stellten sich die Personen der Frage:

Was würde ich ändern, hätte ich in Mödling das Sagen?

Der Film dauerte etwa eine halbe Stunde.

Noch während der Abspann lief, begaben sich drei Männer und drei Frauen auf das Podium, um dort Platz zu nehmen. Zuletzt erschien das ALM-Logo und das Licht im Saal wurde etwas heller. Die Gruppe auf dem Podium stand jetzt voll im Scheinwerferlicht.

Der Mann in der Mitte, mit Glatze und seitlich spärlichem Haarwuchs – sichtbar der Älteste in der Runde –, erhob sich und begrüßte die Anwesenden. Jürgen Waldmüller, Gründer und Initiator der *Aktiven Liste Mödling* – kurz ALM genannt – präsentierte seine neue, parteifreie Bürgerliste.

Ohne lang auszuholen, sprach er die kommenden Gemeinderatswahlen an. Da sich die führenden Parteien seit Jahren in den Haaren lagen und mit ihrem Hickhack mehr und mehr die Bevölkerung nervten, hatte er die ALM ins Leben gerufen, um in Mödling wieder ein positives Gesprächsklima zu schaffen. Er selbst wollte den Mödlinger Bürgerinnen und Bürgern als direktes Sprachrohr dienen.

Die Ziele der ALM waren im Infoprospekt klar verständlich aufgelistet. Alle Mödlingerinnen und Mödlinger wurden herzlich dazu eingeladen, Wünsche und Anregungen für die Zukunft ihrer Stadt bekannt zu geben.

Eine große ALM-Box war im Foyer aufgestellt, in die man seine Vorschläge einwerfen sollte.

Wer sich aktiv für die ALM einsetzen wollte, sollte Name und Adresse bekannt geben. Die Damen und Herren würden verständigt werden, wann die erste Arbeitskreissitzung stattfände. Gesucht wurden kreative Köpfe, die auch das Herz am rechten Fleck hatten, um mit der ALM eine direkte Plattform der Kommunikation zwischen Bürger und Stadt zu schaffen.

Jürgen Waldmüller bat die Leute an seiner Seite, sich einzeln vorzustellen und zu erklären, für welche Bereiche sie sich einsetzen würden, falls die ALM bei der Gemeinderatswahl zum Zug käme.

Angelika Schrammel, 28 Jahre alt, ledig, kinderlos, von Beruf Diplomkrankenschwester, fühlte sich für Jugend, Ernährung und Sport zuständig.

Gerlinde Müller, 46 Jahre alt, verheiratet, zwei Kinder und Inhaberin eines Schuhgeschäfts, wollte für Familie, Kindergarten und Schule, für die Schaffung sozialer Einrichtungen sowie für die Wohnungsvergabe stets ein offenes Ohr haben.

Gesine Weber, 50 Jahre alt, geschieden, würde sich speziell der Anliegen und Bedürfnisse der älteren Generation in Mödling annehmen.

Sich tatkräftig für die Bereiche Bau, Verkehr, Personal und Abfallwirtschaft einzusetzen, versprach Mag. Willi Maurer, 56 Jahre alt, verheiratet, drei Kinder.

Lorenzo Bianco, 49 Jahre alt, ledig, würde sich für die kulturellen Belange, für Jumelage und Städtepartnerschaften sowie für Tourismus und Marketing einsetzen. Die konzeptionelle und grafische Umsetzung der ALM war bereits seine erste Tätigkeit gewesen.

Für Stadtentwicklung, Raumplanung, Umwelt, Verwaltung

und Wirtschaft würde sich der Initiator und Gründer der ALM stark machen.

Abschließend stellten sich Waldmüller und seine Crew in einer offenen Diskussionsrunde den Fragen der Zuhörer …

Ein jüngerer Mann mit Brille in einer der vorderen Reihen meldete sich zu Wort.

»Angenommen, die ALM würde in den Gemeinderat einziehen, vielleicht sogar gewinnen. Woher sollen wir wissen, ob Sie es bringen? Haben Sie überhaupt genügend kompetente Leute, um sofort mit Ihrer Arbeit beginnen zu können?«

Waldmüller wandte sich dem Mann zu.

»Genau, das ist es. Einerseits die Wahlen gewinnen – schön und gut. Aber wie läuft es denn jetzt in Mödling? Wer sind denn die kompetenten Leute? Ich will jedoch keine Unruhe stiften. Ich sehe nur, dass viele – mich eingeschlossen – unzufrieden sind. Eins ist gewiss, es gibt in den bestehenden Parteien genügend kompetente, engagierte Leute. Aber eben in Parteien, in denen sie gemäß Parteizielen entscheiden müssen. Wir hingegen laden jede Bürgerin, jeden Bürger dazu ein, Mödling aktiv mitzugestalten. ALM ist keine Partei. Wir sind eine aktive Gesinnungsgruppe. Wir alle sind Mödling. Das ist es, was ich hier präsentiere. Nicht Politiker sollen bestimmen, was in Mödling zu geschehen hat. Nein, wir Bürgerinnen und Bürger sollen über unsere Stadt bestimmen. So, wie jeder Einzelne auch über sein Leben bestimmen kann.

Wir sind Mödling! Jede und jeder Einzelne von uns kann, soll, und ich sage bewusst, muss mitbestimmen, was in unserer Stadt geschehen soll. Wer schön wohnen und gut leben will, muss auch etwas dafür tun.«

Waldmüller lächelte den jungen Mann an.

»Sie gehen doch auch arbeiten und wollen in Ihrem Beruf etwas erreichen. Sie wollen Ihr Glück finden, wollen Spaß am Leben haben und sich etwas leisten können. Mit einem Hände-in-den-Schoß-Legen und andere über sich bestimmen lassen werden Sie nie einverstanden sein. So schätze ich Sie ein – und Recht haben Sie. Auch ich würde mir in meine persönlichen Belange nicht dreinreden lassen. Aber so ist das im Leben. Wer nichts für sich und sein Umfeld zu geben bereit ist, hat bereits verloren. Nur ein aktiver Zusammenhalt ist unsere Stärke.«

Waldmüller schwieg kurz.

»Das ist also wichtig: Wir sind keine Partei. Wir sind eine freie Bürgerliste, eine Gesinnung, ein Pool für die Interessen der Mödlinger Bürgerinnen und Bürger. Weiters wichtig: Wir agieren nicht gegen Parteien, vielmehr wollen wir mit ihnen zusammenarbeiten. Nur, je mehr wir sind, desto stärker werden wir und desto eher können wir Ziele und Vorstellungen für unser schönes Mödling realisieren. Das heißt also, jeder wählt sich am Tag der Wahl selbst – und uns gemeinsam. Darum stehe ich hier und reiche jeder Frau und jedem Mann meine Hand zur aktiven Partnerschaft und werbe um Ihre Stimme für die ALM bei der Gemeinderatswahl. Wenn sich genügend Mödlingerinnen und Mödlinger finden, die uns unterstützen, dann …«

»Sie will ich mir als Bürgermeister nicht vorstellen«, unterbrach ihn eine resolute, dickliche Dame. »Da ist mir der jetzige lieber, der gefällt mir. Was Sie da vorhaben, mag ja recht plausibel klingen. Aber ob Sie das auch halten werden, was Sie da so leichtfertig versprechen?« Sie winkte mit dem ALM-Prospekt.

Da mischte sich Lo Bianco ein.

»Genau. Das werden wir beweisen. Wir wollen das Vertrauen der Bevölkerung zu den Verantwortlichen unserer Stadt wieder festigen. Doch das kann nur mit Ihrer Mithilfe geschehen.

Schauen Sie sich um in unserem Land. Wer kennt sie nicht, die Skandale, die seltsamen Schiebereien.

Wer hat denn die derzeitige Wirtschaftskrise verursacht? Jeder, der gierig auf fette Börsengewinne aus war und sich von Spekulanten einlullen ließ. Und wer bezahlt jetzt die Zeche? Bestimmt nicht jene, die sie verursacht haben! Das ist das Fatale. Wieder sind es die Großen, die weiterzocken, als hätte es nie eine Krise gegeben.

Inzwischen greift die Verarmung der Bevölkerung unaufhaltsam um sich. Die Leidtragenden sind die Arbeitslosen, die Alleinverdiener, die Frauen und schließlich unsere Kinder.

Solang die wahren Werte des Lebens, die wahren Werte einer Gesellschaft nur von Gewinnoptimierung und Ausbeutung bestimmt werden, so lang wird sich nichts ändern.

Es ist bestimmt nicht einfach – dieses Loslassen von Besitzdenken und Noch-mehr-haben-Wollen. Vernünftig leben und mit den Ressourcen sparsam und verantwortungsvoll umgehen, allein das hat Zukunft. Wenn aber nicht im Kleinen damit begonnen wird, wird es auch bei großen Projekten nicht funktionieren.

Jeder Mensch soll für sich sein eigener Entscheider sein. Es ist sein Leben, seine Welt, die er gestaltet. Und so sehe auch ich mich: Ich bin das Volk.«

Lo Bianco zeigte erst auf sich, dann auf die Frau hin.

»Auch Sie sind das Volk. Wir alle sind das Volk.«

Es ärgerte ihn, dass diese Schnepfe Waldmüller einfach ins Wort gefallen war. Bestimmt eine Querulantin, die negative Stimmung heraufbeschwören wollte. Oder sie war von einer der Parteien und wollte Verunsicherung verbreiten.

Bianco kannte viele Leute aus Mödling, doch diese Frau war ihm noch nie aufgefallen.

Waldmüller ließ sich nicht aus der Ruhe bringen.

»Mit wem habe ich denn die Ehre?«, fragte er die Frau höflich.

»Mein Name tut nichts zur Sache«, erwiderte sie schnippisch.

»Schade. Ich habe keine Geheimnisse und stelle mich gern jeder Diskussion.«

Da stand die Frau auf und drängte sich durch die Reihe, in der sie gesessen hatte.

»Ihr seids ja ärger wie die Kommunisten«, gab sie grimmig von sich, ließ den Prospekt einfach fallen und verließ den Saal.

»Die haben wir grad noch braucht«, tuschelte eine Jüngere mit ihrer blonden Sitznachbarin. »Ich kenn die blade Moser. Die hat mit ihren Aktien ziemlich viel Geld verloren. Sie hat sich mit ihrem Börsenguru ein Verhältnis angefangen, weil's geglaubt hat, dass sie mit dem Typen den meisten Reibach macht. Aber verheiratet sein.« Sie lachte schadenfroh auf.

»Jetzt ist ihr der Haberer abgesprungen und das Geld ist auch futsch. Gschieht ihr recht, der Funsen, der bleden.«

»Du kennst sie näher?«, fragte die Blonde.

»Net so direkt. Aber ich hab's halt ghört von der Nachbarin. Jetzt soll s' einen Wickel mit ihrem Alten haben, weil bei dem was jetzt futsch ist, sein Geld auch dabei war.«

Knirsch-krax-krach ... plumps ...

»Jessas na!«, schrie jemand auf.

Wie auf Kommando fuhren über hundert Köpfe in Blickrichtung alte Frau am Rand der fünften Reihe, deren Sessel soeben unter ihrem Gewicht zusammengebrochen war.

Gelächter und Gekicher waren die Folge.

»Haben Sie sich verletzt?«, rief ihr ein Mann zu, der hinter ihr aufgesprungen war und sich sofort um sie bemühte.

»Nein, nein! Ich bin eh gut gepolstert. Aber helfen S' ma bitte auf, allein schaff ich das nicht.«

Ein zweiter Mann trat hinzu und gemeinsam brachten sie die alte Frau wieder auf die Beine. Auch Lo Bianco war aufgesprungen, um zu helfen.

»Es tut mir wirklich sehr leid«, begann er und musste sich das Grinsen verbeißen, weil auch rundum verhaltenes Gelächter einsetzte. Die angespannte Stimmung war im Nu verflogen.

»Zuständ san des da!«, schimpfte die alte Frau. Aber ihr Ärger war schnell verraucht. Sie hatte sich nicht verletzt.

»Net amal ordentliche Sesseln haben s'! Na, ich geh jetzt ham. Aber den Wisch da nehm ich mit, weil ihr ALM-Leut gfallts mir mit euren Ideen.«

Sie winkte mit dem Prospekt. »Mei Kreuzerl habts jedenfalls bei der Wahl. Und wenn's das nächste Mal auch noch Sessel gibt, die mich aushalten, dann habts mich noch länger!«

Einige lachten, vereinzelt applaudierten welche.

»Ja, bitte, bitte, klatscht nur!«, rief sie auffordernd. »Weil's wahr ist. Gut, dass ich meinen Winterspeck schon draufhab.«

Da lachten die Meisten hell auf und applaudierten der Frau, die mit ein paar Verbeugungen zeigte, dass sie gern für einen Spaß zu haben war …

In der letzten Reihe standen Kommissar Meller und seine Sekretärin. Sie amüsierten sich ebenfalls über die unvorhergesehene Einlage.

Claudia Rotter zeigte sich über das politische Engagement Lo Biancos zwar wenig begeistert, aber was sollte sie machen. Ihr Freund war von dem ALM-Projekt regelrecht infiziert worden. Deswegen hatte es zwischen ihr und Lo schon ein paar unschöne Diskussionen gegeben.

Das vergangene Jahr war ohnehin nicht von großer Freude gesegnet gewesen. Mellers Freundin, Isabella Fischer, war an Krebs gestorben. Alle waren sie zutiefst erschüttert gewesen.

Claudia hatte eine lieb gewonnene Freundin verloren und Lo eine talentierte Grafikerin in seinem Atelier. Schnell hatte sie sich in Biancos Chaos zurechtgefunden. Bella, wie sie genannt wurde, war der gute Geist im Atelier »Bianco Art & Works«. Nicht selten war Claudia auf Bella eifersüchtig gewesen, weil Lo mehr Stunden mit ihr verbrachte als sie mit ihm daheim. Sie wusste, wie Bianco auf schöne Frauen abfuhr. Und Bella war jener Typ Frau. Wann konnte man einem Mann schon trauen? Die Männer waren doch alle gleich! Obendrein war Bella, wie Lo, eine kreative Chaotin. Genau jene Eigenschaft, die Lo an Frauen schätzte. Sie erinnerte sich an die Berlinerin Heike Schroeder, Claudias Vorgängerin bei Lo.

Selbst als Bella die Geliebte von Meller wurde, schwelte in Claudia noch ein Funken Eifersucht ihr gegenüber.

Was hatte sie sich geschämt über ihre ersten Gedanken, als sie von Bellas Krankheit erfuhr.

Ach, so viel Vergangenheit schwirrte Claudia durch den Kopf, während sie der Alten zusah, die schnaufend an ihnen vorüberging. Sie kannte die Frau vom Sehen. Claudia beobachtete den Kommissar, der die alte Frau anlächelte, sonst aber scheinbar unberührt das Geschehen mitverfolgte.

Ihr Chef, ein liebenswerter Mensch, jedoch vom Schicksal schwer gebeutelt. Was für ein armer, dennoch reicher Mann. Irgendwann hatte sie von Erika Hauser – der faltige Hauskobold, wie Meller sie liebevoll nannte – erfahren, dass er in Rio ein Vermögen geerbt habe, dies aber niemand wissen durfte. Die gute alte Frau Hauser und ihre Verschwiegenheit.

Claudia hatte Meller nie darauf angesprochen.

Als sie beim S-C-ONE ihren Dienst antrat, hatte ihr der neue Chef aus Rio auf Anhieb gefallen. Damals war der Frühlingsrolle-Fall gerade schauriges Tagesthema, der in der Bevölkerung hohe Wellen geschlagen hatte. Damals, als auch diese Chinesin ihr Kind in Mellers Büro zur Welt brachte und Claudia neben ihrem Chef Hebamme sein musste – na, das war ein Schock!

Da hätte sie sich fast in Meller verlieben können, wäre nicht sein bester Freund Lo Bianco in ihr Leben getreten …

Die Chinesin, wie hieß die noch? … Richtig, Ma-Lin Huang. Ihr Freund Omour Yakubu, ein Schwarzafrikaner aus Ghana, war als Frühlingsrolle-Leiche in die österreichische Kriminalgeschichte eingegangen. Dabei war das Baby dann gar nicht Omours Kind – was für eine Tragödie!

Claudia war stolz auf ihr ausgezeichnetes Erinnerungsvermögen. Namen, Orte, Daten, Geschehnisse – alles wie in einem Computer gespeichert, um es auf Abruf bereitzuhalten.

David hatte Ma-Lin ihr Baby genannt.

Ein Baby. Claudia Rotter hatte sich auch einmal sehnlichst eins gewünscht. Irgendwann war dieser Wunsch in ihr gestorben. So wie Mellers Kind in Brasilien.

Der Kommissar hatte ihr einmal erzählt, dass seine Frau schwanger gewesen war, als sie bei einem Flugzeugabsturz ums Leben kam.

Sogar das Datum hatte Claudia im Kopf: Am 22. Mai 2003 war Lilian auf dem Flug von São Paulo nach Rio abgestürzt und Meller hatte mit einem Schlag Frau und Kind verloren.

Ein Kind – nicht einmal geboren und schon tot.

Ich bin pervers, dachte Claudia, ich merke mir bereits Todesdaten von völlig fremden Menschen.

Ein Kind – Claudias Gedanken flogen zurück zu Bella.

Ach, schöne Isabella Fischer, wo bist du jetzt? Schaust du auf uns herunter? Dein Sohn Manuel ist dem Kommissar richtig ans Herz gewachsen. Er hat ihn bei sich aufgenommen …

Erst als ihr Meller einen leichten Schubs versetzte, landete Claudia wieder in der Gegenwart.

»Da – siehst du auch, was ich sehe?«

Kindergeschrei schallte plötzlich durch den Saal. Mehrere Leute waren aufgestanden und eilten dem Ausgang zu.

Die beiden sahen Eva Roth. Ihr folgte eine attraktive Frau, deren Name Meller nicht sofort einfiel, deretwegen er jedoch ziemlichen Ärger mit Eva gehabt hatte. Damals, als er Bella kennengelernt hatte.

Meller seufzte auf.

Richtig, Raffaela Battisti hieß die Schöne. Sie war die Halbschwester von Eva Roth und gebürtige Sizilianerin.

Aber was war denn das?

V-Agent Axel Körner ging hinterdrein und hielt ein plärrendes Kleinkind auf dem Arm. Der Junge strampelte und hieb mit seinen Fäustchen auf Körners Brust. Axel hatte alle Mühe, den Buben zu beruhigen.

Meller musste grinsen – Körner und Familienvater?

Erst jetzt dämmerte ihm, dass Axel Körner der V-Gruppe 1 zugeteilt war und eigentlich im Dienst sein sollte.

Da werde ich doch gleich einmal nachbohren, worauf sich denn Körners Observierung bezieht, dachte sich der Kommissar und ging ihnen nach.

In Wahrheit wollte er sich nur Eva Roth zeigen, Raffaela begrüßen und Körner auf die Schaufel nehmen.

In Mellers Abteilung war zurzeit ohnehin tote Hose.

Das hieß, es gab zwar jede Menge Körperverletzungsdelikte zu bearbeiten, aber wenigstens war keinem Mordfall nachzugehen und das war gut so.

Die V-Gruppe 4 war zuständig für Delikte gegen Leib und Leben, wie Körperverletzung, Mord und Totschlag.

Meller hatte den V-Agenten zurzeit entbehren können. Es war ihm ganz recht, wenn er den Obermacho Körner manchmal an andere Abteilungen »verleihen« konnte. Das machte auch einen guten Eindruck bei den anderen Gruppenleitern.

Es gab in Mellers Gruppe immer wieder Spannungen zwischen Axel Körner und Irene Schneider. Seit auch Andreas Hofer seiner Gruppe zugeteilt war, hatte sich die Situation verschärft. Der »Sodala«, wie sie den Tiroler V-Agenten nannten, weil Hofer beinahe jeden Satz mit *sodala, des hätt ma* oder mit *sodala, des wär's* begann, war vor etwa einem Jahr Mellers Crew zugeteilt worden. Hofer war der Sohn des derzeitigen Chefs des S-C-ONE im Ministerium.

Ein Günstling also. Diese boten stets rundum Angriffsflächen. Meller kannte das Los eines Günstlings nur zu gut.

Er war selbst einer. Dabei war er nie drauf aus gewesen, einer zu sein. Auch das Schicksal schien alles andere mit ihm vorgehabt zu haben, als ihn zu einem solchen zu machen. Doch Schicksale sind unberechenbar und lassen einem keine Auswahlmöglichkeit.

Das Schicksal ist ein Krokodil,

das mich nicht frisst, auch wenn ich es will.

Sein Onkel, der Hofrat, hatte einst dieses oberste Ressort innegehabt, Meller aus Rio nach Mödling geholt und ihm die Leitung des S-C-ONE übertragen. Ein Jahr lang hatte Meller den Job gemacht und sich dann freiwillig zurückstufen lassen.

Für einen Sesselfurzerjob war der Kommissar einfach nicht geboren. Sich hauptsächlich mit Statistiken auseinanderzusetzen, permanent mit den Wichtigtuern im Ministerium herumstreiten zu müssen und dann der Öffentlichkeit auch noch seinen Kopf hinzuhalten für Fehlentscheidungen, die er nicht im Geringsten beeinflussen konnte? Nein, danke!

Doch das war alles Schnee von gestern. V-Gruppenleiter zu sein, reichte Meller allemal. Und, ehrlich betrachtet, ihm war es egal, wer, was, wann, bei wem und überhaupt.

Er war zurzeit mit Alltäglichkeiten beschäftigt. Er funktionierte einfach nur, machte seinen Job und war froh, wenn er auf andere Gedanken kam.

Seine Seele, sein Herz … ach was, Meller seufzte auf.

Seit Bellas Tod, war jegliche Freude in ihm abgestorben.

Er hatte sich mit dem Schicksal, das ihn so schäbig verarscht hatte, seither nicht mehr versöhnt. Es gab zwar momentan einen Waffenstillstand, aber der Kampf würde bald wieder aufflammen, das ahnte Meller und fürchtete ihn.

Warum bloß immer kämpfen müssen? Kann man nicht endlich einmal zur Ruhe kommen?

»Ich komm gleich wieder«, sagte er zu Claudia und deutete mit dem Kopf in Richtung Ausgang …

Sie standen vor der Arbeiterkammer in der Dr.-Hanns-Schürff-Gasse. Eva Roth freute sich, Meller zu treffen, und erst Raffaela, so wie sie dem Kommissar um den Hals gefallen war.

»Endlich wieder eine schön-ä Mann von Austria in meine Arme. Is-ä große Freude, dich zu sehen, Mario!« Und zu ihrem Kind hin sagte sie: »Schau, Luigi, is-ä Commissario!«

Meller deutete auf den Jungen in Körners Arm.

»Und? Ist er das Subjekt deiner Observierung?«

»Na jaaa … nicht so direkt«, erwiderte Körner verlegen.

»Papà!« Der Kleine auf Axels Arm zappelte und streckte seine Hände zu Meller hin.

Was hatte der Kleine mit seinem Papa-Geschrei, ärgerte er sich. Papa hatte ihn Luigi schon vor drei Jahren genannt, als Meller ihn das erste Mal gesehen hatte.

Eva lachte hell auf.

»Is-ä nicht die Papà, Luigi, is-ä Commissario!«, sagte Raffaela.

»Papà!«

Mensch, der Junge konnte nerven!

Axel Körner, nicht ohne Hintergedanken, reichte Luigi flugs an Meller weiter.

»Da … geh zu deinem Papa.«

»Körner, ein Papa noch und du …«, drohte Meller halblaut, während er den Jungen entgegennahm. »Ich bin nicht sein Papa. Was weiß ich, wer der ist.«

Luigis Hose war feucht, das spürte Meller sofort.

»Seine Hose ist nass«, sagte er und reichte Luigi weiter an Raffaela, die ihn an sich drückte.

»Arme Luigi, muss-ä pipi gemacht. Warum nicht sag-ä, Axel?«

Körner stand wie ein begossener Pudel da.

»Was? Luigi hat sich angepinkelt?«, rief er und wischte verlegen über Rock und Ärmel.

»Papà, papà!«, schrie Luigi dazwischen.

Meller wusste, es war höchste Zeit zu gehen.

»Man sieht sich. Bald. Ich muss leider wieder, Eva …«, entschuldigte er sich und ging auf den Eingang des Arbeiterkammersaals zu.

Bitte kein »Papa, Papa« mehr. Ich hab schon Manuel Fischer als Sohn angenommen und der bereitet mir Sorgen genug, dachte Meller.

Es war November, das Wetter war an diesem Tag ungewöhnlich warm geworden und er fragte sich, ob nicht auch das ein Zeichen kommenden Unheils war.

Der ALM-Gründer war kein gebürtiger Mödlinger.

Die Waldmüllers wohnten jedoch seit Jahrzehnten in ihrer

Villa in der Fürstenstraße, nahe dem Wald zur Burg Liechtenstein hin. »Villa Steinreich« war über dem großen Jugendstilfenster mit Balkon und Balustrade zu lesen. Eine doppelsinnige Wortschöpfung, die noch von Großvater Adolf Waldmüller stammte. Denn dass Schotter und Kies eine wahre Goldgrube sein konnten, das zeigte der Waldmüller'sche Wohlstand. Sie besaßen seit Generationen ein Schotterwerk im Wiener Neustädter Becken, nahe der Südautobahn. Während des Zweiten Weltkriegs war ihr Besitz zwar kurzzeitig von den Nazis okkupiert worden, doch in den Fünfzigern machte sich Jürgens Vater daran, Großvaters Erbe fortzuführen.

Großvater Adi hatte zu Kriegsbeginn die Enteignung durch die Nazis nicht verkraftet und sich erschossen. Nicht wegen der Enteignung, sondern weil es ein Österreicher war – eben jener mit gleichem Vornamen –, der das Land ins Verderben stürzen würde. Hitlers Kriegsgelüste wurden von Großvater Adi von Beginn an durchschaut. Er war im Ersten Weltkrieg Offizier gewesen, war schwer verwundet worden und hatte auch in den Wirren des Kriegs seine geliebte Frau Margot verloren. Sie war bei der Geburt seines Sohnes Johann gestorben. Auch nur deshalb, weil keine Hebamme erreichbar war und niemand sonst im Haus helfen konnte. Großvater Adi lag zu dieser Zeit schwerst verwundet im Lazarett.

Er war als Verteidigungsoffizier der k. u. k. Militäradministratur im Campo de Luserna – eine Festung nahe Lavarone auf der Hochfläche der Sieben Gemeinden im Trentinogebiet – stationiert gewesen.

Am 25. Mai 1915 wurde diese Festung von den Italienern schwerst beschossen und zerstört. Leutnant Waldmüller war einer der ersten Verwundeten. Ein Metallsplitter rasierte ihm die rechte Wange, Teile des Kiefers und das Ohr weg, weil er einen

Rekruten, dem beide Beine weggerissen worden waren, aus der Schusslinie in den Schützengraben gezogen hatte. Der Soldat überlebte seine Verwundung nicht.

Als der Krieg verloren war, saß der Großvater wieder zuhause. Er war Witwer geworden und für sein restliches Leben verunstaltet. Er hatte für seinen Buben Johann zu sorgen und sich um die Villa Steinreich sowie um ein Schotterwerk zu kümmern.

Als Erstes zog er sich von allen gesellschaftlichen Verpflichtungen und Vergnügungen zurück, denen er vor dem Krieg zugetan war. Seine Kriegsversehrtenrente setzte er für den weiteren Ausbau des Schotterwerks ein. Eine Haushälterin und Verwandte kümmerten sich rührend um seinen Sohn, den hübschen Johann, der von Geburt an Hansi genannt wurde.

Der Vater nahm ihn oft mit in die Schottergrube – ein idealer Spielplatz für den Jungen – und zeigte ihm, wie Steine, Kies und Sand in unterschiedlichen Körnungen gewonnen wurden.

Großvater Adi trug einen Vollbart. Dort, wo sich einst die rechte Wange über das Kiefer gespannt hatte, war das Gesicht wie bei einem Totenkopf eingefallen. Das rechte Ohr fehlte und das Sprechen fiel ihm schwer. Er beschränkte sich aber ohnehin nur noch auf Wortkombinationen, aus denen man erahnen musste, was er wollte.

Suweeiß hieß: Die Suppe ist zu heiß.

Seidunsiaredden hieß: Wo sind Zeitung und Zigaretten?

Hasigomschodd hieß: Hansi, komm mit in die Schottergrube.

Hagofweh hieß: Ich habe wieder Kopfweh.

Das hatte Großvater Adi oft. Bei jedem Wetterumschwung quälten ihn rasende Kopfschmerzen. Kein Wunder, dass er sich mit Tabletten vollstopfte und bald davon abhängig wurde.

Den Schuss, der Adolf Waldmüller das Leben kostete, konnte

Hansi nicht hören, denn er war zu dieser Zeit mit seiner Verlobten Leni in Italien auf Urlaub und besuchte die Festung Campo de Luserna, nahe Lavarone. Dort, wo sein Vater so schwer verletzt worden war.

Großvater Adi hatte seinen Todestag bewusst so ausgewählt, wie in seinem Abschiedsbrief zu lesen war:

Testament von Adolf Waldmüller.

Mein lieber Hansi, jetzt bist Du alt genug, um auf eigenen Beinen zu stehen. Die Villa vermache ich Dir allein. Verkaufe sie. Auch das Geld von meinem Konto soll Dein alleiniges Eigentum sein. Es ist genug da. Lieber Bub, wandere so schnell wie möglich nach Australien aus. Nimm Deine Leni mit. Mit ihr kannst Du dort neu beginnen und eine Familie gründen.

Ein Krieg steht euch bevor! Der wird viel schlimmer werden als der erste. Ich weiß das. Ich habe militärische Erfahrung.

Ich aber kann unter dieser Nazibrut nicht mehr leben, mit diesem Kriegstreiber Hitler und mit meinen Schmerzen.

Eigentlich bin ich schon im Lazarett »gestorben«, als ich vom Tod meiner geliebten Margot erfahren habe. Jetzt will ich zu ihr.

Verzeih mir, mein lieber Bub, und gib der Leni ein Abschiedsbusserl von mir. Wir sehen uns bestimmt wieder.

Dein Dich liebender Vater

Adolf Waldmüller *Mödling, am 27. Juli 1939*

Hansi hatte bitterlich geweint. Auch wenn der Vater zum Fürchten aussah mit seinem eingefallenen Gesicht, dem fehlenden Ohr und dem schiefen Bart. Ein Kriegsversehrter, der sich nur mit schwer verständlichen Lauten bemerkbar machen konnte – für Hansi war er der beste, der gütigste Vater gewesen …

Das Thema Krieg zog sich wie ein schmerzend glühender Faden durch die Familie Waldmüller. War doch Großvater Adi mit seiner entsetzlichen Entstellung stets ein sichtbar mahnendes Zeichen dafür gewesen.

Als der Zweite Weltkrieg begann, war Johann vierundzwanzig Jahre jung und marschierte mit Tausenden anderen Soldaten gegen Polen. Den Russlandfeldzug 1941 überlebte er als Einziger seiner Einheit. Über seine Kriegserlebnisse wollte er in der Familie nie sprechen.

»Das Lager war grausam«, das war das Einzige, was man von ihm zu hören bekam. Johann Waldmüller war in russische Gefangenschaft geraten und erst 1949 heimgekehrt.

Er übernahm sofort den Betrieb und war den Menschen, die durch seine Firma Arbeit bekamen, ein Vorbild für Arbeitsfreude und soziale Gerechtigkeit. Diese edle Eigenschaft hatte er von seinem Vater übernommen. Johann heiratete seine geliebte Leni, die zehn Jahre auf ihn gewartet hatte.

1950 gebar ihm Leni einen strammen Buben, den Jürgen.

Als Jürgens Mutter 1956 die Geburt des zweiten Kindes nicht überlebte, war das ein gewaltiger Schock für die Familie.

Paul nannten sie den Unglücksbringer. Grausam, wie sich das Schicksal in Waldmüllers Familie wiederholte. Schon Großvater Adi hatte auf diese Weise seine Frau verloren.

Die Haushälterin, eine bescheidene, liebevolle Frau, nahm sich der Kinder an und ersetzte, so gut es ging, die Mutter.

Später kam Tante Hanni als Aushilfe ins Haus, die sich regelmäßig mit den beiden Buben beschäftigte. Sie fuhr mit ihnen in den Tiergarten Schönbrunn, sie besuchten Museen oder sie gingen ins Kino. Im Winter waren sie oft Schlittschuh laufen, im Sommer im Mödlinger Bad und besonders gern in der Konditorei Glanz Eis essen. Gemeinsame Urlaube wurden in Italien oder in der Schweiz verbracht sowie alljährlich eine Woche in Schweden. Unvergesslich für die Kinder waren die Mittsommerfeste. Über Weihnachten und Silvester war ein Schiurlaub in den Tiroler Bergen angesagt, meistens in Kitzbühel oder in Mayrhofen im Zillertal.

In den Sechzigern, als die Kinder noch nicht von Computern beherrscht wurden, spielten sich Spaß und Vergnügungen hauptsächlich in freier Natur ab. Im Haus hielt man sich auf, wenn es regnete. Leider hatte der Vater immer weniger Zeit, um mit den Buben herumzutollen. Seine Geschäfte nahmen ihn vollends in Anspruch, jammerte er ihnen oft vor.

Eines Tages übersiedelte eine attraktive junge Frau in das Gästehaus auf dem gepflegten Grundstück in der Fürstenstraße. In diesem Haus befand sich eine Wohnung im Erdgeschoss, die von der Haushälterin und ihrem Mann, bewohnt wurde. Die winzige Dachgeschosswohnung bezog nun jene Frau, die sich als Vaters neue Sekretärin vorstellte, was einen heftigen Disput zwischen Vater und Tante Hanni zur Folge hatte. Tränenüberströmt ging sie dann und besuchte sie nie mehr.

Kurz darauf kündigte auch das Hauswartehepaar. Eine Firma kümmerte sich ab nun um die Gartenbetreuung.

Flora Wunderl schrieb nicht nur Vatis Geschäftsbriefe, sie schaukelte auch den Haushalt in der Villa Steinreich und freundete sich mit den zwei Buben bald an.

Die Wunderl, wie sie Vaters Sekretärin nannten, war wesentlich fröhlicher, vor allem nicht so streng wie Tante Hanni. Dem Vater schien die Wunderl auch sehr zu gefallen.

Eines Tages überraschte der jüngere Bruder Papa und die Wunderl, wie sie sich stöhnend und keuchend im Bett wälzten, dass dieses nur so knarrte und quietschte. Pauli hatte das ziemlich schockiert, weil er glaubte, die beiden würden sich etwas antun. Mit seinen sechs Jahren wusste er noch nichts von diesen Freuden des Lebens.

Entsetzt erzählte er es seinem Bruder, der hell auflachte.

Der zwölfjährige Jürgen war ein blitzgescheiter Bub, neugierig und mit dem Drang, alles zu erforschen. Er konnte seinen Bruder beruhigen und verriet ihm, dass Erwachsene das hin und wieder bräuchten. Dafür sei Papa nach so einer Rauferei besonders fröhlich gelaunt. Das sei die beste Gelegenheit, wenn sie sich von Papa etwas wünschen wollten.

Jürgen wusste andeutungsweise, was sein Vater und die Wunderl da getrieben hatten. In der Schule waren solch schlüpfrige Themen die täglichen Pausengespräche. Da gab es Buben, die mit Fotoheften auftrumpften, in denen Frauen und Männer nackt vor einem Spiegel standen oder auf einem Bett lagen, wo man alles sah – die Brüste, das schwarze Dreieck zwischen ihren Beinen. Meistens hatten diese Frauen einen Hut auf oder ihre langen Beine steckten in hohen Stöckelschuhen.

Einmal hatte Jürgen einem Schulkollegen eine solche schweinische Abbildung aus dem Heft gerissen. Darauf sah man einen Mann, der einer Frau sein Lulu von hinten reinsteckte. Hatte der ein großes Ding!

Jürgen war ganz außer sich gewesen. Wenn er sich vorstellte, dass sein Papa mit der Wunderl dasselbe machte. Kein Wunder, wenn die dabei so stöhnten, das musste ja wehtun!

Jürgen legte sich also auf die Lauer. Er notierte jedes Stöhn- und Keuchkonzert in sein Notizheft. Ein einziges Mal versteckte er sich sogar unterm Bett und hörte jedes Wort, jeden Lustschrei mit an. Da wurde sein Respekt vor seinem Vater noch größer, weil die Wunderl ihn als den schönsten und besten Liebhaber der Welt lobte. *Ob er das wohl auch einmal werden würde?* Als das Gehopse, Stöhnen und Bettquietschen vorbei war, gestand sein Vater, dass er noch nie eine so fantastische Frau gehabt habe und dass er eigentlich froh sei, dass Tante Hanni nicht mehr ins Haus komme.

Da begann die Wunderl zu weinen. Jürgens Vater war daraufhin entsetzt und wollte sie trösten. Doch die Wunderl weinte aus purer Freude, wie sie unter Tränen gestand. Noch nie sei ein Mann so liebevoll und so einfühlsam gewesen wie er. Und erst das viele Geld, das er für ihren Bruder und ihre Eltern ausgegeben habe. Das könne sie nie zurückzahlen. Sie würde immer in seiner Schuld stehen.

Der Vater aber sagte, seine Liebe zu ihr sei tausend Mal wichtiger als alles Geld der Welt. Wenn sie nur bei ihm bleiben würde. Sie könnten ein schönes Leben führen. Jürgen und Pauli verstanden sich mit Flora doch auch.

»Ich liebe dich so sehr, mein liebes Hansilein!«, rief die Wunderl und küsste Jürgens Vater. »Und wenn du willst, werde ich deinen Buben eine gute Mutter sein!«

Dann schluchzten beide vor lauter Glück und stammelten etwas wie: … *dass wir uns endlich gefunden haben* …

Kurz darauf wackelte das Bett wieder heftig.

Da wusste Jürgen, dass sein Vater auch ein sehr gütiger Mensch sein musste, wenn er die Wunderl und sich selbst vor Freude sogar zum Weinen brachte …

Bald fand Jürgen die genauen Zeiten heraus, in denen das Bett quietschte. Dann erzählte er seinem Bruder, wann der ideale Zeitpunkt sei, sich vom Papa etwas zu wünschen. Das funktionierte hervorragend.

Jürgen lernte auf diese Weise systematisches Vorgehen und das Erreichen von vorgenommenen Zielen. Eines Tages sollte ihm diese Zielstrebigkeit von großem Nutzen sein.

Trotz der Tatsache, dass ihre Mutter bei Pauls Geburt gestorben war, kümmerte sich Jürgen rührend um seinen Bruder. Der Vater hatte den älteren Sohn stets daran erinnert, dass Pauli nichts dafür könne und man ihm nie Mutters Tod zum Vorwurf machen dürfe …

In Vaters Herz war stets Platz für gestrandetes Treibgut des Lebens, wie er es nannte. So auch für Flora Wunderl, die aus untersten sozialen Verhältnissen stammte. Sie hatte sich in seiner Firma beworben, als Sachbearbeiterin begonnen und sich bis zur persönlichen Sekretärin hochgearbeitet. Die Schulden von Floras Familie hatte der Vater großzügig beglichen.

Allein schon dafür war Flora hingebungsvoll ihrem Chef, ihrem Hansilein ergeben. Aber auch er liebte diese Frau, die ihn mit ihrer Fröhlichkeit aus der triesten Situation herausgerissen hatte, in der ihn Tante Hanni gern noch länger gesehen hätte.

Jürgens Vater spendete jährlich auch für die Schulweihnachtsfeier und monatlich für die Kinderdörfer und die Unicef.

Geld war für ihn nur ein Betriebsmittel, um unternehmerische Ziele zu erreichen. Hatte er nicht immer wieder sagenhaftes Glück bei allem Unglück gehabt?

Von Großvater Adi hatte er diese soziale Einstellung übernommen und es war die Pflicht eines echten Waldmüllers, diese Empathie den Kindern vorzuleben …

Das bekam Jürgen zu hören, als ihn der Vater zur bestandenen Matura einlud. In das »Restaurant Cobenzl« auf dem Kahlenberg, mit Blick über Wien. Pauli saß daneben und bewunderte seinen großen Bruder.

Da rückte Jürgen mit seiner Absicht heraus …

Vaters Edelmut und Freigiebigkeit hatten Jürgen geprägt. Er war stolz auf seinen Papa, der so viel Gutes bewirkt hatte, und wollte es ihm gleichtun.

Als Jugendlicher hatte er sich oft für Hilfsprojekte engagiert und war bereit gewesen, seine Freizeit dafür zu opfern. Das hatte seinem Vater stets imponiert und ihn sehr gefreut.

Doch jetzt nach der Matura wollte Jürgen mehr von der Welt sehen. Schon vor der Prüfung hatte er sich als Freiwilliger bei einem Hilfsprojekt in Mali beworben. Die Unterlagen dafür legte er mit klopfendem Herzen – während die Nachspeise serviert wurde – auf den Tisch. Das war dem Vater dann doch nicht so recht, denn er hatte seinen Sohn bereits als Nachfolger des Waldmüller Schotterwerks gesehen. Jürgen sollte erst einmal ausgiebig die Ferien genießen und dann dort beginnen.

Da herrschte bedrückende Stille am Tisch der Waldmüllers und es sah kurz nach einem heftigen Disput aus. Doch dann lenkte der Vater schließlich ein. Im Grunde genommen war er ja stolz, dass sich sein Sohn einen Job gesucht hatte, wenn auch hinter seinem Rücken.

Warum sollte er es verhindern? Den Jungen zog es in die Ferne, also sollte er sich *die Hörner vorsichtig abstoßen,* wie er Jürgen am Flughafen noch riet, bevor dieser an der Passkontrolle hinter der Milchglasscheibe verschwand.

Das war im Juli 1968.

Ein halbes Jahr wollte Jürgen in Mali bleiben, dann würde er weitersehen.

Aus dem halben Jahr Mali-Abenteuer wurden schließlich fünf Jahre, die er – unterbrochen von kurzen Heimatbesuchen – in Ecuador, Bolivien und Nicaragua verbrachte. Dann war er wieder zehn Jahre in Mödling und half seinem Vater das Schotterwerk zu führen. Man schrieb das Jahr 1983.

Doch Jürgen hielt es daheim nicht mehr aus. In seiner Zeit als Entwicklungshelfer hatte er so viel Armut und Elend hautnah miterlebt, dass ihm dieser Wohlstand in Europa wie eine

Verhöhnung der Armut vorkam. Wie fadenscheinig dieses kapitalistische Wertedenken doch war! Diese Gier nach noch mehr Besitz, nach noch mehr Luxus.

Auch von den Ansichten seines Vaters distanzierte er sich mehr und mehr. Doch gerade jener Wohlstand, der Jürgen dieses Leben, das er führte, erlaubte, stürzte ihn nun in eine schwere Lebenskrise – er kam damit nicht mehr zurecht.

Die Folge war, er überwarf sich mit seinem Vater, der darauf bestand, dass er doch endlich die Firma übernehmen sollte. Der Vater wollte sich zur Ruhe setzen.

Einmal noch würde Jürgen bei einem Hilfsprojekt mithelfen, dann wäre er dazu bereit, versprach er. Inzwischen konnte ja Paul die Firma übernehmen.

Der jüngere Bruder tat es Jürgen zuliebe, obwohl ihn das Schotterwerk nicht im Geringsten interessierte. Aber Flora Wunderl stand ihm zur Seite, sie kannte die Firma ja wie ihre Westentasche, wie sie zu sagen pflegte.

So entschwand Jürgen erneut zum Aufbau eines Hilfsprojekts. Wiederum nach Bolivien, dieses Mal in die Provinz Chayanta, um dort den Bauern zu helfen, ein Bewässerungssystem und ein kleines Biokraftwerk aufzubauen.

In Bolivien erreichte ihn am 12. Juni 1995 die Nachricht, dass sein Vater gestorben war – 80 Jahre war er alt geworden. Es war auch das erste Mal, dass ihm sein stets verständnisvoller Bruder heftigste Vorwürfe machte.

Daraufhin kehrte Jürgen heim. Paul war erschrocken, als er ihn am Flughafen in Schwechat abholte. Sein Bruder sah krank aus und wie abgemagert er war! Eine schwere Viruserkrankung habe er überstanden, hatte Jürgen gesagt.

Jetzt war das Erbe anzutreten. Flora Wunderl, die nie Vaters Frau geworden war, bekam das Gästehaus zugesprochen. Auch finanziell hatte Johann Waldmüller reichlich für sein Floramausi vorgesorgt. Die Wunderl fühlte sich weiterhin für den Haushalt in der Villa Steinreich zuständig, was die beiden Söhne gern in Anspruch nahmen.

Jürgen und Paul führten nun gemeinsam das Schotterwerk. Im Lauf der Jahre kam noch ein Fuhrwerkunternehmen dazu und – völlig untypisch – die wohlsortierte Buchhandlung »Lese-Zeit« in der Mödlinger Fußgängerzone. Am Beginn der Fleischgasse hatte es einen Supermarkt gegeben, das Lokal war seit Jahren leer gestanden.

Steine, Lkw und Bücher, das passte nicht recht zusammen. Jürgen Waldmüller übernahm schließlich die alleinige Führung des Schotterwerks und des Fuhrwerksunternehmens und Paul kümmerte sich ausschließlich um den Buchladen …

Paul war der sensible, der geduldige, der stille Bruder. Seine Leidenschaft waren seit seiner Jugend Bücher und nochmals Bücher. Wenn es seine Zeit erlaubte und ihn der Vater nicht gerade in der Firma brauchte, war Paul meistens in Buchgeschäften anzutreffen. Dort fand er Ruhe und Schutz vor Vaters fordernden Bitten und Wünschen.

In Wahrheit hatte er Angst vor seinem Vater gehabt.

Paul hing die vermeintliche Schuld am Tod seiner Mutter als ewiger Makel an. Und je mehr sein Vater ihm versicherte, dass dies eben ein furchtbarer Schicksalsschlag gewesen sei, für den niemand verantwortlich gemacht werden dürfe, außer der liebe Gott, desto mehr fühlte sich Paul schuldig. Eine fatale Seelenfalle.

Seine Chance sah Paul jedoch in den Jahren, als Jürgen irgendwo in der Welt armen Menschen half und dafür anfangs Vaters Wohlwollen erntete, später jedoch Egoismus vorgeworfen bekam, weil er sich nicht um die Firma kümmerte.

Paul bot dem Vater an, seinen älteren Bruder solang in der Firma zu vertreten, bis dieser wieder zuhause war.

Es war Pauls stiller Hilferuf, um dadurch vom Vater eine Art Absolution für die Schuld am Tod der Mutter zu erhalten. Doch der Vater bemerkte Pauls verzweifelte Versuche nicht.

Nur die Wunderl spürte, wie Paul unter diesem vertrackten Makel litt. Mit seinem wehmütigen Zug um die Lippen sah er stets traurig aus. Er war es auch. Dieses Karma hatte ihn so werden lassen. Er war sich sicher, sein Vater hatte ihn deshalb nie so herzlich an sich gedrückt, wie er es mit Jürgen getan hatte.

Auch die Wunderl schaffte es nicht, Pauls Ansichten zu ändern. Immerhin war sie ihm durch die vielen gemeinsamen Gespräche besonders ans Herz gewachsen. Paul hatte die Wunderl als Ersatzmutter angenommen, was bei Jürgen nicht der Fall war …

Das »LeseZeit« lief ausgezeichnet und war Pauls heile Welt.

Als er im Geschäft auch ein »LeseCafé« eröffnet hatte, kam die Wunderl täglich in den Laden. Ihre Welt hatte sich auf dieses Highlight reduziert: bei einem Häferl Kaffee Bücher durchzublättern, zu schmökern und wenn nötig, selbst im Laden mitzuhelfen. Es gab zwar genügend Angestellte, die für Beratung, Verkauf und Kaffeeservieren zuständig waren, doch manchmal spießte es sich, wie Flora es bezeichnete. Dann, wenn der Laden voll war und keine der Mitarbeiterinnen sich um das Café kümmern konnte.

Da sprang die Wunderl ein – und wie gern sie das tat!

Sie bekam im »LeseCafé« sogar einen Stammplatz, ein Marmortischchen, das optimal stand, um den gesamten Laden überblicken zu können. Ein samtgrün bezogener Schaukelstuhl, das einzige Erbstück aus Floras kargem Familienbesitz, machte sich hervorragend als dekorativer Aufputz.

Sogar manchen Bücherdieb konnte Flora von ihrem Platz aus ertappen. Darüber war Paul recht froh, denn Bücher waren in der zurzeit herrschenden Wirtschaftskrise als Geschenk wieder angesagt und begehrte Diebesware geworden.

Pauls Leben war nach außen hin in ruhigen Bahnen verlaufen. Mit seinem Schicksal hatte er sich mehr oder weniger abgefunden. Eine Lebenspartnerin allerdings hatte er nie finden wollen. Immer holte ihn die Vergangenheit ein. Wenn auch er wegen einer Schwangerschaft einen geliebten Menschen verlieren würde? Schon zwei Mal war dieser Fluch bei den Waldmüllers Wahrheit geworden. Er glaubte, dass jede Frau sich irgendwann ein Kind wünschte. Diesem Stress wollte er sich nicht ausliefern.

So wurde aus Paul ein stiller, sympathischer Mann, mit Brille, leicht ergrautem Haar und mit einem traurigen Lächeln auf den Lippen. Alles an Paul war leise. Seine Stimme und sogar sein In-Erscheinung-Treten. Leicht konnte man ihn übersehen.

Um wie viel lauter war da Jürgen. Er war es zeitlebens gewohnt, der Wortführer zu sein. Das schicksalshafte Karma seines Bruders hatte ihn indirekt dazu werden lassen.

Doch Paul mochte Jürgen. Er hatte ihn wegen seines tatkräftigen Engagements bei all diesen Hilfsprojekten immer bewundert. Sein großer Bruder half in der Dritten Welt armen Menschen, ein besseres Leben führen zu können. Paul hätte sich das nie getraut, so völlig auf sich gestellt, in der Wildnis und so weit weg von zuhause.

Aber auch Jürgen hatte keinen Grund sich zu beklagen. Schotter, Sand und Steine waren unverändert gefragt. Jürgens Leben hätte hervorragend laufen können, wäre da nicht ein dunkles Geheimnis gewesen, das seine Seele belastete …

Bekümmert dachte Jürgen an jenen Vorfall, kurz bevor er im Dschungel krank geworden war. Tagelang war er bei einem Bauern in dessen Hütte gelegen, bis er endlich von Leuten der Missionsstelle per Hubschrauber in ein Hospital nach La Paz geflogen worden war.

Mit der *Aktiven Liste Mödling* wollte er seiner schrecklichen Tat etwas entgegenstellen, damit seine Seele endlich Ruhe finden konnte. Doch er wusste, dass er nur von Gott die Absolution erhalten konnte.

Ich werde bitter dafür büßen müssen, deswegen tu ich mir das hier an. Ich kann nicht anders. Es ist meine Chance, wenigstens ein wenig von meiner Tat wieder gutzumachen …

Er dachte an den Felsvorsprung, an die Schlucht, als sie lautlos in die Tiefe gefallen war. Den Aufprall hatte er nicht gehört, denn er war völlig zugedröhnt gewesen und in Panik davongelaufen …

Das Mikrofon in der Hand, stand Jürgen da und sah in die Menge. Ihm wurde plötzlich heiß. Er lockerte den Krawattenknopf, um mehr Luft zu bekommen.

Da war es wieder, dieses kurze unregelmäßig rasende Pochen. Mein Herz!, dachte er panisch. In letzter Zeit hatte er das öfter verspürt.

Gleichzeitig sah er, wie die dicke Frau den Saal verließ.

Die Leute applaudierten, weil sie sich über sich selbst lustig machte …

Drei

Dienstag, 16. Februar 2010

Der Geruch war bestialisch, der Anblick erschütternd.

Kommissar Meller und V-Agent Körner pressten sich Taschentücher vor den Mund. Sämtliche Fenster der Wohnung standen weit offen.

Weil die Schlafzimmertür geschlossen und das Fenster die ganze Zeit lang gekippt gewesen war, hatte man den strengen Geruch im Haus nicht zuordnen können.

Gewiss, es roch öfter etwas eigenartig im Stiegenhaus. Da etliche Immigranten aus südlichen Ländern im Hochhaus wohnten, passierte es, dass hin und wieder ein strenger Geruch bis in die oberste Etage zog, wenn sie ihre heimischen Spezialitäten kochten.

Im letzten Stockwerk des Hochhauses in der Wienerbruckstraße wohnte ein älterer, alleinstehender Mann, der seit Anfang Jänner im Villacher Warmbaderhof auf Kur war. Ein junges Pärchen aus der Slowakei, das die Woche über in Österreich unterwegs war und am Wochenende oft in Bratislava bei seinen Familien verweilte, hatte die Wohnung gegenüber gemietet.

Kinder waren vor Tagen darauf aufmerksam geworden, dass in der obersten Fensterreihe des Hochhauses auf einem Fensterbrett immer wieder Krähen saßen.

Abwechselnd waren sie durch das gekippte Fenster verschwunden, nach einer Weile wieder hervorgekommen und auf einen Baum zugeflogen, auf dem sie sich niederließen, um zu fressen, was sie im Schnabel hielten.

Neugierig, wie Kinder eben sind, waren sie zum Baum gelaufen, um zu sehen, was die Vögel aus der Wohnung holten.

Ein Mädchen hatte daheim mehr so nebenbei von dieser Beobachtung erzählt. Die Mutter meinte, dass da oben jemand Futter für die Krähen auf das Fensterbrett lege.

Doch das Mädchen bestand darauf, dass noch nie jemand aus dem Fenster geguckt oder etwa Futter nachgelegt habe. Sie hätten genau beobachtet, wie die Viecher durch das aufgeklappte Fenster in die Wohnung eingedrungen seien. Schließlich rief die Mutter bei der Polizei an und meldete den Vorfall.

Zwei Beamte kamen und läuteten bei der bewussten Wohnung. Da niemand öffnete, wurde ein Schlüsseldienst angefordert. Das folgende Szenario war eine extreme Herausforderung an zwei Polizistenmägen, die sich über das Stiegengeländer gebeugt auskotzten. Der Hauswart tauchte dann plötzlich schnaufend im Stiegenhaus auf und beschwerte sich. Erstens, weil er jetzt diese Sauerei im Stiegenhaus reinigen musste, und zweitens, warum ihn denn niemand verständigt habe.

Das stimmte so nicht. Man hatte es versucht, wie die beiden Polizisten Herrn Hagelmann erklärten.

Der Mann hatte eine Alkoholfahne und seine geröteten Wangen zierte auf der einen Seite ein aufgemaltes *MöMö 2010,* auf der anderen ein *Keep cool, Baby.*

Der Hauswart, aktives Mitglied bei der Faschingsgilde und zurzeit total schwer im Einsatz, schließlich war Faschingsdienstag, hatte sein Handy leider nicht gehört.

Auch wiederum verständlich.

Was den einen Beamten feststellen ließ, dass man sich den Mödlinger Fasching nicht nur *schönsaufen,* sondern wegen der Kälte auch noch *warmsaufen* musste – ein hartes Metier …

»Schrecklich!«

Axel Körner schüttelte es vor Grauen und Ekel.

Die Krähen hatten verheerende Arbeit geleistet.

Der vertrocknete, stark verweste Körper sah furchterregend aus. Die Bettdecke war zum Teil heruntergerissen, an vielen Stellen zerfetzt, durchlöchert und hing quer über der aufgerissenen Fleischmasse. Tausende tote Fliegen lagen im Bett, auf dem Boden, auf dem Fensterbrett, überall Vogelkot und Krähenfedern.

Die beiden V-Agenten standen beim weit geöffneten Fenster und betrachteten das schaurige Szenario.

Körner dachte an Hitchcocks Vogelfilm, verzichtete aber auf eine entsprechende Bemerkung, die Luft fehlte ihm dazu.

Meller war tapferer.

»Wie es aussieht, ist Herta Hartauer zu Bett gegangen und muss dann im Schlaf gestorben sein. Eigentlich ein schöner Tod, wie ihn sich jeder Mensch nach einem erfüllten Leben wünscht – an Altersschwäche zu sterben.«

»Aber dann monatelang tot in der Wohnung zu liegen und niemand bemerkt es? Da weiß ich mir was Schöneres. Hätte die Frau auf ihrem Postkasten nicht *Bitte keine Werbung* stehen, dann wäre man sicher schon früher draufgekommen, dass da was nicht stimmt«, erwiderte Körner.

»Das ist ja das Erschütternde, wenn Menschen nebenan in einer Wohnung sterben und niemand bemerkt es. Es muss doch jemanden gegeben haben, der mit dieser bemitleidenswerten

Frau in Kontakt gestanden ist? Kinder, Verwandte, Freunde, Bekannte?«

»Wahrscheinlich hat's nix zum Vererben ghabt, sonst wär schon längst wer aufgetaucht«, so die Körner'sche Logik.

»Auch eine These. Wenigstens war die arme Frau längst tot, bevor die Rabenviecher über sie herfallen konnten. Denn das Fenster muss sie noch gekippt haben, bevor sie sich ins Bett legte. Die Viecher sind jedenfalls erst vom Verwesungsgeruch angelockt worden.«

»Manche Menschen verhalten sich auch so, wenn's was zum Holen gibt. Wie die Geier, da ist die Natur direkt vorbildlich.«

»Schön langsam kannst wieder normal denken, Axel.«

»Stimmt aber.«

Meller hielt seinen Kopf zum Fenster hinaus, holte tief Luft und ging auf die andere Seite des Bettes. Er fühlte sich elend. Bei jedem Schritt knackte es verdächtig unter seinen Schuhen – die vertrockneten Fliegen.

Abrupt blieb er stehen. Ein schauriges Gefühl kroch über seinen Rücken. Er starrte auf den Boden.

Da – seltsam! Er bückte sich und pustete die Fliegen zur Seite.

»Was ist? Ist dir schlecht geworden?«, fragte Körner beunruhigt, der seinen Chef beobachtete und überlegte, ob er ihm helfen oder ob er ihn an Ort und Stelle kotzen lassen sollte.

»Nein, nein, schon gut. Ich glaub, da ist was. Schau einmal genau da her.«

»Ich seh da aber nix«, urteilte Körner, der sich zum Kommissar hinuntergebeugt hatte.

»Schau genau da her«, Meller zeigte auf die Holzmaserung. »Und zwar so, dass sich der Lichteinfall des Fensters spiegelt, dann siehst du's.«

Körner drehte seinen Kopf, schaute schief hin und her.

»Also, ich seh da nix, wahrscheinlich bin ich schasaugert.«

»Das hast jetzt du gsagt, Axel. Aber stell dich da her, wo ich steh, dann siehst du's.«

Sie tauschten die Plätze.

»Ich seh nur lauter tote Fliegen«, stellte Körner fest.

»Dann war's eine optische Täuschung«, erwiderte Meller.

Körner erhob sich schnell, weil ihn der Geruch in Bodennähe fast ohnmächtig werden ließ. Beide eilten wieder zum Fenster hin, hielten ihre Köpfe raus und tankten ausgiebig Frischluft.

Es war sonnig, aber eisig, und die Lungen reagierten schmerzhaft auf den kalten Luftschub.

»Erstunken ist noch keiner«, witzelte Körner keuchend. »Aber wenn ich noch länger hier drinnen bin, streiken meine Lungenflügel. Dann wär eine weitere Leiche zum Abtransportieren fällig, Chef.«

»Einer wie du ist nicht umzubringen. Wär auch schad drum. Jetzt, wo die Sizilianerin endlich einen Papa für ihren Pamperletsch gefunden hat?« Meller grinste hämisch.

»Pflanz wen andern. Aber wenn du schon das Thema anschneidest, kann ich's dir auch gleich verraten – wird eh bald zum Sehen sein: Die Raffaela ist schwanger, dritter Monat.«

»Wie? Was? Na, du gehst es aber flott an! Und – was wird's?«

»Na, was wohl – ein Baby! Was sonst?«

»Ein kleiner Mafioso, hätt ich geglaubt«, konterte Meller lachend, wurde aber sofort wieder ernst und forderte ihn auf: »Schluss mit dem Schmähführen, Axel. Schauen wir uns den Rest der Wohnung an.«

»Was ist denn das?«

Körner deutete auf einen Haken, der seitlich in der Mauer steckte. Der Rest eines Netzes, in dem sich ein Fettklumpen mit Nüssen und Körnern befunden hatte, hing noch dran.

»Vögel waren die einzigen Freunde dieser einsamen Frau«, davon war Meller überzeugt. »Durch das Futter wurden auch die Krähen angelockt, anders kann ich es mir nicht vorstellen. Und das gekippte Fenster war für die Rabenviecher direkt eine Einladung, weil dort noch mehr lag … Schrecklich.«

Körner schloss behutsam die Tür hinter sich, als befürchtete er, die Tote in ihrer ewigen Ruhe zu stören. Den Rest davon zumindest, dachte der V-Agent sarkastisch.

Wenn Körner seine zynischen Gehirnwellen aktivierte, dann durfte man sicher sein, es war Diskriminierendes, was durch seinen Kopf ging. Doch da sollte sich der Teufel drum scheren. Axel Körner war sauer, dass er mit dem Kommissar hier ermitteln musste. Eigentlich hätte er nachmittags frei haben wollen – es war der letzte Faschingstag.

Er wollte seiner Sizilianerin erst ein bisschen das Baucherl streicheln, das er mit viel Lust und Liebe mit seinem Ebenbild gefüllt hatte. Das hoffte er, nein, das wusste er: Ein Körner macht nur Buben, und was für welche mit dieser tollen Frau!

Eine Göttin war sie, diese Sizilianerin mit ihren atemberaubenden Kurven und ihrer goldroten Haarpracht. Allein schon der Name war verbale Sinnlichkeit: *Raffaela Battisti*.

Wenn sie hier fertig waren, würde er anschließend mit ihr durch Mödling bummeln und sich vom bunten Faschingstreiben anstecken lassen. Abends waren sie in Wien zu einem Gschnas bei Freunden eingeladen.

Was für ein Auftritt: Körner würde im Nadelstreif, mit Errol-Flynn-Bärtchen und Al-Capone-Hut, einen Mafioso mimen mit Raffaela als sizilianische Gangsterbraut an seiner Seite …

Der Kommissar ging von einem normalen Todesfall aus.

Die Frau war über achtzig Jahre alt und alleinstehend. Also

konnte man annehmen, dass da niemand nachgeholfen hatte. Da waren sich Meller und Körner einig, aber *nix Genaues weiß man nicht*. Bei einem Fall wie diesem mussten sie ebenso ausrücken, um eventuelle Ungereimtheiten abzuklären. Um den Tod festzustellen, war ein Arzt zwar nicht mehr vonnöten, aber um zu klären, ob Herta Hartauer tatsächlich eines natürlichen Todes gestorben war, dafür war jetzt die gerichtsmedizinische Abteilung zuständig.

Wenn sie aber selbst ein bisschen nachgeholfen hatte, um sich endgültig zu verabschieden? Gab es einen Abschiedsbrief? Nein. Was aber besagt das schon? Wenn es keinen Menschen gibt, dem man letztmalig etwas mitteilen möchte – wozu noch Kuli und Papier in die Hand nehmen?

Überhaupt, was heißt: eines natürlichen Todes gestorben?

Meller schossen Bilder aus der Zeit in Rio de Janeiro durch den Kopf, als er mit seinen Kollegen durch die Favelas streifte, um Drogendealer zu stellen und zu verhaften.

Vor wie vielen Leichen, zerschundenen, zerfetzten Körpern er schon gestanden hatte! Auch in Mödling hatte es bereits ein paar Fälle gegeben.

Er dachte an den Frühlingsrolle-Fall und an den tragischen Unfall mit dem Lkw-Fahrer in der Schiller-Straße, der sich dann als hinterhältiger Anschlag entpuppt hatte. Und erst die Explosion auf der Südautobahn, als es einen Attentäter förmlich in der Luft zerfetzt hatte.

In Mödling würde es niemals so arg wie in Rio zugehen, da war sich Meller sicher. Und wenn doch? Dann würde er sich auf eine Insel in der Karibik absetzen. Wenn er nur wüsste, mit wem …

Meller seufzte tief.

Die Wohnung war rustikal eingerichtet. In einer Ecke des

Wohnzimmers befand sich eine kuschelige Bauernstubenecke aus Zirbenholz. Im Lauf der Jahre war sie ziemlich nachgedunkelt. Eine mit grobem Stoff bespannte Hängelampe, mit rot-grün kariertem Muster, hing über dem Tisch. Eine Anrichte, ebenfalls in Zirbe, und ein hoher Wandschrank mit Glastüren standen wie drohende Monster im Raum. Viel zu wuchtig für dieses Zimmer.

Ein Tischtuch mit aufgestickten roten Herzen lag schlampig auf dem Tisch und warf Falten. Als hätte jemand in Eile den Platz verlassen und das Tischtuch verschoben. Zwei Teetassen mit Unterteller, ein Zuckerstreuer und drei Fotoalben befanden sich auf dem Tisch.

Eins war aufgeschlagen und zeigte vergilbte Bilder.

Ein drolliges, gelbbraunes Bärchen lag neben den Fotoalben. Das Bärchen musste oftmals geherzt und gedrückt worden sein, denn vom Plüsch war nicht mehr viel übrig. Das linke Knopfauge fehlte und ein Arm hing lose an zwei Fäden.

Schon wollte Meller den Teddy in die Hand nehmen, da zog er sie – einer inneren Eingebung folgend – wieder zurück.

Eine verstaubte Bananenschachtel stand auf der Sitzbank, der Deckel lag daneben. Weitere Fotoalben, Bücher, eine Soldatenmütze und sonstiger Kram waren in der Schachtel zu entdecken.

Auf dem Fußboden lag ein Bündel Briefe, von einem breiten Gummiband zusammengehalten.

Er bückte sich. Vorsichtig, nur mit zwei Fingern am Gummiband haltend, wollte er den Packen aufheben und auf den Tisch legen.

Da riss der poröse Gummi und die Briefe flatterten zu Boden.

Verdammt, verdammt … Meller ärgerte sich.

»Hoppala … soll ich helfen?«, fragte Körner, der es im Blickwinkel bemerkte, ohne von den Bildern im Album aufzusehen.

»Lass nur. Ich mach das schon.«

Zwei Stühle standen beim Tisch. Einer war etwas weiter entfernt. Hier war jemand aufgestanden und hatte seinen Platz am Tisch verlassen. Das fiel dem Kommissar auf, während er sich spezielle Handschuhe überstreifte und die Briefe aufsammelte. Ein Brief war unter die Bank gefallen.

»Was mir gerade so einfällt …«, bemerkte Körner und sah vom Album auf. »Die Frau liegt nackt im Bett. Ich meine, eine alte Frau zieht sich doch was an, wenn sie schlafen geht.«

Er behielt den Rest für sich, sah wieder auf die Fotos und dachte an Raffaelas satte Brüste. Wohliges Kribbeln machte sich in seinem Schritt bemerkbar.

Die letzte Nacht hatte es wieder in sich gehabt.

Aber hier? Die vergilbten Bilder zeigten abgearbeitete Menschen, verbraucht, alt …

Ob Raffaela auch einmal so werden würde wie die Alte nebenan im Schlafzimmer? Wahrscheinlich, aber da würde sich das Thema Sex längst erledigt haben, hoffte Körner …

»Da ist was dran«, erwiderte der Kommissar.

Körner riss es aus seinen Gedanken.

Erschrocken sah er von den Fotos auf, starrte auf das zerschlissene Bärli, dann auf Meller.

»Wo dran?«

»Am Nacktschlafen, wie du sagtest … Na, schon wen erkannt?«, fragte Meller.

»Ja, drei Hakenkreuzfahnen.«

»Sehr geistreich.«

»Kennst *du* etwa jemanden von denen da?«

Körner zeigte auf eins der Bilder.

»Samma heut schlecht drauf, Körner?«

»Eigentlich schon, was so viel heißt wie: im Grunde genommen nicht.«

»Also, was jetzt.«

»Eigentlich net …«, erwiderte Körner frustriert.

»… aber im Grunde genommen schon«, ergänzte Meller. »Was sein muss, muss sein. Die alte Frau hat ein Recht darauf, dass sich endlich wer um sie kümmert.«

»Aber grad heute? Kann die nicht erst morgen gefunden werden? Auf den einen Tag kommt's auch nicht mehr an. Obendrein hätte der Sodala mich vertreten sollen. Wo ist der denn eigentlich schon wieder? Morgen fliegt Raffaela nach Sizilien und ich seh sie drei Wochen lang nicht«, maulte Körner.

»Der Hofer ist, so weit ich den Plan im Kopf habe, bei der Einsergruppe im Einsatz. Du kennst den Erlass – Personalaushilfe innerhalb der Gruppen. Aber das macht mir weniger Sorgen. Mehr Sorgen bereitest du mir. Wie du dich verändert hast, das stimmt mich bedenklich. Wo ist dein Einsatzgeist, dein Elan? Und – ich darf es dir wohl offen sagen – ein bisschen rund bist du um die Mitte auch geworden, Axel.«

»Na und? Ich bin werdender Vater! Da setzt man andere Prioritäten«, erwiderte Körner und zog den Bauch ein.

»Diese Frau wird dir noch schlaflose Nächte bereiten. Denk an meine Worte«, warnte ihn Meller.

»Die wird nicht, sie tut's bereits. Und das ist gut so.«

»Das mag schon sein und es sei dir gegönnt. Dann können wir jetzt endlich hier weitermachen. Je früher wir fertig sind, desto eher kannst du an Siziliens Busen schmusen.«

Meller war genervt. In Wahrheit war er neidisch, weil ihm selbst ein solches Glück abhanden gekommen war.

»Wer auch immer der letzte Gast von Herta Hartauer war – er muss die Frau näher gekannt haben. Nach dem gemeinsamen Teetrinken und Betrachten der Fotos muss diese Person die Wohnung fluchtartig verlassen haben, aus welchen Gründen auch immer. Vielleicht ist Frau Hartauer plötzlich gestorben und der Gast hat sie ins Bett getragen, ausgezogen und zugedeckt. Der oder die Unbekannte wollte keine Unannehmlichkeiten bekommen.

Wir müssen Hartauers Bankkonto überprüfen. Ob es auffällige Abbuchungen gibt. Gibt es Sparbücher? Alte Menschen sparen doch stets. Wenn ja, wann wurden sie von wem aufgelöst? Gibt es ein Testament? Und die prinzipielle Frage vorweg: Gibt es Angehörige von Herta Hartauer?«

Der Kommissar sah Körner an und bat ihn:

»Da muss noch ein Brief unter der Sitzbank liegen. Du stehst grad so günstig. Würdest du ihn bitte …?«

Wie befohlen, kniete sich Körner hin und versuchte den Brief hervorzuholen. Doch er langte nicht hin, also warf er sich auf den Boden und kroch unter den Tisch, um ihn in die Finger zu bekommen. Dabei sah er etwas Dunkles weiter hinten unter der Eckbank liegen.

»Ich brauch Licht!«, rief er. »Da ist was!«

Meller reichte ihm sein Handy unter den Tisch.

»Und was soll ich damit? Um Licht telefonieren?«

»Einfach nur draufdrücken.«

Körner leuchtete in die Ecke hinein. Es war ein kleiner Schlüssel mit Anhänger.

Wieder unter der Bank hervorgekrochen, knallte der V-Agent Brief und Schlüssel auf den Tisch.

»Da schau her, wie ich jetzt ausschau! Die Hartauer war auch net grad die Sauberste!«, beschwerte er sich, beutelte die Ärmel aus und wischte über die Hose.

»Man soll erst vor seiner eigenen Tür Staub saugen, bevor man andere anschwärzt«, erwiderte Meller.

Er nahm den Schlüssel, an dem an einem gezopften, dunkelbraunen Band ein Anhänger baumelte. Er betrachtete ihn eingehend.

»Dieser Stern ist ein jüdisches Symbol. Der Schlüssel ist für eine Kassette oder ähnliches.«

Er legte ihn wieder auf den Tisch …

In der Küche fanden die S-C-ONE Beamten auf den ersten Blick keine Auffälligkeiten. Sie war aufgeräumt, wenn auch eine dünne Staubschicht über allem lag.

Nur im Abwaschbecken sahen sie vier vertrocknete Teebeutel mit Apfelgeschmack, wie sie an einem der kleinen Kartonanhänger lesen konnten. Ein Wasserkessel stand auf dem Herd.

Meller griff danach, schüttelte ihn leicht und stellte ihn wieder ab.

»Leer«, sagte er anschließend. Sein Blick streifte durch die Küche und blieb am Kühlschrank hängen. Er öffnete ihn. Viel lag nicht drin. Ein paar Plastikdosen mit Inhalt. Meller ersparte es sich, sie zu öffnen. Zwei Milchpackungen steckten im Türfach. Eine war geöffnet. Er nahm sie zur Hand, drehte sie und las das Aufbrauchdatum: *02. 10. 09.*

»Die Frau muss bereits vergangenen September oder Anfang Oktober gestorben sein.« Meller steckte die Packung zurück.

»Pfah! Wenn ich mir das vorstelle!« Körner nahm die Finger und zählte leise: »Viereinhalb Monate! Ich seh schon die Zeitungstitel vor mir!«

»Ich bin mir ziemlich sicher, Herta Hartauer ist eines normalen Todes gestorben. Auch wenn das mit der zweiten Tasse etwas mysteriös erscheint. Wer weiß, vielleicht war es nur …«

Meller öffnete die Schranktür unter der Abwasch, um den Abfallkübel zu inspizieren. Kaum hatte er den Deckel abgehoben, strömte ihm Fäulnisgeruch entgegen.

»Nicht schon wieder!«, stöhnte er und wollte den Deckel wieder drüberstülpen, da sah er weiße Porzellanscherben obenauf liegen. Er überwand sich und untersuchte die Reste eines kleinen Porzellangefäßes.

»Wird wohl das Milchkanderl gewesen sein«, urteilte Körner. Er war gedanklich bei Raffaela, die bestimmt sauer war, weil sein Einsatz hier so lang dauerte.

Er blickte hinaus auf die Garderobe, als ob sie dadurch eher fertig würden.

Im späten Sonnenlicht zeigte der hellgraue Kunststoffbelag in der Küche unregelmäßige Flecken. Man konnte deutlich einen Schuhabdruck erkennen, sogar die Marke war halbwegs lesbar.

»Moment, Meller, schau dir das einmal an!«

Beide hockten sie vor dem Abdruck, um die Buchstaben zu entziffern …

– – –

Es war so weit. Er hatte alles erledigt und sie würde mehr als zufrieden sein, wie er am Telefon angedeutet hatte.

Der Dienstagabend sei ideal, hatte er noch geflüstert, bevor die Leitung unterbrochen wurde. Vermutlich war jemand in sein Büro gekommen. Seine Frau etwa?

Sie wusste so gut wie nichts von ihm, fühlte sich jedoch in seiner Nähe wie elektrisiert. Nur sein Zwang, von ihr blutig geschlagen zu werden, irritierte sogar sie. Egal, es brachte eine Menge Geld ins Haus, da durfte es ruhig etwas blutig zugehen.

Cécile hatte alles eingepackt, um ihm einen unvergesslichen Abend zu bereiten. Peitschen, Latexkleidung, Maske, Ketten, Massageöl, Aufputschmittel – alles lag in der schwarzen Tasche.

Als sie die verchromten Absätze der Highheels betrachtete,

kamen die Bilder wieder hoch. Bei dem einen Hieb war der Stöckel abgebrochen. Nicht beim Zuschlagen, sondern erst nachher, als sie versucht hatte, ihn herauszubekommen.

Die hochhackigen Stöckelschuhe mit den chrombeschlagenen Absätzen waren der absolute Kick und bei ihren Klienten sehr gefragt. Von ihnen wollte sie sich nicht trennen. Es wäre auch riskant gewesen.

Oft hatte man gelesen, dass durch einen dummen Zufall das Tatwerkzeug gefunden wurde.

Cécile musste grinsen, als ihr der eine Typ einfiel, der immer darauf bestand, nackt und auf dem Bauch liegend die metallischen Stöckel in seinem Kreuz zu spüren, während sie in Matrosendessous die schwarze Lederpeitsche auf seinen behaarten Rücken niedersausen ließ. Er spielte den Küchenjungen, dem das Essen angebrannt war und der dafür bestraft werden musste.

»Aaahhh … ooohhh … jaaah … fester!«, wimmerte er jedes Mal und durfte sich dann an den Metallstöckeln hochlecken.

Die Matrosennummer kostete dreitausend Euro – für drei Stunden volles Programm, inklusive sich von hinten ficken zu lassen, während sie in der »Kombüse« stand und Frutti di mare zubereiten musste. Die Kombüse war eine mobile Küche, die er extra in das Apartment hatte stellen lassen. Von der Decke hingen Fischernetze, ein Segel war an der Wand montiert, hinter dem die peitschende Gischt per Fototapete den Eindruck vermittelte, man sei auf hoher See in einen fürchterlichen Sturm geraten. Eine Winddüse ließ das Segel flattern und mittels CD-Sound war der Sturm perfekt.

Die letzte Stunde klang auf einem Wasserbett aus, das in einer Ecke des Raums stand. Mit einem Deckenspiegel über sich, wie aus dem Spiegelkabinett, der extrem vergrößerte.

Da musste Cécile die Therapeutin spielen. Zuerst erzählte er aus seiner Kindheit. Schiffskoch zu werden – diesen Wunsch hatte sein Vater mit aller Gewalt aus ihm herausgeprügelt und ihn in ein christliches Internat gesteckt. Dort wurde er gehänselt, weil er ein Schwächling war, auch wegen seines mickrigen Schwanzes. Das gemeinsame Brausen gestaltete sich für ihn als Hölle auf Erden. Oft hatten sich die Größeren auf ihn geworfen und sein Glied mit Franzbranntwein eingerieben. Das tat höllisch weh. Solche Vorfälle der Heimleitung zu melden, getraute er sich nicht. Die Folge war, dass er fürchterliche Komplexe bekommen hatte und kein Mädchen anzusprechen wagte.

Zuletzt musste Cécile sein mickriges Ding auf Touren bringen, damit er es im Spiegel bewundern konnte – extrem verzerrt und groß wie ein Pferdepenis.

Echt pervers, echt krass, dieser Typ.

Dabei war der Mann ein Phänomen. Er brachte es in den drei Stunden auf bis zu fünf Orgasmen. Auch nur deswegen, weil er sie liebe, hatte er ihr gestanden. Weil sie ihn verstehe und er nur mit ihr über seine sexuellen Probleme reden könne.

Im Grunde genommen war der Mann ein armer Hund.

Cécile musste grinsen. Der empfindlichste Teil, der alle Männer beschäftigte – der Penis, dessen Größe, Dicke, Länge.

Würde sich der Typ einem Psychiater anvertrauen, wäre er sein Problem bald los. Abgesehen von der Schwanzgröße – seiner war kleiner, aber immer noch durchschnittlich. Wer sonst als eine Professionelle wie sie konnte das beurteilen. Unzähliger Männerstolz war in ihren Händen gewachsen, hatte ihre Körperöffnungen penetriert.

Was für eine primitive Letztklassigkeit, kam es ihr – und dennoch, für sie war es ein höchst lukratives Geschäft geworden.

Kein Vergleich mehr zu früher auf Mallorca.

Hätte sie ihrem Klienten gestanden, dass seine Schwanzgröße das kleinste Problem war, dann hätte sie ihn als Kunden verloren, was wiederum gegen ihre Geschäftspraktiken sprach.

Das Hemd ist einem nun mal näher als die Hose. Ihr fiel ein, der Mann hatte sich schon länger nicht mehr gemeldet.

Sie musste die Preise anheben, kam es ihr spontan.

Wenn der Typ mit dem Matrosentick nicht gerade zwischen ihren Beinen fummelte und sich von ihr auspeitschen ließ, saß er im Vorstand eines Bankkonzerns. Sie hatte einen Bericht über ihn gelesen und sein Bild gesehen. Er würde den in Rente gehenden Generaldirektor in Kürze ablösen.

Was der Mann sonst in diesem Apartment trieb, ging sie zwar nichts an, aber sie wollte ihn beim nächsten Mal fragen, ob sie sich nicht zwei Mal im Monat treffen könnten.

Dann würde sich ihr Preis nicht erhöhen – eine Art Mengenrabatt eben …

Diese verdammten Highheels! Cécile hielt sie in der Hand.

Sie hatte die Schuhe in die Zentrale nach Bologna geschickt. Bis sie wieder an ihren Füßen steckten, waren zwei Monate vergangen und die Reparatur hatte fast das Doppelte gekostet von dem, was offeriert worden war. Aber verrucht geil sahen sie aus und waren für ihre Tätigkeit als *Domina de luxe* geradezu ein »optisches Muss«.

Cécile Möllermann wohnte seit vergangenem Herbst in Mödling. Sie trat völlig unscheinbar auf – wenn man von ihrer atemberaubenden Attraktivität absah. Freundeskreis gab es in ihrem Leben keinen. Nur zu ihrer unmittelbaren Nachbarin hielt sie Kontakt, um nicht negativ aufzufallen.

Wilma Schellenberg hätte ihre Mutter sein können.

Cécile ließ es sich gefallen, von dieser gütigen Witwe bemuttert zu werden. Um als umgänglich zu gelten, hatte sie ihr auch einen Schlüssel zur Wohnung überlassen, wegen des Blumengießens, falls sie für längere Zeit unterwegs sein sollte.

Cécile führte ein perfektes Doppelleben. Frau Schellenberg gegenüber gab sie sich als selbstständige Coacherin aus, die in diversen Firmen Seminare abhielt, Persönlichkeitstraining und solchen Kram eben.

Damit hatte sich die Nachbarin zufrieden gegeben. Mit diesem modernen Zeugs konnte sie ohnehin nicht viel anfangen, es war aber ein gutes Klatschthema im Wohnblock. Jeder Neuzuzug war schnell im Gerede – da wollte man sofort wissen, mit wem man es zu tun hatte. Familienverhältnisse und Beruf waren nun mal die ersten Merkmale, um sich vom »Zuagroasten« halbwegs ein Bild zu machen. Wenn man, wie Cécile, eine taffe, äußerst hübsche Erscheinung, dazu noch solo war, dann war man, wenn nicht verdächtig, zumindest gehörig im Gerede. Niemand wusste zwar Näheres über einen, das aber dafür umso aufgebauschter zu erzählen.

Unnötiges Geschwätz, das sich Cécile nicht leisten konnte.

Ihre Klienten hatte sie außerhalb Mödlings, hauptsächlich in Wien und in den Landeshauptstädten. Sie wurde nur über Mundpropaganda »weitergereicht«. Allerdings, ob ein Klient ihre exzellenten Dienste weiterempfehlen durfte, das bestimmte allein sie. In den Kreisen ihrer Klienten war es üblich, dass sie als »kleine Aufmerksamkeit« für ein abgeschlossenes Geschäft eine einmalige Draufgabe war. Ihre Stärke war es, die Schwächen solcher Wirtschaftskapitäne exzellent zu befriedigen. Männer, die sich ihre Preise leisten konnten, gab es ohnehin nicht viele. Absolute Diskretion, exklusivste Sonderbehandlung und vor allem ihr Mundwerk – auch im verbalen

Sinn gemeint – waren ihr Markenzeichen. Cécile verstand ihr Geschäft und wusste, wie mächtige Bosse zu behandeln waren.

Aus dieser Kategorie Männer pickte sie jene raus, die sie »erziehen« konnte und die ihr bald hörig waren.

Eine gewisse Hörigkeit war vonnöten, um diese verkrüppelten Seelen finanziell abzumelken. Sie kannte keine Skrupel, das Leben war teuer genug. Immerhin leistete sie indirekt weiteren Menschen einen guten Dienst, wenn diese Männer von ihr befriedigt nachhause gingen, heim zu ihren Ehefrauen.

Ihr geheimes Dominaparadies lag in Gablitz, am westlichen Rand Wiens. Sie hatte ein ehemaliges Forstgebäude gekauft und aufwändig umbauen lassen. Offiziell war es ein Privathaus mit mehreren Zimmern und einem Indoorpool. Erst nach der Bauabnahme hatte sie die speziellen Gerätschaften und Einrichtungsgegenstände aus Polen bestellt und installieren lassen. Der finanzielle Aufwand für die diversen Sadomaso-Räume, die strenge Blackbox-Kammer und der samtrot austapezierte Spiegelsaal mit Pool – eine besonders gern gebuchte Location – hatte sich bezahlt gemacht.

In diesem verschlafenen, noblen Nest Gablitz, mit knapp viereinhalbtausend Einwohnern, kannte Cécile bis dato so gut wie niemanden. Es lag ihr auch nichts daran, mit jemandem Kontakt zu haben. Da war es gut, dass ihr Haus etwas abseits am Waldrand lag, mit einem fantastischen Blick über den hübschen kleinen Ort. Es fiel höchstens Spaziergängern auf, wenn ein protziger Wagen vor dem Haus stand.

Cécile hatte es von Beginn an so eingerichtet, dass pro Woche maximal zwei Klienten ihr Dominaparadies aufsuchten.

Ursprünglich war das Haus in Gablitz ihr Wohnsitz. Seit vergangenem Herbst war sie jedoch in Mödling gemeldet. Cécile hatte sich in der Stefan-Milow-Gasse eine Wohnung gekauft.

Mödling als neue Heimat war ihr zufällig »passiert«, wenn man das so bezeichnen konnte. Ihr Klient, den sie jetzt besuchen sollte, wohnte hier und hatte ihr zu diesem Schritt geraten.

Seit der Wirtschaftskrise musste sie immer öfter in eins der einschlägigen Hotels fahren. Das Geld saß bei den Klienten nicht mehr so locker wie bisher. Nicht jeder wollte zu ihr nach Gablitz, wo ihr Honorar um ein Vielfaches teurer war.

Also startete sie von Mödling aus ihre Klientenbesuche in Wien und Umgebung. Das war für Cécile nicht unbedingt existenzgefährdend – noch besaß sie genug Geld. Sie überlegte aber bereits, das Haus in Gablitz wieder zu verkaufen. Hier in Mödling gefiel es ihr und die Fahrt in die Wiener Innenstadt war um einiges kürzer als von Gablitz aus …

So war das Leben für Cécile wieder erträglich geworden.

Wenn auch viele Männer sie zu dem gemacht hatten, was sie heute war – seelisch kaputt. Doch ihre Seele ging niemanden etwas an. Ihren Körper hingegen hatte sie veredeln lassen: Schönheitsoperationen an Gesicht, Busen, Bauch und Po; Schenkelstraffungen sowie eine designte Vagina inklusive Aufpolsterung und Schamlippenkorrektur. Dafür war ein Teil des Geldes aus Mallorca draufgegangen. Am meisten aber hatten das Haus in Gablitz und die Wohnung in Mödling gekostet.

Für tausend Euro die Stunde – ein Sonderpreis exklusive Penetration ihrer Vagina – durfte ein Klient an ihr saugen, lutschen, knabbern und, wenn gewünscht, von ihr auch gefühlvoll ausgepeitscht werden. Die volle Verwöhnung kostete noch einen Tausender dazu. Nicht alle ihre Klienten waren anfangs in der Lage gewesen, das komplette Programm zu genießen. Die Meisten hatten Potenzstörungen. Doch dank ihrer Sonderbehandlungen und intensiven Gespräche waren die Typen wieder in der Lage, eine Erektion zu bekommen.

Ihre Freier nannte sie Klienten, das klang feiner. Es entsprach auch ihrem exklusiven Behandlungsprogramm.

Es gab sogar zwei Frauen, die ihre Dienste in Anspruch nahmen, um ihren Mann wieder auf Vordermann zu bringen.

Cécile war frei von jeglichen Zuhältern und Geldsorgen. Vorbei war die Zeit der Demütigungen und Prügel. Wie oft hatte sie hungern müssen und war in den schlimmsten Buden einquartiert gewesen – eiskalt im Winter und nicht einen Cent in der Tasche für ein bisschen Heizöl, das sie für den Ofen gebraucht hätte. Bei jedem Wetter hatte er sie auf die Straße gejagt. Egal, ob sie krank oder gar krepieren würde. Dieser verdammte Hund! Schläge hatte sie von ihrem Peiniger so oder so bekommen, denn stets brachte sie zu wenig Geld ins Haus.

Der eine Hieb, der ihm den Rest gegeben hatte, war mehr als gerecht gewesen. Und wie sie ihn anschließend verschwinden lassen konnte – was für eine Genugtuung! Sie, die zarte Cécile, hatte es tatsächlich geschafft, ihn über eine Strecke von beinahe fünfzig Metern über Stock und Stein zu ziehen. Welche Kräfte man doch in der Verzweiflung entwickelte. Gefallen war der Hund endlos, als sie ihn über die Klippe gestoßen hatte. Kein Mensch würde um ihn weinen. Er hätte sie eben nicht nach Mallorca mitnehmen dürfen, um sie dort an seinen Bruder, diesen Verbrecher, zu verkaufen.

Zwischen den Felsvorsprüngen hatte sie ihn liegen gesehen und hätte am liebsten auf ihn gepinkelt, wie er es oft bei ihr gemacht hatte, wenn sie von ihm blutig geschlagen auf dem Boden gelegen war.

Doch sie musste verschwinden – den Wagen starten und abhauen. Schnell weg von der Insel.

Nur wie? Der Typ hatte ihr den Pass abgenommen.

Verzweifelt hatte sie das Auto durchwühlt und nur eine Sporttasche im Kofferraum gefunden. Unter den Klamotten steckten mehrere Reisepässe von Frauen, die er ebenfalls hatte verkaufen wollen. Gott sei Dank – ihr Pass war dabei, sonst wäre ihre Flucht aus Mallorca nicht so einfach gelungen. Was dann noch in der Tasche steckte, hatte ihr Herz höher schlagen lassen.

Weißes Pulver in Plastik abgepackt, zehn Pakete – Rauschgift, was sonst. Und erst das viele Geld, bündelweise Euro in Hunderterscheinen! Das Rauschgift hatte Cécile über die Klippe geschleudert. In der Gewissheit, dem Meer einen Millionenwert überlassen zu haben.

Im Quartier ihres Peinigers durfte sie nicht mehr auftauchen, aber um ihre wenigen Habseligkeiten war ihr nicht leid. Jetzt nicht mehr, denn ihr einziger Besitz war eine dunkle Sporttasche, gefüllt mit knapp zwei Millionen Euro!

In Palma hatte sie die nächste Fähre nach Barcelona genommen. Das Auto hatte sie unversperrt in einer dunklen Seitengasse abgestellt. Ein Autoknacker hatte sich die Karre bestimmt bald unter den Nagel gerissen.

Tags darauf eröffnete sie Konten bei mehreren Banken. Damit ihr gefundener Reichtum nicht auffiel, musste sie viele Institute besuchen. Als eine Million auf Sparbüchern verbucht war, sendete sie die Tasche mit dem Rest postlagernd nach Wien – in einem Karton, mit Fingerfarben bunt bemalt, als würde ein Kind seiner Mami ein Paket senden.

Die Reisepässe der anderen Frauen hatte sie in einem Kuvert anonym für die Polizei hinterlegt. Mehr konnte Cécile für diese leidgeprüften Frauen nicht tun. Sie kannte sie nicht und wusste auch nicht, wo sie gefangen gehalten wurden. Anhand der Pässe würde die Polizei diese Frauen sicher bald in einschlägigen Nachtclubs aufgreifen.

Doch sie selbst musste schleunigst aus Spanien abhauen,

noch bevor die Geschäftspartner ihres ehemaligen Peinigers Wind davon bekamen …

Eine neue Identität hatte er ihr besorgt. Das hatte Cécile eine Stange Geld gekostet.

Er war ihr zufällig über den Weg gelaufen – sofern man an Zufälle glaubte. Sie glaubte jedenfalls nicht mehr daran, seit sie erkannt hatte, dass sie mit ihrem Sadomaso-Programm genau solche Typen anzog. Jene, die Frauen sonst gern unter Druck setzten. Doch solche waren in Wahrheit die jämmerlichsten Figuren. Wie klein sie doch unter ihren Händen und Peitschenschlägen wurden. Wie sie wimmerten und um Gnade flehten, diese Wichte! Sie brauchte bloß ein paar Minuten mit einem Mann allein zu sein, schon wusste sie, ob er sexuell gestört war.

Das war ihr Kapital – was für eine Macht!

Dass sie selbst seelisch kaputt war, störte sie längst nicht mehr. Sie übertrug dieses Manko auf ihre »Opfer« und verdiente damit mörderisch.

Finanziell gut abgesichert zu sein, gehörte zu ihrer Überlebensstrategie. Nie mehr von einem Zuhälter abhängig zu sein!

Es hatte einmal in ihrem Leben eine Zeit gegeben, in der sie an Kinder, an eine Familie mit einem liebevollen Mann geglaubt hatte. Dieser Wunsch hing inzwischen in der dunkelsten Ecke ihrer geschundenen Seele. Nur ja nicht ihr Herz an einen Mann verlieren! Ihre Macht über Männer hatte sie zynisch, verbittert, ja hartherzig gemacht – doch stets mit freundlicher Miene, einem lächelnden Monster gleich …

Er hatte sie für dieses eine Mal in seine Firma bestellt und sie wollte pünktlich sein. Nervös sah sie auf die Uhr, bald halb fünf und es wurde bereits dämmrig.

Sie hasste es, im Dunkeln auf der Autobahn zu fahren.

Der Installateur sollte längst hier sein und sich um das kleine Gebrechen in ihrer Wohnung kümmern. Seit gestern streikte die Klospülung. Im eingebauten Spülkasten selbst herumwerken? Da kannte sie sich nicht aus, es interessierte sie auch nicht. Wofür gab's Handwerker?

Endlich läutete es.

Die Highheels noch immer in der Hand, wollte sie zur Tür, um zu öffnen. Im letzten Moment – ihr Blick fiel auf die verchromten Dinger – drehte sie sich um, lief ins Schlafzimmer und schleuderte sie unters Bett.

»Sie kommen eine Stunde zu spät!«, rief sie, nachdem sie die Tür aufgerissen hatte. »Ich hab's eilig und müsste längst …«

Der Satz blieb Cécile im Hals stecken.

Im Flur stand ein sportlicher Mann, wenige blonde Haare, dunkel gekleidet, einen schwarzen Mantel über den Arm geworfen. Alles andere, nur kein Handwerker mit Werkzeugkasten.

»Cordula Schlüter?«, fragte der Typ und verzog seinen Mund zu einer schäbigen Grimasse. Sie erschrak, fasste sich jedoch.

»Und wer soll das sein?«, wollte Cécile lauernd wissen.

Dieser Grinser und das gefährliche metallische Etwas, das sie unter dem Mantel hervorlugen sah, ließen ihren Herzschlag in die Höhe schnellen.

Nicht mit mir, fuhr es ihr blitzartig durch den Kopf, und sie wollte die Tür zuwerfen.

Doch der Typ hatte einen Fuß in den Türspalt gestellt.

Da schrie sie gellend auf und versuchte den Mann hinauszudrängen. Sie knallte die Tür mehrmals auf seinen Schuh – zwecklos, er hatte solides Schuhwerk an.

Vollends in Panik, blickte sie hilfesuchend um sich.

Da! Das 5-Kilo-Gewicht!

Als Dekoration stand es neben dem Eingang auf der Heizkörperverblendung. Cécile griff danach und warf es gezielt auf den Schuh im Türspalt!

Der Mann jaulte auf, der Schuh verschwand.

Sofort warf sie sich mit voller Wucht gegen die Tür, die mit einem lauten Knall zufiel.

Atemlos sackte sie zusammen und überlegte fieberhaft.

Wer war dieser verdammte Kerl?

Der Installateur jedenfalls nicht.

Cécile ging vergangene Ereignisse durch, doch sie konnte sich keinen Reim darauf machen.

Dann kam es ihr – die Sache auf Mallorca, was sonst!

Das konnte für sie höchst gefährlich werden, so wie dieser Typ bei ihr aufgekreuzt war! Es war ja auch verdammt viel Kohle, die sie sich unter den Nagel gerissen hatte. Allein das Rauschgift – das musste der Wind längst aus den Ritzen der Felsen über das Meer geblasen haben. Pech für den Gangster.

Was gingen sie die Geschäfte dieser Dealer an?

Doch wie war es dem Typen gelungen, sie hier ausfindig zu machen? Sie hatte doch sämtliche Spuren verwischt!

Der kurze Abstecher damals nach Wien hätte Verfolger in die Irre führen sollen. Lediglich ihr Geldpaket war auf dem Wiener Hauptpostamt abzuholen. Sie wollte eigentlich weg aus Europa, ohne noch zu wissen, wohin. Aber dann hatte sie diesen Mann aus Mödling kennengelernt, der ihr geholfen hatte.

Wochen später wagte sie sich nach Leipzig, um ihre letzten Spuren zu verwischen. Doch es war riskant geworden, länger in ihrer Heimatstadt zu bleiben. Der Mädchenhändlerring war europaweit vernetzt.

Ihre wahre Identität hatte sie auf dem Stötteritzer Friedhof in

Leipzig abgelegt. *Cécile Möllermann* – dieser verwitterte, beinahe unlesbare Name auf dem seltsam geformten Stein des verwahrlosten Grabes war in ihrem Kopf hängengeblieben, als sie durch die Reihen des Friedhofs gegangen war. Damals, als sie ein letztes Mal das Grab ihrer Mutter besucht hatte, bevor sie untergetaucht war. Beim Steinmetz hatte sie eine zusätzliche Inschrift auf dem Grabstein ihrer Mutter in Auftrag gegeben. Alsbald stand frisch eingemeißelt auf dem Stein:

Cordula Schlüter
12. 4. 1982 – 25. 9. 2008
Ruhe in Frieden

Cécile hätte nicht geglaubt, wie leicht das durchzuführen war. Still und heimlich hatte sie sich »sterben« lassen.

Als sie ihrem Mödlinger Klienten erzählte, dass böse Menschen sie vernichten wollten und sie deshalb eine neue Identität brauche, hatte er ihr versprochen, das für sie zu regeln.

Fünfzigtausend Euro hatte sie für Reisepass, Geburtsurkunde und Führerschein lockermachen müssen. Dafür waren ihre neuen Papiere behördenfest. Sogar den Namen hatte sie sich aussuchen können. Da war ihr der verwahrloste Grabstein eingefallen. Jetzt lebte sie als Cécile Möllermann in Mödling.

Wie einfach alles war, wenn man Geld besaß …

Hatte er sie etwa verraten? Was aber hätte er davon gehabt?

Ihr Klient war ein vermögender Mann. Finanzielle Gründe konnten es also nicht sein und durch einen Verrat würde er sie nur verlieren. Gerade er, der sie regelmäßig buchte?

Durch die vielen Treffen war zwischen ihnen eine Vertrautheit entstanden. Sie spürte, dass dieser Mann ganz anders war, auch wenn seine Bedürfnisse manchmal grotesk waren. Aber noch bewegten sie sich in einem für sie erträglichen Rahmen, im Vergleich mit anderen Klienten. Das, was zwischen ihnen ablief, schien für ihn etwas ganz Besonderes zu sein.

Er hatte ihr das beim letzten Mal gestanden …

Atemlos lauschte sie, was sich vor ihrer Wohnungstür abspielte. Vom Lärm neugierig geworden, war die Nachbarin aus ihrer Wohnung herausgekommen. Cécile vernahm undeutlich Stimmen. Sie hörte noch, wie der Mann die Treppen hinunterging.

Tack-tack-tack-tack … Die schweren Schritte hämmerten durch ihr Hirn. Die Haustür fiel ins Schloss.

Nur kein Aufsehen erregen, kam es Cécile. Sie wartete auf dem Boden sitzend und an die Tür gelehnt, bis sie halbwegs durchatmen konnte. Ihr Herz pochte heftig, schmerzte beinahe. Panik kam wieder hoch. War denn alles umsonst gewesen?

Es klingelte …

Der Installateur fiel ihr wieder ein. Sie sah auf die Uhr.

Verflucht! Sie musste ihren Klienten anrufen. Es war ihr schon immer ein Gräuel gewesen, zu spät zu kommen. Pünktlichkeit wurde ihr von Kindheit an anerzogen.

Unpünktlichkeit tut man keinem Menschen an.

Mit Wehmut dachte sie an den Spruch ihrer Mutter. Wenn sie gewusst hätte, was man ihr im Leben alles schon angetan hatte!

Tränen traten in ihre Augen. Das war ihr fremd.

Cécile erschrak. Wann hatte sie das letzte Mal geweint?

»Das muss vor Jahren gewesen sein«, sagte sie halblaut vor sich hin und verfiel in eine depressive Stimmung.

Wie einsam sie war, seit sie Mallorca fluchtartig verlassen hatte, und wie verletzlich sie inzwischen geworden war. Hier hatte sie zwar ihre Anonymität, aber niemanden, dem sie sich wirklich anvertrauen konnte – am ehesten noch ihm.

Doch er war der Einzige, der wusste, wer sie wirklich war. Er hatte ihr die Papiere besorgt. Musste sie wieder flüchten?

Auf Mallorca war ihr Leben wertlos gewesen, ihr Körper billige Hurenware für angeheiterte Touristen. Was hatte sie nicht alles aushalten und mitmachen müssen. Diese Schmach, diese Niedertracht und unmenschlichen Beleidigungen, denen sie Nacht für Nacht ausgeliefert gewesen war. Zu welchem Preis erst! Alle diese besoffenen Typen, die sich an ihr bedient und sie oft um ihren Lohn betrogen hatten.

Cécile war nicht groß gewachsen und daher jedem Mann körperlich unterlegen. Erst recht ihrem Zuhälter, diesem Peiniger, der sie halb totgeschlagen hatte!

Den hatte sie ausradiert. Dafür würde sie sich noch verantworten müssen, das spürte sie plötzlich.

Seltsam, so sehr sie vom Schicksal getreten worden war, in einem Winkel ihrer Seele hatte sie an einen Gott geglaubt. Auch wenn der sich um Cécile einen feuchten Dreck scherte und sie in alle möglichen Fallen tappen hatte lassen.

Diesen Gott hatte sie aus ihrer Kindheit herübergerettet.

Erinnerungen holten sie ein. Sie schluchzte verhalten.

Ihre Kindheit, das Elternhaus, als Vater starb, ihre verzweifelte Mutter, Freundinnen von früher, erste Liebe … Dann dieser verdammte Typ, der sie vergewaltigt, mit Drogen vollgestopft und abhängig gemacht hatte … Der Bruch mit ihrer Mutter, ihr Absturz in eine Hölle, die furchtbaren Monate auf Mallorca …

Wenigstens hatte sie dort eine Freundin gehabt, mit der sie sich aussprechen hatte können. Die ihr auch den Tipp gegeben hatte, wie sie sich ihres Peinigers entledigen konnte …

Erneut klingelte es.

Sie schreckte hoch, wischte sich die Augen frei, raffte sich auf und öffnete.

»Aber Sie sind ja eh da!«, rief die Nachbarin. »Ich hab Lärm im Gang gehört, da bin ich nachschauen gegangen. Ein Mann war da und hat Sie gesucht! Jetzt ist er aber wieder weg.«

Ein jüngerer Mann eilte schnaufend die Stufen hoch.

»Frau Möllermann?«, fragte er und sah die beiden Frauen an.

»I warat jetzt da.«

Er stellte seinen Werkzeugkasten ab und wandte sich an Wilma Schellenberg.

»Entschuldigen Sie, dass ich so spät komme. Aber der Verkehr wegen des Faschings ist furchtbar. Lauter Bsoffene unterwegs.«

»Sie ist Frau Möllermann«, deutete die Angesprochene mit dem Kopf zu Cécile hin, wollte aber sofort wissen:

»Was ist denn kaputt?«

»Das WC«, erwiderte Cécile und zum Installateur gewandt sagte sie:

»Kommen Sie bitte schnell, ich hab's eilig.«

»Gehn S', bei mir is auch was kaputt!«, kam es der alten Frau. »Würden S' dann anschließend bei mir reinschauen?«

»Sie müssen meinen Chef anrufen. Ohne Auftrag darf ich nix machen«, erwiderte der Installateur, ohne den Kopf zu wenden.

»Immer dasselbe Gscher mit euch«, beschwerte sie sich.

»Ich sprech mit ihm.« Cécile winkte der alten Frau zu und schloss hinter sich die Tür.

Wenn nur die Tür zu war, dachte sie. Solang der Handwerker in der Wohnung war, fühlte sie sich sicher.

Dem Mann das WC zu zeigen, war nicht notwendig. Er kannte sich im Wohnblock aus. Er hatte die Abdeckung des Spülkastens bereits abgeschraubt.

»Na, des schaut aus! Alles verkalkt, kein Wunder bei dem Scheißwasser«, hörte sie ihn fluchen.

Cécile wurde nervös. Sie sollte schon längst unterwegs sein.

Wenn sie der Typ von vorhin draußen abpasste?

»Macht es Ihnen was aus, wenn Sie mich zu einem Taxistandplatz mitnehmen, wenn Sie fertig sind?«, fragte sie den Installateur. »Mein Auto steht in der Werkstätte und wegen Ihnen komm ich jetzt zu spät.«

»Ich fahr Sie hin, wohin Sie wollen«, erwiderte der Installateur hilfsbereit, »weil für mich is eh gleich Feierabend. Das da is nur ein Klacks. Das hamma gleich.«

Er reinigte ein paar Teile und schon floss wieder Wasser in den Spülkasten.

»Sehn S'? Mit meine Händ könnt ich Millionen verdienen«, verkündete er stolz, während er den Spülkasten zusammenbaute.

Cécile kam eine Idee.

»Es ist weiter weg, eine Stunde etwa. Ich bezahl Sie natürlich.«

»Mit Ihnen fahr ich, wohin Sie wollen, gnä' Frau.«

»Fein, ich telefonier noch kurz.«

Sie war erleichtert.

»Eine Unterschrift brauchert ich aber noch. Wegen dem da.«

Der Installateur betätigte zur Kontrolle den Spülknopf.

»Hörn S' das? Das ist Musik in meinen Ohren.«

Mehrmals sah sich Cécile um, während sie zum Parkplatz eilten. Doch der Typ war nicht zu sehen.

Als sie zum Handwerker in den Wagen stieg und ihr Ziel bekannt gab, runzelte der junge Mann kurz die Stirn, wiederholte aber sein Versprechen:

»Wie ich versprochen hab, wohin Sie wollen, gnä' Frau.«

Sie bemerkten nicht das schwarze Auto, das sich ebenfalls aus dem Dunkeln löste und ihnen mit Abstand folgte …

Cécile hatte ihren Klienten kurz angerufen und den Termin um eine halbe Stunde verschoben.

Im Auto roch es nach Schmiermittel, Schweiß und Zigarettenrauch – eklig. Cécile bereute bereits, diesen Vorschlag ausgesprochen zu haben. Außerdem zog es im klapprigen Montagewagen. Als er riskant zu überholen begann, bat sie ihn:

»Bitte, nicht so schnell.«

Cécile hielt ihre Tasche auf dem Schoß fest und versuchte die Luft in Portionen durch die Nase einzuatmen.

»Wenn wieder etwas kaputt ist, rufen Sie mich künftig direkt an, ich mach das dann für Sie einfach black.«

Er grinste, zeigte seine gelben Zähne und reichte ihr eine Visitkarte, die er einem Fach neben dem Zigarettenanzünder entnahm.

Cécile sah erst auf die Karte, dann den Handwerker an.

Hintersee Trio – Alpenrock vom Feinsten

Herbert Neumayer, Manager

»Ich bin der Schlagzeuger und gleichzeitig der Manager. Alle nennen mich Herby. Also, wenn Sie eine Band benötigen, Geburtstagsfeier oder so – wir spielen Alpenrock vom Feinsten, wie gesagt. Nicht den Musikantenstadlmist.«

»Herby … Würden Sie das Fenster bitte kurz öffnen?«

Wortlos kurbelte er die Scheibe hinunter.

Sofort vertrieb ein eisiger Fahrtwind den abgestandenen Mief aus dem Wagen. Cécile atmete in tiefen Zügen die feuchte Nachtluft ein.

»Danke, das reicht«, sagte sie nach ein paar Sekunden und nahm noch eine Nase voll, bevor er das Fenster wieder schloss. Im Auto war es empfindlich kalt geworden.

Der Installateur konzentrierte sich auf den Verkehr, der plötzlich stärker geworden war.

Nach etwa einer Dreiviertelstunde Fahrtzeit las Cécile auf einem Hinweisschild die Autobahnabfahrt. Sie bat ihn:

»Hier bitte abfahren und beim Kreisverkehr dann die zweite Straße nach rechts nehmen.«

Herby tat, wie ihm geheißen wurde, bog in die Straße ein und kam auf eine lange gerade Strecke. Im Außenspiegel sah er wieder die grellen Scheinwerferlichter, die ihm schon eine Weile lang folgten. Als er an einer Kreuzung vorbeigefahren war, rief Cécile:

»Halt, halt! Hier hätten Sie rechts abbiegen sollen! Entschuldigung, ich vergaß es rechtzeitig zu sagen …«

Herby musste kurz zurücksetzen, um in die gewünschte Straße einzubiegen. Die Lichter hinter ihm kamen rasch näher und der Wagen überholte ihn.

»Diese jetzt weiter bis zur nächsten Abzweigung«, wies sie ihn an. »Bis zu einer Autobushaltestelle. Das wär's dann.«

Sie fuhren eine kurvenreiche Landstraße, erst an Feldern, dann an einem Wäldchen vorbei. Die Bäume wurden dichter und höher, die Scheinwerfer beleuchteten das Wartehäuschen.

»Hier bitte anhalten«, sagte sie plötzlich.

Herby stieg voll auf die Bremse, so dass es den Wagen kurz schleuderte, bevor er zum Stehen kam. Im Laderaum fiel etwas auf den Boden und zerbrach.

»Scheiße, die Weinflaschen!«, rief Herby verärgert. »Ach – eh scho wurscht!« Er versuchte im Rückspiegel den Schaden im Laderaum zu erspähen.

Penetranter Weingeruch machte sich im Auto bemerkbar.

»Was bin ich Ihnen schuldig?«, fragte Cécile nervös.

»Ich will Sie net ausnehmen – an Zwanziger vielleicht?«

»Und das für den Wein.« Sie gab ihm hundert.

»Hörn S', gnä' Frau! Des wär jetzt net notwendig gwesen.«

Herby zog die Augen hoch.

»Soll ich warten, bis Sie Ihr … Gschäft erledigt haben?«

»Danke, nein, ich werde zurückgebracht.«

»Na dann, man dankt. Wie gesagt, wenn Handwerkerhände wieder ein Problem lösen sollen oder Sie heißen Alpenrock wünschen. Anruf genügt – und Herby steht parat.«

»Ich werd's mir merken.«

Cécile winkte mit der Visitkarte und schob sie in ein Außenfach ihrer Sporttasche. Es war jene Tasche, in der das Geld und die Drogen aus Mallorca gelegen hatten.

Sie stieg aus und wartete, bis der Handwerker umständlich gewendet hatte, wieder losfuhr und im Dunkeln verschwand …

Es hatte leicht zu nieseln begonnen. Sie eilte auf das Wartehäuschen auf der gegenüberliegenden Straßenseite zu, um sich unterzustellen. Fröstelnd stand sie da und lugte hin und wieder aus dem Häuschen hervor.

Er hatte versprochen, sie an der vereinbarten Kreuzung abzuholen.

Ein größerer Wagen kam die Straße entlang, wurde langsamer und bremste sich bei dem Holzverschlag ein.

»Na endlich«, sagte sie halblaut und ging auf das Auto zu.

Das Fenster senkte sich leise. Etwas Metallisches blitzte auf. Cécile stieß einen spitzen Schrei aus und wollte in Deckung gehen – zu spät.

Ein harter, gedämpfter Knall …

Es traf Cécile direkt in die Brust, schleuderte sie zurück in das Häuschen. Wie hingeklebt kam sie auf der Holzbank zu sitzen, konnte sich mit einer Hand noch am Brett festhalten, rutschte dann aber kraftlos auf den Boden und sackte in sich zusammen.

Ein Mann stieg aus dem Wagen und wollte zum Wartehäuschen hin. Als Scheinwerferlicht ein nahendes Auto ankündigte, stieg er wieder ein. Der dunkle Wagen verschwand …

»Cécile, Cécile … Was ist mit dir?«

Verzweifelt redete er auf sie ein und wollte sie wachschütteln.

Sein Auto stand mit laufendem Motor knapp vor dem Wartehäuschen. Ein Scheinwerfer beleuchtete grell das Innere.

Er hatte Cécile auf den Boden ausgestreckt hingelegt und öffnete ihr mit zitternden Fingern den Mantel.

Seine Hände griffen auf etwas Feuchtes und er sah plötzlich Blut an seinen Fingern. Sie musste sich verletzt haben.

Er sprang auf und wollte das Handy aus dem Auto holen, um die Rettung verständigen zu können. Da bemerkte er auf Céciles Brust einen hässlichen dunklen Fleck, der sich durch die orange Pulloverwolle fraß und sich rasch ausbreitete.

Von Panik erfasst, kniete er sich wieder zu ihr, nahm ihren Kopf in seine Hände und flehte sie an:

»Um Himmels Willen, Cécile! Wer hat dir das angetan?«

Ihre Augenlider zitterten. Cécile schlug sie mit Mühe auf und starrte ihn mit glasigem Blick an.

Ein verzweifeltes Röcheln kam über ihre bebenden Lippen … dann ein flüchtiges Lächeln.

Beinahe unhörbar und mit letzter Kraft flüsterte sie:

»Der … aus … aus … Ma-llor-ca … war …«

Ein Zittern durchfuhr ihren Körper.

Céciles Kopf fiel zur Seite.

Ein Blutstrom quoll aus ihrem Mund …

Vier

Montag, 22. Februar 2010

Die Medien berichteten seitenweise über den Tod der einsamen, alten Frau. Schrecklich – und auch noch von Rabenviechern gefressen zu werden!

Für die *Neue-Süd* allemal ein gefundenes Fressen, wie der Chefredakteur wortlästernd formulierte, als ihn Meller informierte. Der Kommissar wollte mit Bacher vorweg die mediale Vorgangsweise abklären, bevor ein unguter Pallawatsch herauskam. Mit Journalisten hatte Meller so seine Erfahrungen gemacht – nicht immer die besten.

Denn dieser Fall war prekär, weil er fehlende Nachbarschaftshilfe ankreidete. Die Sache mit dem Schuhabdruck erwähnte Meller vor Bacher nicht. Er wollte erst das Ergebnis der Ermittlungen abwarten. Das weitere Vorgehen würde sich erst daraus ergeben.

Ein Mensch war einsam gestorben und monatelang in seiner Wohnung gelegen, ohne dass Leute, die Tür an Tür wohnten, davon etwas mitbekommen hatten …

Dieser Fall war das tragische Ergebnis einer Gesellschaft, die Moral und menschliche Werte erstrangig nach Ansehen, Reichtum und Macht ausrichtete. Schlichtweg alarmierend.

Von solchen Vorfällen hörte man eher aus den USA.

Dort überboten sich Nachrichtensender mit Meldungen über menschliche Tragödien und Gewaltverbrechen. Zu den ertragreichsten News zählte stets das Böse, inszeniert von Dieben, Bankräubern, Triebtätern, Serienkillern, Amokläufern, Terroristen und sonstigen kranken Subjekten.

Die USA, eine vom Kapitalismus gesteuerte und deswegen verrohende Nation?

Nicht bei uns in Österreich! Tatsächlich nicht?

Fälle von Menschen, die verschwanden, jedoch jahrelang eingesperrt waren, unsägliches Leid durchmachen mussten und nur durch Zufall entdeckt wurden – das waren die medialen Highlights.

Zwei Verbrechen, der Kampusch-Fall und der Fritzl-Fall, hatten den Vorstellungsgrad um etliches auf der nach oben hin offenen Abartigkeitsskala erweitert.

Der Mensch, ein abartiges Lebewesen schlechthin?

Chefredakteur Ewald Bacher hatte in seinem Blatt die Leser aufgerüttelt. Aufgrund des tragischen Schicksals von Herta Hartauer war er mit der Gesellschaft hart ins Gericht gegangen. Im Glauben an das Gute im Menschen, startete Bacher in der *Neue-Süd* eine Initiative gegen die Vereinsamung alter Menschen:

GüG – Generationenübergreifende Gemeinschaft.

Interessierte konnten eine nicht auf finanzielle Spenden ausgerichtete Patenschaft übernehmen – lediglich mit einer »Wortspende«. Jung redet mit Alt, Gleichgesinnte reden mit Gleichgesinnten, Menschen reden mit Menschen.

»Einmal in der Woche mit einem alten Menschen plaudern. Nicht per Telefon. Wenn's geht, persönlich. Durchs Reden kommen d'Leut zsamm, soll unser Rezept gegen die Einsamkeit von Menschen heißen«, erklärte Bacher seine Aktion auf einer Doppelseite.

Personen, die sich von der GüG-Aktion angesprochen fühlten, konnten sich in der *Neue-Süd* Redaktion melden.

Jene, die sich bereit erklärten, »Wortspenden« abzugeben. Aber auch jene, die allein lebten und sich einsam fühlten. Durch einen regen »Redefluss« würden neue Freundschaften entstehen. Zwischen Menschen, zwischen Generationen. Wer wöchentlich im »Gerede« war, dem würde ein Schicksal wie Herta Hartauer bestimmt erspart bleiben.

Angetan von dieser Idee, sagte Meller dem Chefredakteur seine Unterstützung zu, so weit er sie als Chef seiner V-Gruppe erbringen konnte. Er gab in der *Neue-Süd* auch ein persönliches Statement zur GüG-Aktion ab. Mit dem Aufruf, dass sich viele daran beteiligen mögen.

Meller konnte sich über den Chefredakteur nur wundern. Wenn er zurückdachte, was für Wickel er mit dem Journalisten von Beginn an gehabt hatte.

Was war mit Bacher geschehen? War aus einer journalistischen Kanaille plötzlich ein Gutmensch geworden?

Adelheid Müller, wegen der sich Bacher von seiner Frau getrennt hatte, war Mellers Sekretärin gewesen. Er hatte sie fristlos entlassen, weil sie Interna ausgeplaudert hatte. Sie war der Anlass, dass sich Meller und Bacher … Ach was – Schwamm drüber. Die Müller und der Bacher schienen sich ideal zu ergänzen. Unter ihrem Einfluss hatte der Chefredakteur inzwischen gut zwanzig Kilo abgenommen, und sie hatten geheiratet.

Jetzt war sie schwanger und würde einen Buben bekommen, wie der Chefredakteur und baldige Vater dem Kommissar voller Stolz verraten hatte. Glückwunsch!

Dennoch, zu Gutmenschen bekehrte Journalisten waren Meller so suspekt wie die Hütchenspieler am Strand von Rio …

Die V-Agenten Axel Körner, Mike Lehner und Andreas Hofer sowie die beiden Kolleginnen Manuela Kohn und Irene Schneider saßen im »Sozialraum«, wie das Türschild im engen Gang verriet. Wer fehlte, war Kommissar Mario Meller.

Die Kaffeemaschine blubberte geräuschvoll vor sich hin.

Leider war es kein Clooney-Automat, wie die Kaffeemaschinen dank ihres Werbeträgers genannt wurden. Jene Maschine mit dem herrlich schmeckenden Kaffee aus Kapseln, die sich einige im S-C-ONE gewünscht hätten. Ein solches Gerät könne sich jeder selbst zulegen, hatte es aus der Zentrale in Wien geheißen. Der S-C-ONE sei kein Kaffeehaus, sondern eine Sondereinheit. Es war natürlich niemand bereit, eine Clooney-Maschine zu finanzieren, denn eine Tasse pro Kapsel hatte ihren entsprechenden Preis und im Grunde genommen war der Kaffee aus den zur Verfügung gestellten Geräten ja auch trinkbar … aber eben kein Clooney-Kaffee.

Der Kaffee ist fertig, kündigte der Automat mit dem letzten Zischer an. Ab diesem Geräusch war unter den Anwesenden eine abwartende Stille und Anspannung entstanden.

Welche der beiden Kolleginnen würde sich wohl »erbarmen«?

Diese Anspannung hatte sich Manuela Kohn zuzuschreiben und damit alsbald einen »Kaffeekrieg« ausgelöst.

Sie hatte es seit der Übersiedlung in das neue Gebäude von Beginn an nur gut gemeint und bei Besprechungen von sich aus ungefragt den Kaffee zubereitet und serviert.

Manuela Kohn, die Samariterseele der V-Gruppe 4.

Das ging so lang gut, bis sie nach einer Woche meinte, die Schneider könnte doch auch einmal den Kaffee machen. Was Irene Schneider natürlich vehement ablehnte. Sie trank keinen Kaffee, hatte stattdessen stets eine Wasserflasche mit Trinknippel bei sich. Überhaupt, Männer bedienen! Pfah, das war schon gar nicht ihr Ding. Wenn sich also die Kohn freiwillig hinstellte und den Servierhaxen für alle abgab – ihr Kaffee …

Niemand erhob sich und Irene Schneider grinste hämisch.

Schließlich stand Andreas Hofer auf und tat so, als würde er sich ums Zubereiten kümmern. Da kam ihm Manuela Kohn zuvor und machte sich daran, den Kaffee in die Tassen zu gießen.

»Ich wollt nur aufs Klo gehen«, entschuldigte sich Andreas Hofer grinsend.

Der Sodala hatte seine Lektion, »im Osten Österreichs zu überleben«, schnell gelernt. Kein Wunder, mit Axel Körner als zynischem Wiener und Überlebenstrainer an seiner Seite.

»Das interessiert uns jetzt aber sehr«, fuhr die Schneider den Sodala an und ärgerte sich, weil sich ihre Kollegin schon wieder weichklopfen hatte lassen.

»Macht's Spaß, die Sklavin zu sein?«, feixte sie ihre Kollegin an.

»Mei, mir macht das nix aus«, erwiderte Manuela mit einem hilflosen Lächeln.

»Verwöhntes Machopack«, grummelte Schneider, nahm demonstrativ ihre Wasserflasche und nuckelte daran.

Joe, Mellers Hund, hatte es sich auf dem Boden vor dem Kühlschrank bequem gemacht.

Sein derzeitiger Lieblingsplatz war wohl bedacht. Wurde die Kühlschranktür geöffnet, strömten Gerüche über Joes geruchsempfindliche Schnauze. Was für eine üppige Fressquelle! Wurst, Joghurt, Milch, Käse – vor allem Käse. Joe hatte Sodala besonders in sein Hundeherz geschlossen, weil er oft Käse aus dem Kühlschrank holte. Da fiel für Joe stets etwas ab, heimlich unterm Tisch. Aber schon allein der kalte Hauch des offenen Kühlschranks war für Joe eine erfrischende Wohltat.

Das Gebäude war in der kalten Jahreszeit extrem überheizt. Immer wieder musste Joe bellend darauf aufmerksam machen, dass sein Wasserschüsserl leer war. Kein Wunder, bei der trockenen Luft.

Aber diese Gerüche von Plastikbelägen, frischer Mauerfarbe und den Gummidichtungen der Fenster – wenn der Mensch wüsste, was eine Hundenase alles erdulden musste!

Mochte das neue Gebäude menschengerecht gebaut worden sein – für Joe war die alte Zentrale eindeutig besser gewesen. Nur, wie sollte er das dem Kommissar verklickern. Sein Herrl quälten zurzeit andere Sorgen.

Einen Vorteil wenigstens hatte für Joe die Lage der neuen Zentrale. Neben dem S-C-ONE befand sich ein verwildertes Grundstück, auf dem öfter Hunde umhertollten, während ihre Frauerl und Herrlis tatenlos zusahen oder Hölzerl und Ballis warfen. Ein Mordsspaß für Joe, wenn er dem einen oder anderen Hund das Spielzeug abjagen konnte ...

Der Montag war meistens lähmend. Unliebsamkeiten machten sich am Wochenbeginn besonders störend bemerkbar.

Geht schon los, dachte sich der Kommissar, als er den Raum betrat. Der Hund war wie immer längst im Zimmer.

Irene Schneider beobachtete mit einer angefressenen Miene ihre Kollegin beim Kaffeeservieren. Das sagte alles aus – ein toller Wochenbeginn!

»Schönen Montag allerseits!«

Ein Gemurmel, das wie »ebenfalls« klang, kam als Antwort.

Meller hatte schlecht geschlafen. Wann hatte er das letzte Mal überhaupt gut geschlafen oder gar durchgeschlafen?

Seit Bellas Tod war alles anders. Sein Tagesablauf hatte sich auf rein rationelles Funktionieren reduziert. Freudvolle Emotionen, falls solche überhaupt hochkamen, wurden bereits im Keim erstickt oder rigoros verdrängt.

Obwohl Meller von Natur aus ein eher ernster Mensch war, hatte sich das letzte Fröhliche seiner Wesensart auf unbestimmte Zeit verabschiedet. Farbtöne bekamen triste Filter vorgeschoben. Aus einem leuchtenden Rot, einem blütenhellen Gelb, einem strahlenden Blau wurde eine graue Milchsuppe – trauergrau. Vor Bellas Tod war Anthrazit seine Lieblingsfarbe gewesen.

Trauergrau – jetzt hatte Mellers Gesicht diese Färbung angenommen, zumindest kam es ihm so vor, wenn er sich morgens im Spiegel betrachten musste. Doch er litt nicht nur unter dieser seelischen Farbblindheit, der Kommissar litt insgesamt wie ein geprügelter Hund. Frustgrau war die Farbe seiner derzeitigen Stimmungslage. Daher war er sichtlich erleichtert, dass die turbulente Karnevalszeit vorüber war und die Leute wieder ihrer gewohnten Arbeit nachgingen.

Ein paar Unverbesserliche hatten es sich vergangene Woche natürlich wieder ordentlich gegeben. Wie eben alle Jahre zur Faschingszeit in Mödling.

Mochte sein, dass der Mensch – weil's nun mal Tradition und Brauch war – einmal im Jahr ausflippen musste. Meller musste nicht, hatte noch nie auf diese Art ausflippen wollen. Ihm genügten jene Ausflipper, die ihm das Jahr über unnötige Arbeit bescherten.

Aber so war es eben – die Mehrheit der Masse entscheidet. Auch, was normal war und was nicht. Und Fasching war nun mal ein Massenfest, ein anormales. Je verrückter sich die Leute benahmen, desto normaler war Mann, Frau und Kind. Sogar Tiere wurden in Kostüme gesteckt – weil's ja so lustig ist!

Das war Mellers private Meinung, die er sich hütete, laut zu sagen. Für ihn waren Massenbesäufnisse als motivierende Belustigung – welcher kulturellen Art auch immer – ein Gräuel.

Ob ohne Maske oder mit Pappnase und schminkeverschmierter Visage. Das hatte seinen Grund. Denn wenn im Fasching die Massen über alle Maßen Flaschen leerten, dann hatten die V-Agenten mächtig viel zu tun und jede Menge Ärger.

»Flasching«, Mellers persönliches Unwort für das kollektive Besäufnis maskierter Flaschenköpfe.

Diese Tradition spielte sich hier und im Rest der Welt ab.

Meller hatte den Karneval in Rio de Janeiro gut in Erinnerung. Er war mit dessen negativen Auswirkungen direkt konfrontiert worden. Damals hatte er als Polizeioffizier zur Karnevalszeit in Rio mit seinen Kollegen Luigi Penido und Francesco Mendes schlimme Einsätze zu bewältigen gehabt …

Dieses Faschingsgetue, sich mit Maske, Pappnase und Bart zu verkleiden, dazu in papierene Tröten zu blasen, war partout nicht Mellers Ding. Denn Maskierte waren ihm prinzipiell und nicht nur berufsbedingt ein Dorn im Auge – allen voran Bankräuber und sonstiges Verbrecherpack mit Schlitzmützen.

Vergangene Woche war der Kommissar zufällig Zeuge eines Gesprächs zwischen Körner und Schneider gewesen.

»Wer kennt den Unterschied zwischen dem Mödlinger Advent und dem MöMö-Fasching?«

»Die Bsoffenen sind maskiert«, hatte die Schneider erwidert.

»Das auch. Aber die Menge, die im Mödlinger Advent gsoffen wird, geht zum Fasching an einem Wochenende weg … Übrigens, das Neueste: Unser Chef geht nächstes Jahr beim Mödlinger Faschingsumzug mit.«

»Als was?«

»Als George Clooney natürlich.«

»Und wozu soll das gut sein?«

»Na, weil's lustig ist.«

»Such dir einen anderen Deppen, Axel«, war ihm Meller dazwischengefahren. Den Faschingsclooney spielen! Das hätten s' gern, eh klar! Meller war sauer gewesen.

Seine Ähnlichkeit mit dem Kaffeekapsel-Werbestar war ihm lästig genug. Dieses Getue um die Ähnlichkeit hing ihm zum Hals heraus, vor allem, wenn ihn Leute direkt darauf hinwiesen.

Ob es dem Herrn Clooney nicht auch auf den Keks ginge, wenn er permanent auf die unglaubliche Ähnlichkeit mit einem gewissen Mario Meller hingewiesen würde?

Doch für Herrn Clooney war er so unbekannt wie der dreizehnmillionste Grashalm im Museumspark. Und das war gut so. Vielleicht käme das Original gar noch auf die Idee, sich von Meller als Double vertreten zu lassen.

Nix da – nie und nimmer. Prominente sollen ihren eigenen Kopf für was auch immer hinhalten …

Die Tür öffnete sich. Ein molliger Mann an die fünfzig, mit weißem Mantel und weißer Schifferlmütze auf dem Kopf, grüßte recht freundlich, stellte einen Karton mit frischen Faschingskrapfen auf den Tisch und verschwand wieder.

Es gab hin und wieder Firmen, die zu traditionellen Anlässen der Exekutive ihre Verbundenheit mit einer netten Geste zeigten, wie eben zur Faschingszeit. Dieser Bäcker jedoch schien ein besonders inniges Verhältnis zum S-C-ONE zu pflegen.

Seit vergangenem Montag stand täglich ein Karton mit achtundzwanzig Krapfen auf dem Tisch – vier Stück pro Nase, pro Tag!

Meller hing dieses süße Gebäck bereits zum Hals heraus – eine Woche lang nichts als Krapfen! Doch diese Dinger waren teuflisch. Sie schmeckten hervorragend und standen einem verführerisch vor den Augen. Da griff man automatisch zu.

Der Tag war lang … dazu ein paar Kaffee getrunken … schon

zeigte die Waage gnadenlos, wofür der Gürtel mehrere Löcher im Leder hatte.

»Noch immer Krapfentag? Fasching ist doch längst vorbei«, stöhnte Körner und griff nach einem Krapfen. »Bestimmt ein Bäcker, der sich eine generelle Strafzettelamnestie erhofft.«

»Kann auch sein«, warf Mike Lehner ein, »ich weiß nur, dass seine Tochter in der Dreiergruppe arbeitet.«

»Na dann! Mehr Handwerkstöchter in den S-C-ONE!«, meinte Körner mampfend, nachdem er vom Krapfen abgebissen hatte. »Fleischhauer, Fischhändler, ein Gemüsestandler wär auch net schlecht. Und weil ich bald Vater werde, einen Bauern wegen der Milch.«

»Man sieht's. Der wie vielte Monat, deinem Bauch nach?«, zog ihn Mike Lehner auf.

»Sehr witzig, der Herr Kollege. Selber bleich im Gsicht und dürr wie ein verhungerter Wüstenkaktus, aber lästern«, konterte Körner.

Es stimmte tatsächlich. Mike Lehner hatte sich optisch zusehends nachteilig verändert, genau gesagt, seit der Übersiedelung. Der Zwei-Meter-Mann sah nicht gesund aus, er hatte an Gewicht verloren und war auch nicht mehr so ruhig und ausgeglichen wie früher. Was war los mit ihm?

Meller hatte ihn einmal darauf angesprochen. Es sei nichts, war Lehners Antwort, der Stress hier – auch daheim –, aber der würde sich eh wieder legen.

Stress hatten sie alle gehabt, als sie in das neue Gebäude übersiedelt waren. Die Büros waren wesentlich kleiner als die im alten Gebäude. Da mussten alle Mitarbeiter mit dem Sich-näher-auf-die-Pelle-Rücken zurande kommen.

Dass Meller ein Zimmer für sich allein in Anspruch nahm, als V-Gruppenleiter, war einzusehen. Und dass der Sodala bei Axel

Körner im Zimmer saß – auch okay, das war Körners Wunsch gewesen. Die beiden Kolleginnen Kohn und Schneider hatten sich ohnehin in einem Zimmer abgeschottet, sohin blieb Körner Schneiders Visage tagsüber zeitweise erspart.

Dass aber Lehner und Rotter je ein Zimmer für sich allein hatten, dagegen protestierte Körner auf das Schärfste.

Was half es, wenn ihm Meller versicherte, dass dies nur eine Frage der Zeit sei. Claudia Rotter bekäme angeblich noch diese Woche Verstärkung und Lehner ebenfalls bald einen Neuen ins Zimmer gesetzt. Körner könne froh sein, er hatte sich den Kollegen Hofer aussuchen können. Mike Lehner würde akzeptieren müssen, wer auch immer ihm gegenübersitzen würde …

»Vielleicht leidet der Kollege Lehner unter akutem Eisenmangel«, warf sich Manuela Kohn auf Lehner Seite, »und ist deswegen so blass.«

»Dann soll er Nägel beißen, der Herr Kollege«, konterte Axel Körner grinsend, »das soll auch gegen Eisenmangel helfen.«

»So – und jetzt reicht's«, mischte sich Meller ein, der sich das Geplänkel bisher stumm angehört hatte. »Ich denke, wir sollten schön langsam zur Tagesordnung übergehen.«

Der Kommissar hatte sich einen Kaffee eingeschenkt und seinen gewohnten Platz eingenommen. Nach einem Blick auf die Krapfen überlegte er kurz, griff sich schließlich einen und biss herzhaft ein Stück davon ab. Bevor sich die beiden noch in die Haare kriegen, dachte er kauend, muss ich einschreiten. Eben typische Montagsstimmung, Alltagswahnsinn im S-C-ONE.

Claudia Rotter hatte inzwischen eine Mappe mit den Ergebnissen der bisherigen Untersuchungen im Fall Herta Hartauer auf den Tisch gelegt. Sie ließ ein knappes »Guten Morgen allerseits« gequält grinsend über ihre Lippen kommen, angelte sich einen Krapfen und wollte schon zur Tür hinaus. Meller, der in der Mappe nur ein Blatt mit ein paar Daten vorfand und sie erstaunt anblickte, erklärte sie:

»Mehr gibt's nicht. Reicht doch für heute, oder?«

Na, die ist heut wieder drauf, dachte der Kommissar.

Richtig, und wie!

Claudia Rotter war zu Recht sauer. Aber nicht auf ihren Chef und auch nicht auf den Job. Sondern weil Montag war und sie frei haben hätte sollen. Sie war die letzte Woche durchgehend anwesend gewesen, oft bis in die Nachtstunden. Vieles gab es zu schreiben und zu organisieren.

Eigentlich war sie nur kurz ins Büro gekommen, um für den Kommissar die Unterlagen vorzubereiten. Er hätte die Informationen auch selbst aus dem Computer holen können.

Aber so war Claudia eben, gewissenhaft und hilfsbereit. Außerdem hatte sie Mitleid mit ihrem Chef. Seit Bella ein Jahr zuvor knapp vor Weihnachten gestorben war, hatte sich Meller in seinem Schmerz völlig zurückgezogen.

Trauerzeiten dauerten eben länger und bei Meller, wie sie befürchtete, vermutlich drei Mal so lang.

Claudia hatte schon Stunden mit Lo darüber diskutiert, wie sie Meller wieder auf andere Gedanken bringen könnten.

An ihrem freien Tag wollte sie mit Lo Bianco in die SCS fahren, ein paar Sachen einkaufen, bummeln, Kaffee trinken, sich vom Stress der vergangenen Woche einfach erholen.

Da war dann plötzlich dieser Menschenberg von einem Mann hinter ihr gestanden. Claudia war fürchterlich erschrocken, weil er nicht angeklopft hatte. Konnte sein, dass sie es überhört hatte, sie hatte gerade etwas im Aktenschrank gesucht.

Mit einem schrillen »Jiiieeehhh!« war sie zur Seite gesprungen und beinahe auf dem Ficusbäumchen gelandet.

Diese männliche Masse füllte ein Viertel ihres Zimmers aus!

Es war Dr. Erwin Brüller, der S-C-ONE Chef, der sie entschuldigend angelächelt hatte. An seiner Seite war eine schlaksige, blasse Tussi um die zwanzig gestanden, mit einer Figur wie ein verbautes Fragezeichen. Partout hatte der Chef von Claudia verlangt, sie möge sich um diese junge Dame kümmern. Sie war die Tochter eines hochrangigen Beamten. Claudia Rotter sollte sich ihrer annehmen, sie durchs Haus führen und mit den örtlichen Gegebenheiten vertraut machen. Als sie Dr. Brüller gesagt hatte, dass sie eigentlich gar nicht hier sei, weil sie an diesem Tag frei habe, hatte er gemeint:

»Ein kleines Stündchen werden Sie Ihrer neuen Kollegin doch widmen können?«

Neue was? Claudia hatte gedacht, sie sei im falschen Film. Diese knieweiche Pflanze sollte ihre neue Kollegin werden?

Der Neuen war fleckigrote Farbe ins Gesicht geschossen, sie hatte verlegen gegrinst und Claudia die Hand gereicht.

»Ich bin die Rita Dollinger.«

Ihr Händedruck war das fühlbare Echo ihrer schlappen Körperhaltung gewesen – als hätte Claudia einen feuchten Lappen in die Hand geschoben bekommen.

»Freut mich – Claudia Rotter«, hatte sich die Sekretärin nicht gefreut und extra fest zugedrückt, worauf die blasse Dollinger schmerzverzerrt in die Knie gegangen war und mit ihren hohen Stöckelschuhen umzukippen gedroht hatte.

»Hoppala!« Der Fleischberg hatte sie aufgefangen.

Beider Blicke waren auf Dollingers gewagtes Schuhwerk gefallen. Claudia hatte geahnt, was Dr. Brüller durch den Kopf gegangen war. Manche Blicke vereinen einen in Gedanken.

»Na, dann darf ich die Damen wohl sich selbst überlassen«, hatte sich der S-C-ONE Chef noch hastig verabschiedet.

Dieser Fleischberg hatte es sich leicht gemacht. Claudia war verärgert gewesen. Der böhmische Riese aus dem Märchen war ihr ad hoc eingefallen.

Rübezahl, der neue S-C-ONE Chef – passender Name.

»Na fein, Frau Dollinger, dann gemmas gleich an.«

»Ich … ich hab aber nicht viel Zeit, weil … weil ich gleich abgeholt werde«, stammelte Dollinger errötend, mit einem Blick auf ihre Uhr. Gleichzeitig dudelte ihr Handy. Hastig suchte sie in ihrer Jackentasche, fand es und meldete sich:

»Du bist schon da? Wart noch ein bisserl, Danny. Hab's eh gleich hinter mir.«

Sie unterbrach die Leitung und fragte Claudia Rotter:

»Kann man das nicht auf morgen verschieben? Ich müsst eigentlich nämlich jetzt gleich … und wenn …«

»Und ich müsst eigentlich auch«, fiel ihr Claudia ins Wort. »So läuft das nicht, Frau Dollinger. Ein Stündchen, wie Dr. Brüller meinte, werden Sie sich wohl oder übel abzwicken müssen. Ihr Danny wird das verkraften. Und jetzt nehmen Sie bitte Platz. Ich hab noch was zu erledigen.«

In dieser Stunde würde Claudia die verwöhnte Schnepfe im Eilschritt durch den S-C-ONE jagen, bis ihre Stöckeln glühten. Von Abteilung zu Abteilung, Treppensteigen statt Liftfahren, runter in den Keller zu den Garagen, Technikräumen und Asservatenkammern. Wieder die Stockwerke hoch, von Zimmer zu Zimmer. Und wenn ihr Lover im Auto inzwischen steifgefroren wäre, dann sollte sie sich ihr Burschi zum Auftauen zur Brust nehmen.

Claudia hatte die Unterlagen für Meller ausgedruckt und war damit ins Besprechungszimmer gegangen.

Anschließend eilte sie in Mellers Büro, rief Lo Bianco an und jammerte:

»Ich könnt mich in den Arsch beißen, dass ich ins Büro gekommen bin. Jetzt soll ich der Dollinger das Haus zeigen …«

»Die Dollinger? Ist die wichtig?«, unterbrach sie Bianco.

»Ach was! Meine neue Kollegin soll das werden. Aber diese Tussi musst du dir geben – so was Letschertes! Ein Faschingskrapfen ist ein Pflasterstein im Vergleich zu der. Es dauert aber mindestens noch eine Stunde.«

»Mach's kürzer«, forderte Lo.

»Na dann, ein Stündchen.«

Claudia legte auf, sah frustriert auf den Krapfen, den sie noch immer in der Hand hielt. Wütend biss sie hinein.

Marmelade aus engstem Raum gepresst, hatte die Eigenschaft, diesen explosionsartig zu verlassen und zwar dort, wo sich geringster Widerstand bot – auf selbigem Weg, durch den sie in den Krapfen gespritzt worden war.

Flutsch …

Das süße Klebrige ergoss sich über Mellers Schreibtisch sowie Claudias neuen violetten Kaschmirpullover und die dunkelgraue Flanellhose.

Was half das Fluchen, was das Aufjammern!

Was für ein beschissener Montag …

Eine absolute Novität im S-C-ONE war das Labor, das alle Stückerln zur Spurenermittlung spielte. Mit der Einrichtung und den neuesten Gerätschaften zählte es innerhalb der EU-Länder zu den besten Labors. Und die Spezialisten der Spurensicherung waren absolute Profis und leisteten hervorragende Arbeit.

Ein weiterer Vorteil war die Geschwindigkeit, mit der Untersuchungsergebnisse erzielt wurden – oft schon am selben Tag.

Was jetzt noch fehlte, war ein eigene gerichtsmedizinische Abteilung. Einer aus der Spurenabteilung hatte zwar einen

Gerichtsmediziner als Freund, der – wenn Schnelligkeit gefragt war – unbürokratisch einspringen konnte. Ansonsten mussten forensische Untersuchungen über den Amtsweg laufen, was unter Umständen wertvolle Zeit kostete. Für den S-C-ONE war das Krankenhaus Baden zuständig …

Der Bericht zum Fall Hartauer war kurz. Die Obduktion hatte ergeben, dass die 82-jährige Pensionistin Herta Hartauer an Parkinson erkrankt war. Sie hatte auch Osteoporose im fortgeschrittenen Stadium gehabt. Bei der Untersuchung der Räumlichkeiten wurden nur die üblichen Medikamente, die eine Frau ihres Alters zu sich nahm, gefunden.

In den letzten Septembertagen musste die Frau ums Leben gekommen sein. Da das Fenster im Schlafzimmer gekippt und die Heizung nicht eingeschaltet war, trocknete ihr Körper sukzessive aus. Die Kälte im Winter tat ihr Übriges, der Leichnam mumifizierte. Eindeutiger Wildbiss – von Kolkraben oder Saatkrähen verursacht, die durch das offene Fenster eindringen konnten – erklärte die zerstörerischen Spuren an der Leiche.

Das war bisher ohnehin bekannt. Doch was das Tox-Screening und die DNA-Auswertung verrieten, bestätigte Mellers intuitives Gefühl.

In einer der Tassen waren Spuren von Amphetamin gefunden worden und zwar nachweislich in jener Tasse, aus der die Frau getrunken haben musste. Das zeigten die im Blut enthaltenen toxischen Substanzen an. Herta Hartauer musste nach Einnahme des Mittels gestorben sein. Die illegale Droge löste bei der infolge ihres hohen Alters geschwächten Frau den Tod aus.

Die DNA-Spur der zweiten Person war noch nicht registriert.

Der Schuhabdruck indes war einzigartig. Er konnte relativ gut herausgearbeitet und als italienische Schuhmarke identifiziert werden.

Carlo Nossa, eine Manufaktur in Verona, produzierte exklusive Damen- und Herrenschuhe unter dem Markennamen »CaNossa«. Die Modelle wurden aus feinstem Leder handgemacht und hatten dementsprechende Preise. Persönlichkeiten und Prominente des öffentlichen wie gesellschaftlichen Lebens zählten weltweit zum erlesenen CaNossa-Kundenstamm.

»Was in den Medien über diesen tragischen Fall veröffentlicht wurde, haben sicher alle schon gelesen. Wir werden jetzt die Todesursache von Herta Hartauer bekannt geben müssen, nicht jedoch, dass es eine Spur gibt, diesen Schuhabdruck nämlich. Wir gehen folgendermaßen vor: Die Kolleginnen Kohn und Schneider widmen sich …«

Die Tür wurde aufgerissen und Stoppl kam ins Zimmer, eine rosa Plastiktasche in der Hand. Stoppl war der Spitzname für Lieselotte Lehner, Mikes Ehefrau.

Irritiert vom unerwarteten Besuch, verstummte der Kommissar, fasste sich jedoch sogleich.

»Hallo, Stoppl, schönen Morgen! Haben unsere Kids was verbrochen, dass du persönlich erscheinen musst?«

Er lächelte ihr freundlich zu.

Manuel und Tobias – beide im pubertären Alter – waren unzertrennliche Freunde, die manchmal die Welt auf den Kopf stellen wollten. Meller hatte sich zu Manuels Ersatzvater erklärt und Tobias war zurzeit das große Sorgenkind der Lehners.

Stoppel jedoch lächelte gar nicht, sondern steuerte mit verbissener Miene auf ihren Mann zu und knallte die Plastiktasche vor ihm auf den Tisch.

Die Metzger zierte ein geschwungener, in Schwarz gehaltener Schriftzug diese pinkfarbene Tasche.

Erschrocken war Mike Lehner aufgesprungen. Er rang nach Worten:

»Stoppl … bitte! Was soll das?«

»Was das soll, Mike? Mach auf!«, befahl sie eisig.

»Komm, Stoppl, jetzt beruhige dich aber.«

Lehner wurde ganz blass. Er setzte sich wieder nieder.

»Na, dann mach ich es!«

Sie schüttelte ein Kleidungsstück aus der Plastiktasche, schnappte es und warf es Mike, der die Hände schützend vor den Kopf hielt, links und rechts um die Ohren.

»Da und da und da …!«, schrie Stoppl hysterisch auf ihren Mann ein. »*Love me tender* steht drauf! Ja, wen denn, wenn ich fragen darf?«

Das ging zu weit. Der Kommissar musste sich einmischen.

»Moment, Stoppl – bitte! Wir sind hier mitten in einer Besprechung. Du kannst nicht einfach hier hereinplatzen und auf deinen Mann losgehen …«

Da zischte Lehners Frau giftig dazwischen:

»Ich kann noch viel mehr! Ja, ja … haltet nur zusammen, ihr Männer, ihr seids doch alle gleich!«

Körner war aufgestanden und näherte sich Stoppl von der anderen Seite.

Wer weiß, was einer Frau in ihrer Wut alles einfiel.

»Ich flipp schon nicht aus«, fuhr Stoppl Körner an, »keine Sorge. Aber alle sollen erfahren, was mein Mann für ein falsches Schwein ist. Der Hurenbock, der! Seit Monaten betrügt er mich und dann kauft er seiner Dulcinea auch noch eine Schürze mit *Love me tender* drauf!«

Wieder zu ihrem Mann gewandt, verkündete sie:

»So. Und jetzt lass ich mich scheiden. Und dir, Mike, wird nicht einmal das Weiße in den Augen übrig bleiben.«

»Stoppl, bitte! Das ist nicht so, wie es aussieht! Ich bin doch … Ich … ich hab doch nichts …!«

Mike war ebenfalls aufgesprungen und wollte auf seine Frau zugehen. Doch sie wich zurück und schrie ihn an:

»Halt deinen Mund, bevor noch mehr Lügen rauskommen! Ich kann auch observieren, nicht nur du! Hah – wer ist denn deine Zuckerpuppe? Heißt sie vielleicht Ingrid Kurzweil, sitzt in der KD3 und wohnt in der Neubaugasse?«

»Bitte, Stoppl! Das gehört jetzt nicht …!«

»Es hat sich ausgestoppelt! Stoppel deine Schlampe, du verdammter Arsch. Aber dieses Ding da wirst du ihr nicht mehr umbinden!«

Stoppl wollte die Schürze an sich reißen. Doch Axel Körner kam ihr zuvor. Zornig blitzte sie den V-Agenten an, und wieder an Mike gewandt, zischte sie:

»Wir sehen uns bei Gericht. Nachhause brauchst du nicht mehr kommen. Falls du was zum Anziehen brauchst – deine Sachen findest du im Keller … Schönen Montag noch allerseits!«

Wusch … Stoppl war aus dem Zimmer.

Tusch … ein satter Knall, die Tür war zu.

Sekundenlanges Schweigen.

Nur die Kaffeemaschine wagte es, diese Stille zu brechen. Sie piepste verhalten. Wasser sollte nachgefüllt werden.

Mike Lehner war in seinem Sessel zusammengesunken und starrte ein Loch in die Tischplatte.

Axel Körner hielt die Schürze hoch und betrachtete sie.

Es war ein indianisch anmutender Lendenschurz mit bunten Applikationen aus unterschiedlichen Stoffen. Verschieden große aufgenähte Taschen gaben der Schürze einen hippigen Touch.

Ein schmuckes Stück. An einem der Schürzenbänder war die Marke eingenäht: *Die Metzger.*

»Jö, der Kollege … ein Schürzenjäger?«

So eine Meldung konnte nur von Axel Körner kommen. Okay, er hatte es gedacht – nur eben laut gedacht.

Irene Schneider konnte sich nicht mehr halten. Sie prustete drauflos. Sogar die stets um Harmonie besorgte Manuela Kohn fiel in das Gelächter mit ein.

»JETZT REICHT'S!«, brüllte Meller und zu Körner gewandt:

»Und du, Axel, lass die Schürze ... äh, die Scherze.«

Der Kommissar riss ihm die Schürze aus der Hand und sagte zur breit grinsenden V-Agentin Schneider:

»Das war wieder einmal ganz in Ihrem Sinne, stimmt's?«

»Wenn Sie es so formulieren wollen – punktgenau.«

Da erhob sich Mike Lehner, nahm Meller die Schürze ab und verließ den Besprechungsraum.

Meller eilte ihm nach. Im Gang hielt er ihn zurück.

»Warte auf mich in meinem Büro. Wir haben einiges zu klären, Mike. Was da eben abgelaufen ist, stört unsere Arbeit extrem.«

Meller seufzte auf und klopfte Lehner auf die Schulter.

»Ich werde dir helfen, wo es möglich ist. Für deine Ehe aber bist nur du verantwortlich. Ich an deiner Stelle würde alles versuchen, um das wieder gradzubiegen. Mein Gott, welche Gründe du auch immer hattest – Stoppl kann einem aber wirklich leidtun.«

»Ich weiß, mir auch«, erwiderte Mike Lehner tonlos.

»Wie ist es möglich, dass jemand, ohne angemeldet zu werden, bis zu uns vordringen kann?«, regte sich Meller auf.

Die Dame in der Rezeption war ihm nicht neu, allerdings ihr Kurzhaarschnitt und ihre Haarfarbe – schwarz mit roten und blonden Strähnen. Unter ihren langen, wohlgeformten Beinen hatte es sich Joe oft gemütlich machen dürfen, früher im alten

S-C-ONE. Sie mochte Joe und er die dunkle Höhle unter ihrem Arbeitsplatz.

Doch jetzt gab es für den Hund keine kuschelige Höhle mehr. Die neue Rezeption war ein großer Glaskobel mit einer durchgehenden Arbeitsplatte ohne Unterbau sowie einer nüchternen Sitzgarnitur für Besucher. Lediglich ein Leckerli bekam Joe noch von der freundlichen Rezeptionistin, sofern der Hund vom Kommissar in den S-C-ONE mitgenommen wurde.

Doch jetzt war die Rezeptionistin nicht freundlich. Joe hatte kein Leckerli bekommen und Meller gegenüber verhielt sie sich verdächtig reserviert.

»Wenn Sie auf Frau Lehner hinweisen wollen – sie ist nicht irgendjemand, sondern die Frau Ihres Kollegen Lehner, Herr Meller. Ich kenne die Stoppl, sie ist eine gute Freundin von mir. Außerdem hat sie gesagt, sie wolle Mike kurz überraschen.«

Die Kurzhaarige grinste auffallend hämisch.

»Das ist ihr verdammt gut gelungen«, erwiderte er nur.

»Na, dann ist ja alles wieder im Lot«, kam von ihr zynisch.

»Und das glauben Sie tatsächlich?«

Meller gab es auf, er zog wieder ab.

Nix war im Lot. Meller wusste sofort – die Rezeptionistin steckte mit Stoppl unter einer Decke. Sie hatte für Lehners Frau die Fakten ausspioniert. Mit den Möglichkeiten hier im S-C-ONE – als gute Freundin, auch verständlich.

Unterm Strich gesehen, sitzen Männer stets auf verlorenem Posten, wenn Frauen gekonnt zusammenspielen.

Scheißmontag, verdammter Lehner …

Wieder im Besprechungszimmer angelangt, teilte der Kommissar die Aufgaben im Fall Hartauer auf.

Kohn und Schneider sollten versuchen, von der CaNossa-Niederlassung in Wien eine Kundenliste zu bekommen. Weiters sollten sie herausfinden, inwieweit es möglich war, von den CaNossa-Werken in Verona Kundendaten zu erhalten. Auch wenn es kaum denkbar war, dass einer der sogenannten weltweiten Prominenz Interesse gehabt hätte, eine 82-jährige Frau in Mödling ins Jenseits zu befördern. Aber was weiß man schon, alles war möglich im Zeitalter der Globalisierung.

Körner und Hofer sollten mögliche Verwandte von Herta Hartauer ausfindig machen.

Meller würde mit Lehner die Wohnung der alten Frau ein weiteres Mal inspizieren sowie den Leuten im Umfeld genauer auf den Zahn fühlen. Wenn man hartnäckig war, erfuhr man neben viel unnützem Gewäsch auch den einen oder anderen Hinweis, der eine vielversprechende Spur sein konnte.

Man ahnt nicht, was und wie viel die Menschen in so einem Wohnblock voneinander zu wissen glaubten, wenn man sie nur lang genug ausfratschelte.

Tratsch war für die einen gut, für die anderen böse. Gut, wenn er zur Aufdeckung verhalf. Böse, wenn er Täter verriet.

Alles eine Sache der Ansicht. Gut und Böse – das war wie Leben und Tod. Manchmal aber war das Leben richtig böse und der Tod gütig …

»Ich habe richtig Scheiße gebaut. Einen Haufen, so groß wie ihn alle Elefanten auf einmal nicht scheißen können.«

»Das war jetzt sehr deftig ausgedrückt, Mike, aber treffend.«

»Entschuldige meine Wortwahl, Chef, aber es stimmt. Auch möcht ich mich entschuldigen, dass wegen mir dieser peinliche Zirkus entstanden ist.«

»Schon gut. Und jetzt, Mike, erzähl, was los ist.«

»Wo soll ich denn anfangen?«, fragte Lehner achselzuckend.

»Am besten von ganz vorn.«

»Mir ist es aber peinlich, dir meinen Pallawatsch zu beichten.«

Mike sah um sich, als hätte er Angst, es könnte jemand mithören.

»Herrgott noch einmal, Mike! Dann geh in die Kirche beichten. Ich bin nicht dein Richter, sondern dein Freund!«

Dieses Zwei-Meter-Mannsbild war feig wie eine Lusche!

»Du windest dich wie ein Zehnjähriger, der von der Mama beim Rauchen erwischt worden ist! Steh zu dem Mist, den du gebaut hast. Verdammt, was soll denn das? Du willst, dass ich dir helfe? Also, dann bring's hinter dich! Wir haben nicht ewig Zeit!«

Meller war jetzt in Saft gegangen und blitzte den V-Agenten wütend an.

Lehner gab sich einen Ruck und berichtete. Von seiner Ehe, die ihm seit Monaten wie ein seelischer Klotz am Bein hing. Von Tobias, der ihm den letzten Nerv raubte. Dauernd wollte er Geld für dieses und jenes. Obwohl seine Erfolge in der Schule haarsträubend waren.

Und erst Stoppl. Nichts mehr passte ihr. Sie war grantig, war unleidlich geworden und nörgelte wegen jeder Kleinigkeit an ihm herum. Wenn Mike es recht bedachte, hatte sein Frust nach Bellas Tod begonnen, schleichend jedoch. Seit die beste Freundin seiner Frau nicht mehr war, musste er Stoppls schlechte Laune über sich ergehen lassen. Das hatte klarerweise ihr Liebesleben beeinträchtigt. Da war es doch zu verstehen, wenn Mike das Gefühl bekam, er hätte etwas versäumt. Er war jetzt fünfundvierzig Jahre alt – wohin waren all die Jahre verschwunden?

Und dann erzählte Mike, wie alles beim Seminar in Ybbs an der Donau begonnen hatte …

Er schwieg kurz, sah stur vor sich hin und setze erneut an:

»Eigentlich bin ich heilfroh, dass Stoppl davon Wind bekommen hat. Du kannst dir ja gar nicht vorstellen, was ich seit November mitgemacht habe! Dauernd das Herumlügen, dann wieder die Stunden bei Ingrid …« Mike seufzte auf. »Ich bin schon ganz deppert geworden und hab nicht mehr gewusst, bei welcher Frau ich grad im Bett lieg. Am meisten Angst hab ich gehabt, dass ich mich im Schlaf verraten könnte. Weißt, Mario, ich bin für solche Affären nicht geschaffen.«

»Na, du bist mir einer, Mike! Lamentierst herum, dass du das nicht aushältst und machst trotzdem weiter? Warum hast nicht einfach deiner Dingsbums die Situation erklärt und ihr gesagt, dass die Affäre eben auch ein Ende haben muss? Weiß sie überhaupt, dass du verheiratet bist?«

»Hah! Als wenn das so einfach gewesen wäre!«, ereiferte sich Mike erregt. »Klar hat sie von Stoppl gewusst und von Tobias. Das hat sie anfangs ja gar nicht gestört. Nur, ich schaff es jetzt nicht mehr ohne Ingrid, sie gibt mir so viel. Ich hab das Gefühl, erst jetzt richtig zu leben. Stoppl brauch ich aber auch! Und dann war da noch die eine …«

»Was? Noch eine? Bitte, Mike, schön langsam wirst du mir unheimlich. Du bist ja ärger als der Casanova …«

»Bitte, Chef, doch nicht so was!«, fiel ihm Lehner ins Wort. »Nein, eine andere blöde Sache ist passiert. Ingrid hat mir zu Weihnachten plötzlich das Messer angesetzt und mir gedroht, alles meiner Frau zu erzählen. Sie wollte, dass ich mich endlich scheiden lasse. Ich hab sie dann auf Jänner vertröstet, ich musste doch erst einmal mit mir ins Reine kommen. Mit Stoppl wollt ich eh gleich nach den Heiligen Drei Königen reden. Wenn der Tobias wieder in der Schule war und so. Aber irgendwie hat es sich dann nie ergeben.«

Lehner hielt kurz inne und seufzte tief auf.

»Letzte Woche dann – ich bin mit der Ingrid auf einem Faschingsfest gewesen – ist sie, als wir wieder bei ihr daheim waren, völlig ausgeflippt. Sie wollte sich mit meiner Pistole erschießen, damit alles auffliegt und ich beruflich und gesellschaftlich ruiniert bin und …«

»Was? Sag, Mike, bist du noch bei Trost? Du hattest deine Dienstwaffe mit, als du bei ihr warst?«

»Eh nur das eine Mal, da ging's nicht anders. Ingrid hat etwas falsch aufgefasst und es auf die Spitze getrieben. Zuerst noch im Spaß, aber plötzlich ist sie ausgezuckt und mit der Pistole durch ihre Wohnung gelaufen. Dazu muss ich aber noch sagen, sie hatte ein bisschen Koks geschnupft. Wahrscheinlich ist sie deswegen so überdreht gewesen. Zwei Schuss sind dabei losgegangen, dann hab ich ihr die Waffe entreißen können. Pfah, furchtbar war das! Mich hat's gewundert, dass niemand im Haus was gehört hat …«

Mike war in den Sessel gesunken und starrte auf den Plafond.

»Das war's eigentlich im Großen und Ganzen. Nur, das wegen der zwei Patronen – sag du mir, was ich jetzt machen soll?«

Meller überlegte kurz, dann sagte er:

»Herumballern und Rauschgift … Mike, Mike. Sag, wo bist du da hineingeraten!«

»Koks hab ich nie genommen. Ich bin doch nicht wahnsinnig. Ingrid hab ich auch sonst nie was nehmen gesehen. Sie hat das angeblich beim Faschingsfest von jemandem bekommen, zum Ausprobieren. Was hätt ich denn machen sollen? Die Frau hat mich komplett in der Hand! Was glaubst du, was ich nicht schon alles überlegt hab, um aus der Sache wieder rauszukommen!«

»Mike – eigentlich wärst du fällig für eine Anzeige.«

Mike Lehner sah den Kommissar verzweifelt an.

»Ich … ich weiß es eh«, stammelte er.

»Aber ich kenn dich. Deswegen glaube ich dir und dass alles so abgelaufen ist, wie du erzählt hast. Behalten wir das für uns. Ich werde mir Frau Kurzweil zur … mit ihr sprechen.«

Schon wollte er sagen *zur Brust nehmen*.

»Nach dieser Sache mit der Ballerei stufe ich die psychische Verfassung dieser Frau als höchst bedenklich ein. Wie ist denn der derzeitige Stand?«

»Stoppls Auftritt vorhin sagt doch alles«, erwiderte Lehner zerknirscht und sah Meller müde an.

»Ich meine, bist du mit der Frau derzeit in Kontakt? Triffst du sie noch … intim und so?«

»Ich muss ja«, gestand Mike.

»Was heißt, ich muss ja! Sag, Mike, tickst du noch richtig? Du kannst dich doch von der Frau nicht erpressen lassen!«

»Sie meinte, sie hat die Patronenhülsen, und falls ich sie verlasse, würde sie mir daraus einen Strick drehen – ich hätte auf sie geschossen oder so einen Schwachsinn halt. Sie hat ja Recht, ich bin ihr ausgeliefert … Aber jetzt ist mir alles egal. Stoppl weiß alles. Wenigstens brauch ich nicht mehr herumlügen.«

»Und wo willst du schlafen, wohnen? Dein künftiges Leben einrichten?«

»Bei mir im Keller, wo sonst. Bis ich was Geeignetes gefunden habe«, erwiderte Lehner wie ein trotziger Junge.

»Komm, komm, Mike, das glaubst du wohl selber nicht.«

»Ein Hotel oder was zu mieten, kann ich mir nicht leisten. Die Raten für die Wohnung sind hoch, da geht sich nichts anderes aus. Ich hab das alles schon durchgerechnet.«

»Na, du machst dir's einfach, Mike. Stoppl kann eine Wegweisung beantragen, wenn sie einen cleveren Rechtsanwalt findet, der ihr ein paar Tricks zeigt. Du weißt, was das heißt.«

Erschrocken blickte Lehner den Kommissar an. Stoppls Auftritt hatte eine desaströse Lawine losgetreten. Ein Problem griff in das andere und führte Mike Lehner die volle Tragweite des Schlamassels vor Augen, in welchen er sich hineingeritten hatte.

Lehners Leben war gelaufen. Seine Stoppl fehlte ihm entsetzlich. Plötzlich hundert Mal mehr als Ingrid Kurzweil. Mikes Herz schmerzte vor lauter Pochen.

»Was ist aus mir geworden«, fragte er sich halblaut und Tränen traten in seine Augen. Er würgte seinen Schmerz hinunter – Liebesweh, Sehnsucht nach Ordnung im Leben.

Mike bekam ein unbändiges Verlangen nach frischer Luft, nach seiner Heimatstadt Laa an der Thaya.

Meller hatte plötzlich eine Idee.

»Ich werde mit Lo Bianco reden. Das Häuschen in der Wiener Straße, in dem ich übergangsweise gewohnt habe, steht derzeit leer, so weit ich weiß. Lo wird es dir bestimmt zu einem kulanten Preis vermieten. Ich frage ihn am besten gleich.«

Er griff zum Telefon und wählte. Da spürte Meller etwas Klebriges auf der Hand. Misstrauisch schnupperte er daran. Es war Marmelade.

Verdammt, wie kam denn da plötzlich Marmelade auf den Telefonhörer?, ärgerte und wunderte er sich zugleich. Er hatte doch vor der Besprechung schon einmal telefoniert?

Während er nach einem Taschentuch kramte, um den Hörer abzuwischen, meldete sich Lo Bianco:

»Claudia, wo bleibst denn?«

»Hallo, Lo, ich bin's, Mario!«

»Ah du – ja und?«

»Samma schlecht drauf heute?«

»Wunderst dich? Die ganze Woche soll sich die Claudia für euch die Haxen ausreißen und jetzt darf sie nicht einmal ihren freien Tag ungestört verbringen.«

»Ah – von der Seite weht der Wind. Von mir aus hat Claudia frei bekommen. Mich hat es selbst gewundert, dass sie hier war. Ich weiß aber nicht, wo sie zurzeit steckt.«

»Sie muss einer Neuen das Haus zeigen. Euer Oberster hat Claudia dazu vergattert. Wenn du sie siehst, sag ihr, ich fahr jetzt in die SCS zur Buchhandlung. Sie weiß, welche.«

Als hätte es Claudia Rotter gehört, kam sie mit einer frustrierten Miene zur Tür hereingeschneit.

»Sie kommt gerade. Soll ich sie dir geben?«

»Nein, lass nur. Sag ihr, sie soll aunzahn, sprich: sich beeilen.«

»Mach ich. Jetzt was anderes, Lo. Dein Häusl in der Wiener Straße – sag, hast du das schon vermietet?«

»Das ist kein Häusl, sondern ein kleines, schmuckes Designerloft, Mario, das immerhin fünf Jahre dein Zuhause war, bitte«, erwiderte Lo gekränkt.

»Mein Gott, bis du heut angrührt! Also, was ist damit – ist es frei oder nicht?«

»Und? Wer lässt fragen?«

»Lo, bitte, mach's kurz, sonst ist der Tag vorbei. Mike Lehner braucht dringend was zum Wohnen. Eh nur vorübergehend.«

»Also gut. Das Häuschen ist frei, er soll mich anrufen. Jetzt muss ich aber wirklich abzischen. Tschüss.«

Meller legte auf und versuchte mit Spucke und Taschentuch den klebrigen Hörer sauber zu bekommen.

»Welcher Trottel hat mir Marmelade aufs Telefon geschmiert? Soll wohl ein nachträglicher Faschingsscherz sein!«, schimpfte der Kommissar.

Claudia hütete sich, darauf zu antworten. Stattdessen sah sie zu Mike, der mit bedrückter Miene im Sessel saß.

»Gibt's Ärger, Mike?«

Meller antwortete für ihn:

»Ja den gibt's, und was für einen. Aber das bereden wir morgen. Du, Claudia, hau jetzt endlich ab. Lo erwartet dich in der SCS, in der Buchhandlung. Du weißt, welche, soll ich dir ausrichten … Du hast Flecken auf deinem Pullover.«

»Ich weiß, Marmelade.«

»Dann warst also du das, die mir …«

»Richtig, ich war der Trottel mit der Marmelade.«

»Entschuldigung, so war das nicht gemeint.«

»Ebenfalls Entschuldigung, war ja nicht meine Absicht. Ich hab geglaubt, dass ich alles weggewischt hätte.«

»Entschuldigt bitte, ich muss …!«, kam es ächzend von Lehner.

Sie sahen noch, dass Mike im Gesicht weiß wie Schnee war und samt der Metzger-Schürze in der Hand mit einem Plumps vom Sessel fiel …

– – –

Umständlich stieg sie auf das Stockerl, verschnaufte und betrachtete leicht schwankend die Gegend.

Die Ludi-Omi wusste, dass sie mit dieser Aktion Ursi gehörig erschrecken konnte. Das hatte sie auch beabsichtigt.

Wenn der Ludi-Omi etwas gegen den Strich ging, kletterte sie eben auf das Stockerl – ihr sichtbarer Protest, der unmittelbar seine Wirkung zeigte. Ursi spurte dann wie ein dressierter Hund und kümmerte sich wieder mehr um sie. Warum war der Ludi-Omi der Trick mit dem Stockerl nicht früher eingefallen?

Da behaupteten die Ärzte, sie sei nicht mehr richtig in Kopf. Ach, was wussten die Quacksalber schon, was sie noch alles in ihrem Hirnkasterl aufbewahrt hatte.

Alles wusste die Ludi-Omi, bis ins letzte Detail!

Mochte sein, dass sie etwas länger brauchte, bis ihr Ereignisse, Namen und Orte einfielen. Aber es waren schon so viele und nicht alles war noch wichtig, um es sich zu merken.

Aber wann ihr Harald gestorben war, das sie wusste noch.

»Moment, das war ... das war ... ach, das ist ein schlechter Tag zum Nachdenken. Jetzt weiß ich's wieder, schönes Wetter war und die Sonne hat gescheint. Mit dem Motorrad war das doch ... nein, mit dem Auto. Was war das eigentlich für ein Auto? Aber nein, Harald ist doch im See ertrunken ... gleich nach dem Krieg. Einen Krieg hat es gegeben? Wo denn?«

Ihre Stimme war wie ein singendes Gebet.

Die Ludi-Omi hörte diese Stimme gern und beantwortete die gestellten Fragen. War aber eine Antwort falsch, dann bedrängte sie diese Stimme, denn die Antwort musste stimmen. Das war recht anstrengend und die Ludi-Omi wurde davon schnell müde.

Mit einer Hand hielt sich die alte Frau an dem Eisenrohr fest, das auf der Mauerbrüstung montiert war. Kalt war das Metall, das ihre Finger verkrampft umklammerten. Der Wind zerrte am verwaschenen Morgenmantel, dessen Steppnähte sich stellenweise aufgelöst hatten.

Ursi hatte ihr zu Weihnachten einen wunderschönen Morgenmantel geschenkt. Dazu ein paar neue Hausschlapfen. Beides in einem tiefblauen Farbton gehalten. Doch die Ludi-Omi weigerte sich den neuen Mantel und die Schlapfen anzuziehen.

»Weil die genauso blau sind wie das Wasser, in dem der ... der Dingsda ertrunken ist. Ludi-Omi, sag, wer war denn der Dingsda eigentlich?«, fragte sie sich selbst, während sie den Mantel mit einer Hand fest an sich zog. Der Wind war eisig kalt.

Fast wäre sie vom Stockerl gefallen. Im letzten Moment ergriff sie mit der zweiten Hand das Metallgeländer.

Die ausgelatschten Schlapfen passten irgendwie gar nicht. Sie beugte sich zurück, um den Grund zu sehen. Sie hatte den rechten mit dem linken vertauscht.

»Hihihi! Verkehrt angezogen, Ludi-Omi«, lachte sie.

Dann sah sie über die Brüstung in die Tiefe. Sie wusste, der Blick ließ ihr stets einen Schauer über den Rücken fahren. Aber sie konnte es nicht lassen.

Grauslich … so weit hinunter!

»Nicht hinunterfallen! Heute geht's dir wieder gut … Da darfst du nicht sterben? Nein, Ludi-Omi … Hast du die Tabletten genommen? Ja, aber ein bissi mehr als sonst … Wo bleibt denn die Ursi? … Warum sagst du nichts, Ludi-Omi? … Gleich werd ich ganz böse und dann geht's mir gar nicht gut …«

»Ludi-Omi! Bin wieder da-ha!«, rief Ursula, nachdem die Tür hinter ihr ins Schloss gefallen war und sie den Schlüssel auf das Brett an der Wand gehängt hatte.

Sie überlegte erst, ob sie die Schuhe gleich ausziehen sollte, ließ sie aber an und stellte den Einkauf in der Küche ab.

Von der Großmutter kam keine Antwort. Vermutlich war sie vorm Fernseher eingeschlafen. Ursi vernahm Blasmusik aus dem Wohnzimmer, ein alter Heimatfilm flimmerte über den Bildschirm.

Der kurze Streit, den sie mit der Ludi-Omi gehabt hatte, bevor sie aus der Wohnung war, schien die Großmutter ermüdet zu haben. Streitpunkt war wie meistens das blöde »Honigmännchen«. Warum hatte sie sich damit auch breitschlagen lassen?

Ursi hätte nie nachgeben dürfen …

Sie hatte in der Nacht wieder einmal Kopfweh bekommen und war deshalb gleich in der Früh in der Apotheke gewesen, um sich Tabletten zu holen.

Der anschließende Einkauf im nahe liegenden Supermarkt

war mühsam gewesen. Die Augen brannten ihr und im Kopf hämmerte es unablässig. Aber besser, das Einkaufen gleich hinter sich zu bringen, als später noch einmal die Wohnung verlassen zu müssen.

Ein Wetterumschwung war oftmals die Ursache ihrer heftigen Migräneanfälle. Wenn dann die Ludi-Omi auch noch ihren Rappel bekam, war das fast nicht auszuhalten.

In den letzten Wochen war sie wieder sehr anstrengend gewesen.

Ursi wusste manchmal nicht, wie sie damit fertig werden sollte. Körperlich war ihre Großmutter noch halbwegs auf den Beinen, nur wegen ihrer verkrüppelten Zehen konnte sie keine Schuhe mehr anziehen. Daher ging sie auch nicht mehr außer Haus, was sich wiederum auf ihr Gewicht geschlagen hatte.

Deshalb versuchte Ursi die Naschsucht ihrer Großmutter unter Kontrolle zu halten, was aber jedes Mal ein Gezeter zur Folge hatte, wenn sie vom Einkaufen zurückkam. Denn sie durchwühlte sofort die Einkaufstüten nach ihren Süßigkeiten.

»So wenig Schokokeksi für die Ludi-Omi! Und wo sind die Honigmännchen? Das werde ich ihm aber sagen, wie schuftig du bist, wenn ich tot bin!«

Damit meinte die Großmutter ihren Mann, dem sie alle möglichen Namen gab, wenn ihr der richtige nicht einfiel. Manchmal war auch Harald dabei.

Mindestens drei Mal in der Woche musste sich Ursi das Gejammer anhören. Richtig lästig wurde die Ludi-Omi, wenn sie wieder ihre depressive Phase bekam. Wenn dann das Wetter auch noch umschlug, dann gewitterte es in ihrem Kopf ziemlich heftig.

»In der Ludi-Omi blitzt es«, wie sie es ausdrückte.

Leider hatte sie auch oft Aussetzer und fiel einfach um. Sie ins

Bett zu bringen, war für Ursi unmöglich, also legte sie in solchen Fällen ihre Gymnastikmatte auf den Boden, rollte die Großmutter darauf und in eine Seitenlage. Sie streichelte ihr das Gesicht und sprach beruhigend auf sie ein, bis sie wieder zu sich kam.

Die Ludi-Omi hatte einen Tumor im Hinterkopf, einen gutartigen, der sich hin und wieder meldete. Ihn herauszuschneiden, wäre zu gefährlich gewesen.

Ihre Großmutter würde eher an Altersschwäche als an diesem Tumor sterben, hatten die Ärzte Ursi versichert und die alte Frau nach der Computertomografie wieder nachhause geschickt.

Gegen die Depressionsschübe hatte die Großmutter Tabletten verschrieben gekommen. Seit sie diese nahm, hatten sich ihre Aussetzer reduziert. Wenigstens etwas Positives.

Wahrscheinlich werde ich auch an einem Tumor sterben, wie Mutti, dachte Ursi. Das war schrecklich gewesen damals. Als ihre Mutter gestorben war, war Ursi acht Jahre alt gewesen und die Ludi-Omi hatte sie zu sich genommen.

Ursi kannte ihre Großmutter Ludmilla Weingartner nur als Ludi-Omi. Eigentlich war die Ludi-Omi ihre Mama.

Die furchtbare Zeit, als Ursi mit ihr ins Krankenhaus gefahren war, um Mama zu besuchen, hatte sich in ihr festgebrannt.

Dieses bleiche, aufgequollene Gesicht, keine Haare auf dem Kopf – wie leid ihr Mama getan hatte, und sie hatte ihr nicht helfen können!

Wie sie das noch alles in Erinnerung hatte. Damals wollte auch sie einen Tumor bekommen, um Mama im Himmel besuchen zu können. Nur wollte sie nicht krank aussehen, ohne Haare. Sie wollte »schön sterben«, ein weißes Kleid anhaben, mit Wiesenblumen in der Hand, so wie Schneewittchen. Ihrer Mutter wollte sie den Strauß zur Begrüßung überreichen.

Vom Vater wusste Ursi so gut wie nichts. Der hatte sich noch nie um seine Tochter gekümmert. Jetzt, nach über vierzig Jahren, konnte er sich das auch sparen, fand sie.

Die Wohnung gehörte ihrer Großmutter – ein Wohnzimmer mit Balkon, zwei Schlafzimmer, Küche, Bad mit Dusche und WC sowie Abstellraum und Flur. Ein Abteil im Keller gehörte noch dazu. Doch der Holzverschlag war vollgestopft mit alten Möbel und allerlei Gerümpel. Ursi konnte sich nicht mehr erinnern, wann sie das letzte Mal im Keller gewesen war. Jahre musste das her sein. Es gab auch nichts, was sie hinunterstellen müsste. Die paar Habseligkeiten und Möbelstücke, die sich in der Wohnung befanden, wurden gebraucht und benützt.

Wenn die Ludi-Omi einmal nicht mehr war, würde Ursi die Wohnung erben. Es gab sonst niemanden mehr, der Anrecht darauf hätte. Zumindest wusste sie niemanden.

Sie wohnten im letzten Stock des Hochhauses in der Mühlgasse in Wiener Neudorf, nahe der B17. Ein paar Mal war der Lift schon ausgefallen. Das war dann recht mühsam, sich 218 Stufen hinaufzuquälen. Ursi war sportlich nicht sehr aktiv.

Dafür war der Verkehrslärm der B17 in dieser Höhe nicht so störend und sie hatten eine Aussicht bis weit in den Süden, manchmal bis ins Burgenland zum Leithagebirge …

Wenn nicht diese blöden Kopfschmerzen wären, dachte Ursi. Sie war froh, nicht mehr arbeiten zu müssen. Seit einem Jahr erhielt sie Notstandshilfe. Sie war unvermittelbar geworden. Als Frisörin hatte sie sich durch die scharfen Chemikalien an den Händen Ekzeme eingehandelt, die nicht mehr heilbar waren. Wo sie schon überall in Behandlung gewesen war! Sogar am Toten Meer war sie wochenlang in einem Sanatorium gewesen – nichts hatte es genützt. Als sie wieder in ihrem Beruf zu arbeiten beginnen wollte und sich vorstellen ging, brauchte sie nur ihre Hände zu zeigen, schon konnte sie wieder nachhause gehen. Welcher Friseurladen würde eine Mitarbeiterin anstellen, deren Hände und Arme von Ekzemen übersät waren?

Einen anderen Beruf hatte Ursi nicht erlernt.

Über das AMS konnte sie Kurse besuchen, um sich für Büroarbeiten umschulen zu lassen. Seither hatte sie auch einen Computer daheim. Doch kaum hatte sie ein Vorstellungsgespräch und reichte zur Begrüßung ihre Hand, da war der Job bereits verloren. Nicht einmal bei der Heimhilfe bekam sie Arbeit. Gummihandschuhe hätte sie tragen müssen, doch gerade solche waren Gift für ihre Hautausschläge.

Die Ludi-Omi ekelte sich nicht vor diesem Anblick. Denn Ursis Hände halfen ihr, richteten das Essen her, wuschen, bügelten, machten sauber und halfen der Ludi-Omi ins Bett.

Aber Ursi war unglücklich, war verzweifelt, war einsam – und sie bekam Migräneanfälle, immer öfter, immer heftiger.

Die Großmutter erhielt genügend Rente, und mit ihrer Notstandshilfe dazu kamen sie halbwegs über die Runden.

Ein Auto konnte sich Ursi nicht leisten, obwohl sie den Führerschein besaß. Wo hätte sie schon hinfahren sollen?

Alles, was sie zum täglichen Leben brauchten, war zu Fuß erreichbar – der Supermarkt und die Apotheke. Für alle anderen Erledigungen konnte sie mit dem Bus oder mit der Badner Bahn fahren. Mit dem Computer hatte sie sich ohnehin die Welt in die Wohnung geholt. Im Internet war Ursula Weingartner eine andere Frau, eine attraktive Dreißigjährige mit einer tollen Figur und schönen Händen. Und mit unzähligen Verehrern, mit denen sie im Chatroom in regem Kontakt stand.

Diese internette Welt war heil, war anonym und half Ursi über ihre seelischen und körperlichen Schmerzen hinweg.

Manchmal schmuggelte Ursi der Großmutter eine Schlaftablette in die Medikamentenbox, damit sie länger schlief. Aber nur, wenn die Ludi-Omi wieder begann, sie zu nerven und im Kopf richtig gaga wurde …

An diesem Tag musste Ursi zwei Kopfwehtabletten zu sich nehmen, die sie mit einem Glas Wasser hinunterschluckte.

Sekundenlang lehnte sie sich an den Kühlschrank und schloss die Augen. Das pochende Flimmern im Kopf war stärker geworden, auch leichte Übelkeit verspürte sie bereits.

»Ludi-Omi? Bist du munter?«, rief Ursi, ohne die Augen zu öffnen – keine Antwort. Auch recht, dachte sie erleichtert.

Sie bückte sich ächzend und holte einen Schoko-Weihnachtsmann aus dem Vorratsschrank, entfernte die Alufolie und köpfte ihn. Aus einem Honigglas ließ sie die zähflüssige Süße vorsichtig in die aufgerissene Schokohülle tropfen, etwa fünf Esslöffel voll. Das musste reichen. Sie stellte das »Honigmännchen« auf einen kleinen Teller und legte rundum Schokokekse.

Im vergangenen Advent hatte Ursi von einer Hausbewohnerin aus dem ersten Stock eine Dose Kekse geschenkt bekommen, handgemachtes burgenländisches Backwerk. In der Dose war auch ein Weihnachtsmann aus Bitterschokolade gelegen. Die Kekse waren von Ursi und der Ludi-Omi in zwei Tagen weggeputzt worden, die bittere Schokolade aber schmeckte ihnen nicht so recht.

Da hatte Ursi die glorreiche Idee, Honig in die Schokohülle zu träufeln. Sie hatte den Weihnachtsmann so lang gedreht, bis sich der Honig im Hohlkörper gleichmäßig verteilt hatte – jetzt schmeckte die Schokolade herrlich.

Im Internet hatte Ursi ein günstiges Angebot entdeckt und sogleich hundert Weihnachtsmänner aus Bitterschokolade bestellt. Diese zwanzig Zentimeter großen Schokoladefiguren lagen im

Abstellraum ganz oben im Regal. Ein paar hatte sie im Vorratsschrank im untersten Fach hinter den Nudelpackungen gelagert.

Der Ludi-Omi fiel es mit ihrem Gewicht schwer, sich zu bücken, daher war die Schokolade vor ihrem Zugriff sicher versteckt. Denn sie wollte jeden Tag zwei »Honigmännchen« zum Fernsehfilm am Vormittag. Maximal eins, fand Ursi, und so gab es deswegen täglich Streit …

Als sie mit dem Teller Süßigkeiten ins Wohnzimmer kam, nahm sie sofort die verräterische Stille wahr, obwohl im Fernsehen Schüsse fielen und ein junger Mann mit einem Schrei die Felsen hinabstürzte, wie sie im Augenwinkel sah.

Zu still für eine Wohnung, in der eine alte Frau – wenn sie nicht gerade schlief – herumgeisterte, sich ständig laut Fragen stellte und selbst auch beantwortete.

Doch die Großmutter saß nicht vor dem Fernseher.

»Ludi-Omi? Wo bist du?

Da entdeckte sie ihre Großmutter vorm Balkongeländer, auf dem Stockerl stehend. Vor Schreck ließ Ursi den Teller fallen, riss die Glastür auf, stürzte auf den Balkon hinaus und krallte sich am zerschlissenen Morgenmantel fest.

»Ludi-Omi! Bist bist wahnsinnig! Du fällst ja hinunter!«

»Lass mich los!«, rief die Alte. »Du bist böse. Lässt mich immer allein … Das werde ich Harald sagen … Ich will sofort zwei Honigmännchen … Ludi-Omi, ist die Ursi böse? Ja, die Ursi ist ganz, ganz böse! … So, jetzt weißt du es!«

»Aber Ludi-Omi! Der Arzt hat gesagt, du darfst nicht so viel Süßes essen! Wegen des Zuckers und …!«

»Ich will aber meine Honigmännchen! Du bist böse, Harald sagt das auch. Er war nämlich bei mir letzte Nacht. Ganz fest lieb war er. Nicht so böse wie du … Ludi-Omi, spring jetzt … Nein, jetzt nicht, Ludi-Omi … Morgen vielleicht, Ludi-Omi!«

»Doch du springst jetzt, Ludi-Omi«, zischte Ursi plötzlich.

Wie von unsichtbarer Kraft geleitet, gab sie der Alten einen Schubs. Im letzten Moment jedoch griff sie nach ihrer Großmutter, um sie zurückzuhalten. Doch der Morgenmantel glitt aus Ursis Hand.

Erst wankte die alte Frau, verlor schließlich das Gleichgewicht und stürzte über die Mauerbrüstung.

Gellend durchschnitt ein Schrei den trüben Tag.

Oh Gott, oh Gott, was hast du getan!, hämmerte das Gewissen auf Ursi ein, während sie wie in Trance die Worte nachflüsterte und dabei in die Knie sank.

Wenn das jemand beobachtet hatte?

Sie wagte nicht, über das Geländer zu blicken.

Im Kopf donnerten Hammerschläge auf Ursi ein, ihr wurde übel. Sie rang nach Luft und atmete stoßweise.

Dann faltete sie die Hände.

»Ich hab dich nicht schubsen wollen, Ludi-Omi. Verzeih mir, das wollte ich nicht ... Lieber, lieber Gott, mach, dass meine Ludi-Omi nicht tot ist!«

Plötzliche Panik erfasste sie. Auf allen vieren verließ sie den Balkon und rannte aus der Wohnung, die Tür knallte hinter ihr ins Schloss.

Ursi hastete das Stiegenhaus hinunter bis in den Keller.

Gott sei Dank – niemand war ihr begegnet. Sie lehnte sich an die kalte, unverputzte Mauer und schnappte gierig nach Luft. Die Stirn an die Mauer schlagend, versuchte sie, dem rasenden Pochen im Kopf einen anderen Schmerz entgegenzusetzen.

Luft ... Luft ... Luft ...

So schnell war sie in ihrem Leben noch nie gelaufen. Nicht einmal in der Schule. Sie war nur eine mittelmäßige Sportlerin gewesen. Alles an Ursi war mittelmäßig, ihr Aussehen, ihre

Figur, ihre Kleidung, ihre Gedanken, ihre Vergangenheit. Ihr Leben war zum Kotzen und zwar genau jetzt, als sie daran denken musste. Sie übergab sich. Befreiend kam der Mageninhalt und klatschte auf den Betonboden.

Irgendwo im dunklen Kellerlabyrinth ging quietschend eine Tür. Schwere Schritte und Flaschengeschepper durchbrachen die Stille. Jemand pfiff eine Melodie, ein Schlüsselbund rasselte.

Ursi erschrak und presste sich die Hand vor den Mund, während ein letzter verkrampfter Stoß den Rest hochpumpte. Das Erbrochene quoll zwischen ihren Fingern hervor.

Sie schlich sich zum seitlichen Kellerausgang, der, von einer Buschreihe verdeckt, ins Freie führte. An den dichten Stauden wischte sie sich die Finger ab. Das Gesicht reinigte sie, so gut es ging, mit der Innenseite ihres Pullovers.

Ursi ging langsam am Wohnblock entlang bis zu einer Wiesenfläche, die sich dahinter erstreckte, und überquerte die Gasse, die zu einem angrenzenden Park führte. Sie setzte sich auf eine Bank, um die nächsten Schritte zu überlegen.

Die kalte Luft tat ihr richtig gut.

Aaahh … einatmen … ausatmen …

Doch bald drang die Kälte durch Pullover und Hose und es fröstelte sie. Mit zitternden Fingern zog sie den Pullover eng an sich. Wenigstens die festen Schuhe hatte sie an.

Die Kopfschmerzen waren plötzlich verschwunden. Das war gut, denn sie musste jetzt einen klaren Kopf behalten.

Eine junge Frau, ein unbesetztes Kinderwagerl schiebend, ging an ihr vorüber. Hinterdrein trottete gelangweilt ein Mädchen, etwa fünf Jahre alt. Die Kleine blieb vor Ursi stehen und sah sie neugierig, beinahe prüfend an.

»Iieehh … du bist schmutzig!«, rief sie keck.

»Ja, wo denn?«, fragte Ursi freundlich. Nur nicht auffallen, gebot ihr das Gewissen. Sie hatte eine Idee verfolgt, blitzartig war ihr eingefallen, wie sie sich retten konnte. Mach endlich etwas Außergewöhnliches, Ursi, nur keine Mittelmäßigkeit mehr, mahnte sie sich innerlich.

»Da. Auf der Hose. Hast du hineingemacht?«

»Janine, bitte! Sprich nicht immer fremde Leute an und geh endlich weiter«, ermahnte sie die Mutter. An Ursi gewandt, entschuldigte sie ihre Tochter: »Die Kleine ist manchmal furchtbar. Jeden spricht sie an und will alles wissen.«

»Lassen Sie nur«, winkte Ursi ab und lächelte die kleine Wissbegierige an. Da lächelte auch das Mädchen.

Plötzlich zeigte sie Ursi die Zunge.

»Bääh!«

Das Kind lief ihrer Mutter hinterher, die weitergegangen war.

Ursi besah ihre dunkelblaue Trainingshose.

Tatsächlich, im Schritt war sie nass. In ihrer Panik hatte sie nicht bemerkt, dass sie sich angepinkelt hatte. Sie sprang auf und eilte eine Seitengasse entlang. Dann bog sie in die Straße ein, die zum Haupteingang des Wohnblocks führte.

Schon von Weitem sah sie Leute, die einen Kreis um eine auf dem Boden liegende Person gebildet hatten. Aufgeregt sprachen sie miteinander, deuteten und sahen immer wieder nach oben. Werbezettel, die von Windböen erfasst wurden, wirbelten durch die Luft.

Zwei Männer kümmerten sich um einen Burschen, der auf den Stufen zum Hauseingang saß und erregt auf die beiden einsprach. Eine Tasche mit Prospekten hielt er krampfhaft an sich gedrückt, als befürchte er, jemand würde sie ihm entreißen.

Dann sah Ursi das viele Blut …

Mit klopfendem Herzen trat sie hinzu, drängte sich nach vorn und warf sie sich mit einem spitzen Schrei auf die tote Frau.

»Ludi-Omi! Ludi-Omi! Was ist geschehen?«, schrie sie und schluchzte herzzerreißend. Sie versuchte, die Großmutter an der Hand zu ziehen. Doch Omis Hand war weich wie Butter.

Entsetzt richtete sich Ursi auf und rief den Leuten zu:

»So helft mir doch! Meine Großmutter ist hingefallen. Wir müssen ihr aufhelfen. Sie darf nicht hart liegen!«

Ein jüngerer Mann trat hinzu, legte Ursi eine Hand auf ihre Schulter und bat sie:

»Kommen Sie. Ihrer Oma ist nicht mehr zu helfen. Sie ist tot.«

»Wie-wie tot? Wa-wa-warum?«, stotterte Ursi. »Ich komm grad vom Einkaufen … hatte noch was vergessen!«

»Sie ist von dort oben herabgestürzt.«

Dabei zeigte der Mann auf den Wohnblock …

– – –

Der Kommissar hatte kurzfristig umdisponieren müssen.

Statt mit Mike Lehner zur Wohnung von Herta Hartauer zu fahren, stand er mit Körner und Schneider im engen Gang eines Wohnblocks in Wiener Neudorf, oberstes Stockwerk.

Lehner hatte nach dem plötzlichen Auftritt von Stoppl einen Schwächeanfall bekommen. Der Notarzt hatte ihn ins Krankenhaus überstellen lassen.

Die Kollegen hatte es verwundert, dass einem wie Lehner – ein Mann wie eine Eiche – ein Ehestreit so an die Nieren gehen konnte und er gleich umkippte. Vom Notarzt wurden sie jedoch eines Besseren belehrt. Kollege Lehner habe angeblich Herzprobleme. Die Ursache könne erst nach einer genauen Untersuchung festgestellt werden.

Axel Körner hatte auf diese Vermutung hin ein typisches Statement vom Stapel gelassen:

»Was wieder besagt, dass Schürzenjäger herzlos sein sollten, sonst stehen sie das nicht durch.«

«Recht geschieht dem Lumpen, dass sie ihn rauswirft!«, war von Irene Schneider bissig retourgekommen. »Verheiratet sein, aber seine Frau betrügen. Typisch Mann.«

Die Leiche von Ludmilla Weingartner war in das Mödlinger Krankenhaus gebracht worden, noch bevor Meller mit seinem Team aufgetaucht war. Mit Ursula Weingartner über Hintergründe zum Selbstmord ihrer Großmutter zu sprechen, war nicht möglich. Die Enkelin war ohnmächtig geworden, als man ihre Ludi-Omi abtransportiert hatte. Daraufhin war auch sie ins Krankenhaus gebracht worden …

Aus welchem Stockwerk die Frau zu Tode gefallen war, hatte niemand gesehen. Sie musste von ziemlich weit oben gesprungen sein, so, wie die Leiche ausgesehen hatte. Schrecklich!

Ein von Blutspritzern übersäter Gehsteig zeigte, was für eine Tragödie sich hier abgespielt hatte. Ein Prospektverteiler hatte den Todessturz der Frau hautnah miterlebt.

»Ich große Gluck, dass lebe noch!«, gestand der Bursche, ein etwa 20-jähriger Inder mit blitzweißen Zähnen. Die meisten der umherliegenden Flugblätter und Prospekte hatte er wieder eingesammelt. Sich abzulenken, wie er sagte, das lindere seinen Schock etwas.

»Ich musse tun was, sonst werde verruckt. Furchtebar! Was denken sich Frau, wenn fallen von oben? Nix denken sich, dass Mensch unten auf Gehsteig! Soll sterben Frau, wenn wollen unbedingt. Aber ich nix sterben wollen!«

Er gestikulierte aufgeregt mit beiden Händen und sah am Wohnblock hoch, um das Fenster zu suchen, aus dem die Frau gesprungen sein könnte.

Meller fragte ihn, was er genau gesehen habe.

»Wie, was, genau sehen? Ich Kopf nix nach oben, wenn Zettel austeilen. Gehen nur, stecken Zettel in Schlitz wo Postkasten und weiter in nächste Haus. Schnell, schnell – weil Zeit Geld!«

Ludmilla Weingartner war vom zehnten Stock in die Tiefe gefallen und hätte beinahe den Prospektverteiler erschlagen.

Was für ein Glück für den Burschen, denn einen Schritt weiter und er wäre ebenfalls tot gewesen. Die Tasche mit dem Werbematerial war vom fallenden Körper gestreift und zur Seite geschleudert worden, und der Inder war über die tote Frau gestolpert. Außer ein paar Hautabschürfungen an den Handflächen und einem gewaltigen Schock hatte er nichts Schlimmeres abbekommen.

»Ihr zweiter Geburtstag, Herr …!«

»Rahul Zahir. Wir auf Welt kommen immer wieder, ist Karma. Aber jetzt gut mein Karma, weil noch jung und mein Freundin bekommen Baby bald.«

Sein Lächeln ließ zwei weiße Zahnreihen aufblitzen.

»Na dann, viel Glück im neuen Leben«, gratulierte Meller.

»Warten bitte …« Der Inder griff in seine Jackentasche, zog ein schmales, goldenes Etui hervor und entnahm eine Visitkarte.

»Gebe Karte mit Handynummer, wenn Polizei habe Fragen.«

Ein kluger Bursche, der »Neugeborene« und baldige Vater, dachte Meller, sah kurz auf die Karte und steckte sie ein.

Körner und Schneider hatten die anderen Leute befragt.

Ein junger Mann berichtete, die Enkelin sei einkaufen gewesen, weil sie angeblich was vergessen hätte. Währenddessen musste die alte Frau wohl aus dem Fenster oder vom Balkon heruntergefallen sein. Die Enkelin vermutete jedoch, ihre Oma sei auf dem Gehsteig schwer gestürzt.

Wichtig war auch die Aussage eines Pärchens, das die Enkelin aus jener Richtung kommend gesehen hatte, in der sich der Supermarkt befand. Die Frau sei jedenfalls neugierig hinzugetreten und habe sich dann auf die Tote geworfen, als sie die Person erkannt hatte, die auf dem Boden gelegen war.

Das konnten weitere Schaulustige ebenfalls bestätigen.

Die Hausmeisterin kannte die Tote natürlich. Wusste aber auch nur, dass Ludmilla und Ursula Weingartner seit Ewigkeiten im zehnten Stock sehr zurückgezogen lebten. Wohnungseigentümerin sei übrigens die Großmutter gewesen. Einen Schlüssel zur Wohnung habe sie leider nicht …

Dem Kommissar blieb nichts anderes übrig, als einen Schlosser kommen zu lassen, um die Wohnung der Weingartners zu öffnen. Es dauerte, bis der Handwerker eintraf. Diese Zeit nutzten die V-Agenten und versuchten, bei den Nachbarn mehr über die Großmutter und ihre Enkelin zu erfahren.

Körner und Schneider begannen, den Wohnblock vom Erdgeschoss aus abzuklappern, Meller vom letzten Stockwerk aus.

Doch die meisten Leute waren nicht zuhause. Die wenigen, die in ihren Wohnungen waren, wussten so gut wie nichts über die beiden Frauen zu berichten. Manche kannten sie nicht einmal.

Auch hinter den drei Türen im letzten Stockwerk schien niemand daheim zu sein, oder die Leute waren nicht gewillt zu öffnen. Das konnte natürlich auch der Fall sein. Man war misstrauisch geworden, bei den vielen Diebstählen, Einbrüchen und Überfällen, von denen man täglich las oder hörte.

Viele Bewohner auf dieser Stiege hatten sich Sicherheitstüren einbauen lassen, wie der Kommissar bemerkte.

Meller drückte den Klingelknopf vis-à-vis der Weingartner-Wohnung. Keine Reaktion. Er legte das Ohr an die Tür und lauschte. Meller hasste es, vor verschlossenen Türen zu warten.

Er klopfte, lauschte wieder und glaubte, etwas zu hören. Er klopfte ein weiteres Mal, diesmal heftiger, es hörte sich seltsam dumpf an … wiederum Stille.

Plötzlich, beinahe unhörbar … rhythmisches Getrommel?

Nein, er hatte sich getäuscht.

Doch, jetzt wieder, die diffuse Geräuschkulisse kam aus einer Wohnung einen Stock tiefer. Meller ging dem Geräusch nach.

Hubert & Grete Hinterwandl, verriet das Türschild, wohnten genau unterhalb. Er läutete mehrmals, hörte die Klingel jedoch nicht und vermutete, dass sie kaputt war. Doch dann sah er, wie jemand durch den Spion blickte. Es verging eine kleine Ewigkeit, bis ein Schlüssel zu hören war. Die Tür öffnete sich einen Spalt. Das Getrommel wurde lauter und eine junge, bildhübsche Schwarzafrikanerin mit kurzem Wuschelhaar stand in der Tür, ein farbenfrohes Batikkleid hastig übergeworfen, und sah Meller misstrauisch an.

»Guten Tag«, grüßte Meller freundlich.

Die Frau sah ihn mit großen, dunklen Augen an.

»Sie verstehen mich?«, fragte er nach.

Sie schüttelte verneinend den Kopf und zeigte auf ihren Mund und beide Ohren. Blitzschnell verschwand sie hinter der Tür, die sofort ins Schloss fiel.

Das war wohl nicht Grete Hinterwandl, dachte Meller. Wenn doch – auch gut. Aber wenn sie stumm und taub war, warum dann Buschtrommelklänge?

Vermutlich waren sie und ihr Lover – Hubert Hinterwandl? – von ihm bei Schönerem gestört worden. Doch unhöflich behandelt fühlte sich Meller schon. So, wie ihn der hübsche Wuschelkopf abserviert hatte.

Die Stille im Stiegenhaus wirkte jetzt bedrückend.

Die wenigen Geräusche, die sich vom Hauseingangstor bis

hinauf zum Kommissar hochschraubten, klangen verzerrt und bedrohlich.

Plötzlich waren laute Stimmen zu hören, Meller vernahm Körners unverkennbares Lachen. Eine Tür schnappte zu und ein surrendes Geräusch verriet, dass sich der Lift in Bewegung setzte.

Endlich war der Schlosser im Anmarsch. Mit den beiden V-Agenten trat auch der Handwerker aus dem Lift.

Eine halbe Minute dauerte es und sie konnten in die Wohnung der Weingartners. Die Tür war nicht einmal versperrt gewesen. Meller durfte eine satte Handwerkerrechnung unterschreiben. Zwei halbe Stunden Fahrtzeit und eine halbe Stunde pauschal fürs Türöffnen, das machte stolze 230 Euro aus, plus Mehrwertsteuer.

»Ich bin im falschen Beruf«, bemerkte Körner neidvoll.

»Ganz meine Meinung«, kam von Irene Schneider.

»Warum könnt ihr beide nicht miteinander?«, polterte plötzlich Meller los. »Was ist es denn, verdammt noch mal, was euch gegenseitig stört? Sprecht es aus, gebt euch die Hand, seid per Du oder sonst was. Aber hört endlich auf mit diesen gehässigen verbalen Spitzen.«

»Eher werd ich ein Macho«, bemerkte Schneider schnippisch.

»Genau – das will ich verhindern.« Körner grinste.

»Also, geht doch! Gibt ja eh einen Hauch an Gemeinsamkeit«, beendete Meller genervt den Disput …

Meller, Körner und Schneider zogen sich Spezialhandschuhe und Überzieher für die Schuhe an – ganz nach Regel Nummer eins bei Betreten eines Tatorts.

Neben der Eingangstür auf einem Holzbrett an der Wand hingen mehrere Schlüssel an einem Metallring.

Meller probierte – einer davon war der Wohnungsschlüssel.

In der Wohnung fanden sie auf den ersten Blick nichts Verdächtiges, wenn man von einem Dessertteller absah, der auf dem Boden lag, umgeben von ein paar zerbrochenen Keksen sowie einem Weihnachtsmann aus Schokolade, dem der Kopf fehlte und dem Honig aus der Schokohülle geflossen war.

Der Fernseher lief auf mittlerer Lautstärke.

Meller nahm sich das Wohnzimmer vor. Körner und Schneider inspizierten die anderen Räumlichkeiten.

Die Glastür zum Balkon war weit geöffnet. Ein altes Küchenstockerl, an dem noch Reste eines weißen Farbanstrichs zu erkennen waren, stand direkt vor der Mauerbrüstung.

Wer sich ein Stockerl so nahe zum Geländer stellt, hat nur eins im Sinn – sich hinunterzustürzen, was sonst?

Der Kommissar trat hinzu, besah sich den Boden rund um den Küchenhocker sowie die Mauerbrüstung und das teilweise verrostete Metallgeländer. Nirgendwo waren Spuren einer Gewalttat zu entdecken.

Meller beugte sich über das Geländer und sah hinunter.

Wahnsinn! Von hier aus musste die alte Frau gesprungen sein. Meller rechnete pro Stockwerk etwa drei Meter Raumhöhe, das waren bei elf Stockwerken dreiunddreißig Meter freier Fall.

Meller wurde schwindlig, er zog den Kopf wieder zurück.

Wie kann man sich bloß so etwas antun? Was ging in einem Menschen vor, der sich auf diese Weise umbrachte?

Warum überhaupt sich das Leben nehmen? Wie unerträglich musste der Schmerz sein, dass man sich freiwillig ins Jenseits beförderte?

Von den Zeugen hatte der Kommissar erfahren, dass die alte Frau extrem dick gewesen war. War das etwa ein Grund, sich da hinunterzustürzen? Gab es andere Gründe? Welche?

Oder aber die alte Frau wurde hinuntergestoßen? Man musste jede Möglichkeit in Erwägung ziehen.

Und, wenn ja, von wem?

Aller Wahrscheinlichkeit nach nicht von Ursula Weingartner, zur Tatzeit war sie, laut Zeugenaussage, nicht in der Wohnung gewesen. Das musste noch überprüft werden, wenn sie wieder ansprechbar war.

Körner und Schneider hatten in den anderen Räumlichkeiten nichts Auffälliges oder gar Verdächtiges entdeckt.

Der Kühlschrank quoll förmlich über. Fleisch, Wurst, Milch, Käse, ein bisschen Gemüse, Joghurt, Schlagobers, Säfte und Bier. Fertigpizzen im Karton füllten das Tiefkühlfach.

Brot lag aufgeschnitten auf einem Schneidbrett neben den Herdplatten. Ein geöffnetes Glas mit Himbeermarmelade – der Löffel steckte noch drin –, daneben ein Brotmesser.

Wo ist die Butter? Keine Butter.

Meller spielte eine Idee durch.

Die Großmutter saß vor dem Fernseher. Die Enkelin kam vom Einkaufen zurück, verstaute alles und bereitete das Frühstück zu. Doch etwas hatte sie vergessen – die Butter, ärgerlich. Also noch einmal hinein in die Schuhe, raus aus der Wohnung und runter zum Supermarkt.

Weiter im Gedankenspiel.

Entweder war die Enkelin sofort wieder aus der Wohnung geeilt, um die Butter zu holen, und die alte Frau hatte sich den Teller mit Keksen und Schokolade selbst hergerichtet. Oder aber die Enkelin hat zuvor den Teller mit den Süßigkeiten für die Großmutter zubereitet. Wie auch immer, einer der beiden muss der Teller aus der Hand gefallen sein.

In der Eile hat die Enkelin vergessen, den Schlüssel mitzunehmen. Egal, die Großmutter hätte ihr geöffnet …

Meller seufzte auf und ließ es bleiben. Einfacher war es, die Enkelin zu befragen, was tatsächlich geschehen war, bevor Ludmilla Weingartner vom Balkon gesprungen war.

In der Küche gab es eine Lade, schachtelweise gefüllt mit allerlei Medikamenten, hauptsächlich Antidepressiva. Als Körner die Küchenlade inspizierte, fand er Hinweise und Befunde, in denen der alten Frau eine manisch-depressive Erkrankung diagnostiziert wurde.

In einer Medikamentenbox, die auf der Arbeitsplatte lag, waren für eine Woche die Pillen einsortiert, um für morgens, mittags und abends die Ration eingeteilt zu haben. Für den heutigen Tag war das Fach für die Morgenration leer. Die Pillen mussten der Großmutter bereits verabreicht worden sein.

Die Wohnung war relativ sauber gehalten – was vermutlich der Enkelin zuzuschreiben war –, jedoch in einem renovierungsbedürftigen Zustand. Ebenso zeigten die abgewohnten, dunklen Einbaumöbel, dass ihre Zeit längst vorüber war und sie nicht einmal einen Altwarenhändler hinter dem Ofen hervorlocken würden.

Das ohnehin düstere Zimmer noch mit dunklen Möbel vollstopfen, wie kann man nur? Hier drinnen depressiv zu werden, war für den Kommissar vorstellbar. Auch ein Grund, weswegen Ludmilla Weingartner über den Balkon gestiegen war?

Welch sarkastischer Gedanke, schalt sich Meller.

Dabei konnte genauso gut jemand nachgeholfen haben. Auch diese Version beschäftigte ihn, obwohl nicht ein Fuzerl Indiz dafür gefunden werden konnte. Doch nach den Erkenntnissen im Hartauer-Fall wollte der Kommissar jegliche Verdachtsmomente prüfen lassen.

»Die Spurenermittler sollen erst mal ordentlich die Wohnung durchwühlen. Axel, organisier du das bitte.«

Bevor sie die Wohnung verließen, schaltete Meller den Fernseher aus, auf dem soeben eine vielversprechende Abmagerungsdiät präsentiert wurde.

Die Stille im Raum wurde plötzlich bedrohlich.

Der Kommissar blieb abrupt stehen, stand nachdenklich im Zimmer, drehte sich langsam um die eigene Achse, um vielleicht doch noch etwas zu entdecken, was ihnen entgangen war.

Nichts. Seine innere Stimme hatte ihn getäuscht.

Er verließ die Wohnung und sperrte sorgfältig ab.

Körner und Schneider warteten im Stiegenhaus. Ihren grimmigen Mienen nach mussten sie wieder einmal aneinandergeraten sein.

»Axel, hier die Schlüssel für die Ermittler. Das ist dein Fall.«

Meller warf Körner den Schlüsselbund zu. War der Wurf so ungeschickt oder war es Körner. Anstatt in seinen Fingern zu landen, prallte der Schlüsselbund auf die gegenüberliegende Tür und fiel zu Boden. Körner eilte hin und hob ihn auf.

Kurz hielt er inne und sah auf die Tür.

»Klingt irgendwie seltsam«, bemerkte er.

»Da bin ich vorhin auch stutzig geworden«, sagte Meller.

»Und was, bitte, habe ich jetzt zu machen?«, maulte Schneider eifersüchtig, weil sie sich vom Kommissar übergangen fühlte.

»Bitte kurz den Mund halten, weil ich etwas hören will«, erwiderte Meller genervt und legte sein Ohr an das Türblatt.

Er drückte den Klingelknopf und wartete. Keine Reaktion.

Ein weiteres Mal drücken und wieder hören – nichts.

Jetzt klopfte er an die Tür. Es hörte sich irgendwie anders an als sonst. Dumpf, als sei etwas Schweres an die Tür gelehnt.

Irene Schneider begann währenddessen mit Axel Körner halblaut die Diskussion weiterzuführen, über ungerecht verteilte Kompetenzen zwischen Männern und Frauen im S-C-ONE und überhaupt.

Da zuckte Meller aus:

»Jetzt haltet endlich eure verdammte Klappe und hört mit!«

Körner und Schneider sahen sich giftig an und traten hinzu.

Alle drei lauschten angespannt vor der Wohnungstür.

»Da drinnen ist etwas nicht ganz koscher«, bemerkte Meller schließlich. Er hielt ein Ohr an die Tür gedrückt. Ihm kam es vor, als würde er ganz leises Plätschern hören.

»Kann es sein, dass ich Wasser rinnen höre?«

»Wahrscheinlich braust sich wer und ist angfressen, weil grad in diesem Moment ein lästiger Wappler läutet.«

»Damit meinst jetzt sicher nicht mich?«, fuhr ihn Meller an.

»Pardon, war net so gemeint. Aber ich wär auch sauer, wenn mich ein Postfuzzi oder irgendwelche Zeugen Jehovas aus der Brause läuten würden.«

»Spar dir deine Weisheiten … Da …!«

Meller pochte mehrmals an die Tür. Erst in der oberen Hälfte, dann im unteren Bereich des Türblatts und trat zurück.

»Das hört sich doch komisch an?«, wollte er bestätigt wissen.

Die V-Agentin drückte jetzt ein Ohr an die Tür und klopfte mit beiden Händen abwechselnd mehrmals die Fläche ab. Es sah aus, als klebte sie wie ein Gecko an der Tür.

»Als würde was fest an die Tür gedrückt werden«, stellte sie fest.

»Eben, das wollte ich bestätigt wissen«, erwiderte der Kommissar und entschied:

»Du, Axel, gehst zur Hausmeisterin und besorgst eine Bohrmaschine, Bohrer sowie ein Verlängerungskabel, das müsste sie doch haben … Sie, Frau Schneider, rufen die Feuerwehr und organisieren den Schlüsseldienst. Pech, dass der eine schon wieder weg ist. Aber ich hab einen irrwitzigen Verdacht.«

Wenn seine Vermutung eintraf – na dann, gute Nacht. Meller befürchtete das Schlimmste.

Er ging in die Mitte des engen Stiegenhauses und besah sich die Decke, die Wände sowie den Fußboden, dann hämmerte er mit der Faust gegen die Wand neben der geheimnisvollen Wohnungstür ohne Namen auf dem Türschild.

»Soll ich auch eine Abrissbirne zum Niederreißen der Mauer auftreiben?«, meinte Körner zynisch.

»Nerv nicht und treib endlich eine Bohrmaschine auf.«

Die Hausmeisterin war zum Supermarkt gegangen, doch ihre Tochter hatte Körner das Gewünschte ausgehändigt. Er brachte eine kleine Hilti-Maschine samt Bohrersatz, fein säuberlich im Montagekoffer verstaut, dazu eine Kabeltrommel.

Mit dem Kabel legte der Kommissar aus Weingartners Wohnung eine Stromverlängerung bis in das Stiegenhaus.

Ein passender Bohrer war bald gefunden. Meller steckte die Bohrmaschine an und wollte schon drauflosbohren, da hielt ihn Körner zurück.

»Und wenn uns der anzeigt – von wegen Sachbeschädigung?«

»Der kann sich brausen, wer auch immer der ist. Er hätte genügend Zeit gehabt, sich abzutrocknen und zu öffnen, sofern er sich gebraust hat. Außerdem bohr ja ich. Aber wenn du diese Sicherheitstür anbohren willst – bitte, nur zu …«

Meller hielt Körner die Hilti entgegen.

Da Körner abwehrend winkte, begann Meller in Bauchnabelhöhe ein Loch mitten in die Tür zu bohren. Doch das Türblatt war hartnäckig. Nach etwa einem Zentimeter Bohrtiefe stieß Meller auf Metall. Aber die Hilti kam durch. Nach etwa zwei Minuten konnte Meller durch das winzige Loch sehen.

Er sah nichts – und das beruhigte ihn ungemein.

Er kniete nieder und setzte den Bohrer erneut an, etwa einen halben Meter oberhalb der Schwelle. Wiederum fraß sich der Bohrer durch Holz und Stahl.

Geht doch, freute sich der Kommissar.

Doch kaum zog er den Bohrer aus dem Türblatt, da pinkelte ihm ein Wasserstrahl – acht Millimeter im Lochquerschnitt – frech auf die anthrazitfarbene Hose.

»Verdammt noch mal! Schnell, einen Stöpsel, Axel!«, rief Meller erschrocken, drückte Körner die Bohrmaschine in die Hand und hielt einen Daumen auf das Loch.

»Und woher, wenn nicht schnitzen!«, fragte Körner.

»Mensch, Axel, stell dich nicht so an! Steck die Bohrmaschine ab und such vis-à-vis in der Küche was! Einen Lappen – was zum Reinstopfen halt!«

Es dauerte eine Weile, bis Körner mit einem Küchenlappen und einem Schraubenzieher antanzte.

Meller verstopfte das Loch und atmete erleichtert auf.

»Weißt du, was das bedeutet, Axel?«

»Dass da drinnen jemand ein ausgiebiges Vollbad nimmt.«

»Sofern er schwimmen kann. Wir haben verdammtes Glück, dass diese Wohnung noch nicht voll ist.«

Fernes *Tatü-Tata* tönte verzerrt durch das Stiegenhaus.

Alsbald wurden Stimmen laut. Irene Schneider tauchte mit dem Schlosser von vorhin auf und Sekunden später traten drei Feuerwehrleute aus dem Lift.

»Wo brennt's?«, wollten die Männer diensteifrig wissen.

»Da drinnen.« Meller zeigte auf die angebohrte Tür. »Allerdings ohne Flammen. Dafür ist schnellstes Abpumpen angesagt. Die Wohnung steht nämlich unter Wasser.«

Plötzlich hatten sich im Stiegenhaus Dutzende Hausbewohner

eingefunden. Neugierig geworden, was denn da los war, waren sie in das letzte Stockwerk gekommen.

Als die Leute befragt werden sollten, war der Wohnblock wie ausgestorben. Aber kaum gab's was zu sehen, da krochen sie aus ihren Löchern, diese neugierigen Nasen.

»Ich soll wohl wieder aufsperren«, sagte der Schlosser und machte sich daran, sein Werkzeug auszupacken.

»Das ist jetzt aber ein bisserl aufwändiger, weil das ist ein solides Sicherheitsschloss. Da muss ich den Zylinderkern komplett rausbohren, um mit einem Ersatzschloss aufsperren zu können.«

»Na, dann bohren Sie schon«, erwiderte Meller genervt.

»Wer unterschreibt mir das? Das ist nämlich ein bisserl teurer als üblich.« Der Handwerker grinste.

»Der Herr Kollege dort, der grad das Kabel aufrollt.«

Verdammter Halsabschneider, ärgerte sich Meller, der könnte es wenigstens mit ernster Miene versuchen, einem seine überhöhten Preise reinzudrücken.

Er wandte sich an die Feuerwehrleute, um mit ihnen zu besprechen, wie vorgegangen werden sollte.

Zwischen 110 Zentimeter – Mellers Bauchnabelhöhe – und 50 Zentimeter ab Fußbodenkante musste das Wasser stehen.

»Wenn der Pegel über 500 Liter pro Quadratmeter erreicht, kann's bereits kritisch werden. Das hängt natürlich von den Zimmergrößen und von der Bausubstanz ab. Aber wenn ein halbwegs großes Wohnzimmer zum Beispiel mit tausend Litern pro Quadratmeter belastet wird, dann kracht die Bude in sich zusammen. Das heißt, die Wohnung fällt auf die untere und diese wiederum auf die nächste. Ein Dominoeffekt, wie damals beim World Trade Center in New York. Durch das Wasser und das Eigengewicht von Fußboden und Mauerwerk reißt ein Geschoss das andere mit sich in die Tiefe.«

»Dann hilft das Aufbohren der Tür auch nichts, denn durch den Druck des Wassers bringt man die Tür nicht auf«, musste Meller eingestehen.

»Kann man in etwa so sehen«, erwiderte einer der Feuerwehrleute. »Das ist, wie wenn man mit dem Auto in einen See stürzt. Erst wenn genügend Wasser durch die Fenster ins Innere des Wagens geflossen ist, lassen sich die Türen öffnen.«

»Stichwort Fenster. Wir, ich meine Sie, müssen schnellstens durch die Fenster in die Wohnung«, bemerkte Meller.

»Etwas wundert mich aber schon«, meinte der dritte Mann. »Wenn die Wohnung bereits so hoch unter Wasser steht, warum dringt nirgends Wasser aus? Weder durch die Tür noch durch den Fußboden? Hier müsste es doch schon längst eine Überschwemmung gegeben haben?«

»Das wunderte mich auch. Deswegen habe ich Sie auch sofort kommen lassen«, meinte der Kommissar.

»Wir steigen übers Dach in die Wohnung ein«, beschloss ihr Kommandant und die drei Feuerwehrleute begaben sich zum Ausstieg aufs Dach. Auch Meller wollte mit.

Da kam ihm der Schlosser aufgeregt entgegen.

»Die Tür wäre ja aufgebohrt, aber sie lässt sich nicht einen Millimeter öffnen.«

»Na, dann wird's wohl kein Geld fürs Öffnen geben, wenn Sie nicht einmal eine so läppische Tür aufbringen«, ätzte Meller und ließ ihn stehen.

»Aber meinen Einsatz möchte ich bitte bezahlt wissen! Zumindest die Fahrtzeiten hin und retour«, rief ihm der Handwerker nach.

»Mein Kollege Körner erledigt das für mich. Sie wissen – der Mann mit dem Kabel. Wenden Sie sich an ihn. Sie entschuldigen mich, ich muss jetzt.«

Der Kommissar eilte den Feuerwehrleuten nach auf das Flachdach des Hochhauses …

Einen Toten fanden sie im Schlafzimmer.

Auf einer fleckigen Matratze, die sich mit Wasser vollgesogen hatte, lag der Mann wie eine Makrele in Frischhaltefolie luftdicht eingeschweißt. Ein Folienschweißgerät mit Saugaggregat wies auf diese brutale Tötungsart hin.

Der Mann war blond mit kurzen Haaren, etwa eins siebzig groß und von hagerer Gestalt. Sein Gesicht und die Handflächen waren bis zur Unkenntlichkeit versengt worden. Er war komplett angezogen, nur die Schuhe fehlten. Auch die Fußsohlen waren verkohlt. Durch den Entzug der Luft hatte die Folie seinen Körper zusammengepresst und alles, was von weicher Struktur war, war flachgedrückt worden.

Ein makaberer Anblick. Meller erinnerte er an Kinder, wenn sie ihre Nasen an Glasscheiben plattdrückten.

Es hatte Stunden gedauert, bis die Wohnung leergepumpt worden war. Der gesamte Wohnblock hatte evakuiert werden müssen. Was für ein Aufwand an Personal – Feuerwehr, Exekutive, Rettungsleute, Bausachverständige.

Nach dem Eindringen der Feuerwehrleute, vom Dach aus durch eins der Fenster in die besagte Wohnung, war die absolute Wasserdichte sofort ersichtlich gewesen.

Jemand hatte die komplette Wohnung mit starken Plastikfolien ausgelegt und mit Silikon verklebt, so dass nicht ein Tropfen Wasser durchsickern konnte. In jedem Raum waren Folienbahnen bis unter das Fensterbrett hochgezogen und befestigt worden. Unzählige leere Silikonkartuschen lagen wahllos in der Wohnung umher.

An die Wohnungstür war zusätzlich eine starke Holzplatte geschraubt worden. Auch deswegen war es dem Schlosser nicht gelungen, die Tür zu öffnen. Die WC-Muschel war abmontiert worden. Über dem Kanalstutzen klebte eine Abdeckung. Ebenso waren sämtliche Abflussöffnungen in Küche und Bad abgedichtet worden. In der Wohnung lagen verstreut Pizzakartons, Essensverpackungen, leere Cola- und Bierdosen. Es gab auch keine Möbel, wenn man von den Küchenkästen absah, die abmontiert worden waren, damit die Folie auch hier verlegt werden konnte. Zerlegt lagen die Platten der Unterkästen auf der Plastikfolie und hatten sich mit Wasser vollgesogen.

Die Fenster waren mit einer milchigen Folie beklebt worden, so dass niemand von außen in die Zimmer sehen konnte. Hier hatte jemand ein perfides Verbrechen geplant. Das Gebäude sollte mit dieser einen Wohnung zum Einsturz gebracht werden.

Die Bausachverständigen hatten diese Vermutung bestätigt. Wären sämtliche Räume bis zum Fensterbrett mit Wasser befüllt gewesen, wäre innerhalb kürzester Zeit die Wohnung abgesackt und hätte die darunterliegende Wohneinheit – wie eine Schrottpresse ein Autowrack – zusammengepresst.

Wenn auch nicht der gesamte Gebäudekomplex zusammengekracht wäre, so hätte zumindest ein großer Teil des Hochhauses schwersten Schaden erlitten.

In jedem Fall wäre eine Vielzahl von Menschen zu Tode gekommen – eine grauenhafte Vorstellung.

Wie aber war der oder waren die Täter nach Fertigstellung ihres teuflischen Werkes aus der Wohnung entschwunden?

Einen Balkon gab es bei dieser Wohnung nicht und die Tür war von innen mit einer Holzplatte verschraubt.

Erst nach genauer Überprüfung konnte die Vorgangsweise nachvollzogen werden. Aus demselben Fenster, das die Feuerwehrleute eingeschlagen hatten, um in die Wohnung zu gelangen, musste der oder mussten die Täter die Wohnung verlassen haben. Denn der Fenstergriff stand waagrecht und der Rahmen war mit Silikon von außen verklebt worden.

Wer auch immer dieses brutale Vorhaben durchgezogen hatte, das Verlassen der Wohnung übers Fenster aufs Dach hinauf hätte leicht beobachtet werden können.

Außer, es geschah im Dunkeln. Und das war anzunehmen.

Bei der Perfektion, mit der dieses hinterhältige Attentat vorbereitet worden war, war Meller zur Ansicht gekommen, dass mehrere Täter daran beteiligt gewesen sein mussten. Ein Einzelner hätte zu lang dazu gebraucht und wäre bestimmt aufgefallen, beim Raufschleppen des Abdichtmaterials in den zehnten Stock – das müsste doch jemand bemerkt haben.

Weiters: Wer war der Mann, der auf so grausame Weise ermordet wurde? War er einer der Folienleger?

Bis dato kannte ihn niemand. Doch die Spezialisten der Spurensicherung waren bereits am Werk. Ein kleiner Vorteil für den Kommissar, denn die Fachleute konnten zeitgleich die Wohnung der Weingartners unter die Lupe nehmen.

Natürlich waren unzählige Schaulustige herbeigeströmt, um die aufwändige Aktion mitzuverfolgen. Auch Bacher und seinen Fotografen entdeckte der Kommissar unter den Zaungästen.

»Wohl wieder ein lukratives Futter für die *Neue-Süd*«, meinte Meller ironisch zu Bacher.

»Das haben jetzt Sie gesagt. Darf ich Sie zitieren?«

»Wenn Sie es sich mit mir unbedingt wieder verscherzen wollen?«, hatte ihm Meller gedroht. »Ich lese auch das, was zwischen Ihren Zeilen steht.«

»Da sind Sie, fürchte ich, der Einzige.« Bacher lächelte listig.

»Den sollen Sie auch haben – allen Grund zum Fürchten.«

Der Verkehr musste weitläufig umgeleitet werden, das allein schon verursachte einen größeren Stau. Da war wieder einmal richtig was los im Bezirk Mödling.

Meller war sich sicher, dass einige unter den Gaffern waren, die gern gesehen hätten, wie der hässliche Wohnklotz in sich zusammenstürzt. Vielleicht auch der oder die Täter dieses versuchten Anschlags?

Der Kommissar hatte den V-Agenten Axel Körner mit einer Digitalkamera losgeschickt, um die Menge der Schaulustigen zu filmen. Kollegin Schneider war ebenso im Gewühl unterwegs und konzentrierte sich auf verdächtige Personen.

Diesen Aufwand fand Meller gerechtfertigt. Vielleicht verriet sich jemand durch eine allzu auffällige Reaktion …

Es war bereits Nachmittag geworden, als von den Bausachverständigen endlich die Entwarnung kam und die Bewohner ihre Wohnungen wieder betreten durften.

»Manchmal kommt wirklich alles zsamm«, dachte Meller, als er Helena Wammerl, die Hausmeisterin des Wohnblocks, auf sich wirken ließ und beobachtete.

Erst monatelang nichts, was nach Mord und Totschlag roch, und dann plötzlich drei mysteriöse Fälle. Letzte Woche der Hartauer-Fall und an diesem Tag gleich zwei Ereignisse.

Hier fiel eine Rentnerin ohne nachweislichen Anlass vom Balkon – ein Abschiedsbrief war nicht gefunden worden – und dann dieser perfide Anschlagsversuch inklusive vakuumverpacktem Ermordeten.

Doch was für fatales Glück, welch irre Schicksalsfügung!

Weingartners Sturz und Mellers intuitives Gefühl für Gefahrenmomente hatten womöglich viele Menschenleben und einen Wohnblock gerettet. Verrückter Zufall, verrücktes Leben.

Nein, die Menschen sind verrückt, korrigierte er seinen Gedankenlauf und betrachtete dabei Frau Wammerl.

Sie irritierte ihn, denn sie war im Vergleich zu vorhin, als er sie wegen der Weingartner befragt hatte, wie verwandelt, nämlich wie aus dem Ei gepellt.

Meller saß in ihrem Büro, ein umfunktioniertes Kinderzimmer.

»Der Chef bin ich«, stand auf einem Schild, das hinter ihr die Wand zierte. Darunter hing eine eingerahmte Urkunde.

Ing. Helena Wammerl
Facility Managerin
1. Preis
für fachlich kompetentes Wissen
und Engagement

Eine Auszeichnung aus früheren Jahren. Meller konnte von seinem Platz aus das Datum nicht lesen. Doch das Foto auf der Urkunde, das eine blonde Frau Wammerl zeigte, musste schon ein paar Jährchen alt sein.

Ihre Haarpracht war jetzt tief dunkelrot und lässig hochgesteckt. Sie musste knapp an die fünfzig sein. Eine auffallend gut aussehende Frau, wenn auch mit etwas zu viel künstlicher Bräune. Aber sonst präsentierte sich die Facility Managerin dezent. Die Lippenstiftfarbe schien Meller ein bisschen zu grell.

Nicht nur ihre üppige Oberweite und die kurvige Weiblichkeit waren es, die ihn irritierten. Auch ihren Schilderungen zu folgen, war höchst verwirrend. Kein Wunder bei diesem erotischem Hingucker, dem der Kommissar ausgeliefert war.

Ein Vollweib, diese hausmeisterliche Ingenieurin …

»Sie wissen tatsächlich nicht, wer in der besagten Wohnung zuletzt gewohnt hat?«, wiederholte Meller seine Frage.

»Aber ja doch. Das war ein Bosnier oder Serbe – irgendwer

von dort unten jedenfalls. Bei denen kennt sich ja kein Schwein mehr aus, von woher die kommen. Früher hießen sie nur Jugos, da war's noch einfacher.«

»Na, na, na, Frau Wammerl! Wohl ein bisserl viel Rassismus in Ihrem Herzen!«, bemerkte Meller mit einem Blick auf ihre wogende Busenformation, die bei der geringsten Bewegung aus den Körbchen zu springen drohte. Meller ertappte sich dabei, um nichts weniger inkorrekt über weibliche Überfülle zu denken. Doch diese ungewöhnliche Pracht verschaffte ihm eine gewisse Verunsicherung. Seine Vorliebe galt zwar eher den normal gängigen Formen ... schon wieder eine politisch inkorrekte Einstellung! *Mensch, Meller!* Was konnte die Facility Managerin dafür, dass sie von Natur aus so reich gesegnet war!

»Na, weil's wahr ist, Herr Kommissar. Milan heißt der letzte Mieter – Milan Ivanovics. Den kannte ich vom Sehen, aber nicht so direkt. Er ist nach dem Türken in der Wohnung eingezogen.«

»Nach welchem Türken?«

»Warten Sie, da muss ich nachdenken ...«

Helena Wammerl schloss die Augen. Sie schummelte dabei und blinzelte. Um zu sehen, ob sich Meller an ihren ausladenden Formen ergötzte.

Das imposante Busenwunder öffnete lächelnd die Augen.

»... ahja, Aslan Gülok hieß er. Der hatte von Halesch Valim die Wohnung übernommen, ebenfalls ein Landsmann von Gülok. Und der Ivanovics musste von Gülok die Wohnung übernommen haben.«

»Schön der Reihe nach, Frau Ingenieur Wammerl. Sprechen Sie mir bitte nochmals sämtliche Mieter dieser Wohnung, vom letzten beginnend, deutlich in mein Gerät.«

Meller hielt ihr den Voicerecorder hin.

»Also, ich ... ich ... Hörn S', Sie machen mich nervös.«

Die Frau errötete, blinkte Meller honigsüß an und wetzte auf ihrem Sessel hin und her.

Meller versuchte, ihre Flirtversuche einzubremsen.

»Frau Wammerl, das Gerät beißt Sie nicht und ich auch nicht.«

»Schon, schon. Aber … hat Ihnen schon wer gesagt, dass Sie dem George Clooney wie aus dem Gesicht geschnitten sind? Das macht mich halt ganz wurlert.«

»Aber deswegen können Sie mir doch trotzdem die Namen der Mieter da draufsprechen«, flehte Meller beinahe.

»Ja, eh – ich mein ja nur … Also, da gibt's noch den Hauer.«

»Wer ist denn das nun schon wieder?«

»Der Besitzer der Wohnung. Georg Hauer heißt er. Der wohnt aber seit Jahren nicht mehr hier. Der vermietet nur.«

»Aha, und wo erreiche ich Herrn Hauer?«

»Auf Mallorca. Der wohnt in einer … einer Finca.«

»So, so, auf Mallorca lebt er. Adresse und Telefonnummer?«

»Hab ich, warten Sie.«

Elegant schwang sie sich aus dem Bürosessel, um aus dem Regal hinter sich einen Ordner aus der obersten Reihe zu erhaschen. Dabei genoss sie es, mit einer effektvollen Verrenkung ihre Figur und Vitalität zu präsentieren.

»Na, Sie sind sportlich aber recht gut drauf, Frau Wammerl«, lobte Meller sie. Ihre Anmache war direkt erheiternd.

Mein Gott, ein paar nette Worte schadeten nicht. Sie freute sich darüber und er bekam die eine oder andere Information schneller. Hausmeisterinnen haben wie Friseurinnen die Gabe, alles über der Menschen Unarten zu erfahren. Meller ahnte es, mit dieser Facility Managerin würde er noch manche Stunden verbringen müssen. Was für ein verrückter Gedanke.

Zusehends gefiel ihm dieses animalische Spiel, doch gleichzeitig ärgerte es ihn, dass sie annahm, er fahre darauf ab.

Seit er Bella verloren hatte, waren auch seine sexuellen Bedürfnisse in eine verstaubte Ecke seiner Seele geschleudert worden. Doch plötzlich musste er erkennen, dass ihn die Wammerl auf eine ganz eindeutige Art antörnte.

In seiner Körpermitte begann es verdächtig zu kribbeln.

Mensch, Meller, was soll diese Entgleisung! In Hirn, Herz und Seele hatte noch der schmerzliche Verlust Bellas verarbeitet zu werden und was mache ich? Die vulgäre Wammerl anstarren!

Doch was sollte er machen. Die Natur des Mannes erwachte in ihm und er fand ihr Gebalze geradezu animalisch anregend.

Welch Zufall – das ewige Gesetz der Schwerkraft kam den beiden zu Hilfe. Dem Kommissar weniger, denn er bekam eine Kante des schweren Ordners auf sein Auge.

Meller war aufgesprungen, um der Frau Facility Managerin den Ordner abzunehmen, der ihr aus den Fingern zu gleiten drohte. Sie hingegen stolperte über seine Füße und wäre hingefallen, hätte Meller sie nicht in seinen Armen aufgefangen.

»Hoppala! Jessas, Herr Kommissar!«, flötete Helena Wammerl in seinen Armen. »Jetzt hätt's uns fast umghaut.«

Sie lehnte sich fest an Meller, so dass er jetzt ins Stolpern kam. Da umklammerte sie seinen Hals, um wieder Halt unter den Beinen zu bekommen. Sekundenlang standen sie umschlungen.

V-Agent Axel Körner, der zur selben Sekunde das Büro der Hausmeisterin betrat, räusperte sich auffällig.

»Entschuldigung, ich wollt die Ermittlung nicht stören, Chef.«

»Axel, bleib. Das … das war nur ein Ausrutscher. Ich hab den Ordner und … und Frau Ingenieur Wammerl … aufgefangen.«

Helena Wammerl blitzte den Störenfried böse an.

»Wie schnell das ins Auge gehen kann und erst die Folgen.«

Der V-Agent grinste und deutete auf Mellers Cut am Auge. Jetzt hatte er seinen Chef doch glatt kalt erwischt.

Aber grad mit der Wammerl?, dachte Körner. Die sah zwar recht appetitlich aus, ein bisserl füllig vielleicht. Aber was weiß man, was dem Meller nach so vielen Monaten weiblicher Abstinenz durch den Kopf wandert. Und seit die Bella nimmer ist, braucht er halt was zum … ich gönn's ihm jedenfalls. Jeder soll schauen, wie er glücklich wird. Das Leben ist eh so kurz.

»Gibt's was Dringendes, Axel?«

Meller holte Körner in die Gegenwart zurück, weil er gar so gekrümmt dastand und mit schmerzverzerrtem Gesicht seinen Gedanken nachhing.

»Nix is. Ich wollte nur berichten, wer der … wer der eine ist. Und noch was Interessantem bin ich auf die Spur gekommen. Das solltest du dir unbedingt anschauen.«

Körner wollte in Gegenwart der Hausmeisterin nicht verraten, dass ein Toter in der Wohnung gelegen hatte. Und das war ganz nach Mellers Sinn, wie Körner in dessen Miene lesen konnte.

»Danke, Axel, bin gleich bei euch. Ich muss nur mit Frau Wammerl ein paar wichtige Fragen abklären … Aber was ist mit dir? Du stehst da, als wär dir jemand ins Kreuz gesprungen?«

»Ab morgen bin ich krank«, lamentierte Körner, während er demonstrativ Schulter und Rücken krümmte. Der Hausmeisterin zeigte er seine beschmutzten Schuhsohlen. Zynisch fragte er:

»Kotze im Keller wegputzen – das gehört doch auch zu Ihren Aufgaben, Frau Ingenieur? Mein verrissenes Kreuz jedenfalls geht auf Ihr Konto.«

Noch im Hinausgehen grummelte Körner: »Vollgekotzte Keller net sauber machen, aber Ingenieurin sein wollen, der eingebildete Trampel, der …«

Die Spurenermittler hatten die Wohnung freigegeben. Meller und seine V-Agenten durften sie wieder betreten.

Mit der Auswertung der Fingerabdrücke und DNA-Spuren würde sofort begonnen werden. Der folienverschweißte Tote war bereits abgeholt worden.

Den Sicherheitsleuten war es gelungen, die Leiche unbemerkt durch den Kellerausgang abzutransportieren. Körner hatte die Beamten, die den Toten im grauen Aluminiumsarg wegtrugen, begleitet, um ihnen die Türen zu öffnen. Dabei war er im Keller in Erbrochenes gestiegen und beinahe ausgerutscht.

Zumindest das Kreuz hatte er sich dabei blöd verrissen.

Meller wollte, dass die Öffentlichkeit vorerst nichts von einem Toten in der »Wasserwohnung« erfuhr. Zunächst war die Identität des Unbekannten zu klären, damit man die Hintergründe für dieses Attentat erfuhr, um schließlich so an die Täter zu kommen und sie zu schnappen.

Bei dem Ermordeten war neben den Verbrennungen eine Verletzung am Hinterkopf entdeckt worden. Sie musste von einem Hieb mit einem stumpfen Gegenstand stammen, der aber nicht zum Tod geführt haben konnte. Erst durch den Sauerstoffentzug im Folienschlauch war der Mann grausam erstickt worden.

Geldtasche und Ausweis wurden nicht gefunden. In einer der Innentaschen des Sakkos steckten jedoch zwölf Visitkarten …

Sie standen im Wohnzimmer.

Meller hielt eine der Visitkarten in der Hand und las laut vor:

Helmut Kleiner

Handel mit Waren aller Art

»Als Komplize schien dieser Kleiner wohl lästig geworden zu sein. Wer lässt sich schon freiwillig in Folie einschweißen? Was mich aber noch brennend interessiert: Warum will jemand einen Wohnblock mittels Wasser zum Einsturz bringen?«

Nachdenklich ging Meller zu einem der geöffneten Fenster, warf einen Blick hinunter auf die Straße. Abrupt drehte er sich um. Körner blickte drein, als wisse er die Antwort.

»Ein Baumeister vielleicht, der dringend Aufträge bräuchte?«

»Sehr witzig. Warst auch schon origineller«, fand Meller.

»Mit einem lädierten Kreuz fällt einem nichts Originelles ein.«

»Dann denk unoriginell nach oder leg dich ins Bett.«

»Und wenn derjenige aus purem Hass handelte? Aus Hass auf jemanden hier im Haus etwa?«, fragte Irene Schneider.

»Hass birgt stets Zerstörendes in sich, ganz meine Meinung. Diese Wohnung ist bewusst ausgewählt worden, um jemanden zu zerstören. Nur wen?«, erwiderte Meller, der wieder gedankenverloren aus dem Fenster in Richtung Südstadt blickte.

Von hier aus konnte man das Hochhaus sehen, in dem Herta Hartauer seit Monaten tot in ihrer Wohnung gelegen hatte, halb aufgefressen von Krähen. Auch diese Frau war unter mysteriösen Umständen ums Leben gekommen.

Im unteren Stockwerk wurde ein Fenster geöffnet.

Eine Hand mit einem Staubtuch kam zum Vorschein und schüttelte dieses aus. Kurz darauf beugte sich eine junge Frau mit schwarzem Wuschelkopf aus dem Fenster, wischte das Fensterbrett ab und beutelte das Tuch erneut aus. Der Kopf verschwand wieder und das Fenster wurde geschlossen.

»Unterhalb wohnt doch … die hab ich rausgeläutet«, erinnerte sich Meller. Intuitiv kam ihm eine Idee.

»Axel, versiegle du die Wohnung, dann fahr nachhause und lass dich von deiner – na, du weißt schon – sanft aufs Kreuz legen. Und wenn's hinten nimmer weh tut, dann kommst …«

»Spotte nur, hab schon kapiert«, unterbrach ihn Körner sauer. »Da reißt man sich den Arsch auf, um dann als Weichei hingestellt zu werden.«

»Dann schau zukünftig, wo du hinsteigst. Wenn alle so blind durch die Gegend rennen, bin ich bald der Einzige, der einsatzfähig ist«, murrte Meller. Zur V-Agentin gewandt, sagte er:

»Kommen Sie, Frau Schneider. Ich hab da eine Vermutung, der wir jetzt nachgehen werden.«

Das Türschild verriet unverändert, wer hier wohnte:

Hubert & Grete Hinterwandl.

»Führen Sie die Befragung, Frau Kollegin. Ich halte mich im Hintergrund«, forderte Meller die V-Agentin auf und drückte den Klingelknopf. Er hatte den Finger noch nicht vom Knopf genommen, da wurde die Tür schon aufgerissen, als hätte jemand dahinter direkt auf das Läuten gewartet.

»Was wolln S' denn scho wieder?«, schnarrte ein etwa fünfzigjähriger Wohlgenährter, bekleidet mit einem weißen Trikotleiberl, das sich um seinen drallen Bauch spannte. Der Rest des Mannes steckte in einer grauen Jogginghose, die Füße in ausgetretenen Badelatschen. Daumen und Zeigefinger der rechten Hand hielten den Zigarettenstummel, den er für seine ruppige Frage aus dem Mund genommen hatte.

»Herr Hinterwandl?«, fragte die V-Agentin höflich.

»Wer lässt fragen?«, erwiderte der Mann unwillig.

»Also, was jetzt?«, die V-Agentin jetzt verärgert.

»Ja, was?«

»Nun gut, das geht auch anders«, mischte sich Meller ein, drängte sich vor und präsentierte seine Dienstmarke.

»Kommissar Meller vom S-C-ONE«, herrschte er den ruppigen Bauchträger an, und mit einem kurzen Kopfnicken zur V-Agentin fuhr er fort:

»Meine Kollegin, V-Agentin Schneider … Herr Hinterwandl, wir haben ein paar Fragen an Sie – genügt das? Um die in Ruhe stellen zu können, gehen wir jetzt am besten in Ihr Wohnzimmer.«

»Wie? Was?« Der Mann verstellte Meller den Weg. »Reiben Sie sich Ihnen die Plaketten selber unter die Nasen! Die Tricks kenn ich scho. I werd Ihna glei zagn, wer *mir* was zum Zagn hat …«

»Was will Mann?«

Der schwarzhaarige Wuschelkopf hatte sich am Fettwanst vorbei nach vorn gedrängt. Als sie den Kommissar erblickte, wollte sie schnell wieder verschwinden.

»So bleiben Sie doch, Frau Hinterwandl! Wie ich höre, können Sie ja doch sprechen!«

»Hörn S', lassen S' mei Oide in Ruah, de hat mit Ihna gar nix zum Reden!«

»UND JETZT HÖREN SIE MIR ZU, SIE … SIE … PROLET!«

Meller fuhr ungern aus seiner Haut. Wenn aber, dann heftig, und diesem Mann war anders nicht beizukommen.

»Wenn Sie nicht sofort mit uns kooperieren, hänge ich Ihnen ein Verfahren an den Hals, wegen Behinderung einer Amtshandlung. Und es wird sich gewiss noch anderes in Ihrer Vergangenheit finden, das man gegen Sie verwenden kann. Muss ich diesbezüglich berechtigten Verdacht hegen, da Sie sich der Exekutive gegenüber so aggressiv verhalten? Bitte! Ich kann auch anders, Herr Hinterwandl, dann lasse ich Sie in den S-C-ONE vorladen – ganz, wie Sie wollen!«

Das wirkte. Der Mann trat zur Seite und ließ Meller mit seiner Kollegin eintreten …

»Frau Hinterwandl, nehme ich an.«

Meller saß der Schwarzafrikanerin gegenüber. Die junge Frau war ausgesprochen hübsch und sehr, sehr nervös.

»Ich nix Frau«, sagte sie leise.

»Herr Kommissar, des is net mei Oide. I leb in Scheidung. Die Nussi is nur … zeitweise bei mir … bis sich was anderes gefunden hat«, mischte sich der Fettwanst ein.

»Nussi? Sie heißen Nussi?« Meller ließ sich nicht ablenken.

»Ich Ashanti«, reagierte die Schwarzafrikanerin stolz und zeigte auf sich. »Hubert zu mir Nussi sagen, weil glauben, das lustig. Ich aber wollen, dass er sagen Ashanti zu mir.«

Sie blitzte das Ekelpaket wütend an.

»Und wo wohnten Sie bisher?«, wollte die V-Agentin wissen.

Ashanti schwieg und blickte zu Boden.

»Also, des is a so«, mischte sich Hinterwandl wieder ein. »Die Nussi hat permanent Wickel mit ihrm Oidn ghabt und vor zirka drei Wochen is sie dann mitten in der Nacht vor meiner Tür gstandn … na ja, und jetzt is halt bei mir – übergangsweise, wie gesagt. Und weil sich ihr Ex nimmer gemeldet hat, is sie …«

»Von wegen gemeldet«, unterbrach ihn Schneider scharf, »irgendwo muss Frau Ashanti doch gemeldet sein?«

»Na ja … eigentlich … net so wirklich«, gestand Hinterwandl.

»Du falsche Mann!«, fuhr ihn Ashanti an. »Versprechen, du mich heiraten, wenn ich mach ficken mit dir und so …!«

Sie wollte auf den Mann einschlagen, doch Meller hielt sie zurück:

»Frau Ashanti, so läuft das nicht!«, und Hinterwandl drohte er:

»Sie werde ich mir noch gesondert zur Brust nehmen. Doch jetzt zu Ihnen, Frau Ashanti. Wo wohnten Sie zuletzt?«

»Oben …«

Sie deutete mit dem Zeigefinger an die Decke. »Bei Behlül.«

»Ich dachte, dort oben wohnt Milan Ivanovics?«, wunderte sich der Kommissar.

»Erst Ivanovics, ja. Dann böse Behlül dort wohnen«, erklärte

Ashanti glaubhaft mit großen, dunklen Augen und schüttelte dabei ihren hübschen Lockenkopf.

»Kannten Sie diesen Behlül?«, wandte sich Meller an Hinterwandl.

»Vom Wegschaun. I kann mi ja net um jeden Trottel in dem Irrenhaus da kümmern.«

»Und diesen Milan Ivanovics? Auch noch nie hier gesehen oder mit ihm gesprochen?«

»Schau i so aus, dass i mit Ausländer reden tät?«

»Mit Ausländerinnen anscheinend schon«, ärgerte sich der Kommissar und sah Ashanti an, die den Kopf senkte.

»Des is a ganz was anderes.« Hinterwandl gluckste schäbig.

Da fuhr ihn die Schneider giftig an:

»So? Was denn, Sie präpotentes Arschloch, Sie! Bloß weil Sie schmieriger Fettbauch einen österreichischen Pass besitzen, glauben Sie, sich an einer Immigrantin vergreifen zu dürfen?«

»Mit Ihnen muss i net reden.« Hinterwandl grinste gehässig. »So was Zickiges wie Sie hab i über zehn Jahr lang im Bett neben mir ghabt. Auf solche Emanzen kann ich gern …«

»Jetzt reicht's aber«, schnitt ihm Meller das Wort ab. »Sie hören noch von uns. Und Sie, Frau Ashanti, kommen mit uns mit. Meine Kollegin hilft Ihnen, Ihre Habseligkeiten zu packen.«

»Ihre Meldung vorhin war zwar nicht ganz astrein, aber verständlich, Frau Schneider. Bei mir haben Sie ab jetzt jedenfalls einen besonderen Stein im Brett.«

Der Meller ist ja eh ganz in Ordnung, dachte die V-Agentin, drückte sich genussvoll in den Autositz und blickte aufseufzend auf die Straße.

Ashanti hingegen saß mit bekümmerter Miene im Fond des Wagens. Ihre und Mellers Blicke trafen sich im Rückspiegel.

Der Kommissar versuchte ein aufmunterndes Lächeln.

Da senkte die junge Schwarzafrikanerin ihren hübschen Wuschelkopf und begann stumm zu weinen …

Fünf

Freitag, 5. März 2010

Das Wetter spielte total verrückt. Es war bereits März, doch schon das zweite Mal in dieser Woche bedeckte eine – wenn auch nur dünne – Schneeschicht die Felder und Wiesen.

Das Weiße aufwirbelnd, raste eine Wiesel-Zuggarnitur die Südbahnstrecke entlang und zog eine Fontäne aus Schneeflocken kometenhaft hinter sich her.

Meller sah dem Zug gedankenverloren nach.

Er hatte in dieser Nacht wenig geschlafen und schlimm geträumt. Deshalb war er bereits um sechs Uhr früh im Büro. Wach im Bett zu liegen und über alles Mögliche zu grübeln, das hatte er nicht mehr ausgehalten.

Er setzte sich wieder hinter seinen Schreibtisch.

Drei noch sehr dünne Ermittlermappen, Ampelfarben gleich – rot, gelb, grün –, lagen vor seinen Augen und verhöhnten ihn, seine Kollegen, den S-C-ONE und ebenso die Opfer.

Zumindest kam es Meller so vor, als würden ihn die drei Kartonhüllen auslachen, weil er wieder einmal zu spät gekommen war, um Böses zu verhindern.

Doch wie hätte er rechtzeitig einschreiten sollen?, wies er seine Gedanken in die Schranken. Er war kein Allwissender, solch Talent war ihm nicht beschieden. Würde er jedes Verbrechen im Vorhinein erahnen, wissen, ja sehen – er würde verrückt werden, bei so viel mörderischen Untaten, zu denen Menschen in der Lage waren.

Mir reicht die Aufklärung, werter Herr Gott, sinnierte Meller.

Seit einiger Zeit hatte er das Bedürfnis, einem höheren Wesen – einer Gottheit meinetwegen – seinen Frust aufzuhalsen. Bellas Tod machte es ihm unmöglich, an einen Gütigen im Himmel zu glauben. Seine kindliche Vorstellung – dieses edle, von himmlischem Strahlenkranz beleuchtete Gesicht mit gepflegtem Rauschebart –, er trug sie immer noch in sich. Auch wenn er wusste, dass dieses Antlitz nur der naiven Fantasie eines Malers irgendeines Jahrhunderts zuzuordnen war, und Meller sich nie die Blöße geben würde, auch nur eine Sekunde solch ein Bildnis um Gnade anzuflehen. Wenn das Schicksal Meller gemein angespuckt hatte, kam dieses Rauschebartbild wieder und wieder in seinen Kopf und sah ihm beim Hadern mit dem Schicksal zu. Dann hatte Meller oft das Gefühl, dieses gütige Gesicht lache ihn nur aus, wenn er nicht mehr weiter wusste.

Als Kind hatte Meller oft gedacht, wenn er wieder auf die Welt käme – es war für ihn sicher, dass es so sein würde –, dann würde er nicht mehr Feuerwehrmann, Lokführer oder sonst was werden. Nein, er würde sofort ein Gott werden wollen, auf einem der Milliarden von Planeten, die im Universum umherkreisten. Dort würde er mit der Ungerechtigkeit aufräumen und nur Gutes, Friede und Freude zulassen. Was wussten wir Erdenmenschen schon von der Unendlichkeit des Universums, von den unzähligen Welten. Jeder Planet, der geboren wurde, brauchte einen Gott. Er würde einen übernehmen.

Meller lächelte und erinnerte sich, wie er in einer Religionsstunde dem Pfarrer seine Vision erzählt hatte. Meller und ein Gott – seine blasphemischen Gedanken hatten ihm in Religion einen Vierer ins Zeugnis gezaubert. Wobei er im Wörterbuch erst nachschauen musste, was Blasphemie hieß – Gotteslästerung. Mein Gott, damals war er gerade mal zehn Jahre alt gewesen. Seither waren ihm dogmatische Weltansichten kirchlicherseits suspekt. Fantasie hatte der kleine Mario schon immer gehabt, manchmal war sie halt mit ihm durchgaloppiert.

Meller lehnte sich zurück, streckte sich ächzend und betrachtete die drei Mappen in Signalfarben.

Rot … gelb … grün – das Farbenspiel der Ungeduld.

Wie drei Boliden vorm Start lagen sie vor seinen Augen und harrten der Dinge, die da kommen würden. Bis sie endlich mit Ergebnissen, mit Fakten, mit Indizien, mit Notizen, mit Bildern, mit Dokumenten, mit Kopien und Protokollen befüllt wurden.

Er nahm die grüne Mappe zur Hand, der »Hartauer-Fall«.

Die Spurensuche war abgeschlossen. Der alten Frau war eine illegale Droge verabreicht worden, die ihr Dahinscheiden beschleunigt hatte. Bei einer 82-Jährigen konnte bereits ein bloßes Hinfallen den sicheren Tod bedeuten. Doch bei Herta Hartauer hatte jemand nachgeholfen und das war nachweisbar. Monatelang hatten sich Vögel an der Leiche zu schaffen gemacht. Wildbiss – was für ein makaberer Ausdruck. Meller erinnerte sich, wie seine Sekretärin darüber sinnierte: Wird um mich nicht geweint, habe ich falsch gelebt. Axel Körner sah es sarkastischer: Nachweinen macht auch nicht mehr lebendig.

Weiters gab es noch diesen Schuhsohlenabdruck, der vom Parkett abgenommen werden konnte. Bis dato waren sie, was diesen Abdruck betraf, noch keinen Schritt weitergekommen.

CaNossa – ein markantes Zeichen. Ob für die Schuhfirma dieser Name als Synonym für Gehen, einen weiten Weg beschreiten müssen oder auch wollen, hergehalten hatte? Vermutlich.

Meller hatte im Internet nach Ursprung und Bedeutung des Wortes gesucht. Irgendwann war in der Schule davon die Rede gewesen. Nach einem Streit zwischen Papst Gregor VII. und König Heinrich IV. – der Klerus sah sich in seiner Macht bedroht – hatte der Papst über den König den Kirchenbann ausgesprochen. Bei einem Zusammentreffen der beiden Kontrahenten auf der Burg Canossa kam es angeblich zu einer Lösung dieses Bannes.

Nix Genaues weiß man nicht, dachte Meller. Es interessierte ihn damals im Geschichtsunterricht nicht sonderlich, so wie jetzt. Ein erniedrigender Bittgang wurde jedenfalls als »Gang nach Canossa« bezeichnet, kurz Canossagang.

Der Kommissar verfiel ins Sinnieren und schweifte ab.

Mike Lehner befand sich zurzeit auf einem Canossagang. Meller half ihm zwar, so gut es ging, diesen Knatsch mit seiner Frau wegen seiner heimlichen Affäre hatte Lehner sich jedoch selbst eingebrockt.

Diese Suppe musste Mike allein auslöffeln. Schon wieder so ein Spruch – von wegen Suppe auslöffeln, weil Mist gebaut.

Von Suppe *auslöffeln* wanderten seine Gedanken – dem Löffelstiel entlang – zu einem vollen Müslischüsserl. Sofort verspürte er Hunger.

Meller hatte noch nichts in den Magen bekommen.

Sein gewohnt obligates Frühstück im S-C-ONE würde erst knapp vor acht Uhr auf seinem Tisch stehen – Kaffee plus Topfengolatsche. Selbst die Übersiedlung an den neuen Standort hatte diese Angewohnheit bestehen lassen.

Allerdings, seit er in der Villa im Auholz wohnte, gab es daheim bereits das erste Frühstück – Früchtemüsli. Meller sah sorgenvoll auf seine Körpermitte – mit ein bisschen Baucheinziehen bemerkte man nichts. Noch nicht. Er seufzte auf.

Meller legte großen Wert darauf, dass »seine kleine Familie« wochentags regelmäßig um sieben Uhr beim Frühstück beisammensaß. Und, sofern die Termine es erlaubten, nahm er Manuel stets mit, setzte ihn vor der Schule ab und fuhr anschließend in den S-C-ONE.

Doch am Freitag musste der Junge erst um neun in der Schule sein. Es war der einzige Tag, an dem der Kommissar seinen Sohn morgens nicht zu Gesicht bekam. Um Manuels Morgenprogramm – Aufstehen, Brausen, Frühstück – bemühte sich dann Erika Hauser. Denn der Junge war im Gegensatz zu Meller ein notorischer Langschläfer.

»Bloß einmal länger schlafen dürfen«, jammerte er immer, obwohl er am Wochenende nicht vor zehn aus dem Bett kriechen musste. Freitags jedenfalls hatte Erika ihre liebe Not, den Jungen aus den Federn zu bekommen.

Nach einer dieser nervtötenden Diskussionen mit dem Fratzen, weil er ihn, wie schon so oft, aus dem Bett jagen musste, dachte Meller sich, was wohl in ihn gefahren war, als er Manuel zu sich ins Haus genommen hatte. Er hätte Manuel ebenso in ein elitäres Internat irgendwo in der Schweiz stecken können. So wie's die Reichen mit ihrem lästigen Nachwuchs machten?, sinnierte er und schämte sich sogleich solcher Gedanken.

Gewiss, er hätte dem pubertären Jungen auch eine exklusive Ausbildung in Rios besten Privatschulen angedeihen lassen können, dann wäre er ihm so lang vom Hals geblieben. Aber Meller hatte Bella versprochen, sich um Manuel zu kümmern, mehr noch, ihn als Sohn aufzunehmen und ihm ein verlässlicher Vater zu sein.

Wenn er an die vielen Momente dachte, in denen er mit dem Jungen richtig Spaß hatte, da spürte Meller die schicksalshafte

Verbundenheit, die ihn und Bellas Sohn zusammengeführt hatte. Aus Manuel war wieder ein fröhlicher, wenn auch zurzeit ein ziemlich nervender Junge geworden.

Im Grunde genommen erinnerte ihn der Bub an sich selbst, weil seine Eltern in seiner Kindheit ebenfalls auf tragische Weise ums Leben gekommen waren. Mellers Gedanken kreisten um den Verlust von Vater und Mutter – jenes traumatische Ereignis, mit dem er Zeit seines Lebens verkettet war, jener Unfall am 7. Dezember 1966. Er war damals sechs Jahre alt gewesen. Onkel Walter und Tante Henriette hatten den kleinen, geschockten Mario als *ihren Sohn* aufgenommen.

Wie Schicksale sich doch wiederholten!

Nach Bellas Tod hatte er die rechtlichen Schritte in die Wege geleitet, damit er den Jungen zu sich nehmen durfte. Das Pflegschaftsgericht hatte sämtliche Für und Wider geprüft und Mario Meller schließlich als Obsorgeinhaber für geeignet befunden. Auch der Junge war befragt worden, ob er damit einverstanden sei. Da hatte Manuel der Richterin voller Stolz erklärt, dass sein neuer Papa ein berühmter Kommissar im S-C-ONE sei, der vorher schon in Rio viele Verbrecher gefangen hätte und jetzt extra hierher versetzt worden sei, um unter den Gangstern ordentlich aufzuräumen. Die Richterin hatte lachen müssen und dem aufgeweckten Jungen viel Freude mit seinem neuen Papa gewünscht …

Meller legte die grüne Mappe zur Seite und blätterte in der gelben – von Claudia Rotter mit »Wasser-Fall« betitelt.

Bei der Fahndung nach dem verdächtigen Mieter, der die Wohnung absichtlich mit Wasser volllaufen hatte lassen und dadurch ein Hochhaus nahe der B17 beinahe zum Einsturz gebracht hätte, waren sie noch nicht recht vorangekommen.

Ein gewisser Milan Ivanovics wurde bei seiner Geliebten im

zweiten Bezirk in Wien aufgegriffen, sofort in U-Haft genommen und verhört. Er konnte nicht stichhaltig beweisen, nichts mit dem Wasserattentat zu tun zu haben.

Ivanovics wohnte schon seit über drei Monaten bei seiner neuen Geliebten. Die Wohnung in Mödling hatte er vom Besitzer, Georg Hauer, gemietet. Diesen Mann hatte er nie zu Gesicht bekommen. Die Mietvertragsabwicklung war über ein Realitätenbüro gelaufen, dem Hauer die Vermietung seiner Wohnung übertragen hatte.

Der Mietvertrag lief zwar noch immer auf Milan Ivanovics – die Miete wurde stets pünktlich bezahlt –, er war jedoch das letzte Mal in der bewussten Wohnung gewesen, als seine Exfreundin ihre Möbel abgeholt hatte. Das hatte die Exfreundin auch bestätigt.

Was den Fall mysteriös machte: Ivanovics lernte Ende das Jahres in seinem Stammlokal einen Türken kennen, einen Automechaniker. Ivanovics hatte Probleme mit seinem Wagen und Behlül, wie der Mann sich nannte, konnte die Kupplung reparieren. Die beiden freundeten sich an. Behlül war, laut Ivanovics, nur vorübergehend im Land und übernachtete mal da, mal dort – angeblich bei Freunden –, bei wem, konnte er nicht aussagen. Der Türke suchte aber dringend eine Bleibe für seine Freundin, eine junge Schwarzafrikanerin. Als Ivanovics von seiner leeren Wohnung in Mödling erzählte, bot ihm Behlül an, pro Monat tausendfünfhundert zu zahlen, und drückte Ivanovics sofort das Geld für drei Monate in die Hand, woraufhin er mit dem Türken und dessen Freundin Ashanti nach Mödling zur Wohnung fuhr.

Das war zu Silvester, wie Ivanovics aussagte.

Auch die 18-jährige Ashanti bestätigte, dass ihr damaliger Freund von Milan die Schlüssel bekommen hatte und dass

Milan in der Zeit, als sie bei Behlül wohnte, nicht mehr in der Wohnung auftauchte.

Ashanti Kashidda kam aus Kaya, der Provinzhauptstadt der Region Sanmatenga, rund 100 Kilometer nordöstlich von Ouagadougou, der Hauptstadt von Burkina Faso.

Ashanti hatte als Flüchtling eine unglaubliche Odyssee hinter sich. Ihre Eltern hatten viel Geld bezahlt, damit sie – wie noch 24 andere Flüchtlinge – von einem Schlepperring durch mehrere Staaten Afrikas über Gibraltar nach Europa geschleust werden konnten. Europa war das gelobte Land und Ashanti sollte es im Leben einmal besser haben. Dort würde sie es bestimmt eines Tages so weit bringen, dass sie ihren Eltern Geld nachhause schicken konnte. Letztendlich hatten nur Ashanti und vier weitere Flüchtlinge die mörderischen Strapazen überstanden.

In Barcelona angelangt, wurde Ashanti kurzerhand ihre Legitimation, ein zerschlissenes Blatt Papier, das sie als Ashanti Kashidda auswies, abgenommen. Männer sperrten sie wochenlang in einen Bretterverschlag, ließen sie fast verhungern und verdursten, misshandelten und vergewaltigten sie und setzten sie, damit sie gefügig wurde, unter Drogen. Nur dank ihrer Kondition hielt sie diese unbeschreiblichen Qualen durch.

Schließlich wurde sie an einen Mädchenhändlerring weitergereicht und auf die Insel Mallorca verschleppt. Dort musste Ashanti im neu eröffneten Club Afrocan in Palma die speziellen Wünsche der Gäste erfüllen.

Aus diesem Nightclub zu fliehen, war ihr unmöglich.

Erst als sie diesen Türken kennenlernte – angeblich ein Konkurrent des Clubbesitzers, wie er ihr erzählte –, schöpfte sie Hoffnung und verliebte sich in den Mann.

Behlül versprach Ashanti, sie aus dieser Hölle rauszuholen und nach Wien mitzunehmen. Dort könne er Ashanti einen lukrativen Job verschaffen. Zu spät musste sie erkennen, dass Behlül genauso ein Verbrecher wie der Clubbesitzer war.

Haymo Sauter, ein Deutscher und Besitzer des Club Afrocan, war in einschlägigen Kreisen kein Unbekannter. Laut internationalen Polizeiermittlungen verdächtigte man ihn, einem europaweit aufgezogenen Menschenhändlerring anzugehören. Bislang konnte ihm jedoch nichts nachgewiesen werden. Man vermutete, dass er entsprechende Kontakte zu Mallorcas Polizei hatte.

Körperlich hätte es Behlül mit Haymo Sauter leicht aufnehmen können. Er war um einen Kopf kleiner und von schmaler Statur. Doch gegen eine heimtückische Kugel war niemand gefeit. Sauter trug stets eine Waffe mit sich, verriet Ashanti ihrem Geliebten. Eines Nachts gelang es Behlül schließlich, sie aus dem Club zu entführen und mit ihr die Insel zu verlassen. Kaum in Wien, schickte er Ashanti auf den Strich. Er kontrollierte ihre Einnahmen und nahm ihr alles Geld weg.

Als Behlül in diese Mödlinger Wohnung übersiedelte, musste sie wenigstens nicht mehr auf der Straße anschaffen gehen. Behlül brachte täglich spätabends die Freier. Da sich die Wohnung im letzten Stockwerk befand, fielen sie nicht auf, wenn sie mit dem Lift nach oben fuhren.

Wie Behlül es geschafft hatte, dass er für Ivanovics gehalten wurde, konnte sie sich nur so erklären, dass er ihm in Statur, Größe und Haarfarbe ähnlich war. Da Behlül wie Ivanovics einen Schnurrbart trug, war er im Dunkeln kaum von ihm zu unterscheiden. »Leute nix schauen in Gesicht von Menschen hier«, so Ashantis vorwurfsvolle Ansicht. Wenn Behlül außer Haus ging, trug er stets einen dunklen Anorak sowie eine Mütze, die er tief ins Gesicht zog. Seit sie in der Wohnung lebten, durfte Ashanti ihn nur noch Ivanovics nennen.

Diese Wohnung wurde ihr neues Gefängnis. Wenn sie sich einmal weigerte – weil die Freier immer brutaler wurden –, drangsalierte und schlug er sie. Mit einem nassen Handtuch, damit man keine Striemen auf ihrem Körper sah.

In den Fängen dieses türkischen Zuhälters erging es ihr wie auf Mallorca. Und wenn Behlül Lust und Laune verspürte, bediente er sich ihrer ebenso. »Ich seine Sklavin, sagen er und wenn nicht will, dann ich Messer in Bauch und er Schlitz machen. Ich große Angst … immer.«

Eines Nachts, als der Türke besonders brutal zu ihr war, konnte Ashanti aus der Wohnung flüchten. In ihrer Verzweiflung läutete sie bei einer Tür einen Stock tiefer.

Der Mann war freundlich zu ihr und versteckte sie in seiner Wohnung, damit Behlül sie nicht finden konnte.

»Halb nackert is die Nussi vor mir gstandn und zittert hat s' wia a Kluppensackl«, verteidigte Hubert Hinterwandl, ein arbeitsloser Installateur, sein geheucheltes Mitleid. Denn Hinterwandl nötigte die Schwarzafrikanerin ebenso, mit ihm zu schlafen, wie die Ermittler von Ashanti erfuhren. Sie wollte Hinterwandl aber nicht anzeigen, immerhin hatte er sie aus den Fängen des brutalen Behlül gerettet.

Ashanti Kashidda wurde in das Schubhaftzentrum Wien überstellt. Dort war sie inhaftiert, bis sie wieder in ihre Heimat abgeschoben werden würde …

Meller klappte die Mappe zu und schloss die Augen.

Er dachte an das verschreckte Mädchen, derer sich V-Agentin Schneider fürsorglich angenommen hatte.

»Ashanti abzuschieben, bringt niemanden was und macht das Mädchen nur noch unglücklicher!«, hatte sich Irene Schneider aufgeregt. »Nach allem, was sie seit ihrer Flucht mitmachen musste – zuletzt noch diesem Kotzbrocken von Hinterwandl gefügig zu sein! So was von frauenfeindlich! Meiner Meinung nach müssten dem Typen die Eier abgeschnitten werden.«

Das fand Körner politisch inkorrekt und er mokierte sich:

»Frau Kollegin, wir sind zivilisierte Menschen in einem zivilisierten Land. Wenn schon, dann sagen Sie bitte die *Hoden entfernen,* das hört sich wenigstens medizinisch an.«

»Ob so oder so formuliert, Hinterwandl ist samt seinem Gehänge ein Ausbund menschlicher Scheußlichkeit.«

Was das in Plastikfolie verschweißte Mordopfer betraf, weder Ivanovics noch Ashanti hatten den Mann identifizieren können. Aufgrund des versengten Gesichts konnte lediglich festgestellt werden, dass der Ermordete blonde Haare gehabt hatte.

Der Türke war es jedenfalls nicht. Milan Ivanovics war sich da sicher. Behlül war wie er. Groß, kräftig, dunkelhaarig und er trug einen Schnurrbart. Laut Aussage der Schwarzafrikanerin war Behlül am ganzen Körper stark behaart. Sie musste es ja wissen. Der Tote, der ihr gezeigt wurde, war hellhäutig, ohne Brusthaare und kleiner als Behlül.

Bisher wiesen zwölf Visitkarten den Ermordeten als Helmut Kleiner aus. Man hatte also einen Namen, das war aber auch schon alles. Die Untersuchung der Leiche hatte sich verzögert. Bei einem Auffahrunfall eines Reisebusses in einen Lkw auf der Südautobahn hatte es mehrere Tote gegeben. Diese mussten vorrangig identifiziert werden.

Ein Zufall jedoch – diesem *Kommissar Zufall* verdankten schon manche Ermittler ihre Erfolge – stellte eine unerwartete Verbindung her. Bei der Suche nach Verwandten der verstorbenen Herta Hartauer stieß man auf eine Tochter namens Karin. Diese Tochter durchlebte zurzeit einen bedauernswerten Leidensweg – schwerste Anfälle von Schizophrenie. Sie lag in einem Rehazentrum in Bad Berleburg, nördlich von Frankfurt.

»Karin Kleiner wird es nicht mehr lang machen«, erfuhr Claudia Rotter von der zuständigen Ärztin. Wenn man die Patientin befragen wolle, solle man das bald machen. Frau Kleiner sei nur zeitweise ansprechbar. Wenn sie ihre hellen Momente habe, verlange sie immer nach ihrem Sohn. Dieser habe sie jedoch seit Monaten nicht mehr besucht.

Der Name des Sohnes hatte Claudia Rotter wie elektrisiert hochfahren lassen: Helmut Kleiner.

Ein Helmut Kleiner lag zurzeit tiefgekühlt in der Pathologie im Krankenhaus Baden. Das konnte natürlich eine zufällige Namensgleichheit sein. Nun, diese Zufälligkeit zu überprüfen, war Rotters Aufgabe gewesen und Mellers Sekretärin hatte flink recherchiert.

Dank Kleiners Visitkarte, die eine Adresse im deutschen Teil der Stadt Passau aufwies, erfuhr Rotter von den Polizeikollegen, dass jener Helmut Kleiner wegen fahrlässiger Krida sowie im Zusammenhang mit einem Betrügerring zur Fahndung ausgeschrieben worden war.

Helmut Kleiner war verheiratet, seine Frau war jedoch schon acht Monate zuvor aus der gemeinsamen Wohnung ausgezogen und lebte bei ihrer Mutter. Sie hatte keinerlei Kontakt mehr zu ihrem Mann, eine Schwangerschaft hatte sie abgebrochen. Sie wollte kein Kind von einem Taugenichts austragen.

Um sich Kleiners Identität absolut sicher zu sein, musste man erst einmal sämtliche Ergebnisse der Spurenermittler abwarten.

Im Hartauer-Fall waren in der Wohnung neben Fingerabdrücken vorrangig zwei DNA-Spuren ausgewertet worden – eine Spur war eindeutig Herta Hartauer zuzuordnen, die zweite war die einer bis dato unbekannten Person.

Als dann Tage später auch die DNA-Spuren im Wasser-Fall zur Verfügung standen, war die Sensation perfekt.

Jene unbekannte Spur aus Hartauers Wohnung deckte sich mit einer der vielen DNA-Spuren, die in der Wasserwohnung gefunden worden waren. Nämlich Blutspuren an der Wand sowie Schweißsekret in einem Stofffetzen.

Also musste es einen Zusammenhang, eine Verbindung zwischen dem Hartauer-Fall und dem Wasser-Fall geben.

Der Tote war vermutlich jener von der Passauer Polizei gesuchte Helmut Kleiner.

Ein missratener Enkelsohn, der wegen diverser Betrügereien gesucht wurde. Im vergangenen Herbst hatte er seine Oma besucht, um sie um Geld anzupumpen. Als die alte Hartauer ihm nichts oder zu wenig geben wollte, hatte er sie ins Jenseits befördert und vermutlich ausgeraubt.

So lief es doch in den meisten Fällen ab.

In Hartauers Wohnung wurde kein größerer Geldbetrag gefunden und der Enkel schien seine Großmutter fluchtartig verlassen zu haben. Aber solche Spekulationen mussten erst durch eindeutige Indizien bestätigt werden.

Noch wusste man nicht, wie Helmut Kleiner aussah.

Die Kollegen aus Passau hatten auf Mellers Bitte hin Spurenträger aus Kleiners Wohnung zum S-C-ONE geschickt, eine Haarbürste, einen Sportschuh sowie ein Glas mit Fingerabdrücken. Auch ein Foto, leider älteren Datums, das Helmut Kleiner mit einer jungen Frau zeigte, war dabei. Ein aktuelles Bild gab es nicht. Es schien, als habe der Mann alles, was ihn bildhaft zeigte, verschwinden lassen. Leider hatte auch seine Frau in ihrer Wut und Trauer sämtliches Fotomaterial vernichtet. Nicht einmal ein Hochzeitsfoto existierte mehr. »Um ja nie wieder an diesen blöden Affen erinnert zu werden«, wie sie Claudia Rotter am Telefon mitgeteilt hatte.

Nun musste dieses ältere Foto herhalten.

Helmut Kleiner war mittlerer Statur, blond und kurzhaarig, der Abbildung nach ein richtiger Feschling. Das Foto zeigte einen braun gebrannten Mann in knallroten Badeshorts. Die Frau im weißen Bikini war ebenfalls blond, die Haare nach hinten gebunden, mit guter Figur und sie lachte aus vollem Herzen. Sie hing wie eine Klette an dem hübschen Burschen. Im Hintergrund sah man das Meer, seitlich Sonnenschirme, eine Strandbar und etwas unscharf ein Pärchen, das über den Sand zum Wasser lief. Auf der Rückseite des Bildes stand in einem gezeichneten Herz:

KLEINER mit GROSSER Liebe!

Palma, 4. August 2001

Jetzt hieß es noch abzuwarten, bis man die ersten Ergebnisse der Untersuchung des Toten in Händen hatte. Da Gesicht, Handflächen und Fußsohlen versengt worden waren, schien es der Täter darauf abgesehen zu haben, dessen Identität zu verschleiern. Man konnte annehmen, dass es sich bei dem Ermordeten um Helmut Kleiner handelte.

Meller war sich sicher, dass sich die DNA-Spuren auf den Asservaten aus Passau mit der DNA des Toten in der Plastikfolie decken würden …

»Was bedeutet den jungen Menschen heute noch Familie und Ehrfurcht vor dem Leben«, murmelte der Kommissar bekümmert beim Betrachten des neun Jahre alten Fotos.

Bilder der von Krähen halb aufgefressenen Leiche von Herta Hartauer lagen in der grünen Mappe. Ein Porträtbild zeigte eine müde lächelnde Herta Hartauer. Unzählige Falten im Gesicht. Das dünne, weißliche Haar streng nach hinten gekämmt, ein von Haarspangen gehaltener Haarknödel.

Was musste die Frau wohl alles erlebt haben?

Herta Hartauer war 82 Jahre alt geworden. Vielleicht hätte sie es ein paar Jährchen länger geschafft, wäre nicht ihr werter Herr Enkelsohn dazwischengekommen, mit einem tödlichen Mix aus Gier und Gift.

Meller legte die Fotos von Kleiner und Hartauer vor sich auf den Tisch. Er suchte eine Verbindung von der alten, lächelnden Frau hin zum unbekümmert fröhlichen Gesicht ihres Enkels, der auf dem Bild zwanzig Jahre alt war.

Je länger sein Blick zwischen den Fotos hin und her wanderte, desto stärker verwandelte sich Kleiners Lachen zur hässlichen Fratze.

Wie eine gierige Krähe, kam es dem Kommissar in den Sinn.

Emotionen hin oder her – jeder Fall, und war er noch so entsetzlich, musste nüchtern behandelt werden.

Emotionen hochzuschaukeln, war das einträgliche Geschäft der Medien.

Als Kommissar musste er ermitteln, abwägen, agieren, reagieren, Indizien bewerten. Die Ergebnisse gegenüberstellen und daraus Schlüsse ziehen. Nach Aufklärung einer Straftat konnte er sich immer noch diebisch seines Erfolgs freuen. Aber erst dann, wenn ein Verdächtiger zu Recht als Schuldiger für Jahre hinter Gittern verschwand.

»So viel zu meinem Emotionspegel«, entfuhr es ihm gedankenschwer. Zurzeit durchlebte Meller eine, wie in Watte gepackte taube Phase. Zum weich Hineinfallen wie gerufen, kam es ihm sarkastisch. Wäre da nicht dieser dumpfe Seelenschmerz, der heimtückisch – spitzen Nadeln gleich – beim Betrachten seiner Lage und Befindlichkeit gnadenlos zustach …

Die dritte Mappe trug den Titel »Weingartner-Fall«.

Ob Ludmilla Weingartner freiwillig aus dem Leben scheiden wollte oder ob jemand nachgeholfen hatte, wer weiß? Meller hatte dieses untrügliche Gefühl förmlich »zu hören bekommen«, das ihn immer dann aufhorchen ließ, wenn sich etwas nicht reimte.

Sein *Favela-Ton* – schleichend war er gekommen, während der Befragung von Ursula Weingartner im Krankenhaus. Als Meller gegangen war, hatte es in seinen Ohren gedröhnt.

Dieses Phänomen hatte er sich vor Jahren in Rio de Janeiro eingehandelt, als er bei einem Polizeieinsatz beinahe erschossen worden wäre, hätte ihn nicht ein Kollege aus der Schusslinie gestoßen. Wenn er intuitiv eine heiße Spur witterte oder unter besonderem Stress stand, stellte sich seither dieses tiefe Ohrenbrummen ein, das sich in seine Gehörgänge schlich.

Weingartners gerötete Augen verrieten mehr als nur unendliche Trauer um ihre geliebte Ludi-Omi, wie sie unter Tränen schluchzend beteuerte. Aber noch galt auch in ihrem Fall die Unschuldsvermutung …

Im Gang schepperte es plötzlich.

Ein spitzer Schrei folgte – begleitet von einem Fluch.

»Scheißkibel, blede!«

Aus seinen Gedanken gerissen, fuhr Meller hoch.

Was war da draußen los? Er sah auf die Uhr – halb acht –, eilte zur Tür und riss sie auf.

Dann geschah, was jeder Mensch infolge irdischer Schwerkraft und glitschigem Boden zu spüren bekommt.

Dem Kommissar zog es den Boden unter den Füßen weg und er sauste auf sein vom vielen Sitzen trainiertes Hinterteil.

»Jessas, Kommissar Kluunii!«, rief erschrocken Sylvana Hamurcu, die fleißigste aller Putzfrauen sowie Chefin der Reinigungsbrigade im S-C-ONE, von allen nur »Putzengel« genannt.

Ein Stich schoss Meller das Rückgrat entlang bis in die Schmerzzentrale.

»Uaahhh!«, stöhnte er und konnte sich nicht bewegen.

»Kommissar! Isse was passiert! Tut weh wo?«

Die Putzfrau kniete sich vor den auf dem Boden Liegenden und wollte schon seinen Kopf in ihren Schoß betten.

»Bittee …! Frau Sylvana … bitteee nicht…!«, stöhnte Meller mit schmerzverzerrtem Gesicht und wehrte mit den Händen ab.

»Äh … tut leid mir! Nix wissen, dass Chef so frih in Biro.«

Mit beiden Händen gestikulierend, versuchte sie einem anderen die Schuld für die glitschige Pfütze in die Schuhe zu schieben:

»Blede Kibel steht in Weg … wusch … und jetzt Schimpfa von Kommissar«, redete sich die Putzfrau um Kopf und Kragen.

Mellers Antwort war nur ein stoßweises Stöhnen. Sein Gesicht verlor alle Farbe.

»Schlimme Schmerz? Ich schnell hole Doktor!«

Sylvana erhob sich und lief davon. Schrill hallte ihre Stimme durch die engen Gänge und erstarb im Stiegenhaus:

»Hilfeee! Eine Doktor, schnell! Kommissar sterbe sonst muss!«

»Verdammt … verdammt!«, stöhnte Meller, den wegen dieses hysterischen Putzteufels ohnmächtige Wut packte. Er versuchte, sich zu erheben. Doch wer so unvorbereitet zu Boden fällt, der spürt kein Rückgrat mehr, sondern nur puren Schmerz. Diese Tatsache trieb dem Kommissar die Tränen in die Augen.

Etwa eine Minute war vergangen, da tauchte die Putzfrau mit zwei Kollegen auf. Als sie sah, dass Meller die Tränen über die Wangen rollten, tröstete sie ihn.

»Habe große Schmerz, seh in Augen von Kommissar. Soo scheene Mann, tut leid mir. Rettung kommen bald!«

Mit einem todbringenden Blick auf Sylvana und einen flehentlichen auf die beiden Kollegen, flüsterte Meller:

»Bitte – schafft mir diese Nervensäge vom Hals, die bringt mich noch um … um den Verstand.«

»Warum Kommissar böse auf mich, heh?«, wehrte sich plötzlich Sylvana, die Mellers Worte sehr wohl verstanden hatte, und ihre Augen blitzten auf. »I nix gemacht. Schuld selber, wenn Kommissar nix Auge in Kopf und steigen in Wasser von blede Kibel.«

Nach seinem Ausrutscher mussten Rettungsleute den Kommissar ins Krankenhaus bringen.

Ohne Spritze ging's nicht ab, dafür war der Schmerz kurzzeitig verschwunden. Was für eine Wohltat!

Die Diagnose war banal. Wenn man landläufig von einem eingeklemmten Ischiasnerv, einem verrissenen Kreuz oder von einem Hexenschuss sprach, dann bezeichnet der Mediziner dieses Leiden als unkomplizierten Rückenschmerz, hervorgerufen unter anderem durch plötzliches Verreißen des Rückgrats.

Ischiasnerv hin, Hexenschuss her – Meller war die Bezeichnung egal. Er war wütend und frustriert, denn jede Bewegung trieb ihm vor Schmerz die Schweißperlen auf die Stirn.

Er sollte so schnell wie möglich wieder auf die Beine, riet ihm der Arzt, damit die Muskeln nicht erschlafften.

»Und wenn die Schmerzen nicht auszuhalten sind, nehmen S' eine Tablette«, sagte Dr. Scheikl, »ich geb Ihnen ein paar mit. Am besten, Sie wickeln sich eine Decke um die neuralgische Stelle und setzen sich erst einmal gemütlich hin. Lesen S' ein Buch und entspannen Sie sich. Zwei, drei Tage später versuchen Sie es und machen einen Spaziergang. Aber nicht überanstrengen. Ein bisschen Geduld, das wird schon wieder. Sie müssen Ihre Muskeln nur so bald wie möglich wieder bewegen. Aber Sie sind ja noch gut beieinander, Herr Meller.«

Er hielt sich genau an den ärztlichen Rat, was Erika Hauser das Glück verschaffte, den Kommissar endlich einmal so richtig nach Strich und Faden verwöhnen zu dürfen, was Meller wiederum sehr missfiel. Denn er kam sich wie ein körperlich behinderter Neunzigjähriger vor.

Manuel hingegen war irritiert, weil der Herr Ersatzpapa plötzlich auch tagsüber im Wohnzimmer saß. Der Junge drehte wie üblich nach der Schule seine Tonanlage im Keller auf Maximum, so dass der Fußboden zu vibrieren begann.

»Einmal noch so laut und die Anlage ist bis auf Weiteres weggesperrt, Manuel«, brüllte der Kommissar nach dem gewaltigen Wummergedröhn aus den Kellerräumen dem Jungen unmissverständlich in die Ohren.

Meller wunderte sich, wie Erika Hauser diesen Krawall auch nur eine Minute lang aushielt. Doch sie fand ihn nicht direkt störend.

»Ich höre nur das, was ich hören will«, erklärte sie Meller nachsichtig lächelnd. Sie mochte den Buben und überhörte großzügig das Gedröhn aus dem Keller.

»Endlich ist wieder was los im Hause Meller«, freute sich die alte Frau. Da wusste der Kommissar, Erika Hauser gehörte zum Ohrenarzt. Selbst ihm war bisher nicht aufgefallen, dass sie mit dem Hören Probleme hatte …

– – –

Drei Tage später saßen sie rund um den wuchtigen, grob gezimmerten Esstisch in Mellers Villa.

Joe lag auf seinem Lieblingsplatz unter dem Tisch, weil er wusste, dass dort mancher Happen für ihn abfiel. Manuel ließ immer wieder unbemerkt etwas fallen – einen Bissen Brot oder eine Scheibe Schinkenwurst oder ein Stück vom Frühstücksei.

Meller hingegen quälte sich verbissen in einem gemütlichen

Lehnstuhl, in dem er alle paar Minuten die Sitzposition veränderte, während er seiner Sekretärin über Handy aufmerksam zuhörte. In der anderen Hand hielt er einen dünnen Bambusstab, mit dem er rhythmisch auf seinen Schenkel klopfte.

Seitlich von ihm standen auf einem Flipchart zwei Begriffe: Wasser-Fall und Hartauer-Fall sowie mehrere Namen in Textkästchen, die mit Linien und Pfeilen verbunden waren.

Mike Lehner sah grau und schlecht aus der Wäsche.

Seine Augen verfolgten den bizarren Verlauf der Holzmaserung der Tischplatte aus Eichenholz. In Gedanken war er ganz woanders. Nur wo, das wusste der V-Agent vermutlich selbst nicht so genau, wie man seinem Blick entnehmen konnte. Bestimmt aber in einer seiner beiden Höllen auf Erden.

Stoppl-Hölle oder Ingrid-Hölle – er hatte die Qual der Wahl.

Die V-Agentinnen Manuela Kohn und Irene Schneider rührten im Einklang in ihren Tassen um.

Erika Hauser war eifrig dabei, die Crew der V-Gruppe 4 in der provisorischen Außenstelle reichlich zu bewirten.

Der Tisch war für einen üppigen Brunch und keine nüchterne Lagebesprechung gedeckt – Kaffee, Tee, Mineralwasser, Orangensaft, Weißbrot, Schwarzbrot, Semmeln, Schinken, Käse, Eier, Aufstriche, Kuchen, Törtchen und Kekse.

»Greifen Sie nur zu, die Kuchen und Törtchen sind selbst gebacken«, hatte die rüstige Dame Mellers Leute aufgefordert.

Na dann, alle langten kräftig zu und genossen das Arbeitsessen. In Mellers Behausung war es ein Leichtes, sich wohlzufühlen. Das weitläufige Wohnzimmer mit offener Küche samt großräumigem Essbereich, eine Symbiose aus dezenter Küchentechnik und farblich wohltuender Atmosphäre, vermittelte eine unglaubliche Behaglichkeit.

Kein unnötiger Firlefanz, keine aufdringlich wirkenden Designerstücke, kein Kitsch – lediglich ein paar markante Bilder und Teppiche in südländischem Stil. Drei geschnitzte, bunt bemalte Holzfiguren indianischer Herkunft, in Mannesgröße, beherrschten dekorativ den Wohnbereich.

Manuela Kohn langte nach der Zuckerdose, entnahm einen Würfel nach dem anderen – vier Stück insgesamt –, ließ sie in ihrem zweiten Kaffee untergehen und rührte die heiße Brühe um.

»Dass du den so trinken kannst?«, wunderte sich Irene Schneider und schüttelte sich demonstrativ angewidert.

»Ich brauch Süßes wie einen Bissen Brot«, erwiderte Manuela Kohn mit einem Blick auf eine der Leckereien und wollte danach greifen.

Axel Körner sah kurz auf und kam ihr zuvor. Sein typischer Ich-war-schneller-Blick ließ sie die Augen verdrehen.

Meller, der soeben das Gespräch mit Claudia Rotter beendete, verfolgte den Kampf der beiden um das Törtchen mit und murmelte: »Ihr seids schlimmer wie die Kinder.«

Von seiner Sekretärin hatte er das neueste Ergebnis im Wasser-Fall erfahren. Ein Bericht, der sich gewaschen hatte!

Es war Zeit, mit der Besprechung zu beginnen.

Meller legte sich die Worte zurecht, um den Knalleffekt auf seine Crew wirken zu lassen. Mehr nebenbei vernahm er, wie sich Körner bei Hofer beschwerte:

»... wenn sich schon der Chef von einer Putzfrau aufs Kreuz legen lässt. Mir aber sagen, was ich für ein Jammerlappen sei und dann noch lästern. Von wegen: Wenn's vorn weh tut, soll man hinten ...«

»Ein Wort noch und du fliegst!«, fiel ihm Meller ins Wort.

»Aufs Kreuz oder aus'm Team?«, fragte Körner.

»Beides. Lass die Scherze, wir sind quitt, okay?«

»Wir sind«, bestätigte Körner mit einem leichten Grinser.

Meller sah gequält in die Runde und sagte: »Das mit meinem Kreuz passt mir wie zwei linke Schuh auf zwei rechte Füße.«

Tief aufseufzend und sich in seinem Großvaterstuhl zurechtrückend, blickte er zu Erika Hauser, die nur darauf wartete, ihm behilflich sein zu können. Sie schenkte dem Kommissar eine Tasse Kaffee ein und reichte auf einem Teller bizarre Kekse.

»Die müsst ihr unbedingt kosten!«, forderte Meller auf. »Eine Spezialität aus Australien. Wie die Dinger heißen, weiß ich nicht, aber schmecken tun sie – fantastisch.«

Er biss von einem ab, mampfte genussvoll und mit einem dankbaren Blick auf die alte Frau, die sich schon wieder in die Küche begab, sagte er: »Ja, ja, meine fürsorgliche Erika – wie gut, dass sie von Rio nach Mödling übersiedelt ist. Allein schon dieser Kekse wegen.«

»Chokky Rocks heißen die«, meldete sich Manuela Kohn, »die hab ich im Internet gefunden – das Rezept meine ich –, man nennt sie auch Känguru-Kekse. Die habe ich auch schon gebacken.«

»Schau, schau, die Kollegin backt und bratet sich durchs Internet«, ätzte Körner, »was das wohl zu bedeuten hat?«

Er wusste, dass die Kohn schon seit einiger Zeit einen Partner suchte, was aber nicht so recht klappen wollte.

»Der Kollege hat wohl leicht lachen, er hat ja bereits einen Braten in die Röhre gelegt«, konterte sie giftig. Sie war eifersüchtig auf das, wie ihr schien, unverdiente Glück Körners mit seiner attraktiven Italienerin.

»Ich bin eben ein Mann der Tat und backe ordentliche Dinger, net solche Outback-Kekserl.«

»Gibt's keine anderen Sorgen?«, meldete sich plötzlich Mike Lehner, der nervös auf die Uhr sah. »Können wir endlich anfangen, ich hätt Dringenderes zu tun, als eurem Gequatsche zuhören zu müssen.«

»Er hat Recht«, erinnerte Meller alle und zu Lehner sagte er:

»Das Leben besteht nicht nur aus Frust, Mike. Auch wenn du derzeit so gar nicht in Stimmung bist. Aber wenn wir uns schon mit den Abscheulichkeiten der menschlichen Spezies beschäftigen müssen, so sollten wir uns auch hin und wieder was Gutes gönnen und Spaß haben dürfen. Weil – wir sind die Guten.«

Lehner sah verbissen drein. Doch Meller ließ sich nicht irritieren. Einer intuitiven Eingebung folgend, fuhr er fort:

»Und wenn wir schon beisammensitzen, denke ich ... ich schlage vor, wir sollten untereinander per Du sein. Alkohol zum Anstoßen gibt's natürlich nicht, wir sind ja im Dienst. Hebt eure Tassen, das zählt genauso. Also, für euch – Irene, Manuela und Andreas: Ich bin der Mario.«

Wie ein Mafioso-Pate saß er in seinem Lehnstuhl und hob die Tasse. Die V-Agentinnen, sichtlich berührt, taten es ihm gleich.

Nur Andreas Hofer erhob sich, ging auf Meller zu und stieß mit der Tasse an. »Was für eine Ehre! Mei, wie mich des gfreut, echt! Und ich bin für dich der Andreas«, schleimte er.

Auch wenn der Tiroler ein tüchtiger V-Agent war, schon bald hatten die anderen mitbekommen, dass er sich nicht so recht in das Team eingliedern wollte. Da Hofers Vater im Ministerium der Verantwortliche für den S-C-ONE war, hatte er sukzessive seinen Sonderstatus als Sohn von Dr. Hofer spüren lassen.

Oder kam es den anderen nur so vor? Sie verhielten sich dem Tiroler gegenüber jedenfalls reserviert und wenn Hofer in ihrer Nähe war, wurden manche Themen nicht angesprochen.

Auch Meller hatte dieses Misstrauen innerhalb der Gruppe mitbekommen. Mit der Du-Anrede wollte er sein Team mehr zusammenschweißen.

Ob es gelingen würde – er musste abwarten.

Dieses Du-Wort – die Alpenbevölkerung war da besonders eigen. Wie Gebirgsketten, die Länder voneinander trennten, war die Grenze zwischen Sie und Du für manche Menschen scharf vorgezeichnet. Auch wenn sie jahrelang Seite an Seite mit Kollegen auf selbiger Entscheidungsebene arbeiteten.

Meller hatte keine Bedenken, dass eine Du-Anrede seine Autorität untergraben würde. Sein Standpunkt lautete: Entweder man besaß Führungsqualität und Charisma oder nicht.

Trotz Sie-Anrede würde ein Unfähiger nicht fähiger werden. Zurzeit gab es für den Kommissar ohnehin andere Sorgen, als nur den Zusammenhalt seines Teams zu festigen.

Jetzt, wo er für die kommenden Tage an seinen Lehnstuhl gebunden war – es war die einzige Sitzgelegenheit, auf der er es länger aushielt –, musste er von daheim aus die nächsten Schritte in den betreffenden Fällen leiten, koordinieren und überwachen.

Über Claudia Rotter stand er ohnehin ständig in Kontakt mit seinem Büro. Wozu eigentlich noch im S-C-ONE sitzen?

Daheim war es wesentlich angenehmer, als in diesem neuen Bürokasten wie ein Huhn in Käfighaltung zu sitzen – selbst die war schon verboten worden.

Meller fehlte die Atmosphäre des ehemaligen Bürogebäudes. Es war sein erster Arbeitsplatz, seit er in Mödling tätig war, dem hing er irgendwie wehmütig nach. Seit er in dem neuen Gebäude saß, war für ihn die Ermittlertätigkeit beim S-C-ONE auch nicht mehr das, was sie ihm einmal bedeutet hatte. Überhaupt – was wollte er prinzipiell bei der Polizei, in seinem Leben, erreichen?

Für seinen Job waren solche Anwandlungen nicht motivierend, die wie Kometen durch sein Hirn rasten – die Meller'sche

Galaxie. Ein Universum vieldimensionaler Unendlichkeit, die durch irdische Bedürfnisse auf die Größe eines Mödlinger Villengrundstücks zusammengeschrumpft war. Und darauf bewegte er sich zurzeit.

Meller besaß finanzielle Mittel zum Abwinken, wohnte endlich so, wie er sich's vorgestellt hatte. Wenn er den schmerzhaften Verlust Bellas und seinen zurzeit lädierten Rücken ausklammerte – war sein Leben nicht traumhaft?

Er fühlte sich zumindest nicht allein in der riesigen Villa.

Sogar Erika Hauser, die liebenswerte, schrullige, ehemalige Haushälterin lebte neben ihm wieder auf. Meller schien es, als würde sie von Tag zu Tag munterer und aktiver. Sie hatte ihm versprechen müssen, nur jene Arbeiten zu erledigen, die für sie keine Anstrengung bedeuteten. Erika hatte sich, wie früher im Hause Goldmann, der Küche angenommen. Sie kochte einfach zu gut, was wiederum schlecht für Mellers Figur war.

Ja, ja, die alte Hauser. Sie hing an Mario Meller, dem letzten sichtbaren Bindeglied, das sie mit ihrem verstorbenen Mann, mit den Goldmanns und mit den Erinnerungen an Rio verband.

Aber auch Joe liebte den Hausherrn. Bei einem Hund, der seinem Futtergeber hündisch ergeben ist, nicht verwunderlich. Meller hatte endlich mehrere Gassigeher und Spielgefährten für den Cockerspaniel gefunden. Mit Manuels Schulfreunden klappte es hervorragend und Meller musste nicht mehr Eva Roth um diese Gefälligkeit bitten. Außerdem war Joe die meiste Zeit zuhause bei der quirligen Haushälterin, jagte im Garten streunende Katzen oder lag faul auf der Terrasse und ließ sich von der Sonne das Fell aufwärmen.

Schließlich gab es noch Lo Bianco, den ausgeflippten Grafiker und Mellers langjährigen Freund, dem er seinen Neubeginn in Mödling verdankte.

Meller liebte das Leben, die Gerechtigkeit und seine Arbeit. Daher übte er, trotz allen Geldes, seinen Job aus – als Ermittler, als Spurensucher, als Aufdecker.

Also doch – ein traumhaftes Leben!

Alles in allem fehlte es ihm an nichts, was das nackte Überleben anbetraf, wie es sein Hirn so krass formulierte. Er sollte, müsste, dürfte, wenn nicht glücklich, dann immerhin zufrieden sein. Mit sich und seiner kleinen Welt, in seinem selbstgeschaffenen *Meller'schen Käfig*.

Das war auch die Krux: Ein unsichtbares, goldenes Käfiggitter hatte sich unbemerkt über den Kommissar gestülpt. Sich mit nichts anderem als vorrangig mit seiner wunden Seele und sonstigen körperlichen Befindlichkeiten zu beschäftigen, war grausam.

Ich müsste einen Therapeuten aufsuchen, dachte er. *Mensch, Meller! So viel Glück im Leben haben und undankbar sein!*

Denn ehrlich – das einzig Grausame in seinem Leben war eine aufgefundene Leiche oder nur Teile derselben, und das war bei seinem Job unausweichlich. Kurzzeitig verpasste ihm so ein Anblick immer wieder einen Schock. Das Gute daran – wenn daran überhaupt etwas gut sein sollte –, der menschliche Körper war, wenn tot, nur noch eine fleischliche Hülle. Auch damit konnte man sich abfinden.

Was Meller aber bis in den Grund seiner sensiblen Seele erschütterte, waren die Schicksale, die sich hinter jedem Verbrechen verbargen. Das Offenlegen eines Lebensweges, vom ersten Schrei jenes Neugeborenen bis zu dem Zeitpunkt Jahre später, an dem gerade jener Mann, jene Frau oder jenes Kind als Opfer herhalten musste.

Ebenso beschäftigte es ihn, warum ein Mensch den tödlichen Schuss, den tödlichen Stich oder Hieb ausführte. Dieses verhängnisvolle Netz von Schicksalsverknüpfungen, in dem Täter wie Opfer gefangen waren, ließ auch ihn nicht so leicht los, selbst wenn ein Fall aufgeklärt und abgeschlossen war.

Einem Kommissar, den nach Ermitteln bei unzähligen Verbrechen und Bluttaten eigentlich nichts mehr erschüttern dürfte, blickte jeden Morgen ein stummer Meller im Spiegel entgegen, täglich um einen Hauch melancholischer und müder.

Schon war er wieder bei seinen Schicksalsschlägen gelandet.

Mein Gott – Menschen werden geboren und sterben. Er war es endgültig leid, mit seiner Vergangenheit verkettet zu bleiben. Auch Lo hatte ihm gestern Abend eindringlich geraten:

»Reiß dich endlich zsamm, Meller! Schau, dass du wieder was zwischen die – weißt eh, wohin – kriegst. Da laufen ihm die Frauen nach wie die Schafe dem Hirten, und was macht er? Er findet sich keine! Das gibt's doch net, schaut aus wie der Kaffeekapselmann – George Clooney darf ich ja nicht sagen, hehehe! Bist wohl recht eingebildet auf deine Visage? Merk dir eins, Meller – die hast net lang, weil jedes Gsicht wird alt. Auf Falten steht keine Frau, sonst täten sie sich net so viel Botox ins Gsicht oder sonstwohin spritzen lassen!«

Bianco hatte ja Recht. Meller hatte ihm versprochen, einen endgültigen Schlussstrich unter seine betrübliche Vergangenheit zu ziehen. Aber es zu sagen und es zu tun, waren zweierlei.

Lilian, seine Frau, war umgekommen. Ein Flugzeug war ihr Mörder gewesen. Dieser Flieger hatte aber auch ein riesiges Kraterloch in seine Seele gerissen. Als hämisches Trostpflaster waren ihm ein Millionenerbe und ein Hund hinterlassen worden.

Kaum war er von diesem Schock genesen – er hatte Rio verlassen, um in seiner Heimat ein neues Leben zu beginnen –, war ihm Bella entrissen worden. Von einem hinterhältigen Mörder namens Krebs. Erneut wurde das frisch verheilte Kraterloch in seiner Seele aufgerissen. Tröstend hatte ihm das Schicksal ein heilsames Pflaster draufgelegt – die Sorge um Bellas Sohn Manuel, wo ihm doch schon Lilian fast ein Kind geschenkt hätte, wäre sie nicht abgestürzt.

Es hatte auch sonst einige Frauen gegeben, die Mellers Leben gekreuzt hatten und wieder verschwunden waren. Aber ab jenem Moment, in dem man sich aus den Augen verloren hatte, waren diese Frauen für ihn auch so gut wie gestorben.

Auch Nora? Sie war seltsamerweise nie aus seinem Herzen verschwunden. Vielmehr hatte sie ihm in seinen Jugendjahren so sehr sein Herz verletzt, dass er sie nicht vergessen konnte.

Eigentlich sollte er sie wieder einmal anrufen, sie wohnte nicht weit weg von ihm. Er wollte ohnehin etwas mit ihr besprechen und irgendwie hing er an ihrer beider Vergangenheit.

Wie hieß es so treffend? Wer keine Vergangenheit hat, hat auch keine Zukunft. Aber auch: Wer zu viel in der Vergangenheit wühlt, kommt gegenwärtig nicht vom Fleck.

Verdammt also, was jetzt? Der Vergangenheit nachtrauern oder sie vollends auslöschen? So viel hatte er sich vorgenommen, seit er in seine Villa übersiedelt war.

Irgendwann würde wieder eine Frau in sein Leben treten, in die er sich mit Hirn und Herz verlieben, mit der er Haut an Haut verschmelzen konnte. Hoffentlich bald, wünschte er sich.

Was aber würde diese Frau ihm hinterlassen, wenn es dann wieder …? Wenn was wieder?

Dem Schicksal war nicht zu trauen.

Wie ein Gangster im Film, der seinen Todfeind über die Klippe stößt, schob Meller seine Gedanken mit einer heftigen Handbewegung von sich. Nicht jetzt, mahnte er sich, setzte seine Tasse nach einem letzten Schluck ab, klopfte mit dem Bambusstab kurz auf den Tisch und räusperte sich.

»Kollegen – fangen wir endlich an. Es gibt einiges zu erledigen. Zum Auftakt gleich eine Sensation, die ich eben von Claudia erfahren habe, den Wasser-Fall betreffend. Bisher sind wir davon ausgegangen, der vakuumverschweißte Tote sei …«

Mellers Handy dudelte. Irritiert sah er auf die Nummer, unterbrach die Leitung und fuhr fort:

»… der Tote sei Hartauers Enkel Helmut Kleiner. Der DNA-Abgleich der Asservate aus Passau mit der DNA des Toten hat nun ergeben, dass es mit Sicherheit nicht unser Gesuchter ist. Auch wenn eine Ähnlichkeit zwischen dem Foto, das wir von Kleiner haben, und den noch erkennbaren Gesichtsfragmenten des unbekannten Toten besteht. Das macht diesen Fall natürlich erst recht brisant und mysteriös.

Auch den genauen Todeszeitpunkt unseres Mister Mystery festzustellen, war nicht möglich, da sich durch den Sauerstoffentzug keine Maden bilden konnten, nach deren Entwicklungsstadium man die ungefähre Tatzeit hätte eruieren können. Wir können nur annehmen, dass der Mann erst nach dem Zeitpunkt, als Ashanti aus der Wohnung zu Hinterwandl geflüchtet war, das heißt Ende Jänner, ermordet wurde.

So viel ist jedenfalls klar: Weder der Türke Behlül noch Helmut Kleiner liegen in der Pathologie in Baden.

Allerdings – die bisher unbekannte DNA-Spur in Hartauers Wohnung sowie eine aus der Wasserwohnung und die auf den Asservaten der Passauer Kollegen stimmen eindeutig überein. Das heißt, sie tragen Kleiners DNA – ein klares Ergebnis sowie das eindeutige Indiz: Helmut Kleiner war in der Wohnung seiner Großmutter und muss ihr das Betäubungsmittel verabreicht haben. Das geschah bereits im September 2009. Kleiner musste sich aber auch zwischen Ende Jänner und Mitte Februar 2010 in der Wohnung im Hochhaus in der Mühlgasse aufgehalten haben. Also waren bisher drei Männer – Behlül, Kleiner und der unbekannte Tote – vermutlich wasserpritschelnd am Werk, wenn ich das mal salopp sagen darf. Warum einer von ihnen das nicht überlebt hat, muss noch geklärt werden.«

Diese Neuigkeit hatte sein Konzept etwas durcheinandergebracht. Er war sich absolut sicher gewesen, dass die flambierte Leiche Helmut Kleiner war.

Meller sah auf das Flipchart und wollte mit dem Bambusstab auf einen Namen zeigen. Ein kurzer Knacks im Schulterblatt, und Meller war zur Statue erstarrt. Na bravo, frisch verrissen!

Mühsam wechselte er seine Sitzposition. Er war nicht in der Lage, auch nur einen klaren Gedanken zu fassen.

Was tu ich mir an, dachte er und wurde plötzlich wütend, auf sich, auf sein Kreuz, auf die Situation – auf alles, was er unter solchen Umständen nicht zu lösen in der Lage war.

Scheißrückgrat, verdammter Putzengel!

Sein Handy dudelte erneut. Er sah nach, wer ihn störte.

Es war eine ihm unbekannte Nummer. Er unterbrach den Kontakt und wandte sich kurzerhand an seine Crew.

»Es tut mir leid, Leute, ich hätte geglaubt, es ginge auch so mit meinem Kreuz, leider …« Meller schnaufte schwer.

»Wir teilen uns die Arbeit wie folgt auf: Axel, Andreas und Irene – ihr kümmert euch um den Wasser-Fall. Das Übliche, sucht sämtliche Leute neuerlich auf und löchert sie so lang, bis ihr etwas findet. Irgendwo muss es eine Quelle geben, die uns zu diesem verdammten Behlül führt. Andreas, sichte die Aufnahmen nochmals, die Axel gefilmt hat. Axel, du wirfst dich ins Wiener Nachtleben. Dort, wo Milan Ivanovics diesen Behlül kennengelernt hat. Einen geschickten Mechaniker braucht bald wer – vielleicht hatte jemand Kontakt mit ihm. Er hat auch Freier in die Wohnung nach Mödling gebracht. Filme heimlich im Lokal, damit wir die Aufnahmen Ashanti zeigen können. Du, Irene, nimmst dir unsere Schwarzafrikanerin vor. Zu dir hat sie am ehesten Vertrauen, wie ich bemerkt habe. Vielleicht erkennt sie einen ihrer Freier. Geh mit ihr auch die Täterkartei am Computer durch.« Meller sah, wie Irene Schneider die Augen verdrehte. »Ich weiß, das ist mühsam.«

»Was den Hartauer-Fall betrifft, Mike, du fährst zur Mutter von Helmut Kleiner in diese Rehaklinik. Versuche dort dein Möglichstes. Ich weiß nicht, inwieweit diese Frau noch zurechnungsfähig ist. Vielleicht erfährst du dennoch wichtige Details über ihren Sohn. Fahr auch nach Passau und setz dich mit den Kollegen dort zusammen. Das Übliche, wie immer in solchen Fällen. Claudia wird dir die nötigen Unterlagen vorbereiten. Mit der Staatsanwältin jedenfalls ist alles abgeklärt, wir haben also freie Bahn.«

»Und wie komme ich dorthin?«, murrte Lehner.

»Wie? Fahren, fliegen, schwimmen, rudern – such dir's aus. Mensch, Mike, was ist los mit dir? Setz dich in den Zug und entspann dich. Ich helfe dir, ein paar Tage von deinen Problemen wegzukommen! Und wenn du wieder hier bist, mach endlich Nägel mit Köpfen. Geh mit Stoppl zu einem Mediator …«

Meller kam eine Idee, als er Lehners Gesicht sah.

»Wir besprechen das anschließend, Mike.«

»Manuela, du kümmerst dich bitte um den Fall Weingartner. Claudia hat diesbezüglich eine Information vom Chefredakteur der *Neue-Süd* erhalten. Bei ihm habe sich angeblich eine Frau gemeldet, mit einem Hinweis auf die junge Weingartner, die in seiner Zeitung abgebildet war. Frag beim Bacher bitte nach, worum es da genau geht.«

»Und du, Chef, was ermittelt du?«, wollte Körner wissen. »Ich hab's bitte auch im Kreuz!«

»Bei mir laufen die Fäden zusammen, Axel. Und jetzt zisch ab. Wenn du krank bist, leg dich ins Bett. Ansonsten mach, was ich dir gesagt habe. Ich jedenfalls muss mich niederlegen. Dieses verdammte Kreuzweh ist nicht zum Aushalten.«

Dem Kommissar standen Schweißperlen im Gesicht …

Sechs

Sonntag, 14. März 2010

Die Wahl war zwar noch nicht entschieden, aber für einige Fraktionen war das Ergebnis ein gelungenes. So wie das herrliche Frühlingswetter an diesem 14. März, dem Wahlsonntag.

Es war knapp nach 15 Uhr, die Wahllokale waren noch geöffnet. Die einzelnen politischen Fraktionen hatten sich bereits in ihre Parteizentralen zurückgezogen und warteten mit Spannung die ersten Ergebnisse ab.

Echt kriminell, hatte ein Journalist den seit Wochen andauernden Mödlinger Wahlkampf in seiner Kolumne tituliert. Die beiden Großparteien waren schon vor dem beginnenden Wahlkampf zerstritten, was die Bevölkerung befremdet aufgenommen hatte. Es sollten doch ihre Bedürfnisse an erster Stelle stehen und nicht die persönliche Befindlichkeit zweier Kampfhähne, die sich nicht leiden konnten. Da durfte man darauf gespannt sein, wie die *Aktive Liste Mödling,* diese neu gegründete Bürgerliste des Unternehmers Jürgen Waldmüller, abschneiden würde.

Der ALM waren die besten Chancen prognostiziert worden. Neben dem flotten Werbeauftritt war die freie Bürgerliste für viele Leute eine willkommene Gelegenheit, ihrer Enttäuschung über nicht eingelöste Wahlversprechen Luft zu machen und aus

Protest die ALM zu wählen. Es gehörte zwar zur Tradition, dass Schwarz und Rot in Mödling das Sagen hatten, doch durch die ALM könnte die bisherige Mandatsverteilung ordentlich durcheinandergewirbelt werden. Die Spannung war daher vorprogrammiert.

Chefredakteur Ewald Bacher von der *Neue-Süd* hatte es sich nicht nehmen lassen, schon am Sonntagmorgen vor den Wahllokalen zu stehen und die Leute nach ihrer Meinung zu fragen.

Nach einem kurzen Mittagessen, das er daheim zu sich genommen hatte, ging er sofort wieder »auf die Pirsch«, wie er es seiner Frau erklärte. Bacher wollte die Stimmung an Ort und Stelle einfangen, sozusagen direkt an des Wählers Finger und Kuli sein, wenn sie ihr Kreuzerl in das Ringerl der auserkorenen Fraktion kritzelten.

Genau genommen wollte er als Erster wissen, wie es um die ALM stand. Schließlich versprach Bacher sich lukrative Inserataufträge, wenn die neue Bürgerliste positiv abschnitt. Auch Lo Bianco hatte Ähnliches durchblicken lassen.

Sich dafür an einem Sonntag ins Zeug zu werfen, sah Bacher jedoch nicht nur als berufliches Muss. Nein, es machte ihm richtig Spaß, an so einem Tag diese journalistische Herausforderung anzunehmen. Schließlich kam er zu interessanten Beiträgen für die nächsten *Neue-Süd* Ausgaben.

»Mahlzeit, Wahlzeit!« hatte Bacher ausgerufen und das gedünstete Fischfilet mit Reis und die Nachspeise – Maronipudding mit Preiselbeergupf – hastig in sich hineingeschlungen. Seine Frau kochte hervorragend, es hatte ihm geschmeckt. Nur an diesem Tag war sein entsprechendes Lob auf die gute Küche ausgeblieben.

Seine Adelheid hatte es ihm nicht übel genommen. Hingegen

war sie heilfroh, dass er sie mit dem politischen Zeugs, wie sie es nannte, verschonte. Seine flüchtige Umarmung, der zarte Kuss auf ihren drallen Bauch – sie spürte, wie Ewald mit den Lippen den Kleiderstoff auf der angespannten Haut hin und her schob, das reichte ihr für heute.

Sie konzentrierte sich auf die baldige Geburt ihres Sohnes. Adelheid hatte noch zwei Wochen bis zum Termin.

Doch an diesem Morgen war ihr so, als sei der Junge runtergeplumpst, hätte sich gesenkt. Ewald hatte sie nichts gesagt, er sollte nicht beunruhigt werden. Aber das Gefühl trog sie nicht – in ihrem Bauch war etwas im Gange. Wie gut, dass ihr quirliger Ehemann aus dem Haus war. Es war wieder Ruhe eingekehrt und sie konnte sich ihrem Bauchgefühl widmen …

Zurzeit stand Ewald Bacher beim Wahlsprengel 17 in der Eisentorgasse, vor einer ehemaligen Schule, die zu einem Jugendzentrum umfunktioniert worden war, und wartete, bis wieder Leute aus dem Gebäude traten. In manchen Gesichtern sah man den Schimmer einer lang gehegten Genugtuung.

Einem Mann kam ein Statement über die Lippen, das der umtriebige Journalist besser für sich behielt – in seinem Blatt abgedruckt, hätte es bestimmt eine Klage nach sich gezogen.

Aber so kamen die Emotionen mancher Frustrierter hoch, die für das gemeinschaftliche Zusammenleben in der Gemeinde zwar selbst nicht einen Finger rührten, sich aber von »ihrer« Partei vertreten wissen wollten. Wenn das nicht klappte, fühlten sie sich im Stich gelassen und waren schnell beim Aburteilen.

Die Leute der ALM-Gruppe waren selbst am Wahltag noch hochaktiv. Hübsche Frauen im bunten Dirndl und fesche Burschen in kesser Bergsteigerdress verteilten auf Mödlings Straßen und Gassen, vor allem aber im Umfeld von Wahllokalen, kleine Almsträußchen.

Eine resolute Dame im leichten Rauhledermantel hoffte redselig, dass die ALM es denen da oben endlich kräftig zeigte.

Bacher fragte, was sie konkret damit meinte.

»Na, alles! Dauernd die Streitereien von den Roten und Schwarzen! Des will sich ja keiner mehr anschaun! Höchste Zeit, dass da wer ordentlich aufräumt!«

Sie hielt Bacher ihr Almsträußchen entgegen und sagte:

»Da, schaun S' her. Das hat mir ein junger Mann in die Hand gedrückt und mir alles Gute zu meiner Wahlentscheidung gewünscht. Is des net nett? Wünscht mir alles Gute, bloß dafür, dass ich ein Kreuzerl mach? Na, so ein hübsches Sträußerl!«

Sie steckte ihre Nase in das Blumengebinde und meinte:

»Hhhmm … da spürt man noch richtig die gsunde Almluft. So wie früher, als ich noch in die Berg gegangen bin. Wolln S' auch einmal riechen?« Sie hielt Bacher die Blumen unter die Nase.

Bachers Nase wurde von einem Blatt gekitzelt.

Haaatschiiii …

»Sehn S'! Sie sind den Almduft auch nimmer gwohnt«, urteilte die rüstige Dame und sinnierte weiter:

»Schad is nur, dass die von der ALM keine Bürgermeisterin zum Wählen haben. Ich hab's dem Waldmüller aber eh auf seinen Zettel gschrieben. Wenn er statt sich eine Frau aufgestellt hätte, dann tät er heut noch mehr Stimmen kriegen. Des können Sie jetzt ruhig in Ihrem Blattl abdrucken … Müller Marianne ist mein Name. Aber fotografieren lass ich mich nicht, ich muss erst zum Friseur. Vergangene Woche ist sich's nimmer ausgegangen. So – ich wünsch Ihnen noch einen recht schönen Sonntag.«

Nach dem Mittagessen war der Kommissar mit seiner kleinen Familie zu einem Nachmittagsspaziergang in den Wienerwald aufgebrochen. Zuvor war er mit Erika zum Wahllokal in die Europa-Sport-Mittelschule gefahren, um zu wählen.

Direkt aufdringlich wurde Erika, weil sie unbedingt wissen wollte, für wen Meller denn gestimmt habe.

»Nun gut, wenn du's wirklich wissen willst«, sagte er mit todernstem Gesicht und flüsterte es ihr ins Ohr.

»Was? Bist du von allen guten Geistern verlassen, Mario?«, hatte sie entsetzt ausgerufen. »Die, die mit 50 Sachen durch die Stadt rasen wollen? Und so was wählst du?«

»Ich bin Protestwähler und Blau ist meine Lieblingsfarbe.«

»Mit dir red ich nix mehr«, schmollte Erika. »Dabei ich war mir sicher, du würdest den Lo und die ALM unterstützen. Dem Lo hab ich sogar meine Vorzugsstimme gegeben.«

»Ich doch auch, Erika. Ich musste dich auf die Schaufel nehmen, weil du gar so neugierig bist.«

»Kriegst gleich ein blaues Auge, du!«, rief sie und boxte ihn in die Seite.

»Auah! Gleich fall ich wieder um und du musst mich nachhause schleppen«, lachte Meller. Doch das Lachen verging ihm schlagartig, da sich sein verrissenes Kreuz sofort schmerzhaft meldete. Noch war er nicht so weit, um lockere Sprünge zu machen. Der Arzt hatte ihn am Abend zuvor nochmals aufgesucht. Die Folgen seines Sturzes waren doch langwieriger. Sein Kreuz hatte Meller ins Bett zurückbeordert.

Diesen Sonntag war er immerhin den ersten Tag auf den Beinen. Es war aber auch das schöne Wetter, das ihn aus dem Haus in die Natur getrieben hatte.

Ah – diese Waldluft!

Tief ein- und ausatmen, so weit es die Lungenflügel erlaubten.

Der noch modrige Geruch kündigte bereits den Frühling an. Alles, was den Winter über geschützt unterm Erdreich verharrt hatte, streckte neugierig die ersten Triebe durch das verwelkte Laub des Vorjahrs. Das Sonnenlicht, das durch die noch kahlen Bäume blitzte, ließ Meller wieder neue Kräfte tanken.

An diesem sonnigen Tag sollten Verbrecher noch vor ihm verschont bleiben, aber ab morgen war er ihnen wieder auf den Fersen …

Manuel hatte sich dagegen gesträubt, mitmarschieren zu müssen, aber Meller hatte darauf bestanden. Erst war der Junge nicht aus seiner Kellerhöhle zu locken gewesen. Als er ihm jedoch androhte, den Keller für eine Woche zu sperren, stand Manuel plötzlich vor ihm und beteuerte, er habe ein Treffen mit Tobi und Flo vergessen.

Eine Ausrede, das wusste der Kommissar. Der Junge musste mit und basta. Joe war das nur recht, denn da konnte er mit Manuel herumtoben und das war ja auch Mellers Absicht gewesen. Kind und Hund sollten sich verausgaben, damit abends Ruhe im Haus war und er sich seinen Ermittlungen widmen konnte.

In der Fußgängerzone herrschte ein fröhliches Treiben wie schon lang nicht mehr.

Müde von der Wanderung – sie waren erst zur Burg Liechtenstein, über die Turnerwiese, weiter zum Schwarzen Turm und schließlich in die Mödlinger Fußgängerzone gegangen –, wollten sie sich im Café Posthof mit Kuchen und Kaffee belohnen. Dort war jedoch kein Platz mehr frei.

Nach kurzem Warten auf einem Bankerl vor dem Rathaus, erhaschten sie einen frei gewordenen Tisch unter den Bäumen am Schrannenplatz und ließen sich vom Kellner des Café Segafredo das Gewünschte bringen …

Den Schaum einrühren, dann einen genussvollen Schluck

vom Caffè Latte im Glas – was für ein Aroma! Sein Gaumen dankte ihm für diesen Kaffee.

Meller streckte sich, verschränkte die Arme hinterm Kopf und testete vorsichtig sein lädiertes Kreuz.

Ein bisschen Hohlkreuz und noch ein bisschen …

»Ahh … geht ja«, seufzte er erleichtert.

Zufrieden blinzelte Meller in das Sonnenlicht und überließ es den frühen Nachmittagsstrahlen, sein Gesicht aufzuwärmen.

Manuel hatte, wie Joe, kein ruhiges Sitzfleisch. Er war mit dem Hund verschwunden. Sein halb ausgetrunkenes Glas Cola stand auf dem Tisch. Das hieß, er würde bald wieder antanzen.

Erika saß neben Meller und genoss eine Topfenschnitte. Kauend besah sie sich die Leute, die an ihnen vorübergingen.

»Na? Hast schon wieder wen in Verdacht?«

Meller grinste. Heimlich hatte er die alte Frau beobachtet, wie sie jeden musterte. Doch Erika reagierte nicht auf seine Frage, sondern genoss Bissen für Bissen.

Wo war sie wohl mit ihren Gedanken? So lebendig und aufgeweckt, wie sie war. Meller hatte eine wahre Freude an der alten Frau sowie an dem Umstand, dass sie jetzt unter einem Dach lebten.

»Ist das nicht Lo?«, entgegnete sie und deutete mit der Tortengabel zu den Auslagenscheiben eines größeren Fotoladens.

Richtig, dort stand Lo Bianco, umringt von jungen Frauen und Burschen im Trachtenlook.

»Was treibt denn der da?«, kam es misstrauisch von Erika.

Meller richtete sich auf und verfolgte Biancos gestikulierende Aktivität. Hören konnte er ihn nicht, Los fuchtelnde Hände waren jedoch Sprache genug – er schien im Stress zu sein.

Schon schwirrten die Mädchen und Burschen aus, mischten sich unters Volk und verteilten kleine Blumensträuße.

Als Bianco Meller und Erika erblickte, kam er auf sie zu. Zeitgleich winkte er eins der Mädchen heran, das Erika ein Almsträußerl überreichte:

»Darf ich Sie mit einem Blumengruß von der Alm überraschen? Wenn die gnädige Frau kurz einmal daran riechen möchte? Reiner Duft von Almblumen. So frisch und ehrlich wie wir von der ALM, Mödlings neue Bürgerliste.«

»Na, ist das nicht süß?«, freute sich Erika und schnupperte an dem Sträußchen. »Ich hab Ihnen schon mein Kreuzerl gegeben, weil ich kenn den Herrn Bianco persönlich.«

Die junge Frau verbeugte sich mit einem süßen Lächeln und wandte sich bereits anderen Leuten zu, die sich um sie geschart hatten.

Wenn es etwas gratis gab, waren immer Abnehmer zur Stelle. Es war aber auch ein ausgesprochen hübsches Mädchen, das für die ALM Blumen verteilte.

»Also, grüß euch allerseits … ich darf mich kurz setzen?«

Meller deutete freundlich auffordernd, und Lo ließ sich auf Manuels Platz nieder.

»Ganz schön anstrengend, so ein Wahlkampf«, ächzte er.

»Wenn euch das Theater was bringt? Ihr wollt ja gewinnen, Lo. Also, jammer nicht«, erwiderte Meller.

»Es macht eh Spaß. Ich bin nur etwas sauer, weil der Hauptdarsteller dieses Stücks sich nirgends blicken lässt.«

»Der Waldmüller? Wo steckt er denn?«

»Jürgen hat gestern Abend dringend nach Zürich müssen, hätte aber seit mittags wieder hier sein sollen. Ist er aber nicht – weder daheim noch in der Firma. Und auf der Handy-Mailbox habe ich schon mehrmals Nachrichten hinterlassen. Er meldet sich einfach nicht. Seinen Bruder habe ich erreicht, doch der ist in aller Früh nach Gmünd gefahren und hat auch nicht mehr mit

Jürgen gesprochen. Paul wollte mir allerdings nicht verraten, wo ich seinen Bruder in Zürich erreichen kann, und druckste so eigenartig herum.«

»Vielleicht ist euer Boss mit dem Geld durchgebrannt – weißt eh, Finanzamt, Steuer und so. Man hört öfter von solchen Fällen«, schmunzelte Meller. »Musst halt dann du einspringen. Vielleicht wirst gar Bürgermeister?«

»Hör auf, Mario! Das ist gar net lustig. Ich mach mir wirklich Sorgen, nicht wegen des Geldes. Jürgen hat genug, er hat ja alles aus seiner eigenen Tasche bezahlt.«

»Und wenn er entführt worden ist?«, mischte sich Erika ein, die das Gespräch aufmerksam verfolgt hatte.

»Dann wird das dein nächster Fall, Meller«, grinste Lo Bianco. Er sah auf die Uhr am Turm des Rathauses und erhob sich.

»Ich muss los – meine Mädels warten auf mich. Noch haben wir ein bisserl Zeit, um die letzten Wähler für uns zu gewinnen. Habts einen schönen Tag noch.«

»Was sagt denn Claudia dazu, wenn du von so hübschen Damen umschwärmt wirst?«, rief ihm Meller nach.

»Gar nix. Komm ich nachhause, schläft sie schon. Und ich schlaf noch, wenn sie ins Büro fährt.«

»Na dann … die besten Voraussetzungen.«

»Wofür?«

»Such dir's aus«, erwiderte Meller.

Bianco winkte noch, bahnte sich einen Weg durch die Menge und blieb dann abrupt stehen, als wollte er noch etwas sagen. Dabei stieß Lo mit einer Frau, die einer Mutter mit Kinderwagen ausweichen musste, beinahe zusammen.

»Du …?«, entfuhr es ihm.

Sie sah ihn nur kurz an und ging weiter.

Irritiert blickte Lo ihr nach.

Die Frau steuerte auf den Tisch zu, an dem sein Freund mit der alten Frau saß. Meller stand auf – die beiden umarmten sich innig …

– – –

22 Stunden zuvor schlichen in der Dämmerung zwei Männer auf ein Firmenareal nahe Wiener Neustadt und standen überfallsartig im Büro des Schotterwerks Waldmüller.

»Was soll das? Ich ruf die Po…!« Das *…lizei* blieb Jürgen Waldmüller im Hals stecken.

Die zwei Männer ließen ihm keine andere Wahl. Dicht an die Wand gedrängt stand der Unternehmer, während der sportlich durchtrainierte Blonde bedrohlich auf ihn zuging.

Die Pistole in seiner Hand beantwortete Waldmüllers Frage.

Plötzlich packte er zu, drehte Waldmüllers rechten Arm brutal auf den Rücken, stellte sich hinter ihn und drückte ihm die Waffe an die rechte Schläfe.

»Wer du bist, ist uns egal. Es soll dir auch egal sein, wer wir sind, wenn dir dein Leben lieb ist. Wir wollen nur eins von dir: Die Tasche der Hure, die dich besuchen wollte, genauer gesagt, den Inhalt der Tasche. Oder willst du, dass sich die Polizei für dein Luder interessiert? Ein Hinweis von mir genügt. Und jetzt rück ihre Sachen raus!«

Der Pistolenlauf prägte ein zwanzig Cent großes Ringprofil in Waldmüllers Schläfe und bog seinen Kopf zur Seite.

Winzige Schweißperlen sammelten sich um das Metall und liefen als Tropfen über Wange und Hals. Jürgen Waldmüller spürte ein lästiges Kitzeln, bevor sie vom Hemdkragen aufgesaugt wurden.

Was wussten diese Gangster von Cécile?

Nicht nur die Krawatte, auch seine panische Angst vor diesen beiden Typen schnürten ihm die Kehle zu.

»Sie … Sie waren es, die Cécile umgebracht haben. Stimmt's?«, kam es keuchend von ihm.

»Du darfst mich duzen, Waldmüller. Ich nenn dich Waldi.«

Der Typ grinste böse. Er lockerte seinen Griff, nahm die Pistole kurz von Waldmüllers Schläfe, bloß um sie sogleich wieder draufzudrücken. Sein Mund näherte sich Waldmüllers linkem Ohr, leise sagte er:

»Ich habe dich beobachtet, wie du dieses Miststück in dein Auto gelegt hast und weggezischt bist.«

»Cécile war bereits tot«, erwiderte Jürgen Waldmüller wahrheitsgemäß und ebenso leise. Sein Herz drohte zu zerspringen.

»Was sagen Mann? Machen Probleme, ey?«, mischte sich der kräftige, dunkle Typ ein, der nervös am Fenster gestanden und hinausgestarrt hatte. Er steuerte auf die beiden zu.

»Aber nein. Waldi ist so nett und gibt uns die Sachen … stimmt's?«, erwiderte der Pistolenmann und fuhr Waldmüller mit dem Lauf über Wange und Mund. »Morgen ist sein großer Tag, hab ich gelesen. Waldi ist ein prominenter Parteiheini. Er will in seinem Nobelkaff Bürgermeister werden. Werden auch Tote zum Bürgermeister gewählt? Darum frage ich Waldi ein letztes Mal: Wo ist das Zeug dieser Schlampe?«

»Céciles Tasche … dort im Schrank«, keuchte Waldmüller.

Mit der freien Hand zeigte er auf einen mehrtürigen Metallschrank an der gegenüberliegenden Wand.

»Sieh nach.«

Die Aufforderung des sportlichen Blonden galt dem Dunkelhaarigen mit ausländischem Akzent, der den Kasten sofort aufreißen wollte. Doch er war versperrt.

»Machen Probleme!«, rief er, rüttelte an einer der Türen und riss dabei den Griff ab, den er wütend zu Boden warf. Schon hielt er einen Bürosessel in den Händen, um auf die Schrankwand einzuschlagen.

»Bitte, nicht! Ich … ich … die Schlüssel sind im Sakko!«, rief Waldmüller. Er deutete auf seinen Bürostuhl, über dem es hing.

»Mach Waldi nicht nervös, er pariert eh wie ein braves Hunderl.« Scheppernd lachte der Blonde und warf seinem Kumpel das Sakko zu. Als der andere den Schlüsselbund gefunden und eine Tür nach der anderen aufgesperrt hatte, rief er:

»Wo Tasche von Hure?«

Drohend kam der dunkle Typ auf Waldmüller zu, ballte eine Faust und hielt sie ihm unter die Nase.

»Du essen wollen deine Zähne?«

Die Regale waren, bis auf wenige freie Plätze, mit Ordnern bestückt. Im rechten Schrankelement, nahe der Fensterfront, stand ein tischhoher Safe.

»Im Safe«, verriet Waldmüller. Er zuckte zusammen, weil die dichtbehaarte Männerfaust seine Nase nach oben drückte.

»Den Code, Waldi«, zischte der Pistolenmann.

Jürgen Waldmüller schwieg. Mit Schrecken fiel ihm ein, was im Safe noch gebunkert lag.

Ein Fausthieb traf ihn und riss seinen Kopf nach hinten. Blitzartig bohrte sich der Schmerz wie eine glühendheiße Nadel durch das Hirn. Metallisch und warm schmeckte er, was seinen Rachen füllte und auch aus der Nase schoss. Benommen spuckte er dem Typen, der ihm diesen Hieb verpasst hatte, reflexartig eine Ladung Blut ins Gesicht.

Da traf ihn der nächste Hieb – direkt in den Magen.

Der Pistolenmann ließ sein Opfer los, das wie ein Stück Holz zu Boden plumpste und regungslos liegen blieb.

Der Dunkelhaarige beugte sich über Waldmüller, zerrte ihn

mit einer Hand an der Krawatte hoch, watschte ihn mit der anderen links und rechts ab und zischte:

»Waldi sagen Code jetzt?«

»Zwei … sieben … zwei … vier«, stöhnte Waldmüller unter dieser Tortur. Er spürte etwas Hartes in der Mundhöhle und weigerte sich, es zu schlucken. Es gelang ihm, mit der Zunge den Fremdkörper über die Lippen zu schieben. Es war ein Schneidezahn. Das bemerkte er, als seine Zunge die frisch geschlagene Bresche in der oberen Zahnreihe abtastete.

Nach einem letzten Hieb knallte Waldmüllers Kopf erst an die Wand, dann auf den Steinboden. Er kam sich vor wie in einer Schreddermaschine, die Felsen zu Schotter zerkleinerte. Seine Gedanken waren nur noch auf Überleben programmiert.

Er musste sich die Typen einprägen. Er musste in Erfahrung bringen, wie sie auf ihn gekommen waren, er musste …

Ein harter Fußtritt, der Jürgen Waldmüller in Brusthöhe traf, ließ ihn gnädig in ein schwarzes Nichts fallen …

Es war bereits finster, als er wieder zu sich kam.

Minuten brauchte Waldmüller, bis seine Gehirnzellen das Geschehene aneinanderreihten und er sich an alles erinnern konnte – die beiden Männer, die Pistole, seine Panik, die gnadenlosen Fausthiebe, seine Schmerzen. Die Männer waren weg. Geblieben waren ihm die Schmerzen, die mehr und mehr seine Nervenzellen in Beschlag nahmen.

Er lag auf dem kalten Steinboden seines Büros.

Mühsam raffte er sich auf. Es gelang ihm, sich an den Schreibtisch zu lehnen. Mit zitternden Fingern tastete er sein Gesicht ab. Sein Blickfeld war eingeschränkt, da er nur mit einem Auge etwas sehen konnte. Die Finger der linken Hand waren mächtig angeschwollen. Hoffentlich war nichts gebrochen.

Da fiel sein Blick auf die offene Safetür.

Was im Safe gelegen hatte, lag verstreut auf dem Boden.

Blitzschnell füllte sich sein Hirn mit panischen Gedanken: Céciles Leiche! Die Gangster wussten davon, sie hatten ihn in der Hand. Wie konnte er nur so blöd sein! Dreihunderttausend Euro Schwarzgeld waren ebenfalls weg! Geld, das er ursprünglich für eine lukrative Transaktion zur Seite gelegt hatte. Manche Geschäfte waren im Lauf der Jahre nebenbei gelaufen. Er hatte vorgehabt, das Geld in Liechtenstein oder in der Schweiz anzulegen. Seit aber diese Schwarzgeldkonten auf CDs veröffentlicht wurden, hatte er überlegt, das Geld in Nicaragua in ein Hotelprojekt zu stecken. Er kannte das Land von seinen früheren Hilfseinsätzen. Doch seit er in Mödling diese Bürgerliste auf die Beine gestellt hatte, wollte er mit dem Geld ALM-Projekte finanzieren. Er hatte Blut geleckt, als er sah, wie positiv seine ALM aufgenommen wurde, und er fühlte sich als der geborene Politiker. Man konnte Menschen so leicht manipulieren, wenn man es verstand, Visionen mit den rechten Worten zu präsentieren. Es wäre alles so perfekt gelaufen, wenn nicht …

Verdammt – wenn nicht dies, wenn nicht das …!

Jetzt musste er seine Gedanken und sein Handeln voll auf Schadensbegrenzung ausrichten. Das Geld war weg und diese Gangster wussten, dass er mit Cécile in Verbindung gebracht werden konnte. Seine politische Position sowie sein gesellschaftliches Ansehen waren in höchstem Maße gefährdet!

Die beiden Typen hatte er nicht gekannt.

Sie wussten aber, dass er die tote Cécile in sein Auto geladen hatte. Um einen Skandal zu vermeiden, hatte er die Frau verschwinden lassen müssen.

Wenn ihn die Gangster auch dabei beobachtet hatten?

Oh Gott! Wenn die Polizei davon erfuhr, war er geliefert!

Er konnte nicht einmal den auf ihn verübten Raubüberfall anzeigen – er war erpressbar geworden, der Blonde hatte es klar gesagt! Jürgen Waldmüller stöhnte auf.

Sein politischer Einstieg war bisher fantastisch gelaufen. Die *Aktive Liste Mödling* würde – wenn die Prognosen eintrafen – bei der Gemeinderatswahl eine unglaubliche Quote einfahren, vielleicht sogar einen Überraschungssieg. An diesem Abend sollte er mit seinen Mitstreitern den erfolgreichen Wahlkampf feiern und morgen war Wahltag!

Was war als Erstes zu tun? Er spürte, wie sich eine Schlinge um seinen Hals legte. Hätte er sich doch niemals mit dieser Frau eingelassen … ach, hätte … hätte er nicht …

Das Blut pochte in seinem Hirn. Als wäre er unter einer Ladung Schotter begraben gewesen, so fühlte er sich.

Plötzliche Panik durchfuhr seinen ramponierten Körper. Mühsam rappelte sich Waldmüller hoch.

Er griff nach der digitalen Uhr auf seinem Schreibtisch.

Zehn vor acht – in zehn Minuten sollte er in Mödling im »Ristorante Pino« sein. Er hatte das ausgezeichnete italienische Lokal für die ALM-Feier reservieren lassen.

Waldmüller eilte in den Waschraum. Als er sein Spiegelbild sah, erschrak er vor seiner eigenen Visage. Das rechte Auge hatte sich vollends geschlossen, die Geschwulst war dunkelrot gefärbt. Als er ein Grinsen versuchte, bescherte ihm das Zahnloch einen jämmerlichen Anblick. Die eingerissene Unterlippe blutete wieder.

Vorsichtig begann er, mit kaltem Wasser und WC-Papier das Blut aus seinem verschwollenen Gesicht zu waschen.

Unmöglich, so konnte er nicht unter die Leute gehen, weder an diesem noch am nächsten Tag, am Wahlsonntag. Fieberhaft überlegte er, wie er sein Aussehen erklären sollte.

Eine vage Idee kam ihm und er dachte sie durch – das könnte klappen. Er schleppte sich in sein Büro und wählte die Nummer seines Wahlstrategen.

»Bianco?«

»Grüß dich, Lo … ich bin's, Jürgen! Bitte entschuldige, ich kann nicht zu euch kommen. Ein wichtiges Geschäft hat sich ergeben. Ich sitze noch im Büro, muss aber gleich zum Flughafen und nach Zürich fliegen. Morgen Mittag bin ich wieder in Mödling. Wir treffen einander, wie vereinbart. Richte bitte allen von mir ein ganz, ganz großes Dankeschön aus. Ich lasse mich vielmals entschuldigen und es tut mir auch sehr leid, aber dieser Geschäftstermin ist nicht aufschiebbar.«

»Schade. Wir hätten dich gern in unserer Mitte gehabt. Aber ich versteh das, Jürgen – Business geht vor Spaß. Ich wünsche dir jedenfalls einen tollen Abschluss. Und morgen werden wir's den anderen zeigen. Freu mich schon … servus, Jürgen.«

Waldmüller legte auf.

Erschöpft stützte er den Kopf in seinen Händen ab. Schemenhaft flitzte Vergangenes an ihm vorüber. Die Erinnerung stieß ihn Jahre zurück in eine andere Welt, auf einen anderen Erdteil, als er noch als Entwicklungshelfer tätig war …

Von seinen Gedanken aufgeschreckt, sah er um sich – das Chaos würde er am Montag aufräumen. Er sperrte sein Büro ab.

Ihm konnte jetzt nur einer helfen …

»Diese Typen werden dich erpressen, Jürgen. Du musst unbedingt die Polizei einschalten. Aber mich verschone bitte, mich da mit hineinzuziehen, das wäre unfair.«

Das war hart. Eine solche Reaktion hatte er nicht erwartet.

Jürgen saß seinem Bruder gegenüber, der ihn anstarrte.

Paul nahm seine Brille ab, drehte sie und hauchte mehrmals

auf die Gläser. Mit einem samtweichen Lappen, den er stets bei sich trug, putzte er sie bedächtig. Sein Blick war auf eins der Gemälde an der gegenüberliegenden Wand gerichtet.

Es war Pauls Verlegenheitsritual, das er automatisch begann, um dadurch Zeit für eine Antwort zu gewinnen oder aber auch, um eine Entscheidung zu treffen.

Jürgen hatte von dem Überfall und von den geraubten dreihunderttausend Euro berichtet, unversteuertes Geld. Deswegen eine Anzeige zu riskieren, wäre taktisch unklug. Wenn das publik wurde, hätte er ein Strafverfahren am Hals und seine politische Karriere wäre beendet, bevor sie begonnen hatte.

Paul war erschüttert, aber noch ließ er sich nichts anmerken. Während er die Brillengläser reinigte, wandelte sich seine Enttäuschung allmählich in stille Wut, weil ihm wieder einfiel, was er in der Vergangenheit seinem Bruder zuliebe alles erduldet und gemacht und worauf er verzichtet hatte.

Sie saßen bei gedämpftem Licht im Wohnsalon.

Die Villa Steinreich war groß genug, um den Waldmüller-Brüdern in zwei getrennten Wohneinheiten Platz zu bieten. Sie hatten das riesige Haus entsprechend umbauen lassen. Nur der Salon wurde als gemeinsames Wohnzimmer genutzt, wenn ihnen nach Unterhaltung war. Es war auch der Raum, in dem familiäre Treffen und Feste abgehalten wurden, wobei sich der Begriff Familie auf hauptsächlich drei Menschen reduzierte: die beiden Brüder und Flora Wunderl als Haushälterin, mit der Jürgen allerdings nicht immer klarkam. Seiner Meinung nach mischte sie sich zu sehr in Pauls Leben ein. Aber damit musste sein Bruder zurande kommen. Doch solang sich die Wunderl nur um den Haushalt kümmerte und in Jürgens Welt nicht einzugreifen versuchte, kam er mit ihr halbwegs zurecht.

Das Brüderpaar hatte nicht vorgehabt, eigene Familien zu

gründen. Kinder waren weder für Jürgen noch für Paul ein Thema gewesen. Flora Wunderl als Ersatzmutter und guter Hausgeist genügte ihnen …

Nervös sah Jürgen Paul beim Brillenputzen zu.

Wie fremd ihm sein Bruder geworden war. Da lebte er mit Paul seit Jahren Tür an Tür und wusste von ihm kaum mehr, als dass er in seiner Buchhandlung steckte und sich in der freien Zeit hinter Büchern verkroch. Wie gern hätte er es gesehen, dass Paul ihn bei der ALM unterstützt.

Paul war nicht dagegen gewesen, er hatte aber auch nicht konkret zugesagt. Er war nur der Meinung, nicht das Zeug zum Mann an der Front zu haben. Die Waldmüllers genossen einen ausgezeichneten Ruf. Gemeinsam als führende Köpfe der ALM wären sie das Dreamteam schlechthin.

Jürgen musste nun Paul so weit bringen, für ihn in den Ring zu steigen. Mit seinem verschwollenen Gesicht konnte er sich am Wahltag unmöglich präsentieren.

Eine Ausrede für Jürgens Fernbleiben zu finden, war noch das Leichteste. Für diesen Abend hatte er seiner Gruppe einen Flug nach Zürich vorgelogen. Am nächsten Tag könnte man das Gerücht eines Unfalls verbreiten. Nichts Schlimmes, der ALM-Chef sei angefahren worden, Gott sei Dank nur leicht verletzt. Paul würde ihn würdig vertreten. Wichtig war nur, einer der Waldmüller-Brüder stand an am Wahltag für Interviews parat.

Vielleicht gab es auch noch ein paar Wahlstimmen mehr für die ALM, wenn Lo die Unfallversion flink und gezielt verbreiten würde und sie so den Mitleidsbonus kassieren könnten.

Währenddessen könnte sich Jürgen daheim erholen und die nächsten Schritte überlegen …

»Kannst du nicht endlich das blöde Brillenputzen sein lassen? Das macht mich ganz nervös!«, herrschte er Paul an.

»Und du, was machst du? Wie kannst du nur unsere Familie so in Verruf bringen!«, brauste Paul plötzlich auf. »Du hast ein Menschenleben auf dem Gewissen, bedenke das!«

Jürgen schreckte hoch. Das war nicht der sanfte, stille Bruder.

»Was spinnst du dir da zusammen? Ich hab diese Hure doch nicht erschossen! Sie ist in meinen Armen gestorben!«

»Du hättest einen Arzt rufen müssen … du hättest die Polizei rufen müssen. Du … du … du hättest dich niemals ihrer auf so menschenunwürdige Weise entledigen dürfen. Ich möchte mit dir nichts mehr zu tun haben!«

Paul war aufgesprungen. Er hatte sich die Brille aufgesetzt, ging erregt durch den Raum, gestikulierte mit seinen Händen und blieb schließlich vor Jürgen stehen.

»Und so einer wie du will eine Bürgerbewegung leiten? So einer wie du soll in unserer Stadt künftig eine Vorbildfunktion haben? Eine schöne, saubere Weste hast du dir gleich zu Beginn umgehängt, gratuliere!«

»Ich weiß ja auch nicht, wie das alles über mich gekommen ist. Bloß weil …«

»Weil, weil …«, fiel ihm Paul ins Wort, »weil zum Beispiel dreihunderttausend Euro so mir nichts dir nichts ohne dein Zutun zu Schwarzgeld geworden sind? Mach dich nicht lächerlich.«

»Und? Hast du noch nie etwas schwarz beiseite gelegt? Hast du noch nie eine heiße Nacht mit einer Frau erlebt … mein Gott, von mir aus eine Hure genossen?«

»So was habe ich nicht nötig.«

»Schau, schau, der heilige Paul von Ehrlichhausen.«

»Ich bin nicht du, Jürgen. Ich brauche keinen Sex mit solchen Frauen. Ich habe meine Erfahrungen anderweitig gemacht und das reicht mir.«

»So, so? Mein Brüderchen ist schwul?«

Paul schwieg und errötete plötzlich.

»Entschuldige, Paul, falls ich dir zu nahe getreten bin. Mir steht es nicht zu, darüber zu urteilen.«

»Es ist auch nicht so, wie du denkst. Es ist eben anders und ich bin dir keine Rechenschaft schuldig. Übrigens – ich habe eine Freundin. Seit Kurzem.«

»Fein für dich … Also, was soll ich deiner Meinung nach tun?«

Jürgen lehnte sich ächzend zurück, betastete sein geschwollenes Auge und die Lippen und seufzte. Eine Grundsatzdiskussion über moralisches Verhalten, die hatte ihm noch gefehlt.

»Leg dein Amt zurück«, forderte Paul.

»Mit Sicherheit nicht. Was glaubst du, was es mich gekostet hat, die ALM aufzubauen! Nach der schweren Zeit, die ich durchlitt, bis ich es in Mödling wieder aushalten konnte.«

»Ja, genau das ist es, du Egoist! Jahrelang warst du in der Welt unterwegs, schertest dich einen Dreck um die Firma und unseren Vater. *Ich* war es, der in deiner Abwesenheit alles für dich machte und regelte. Ich habe unseren Vater bei Laune gehalten, damit er dich nicht … Ach was, zu spät. Er ist ja schon lang tot!«

Paul hielt inne und schnappte nach Luft. Der Streit mit seinem Bruder ging ihm an die Nieren, doch er musste endlich loswerden, was ihn die Jahre hindurch zermürbt hatte. Er war es leid, wie schon so oft für seinen Bruder einspringen zu müssen.

Wieder stand Jürgen im Mittelpunkt, wieder war er der tolle Typ, der bestimmte, anschaffte, delegierte, der wieder einmal hofiert werden wollte. So wie Jahre zuvor unter dem Deckmantel eines sozialen Engagements für Arme in der Dritten Welt und jetzt für einen bescheuerten Wahlkampf. Wäre Jürgens Absicht eine redliche gewesen, so hätte er ihm dieses eine Mal noch geholfen. Durch das, was Paul von ihm erfahren hatte, war jegliches Mitgefühl für seinen Bruder abgestorben. Im

Grunde war Jürgen durch und durch korrupt, ein brutaler Egoist, der Ziele auch auf Kosten seiner Familie durchsetzte.

Mit einem Mal sah Paul das wahre Gesicht seines Bruders. Er sah Jürgens Visage, die sich durch die Attacke der Gangster wie ein Dorian-Gray-Bildnis präsentierte.

Mit einer Mischung aus Eifersucht und Genugtuung schleuderte er Jürgen seinen aufgestauten Frust entgegen:

»Was bist du für ein Monster! Du warst mein Vorbild, ich habe dich bewundert, habe dich beneidet. Solang ich mich erinnern kann, wurde mir stets das Gefühl vermittelt, schuld am Tod unserer Mutter zu sein, weil sie bei meiner Geburt gestorben ist. Ich war der Unheilbringer in der Familie, du aber der Edle, der Helfer, der Retter mit Heiligenschein … und was ist aus dir geworden, Jürgen? Du bist durch und durch korrupt!.«

»Ich bin nur ein Mensch mit Fehlern.«

»Dann oute dich vor deinen Anhängern und trete – wie ich schon sagte – zurück.«

»Ich zieh mich zurück, wenn du die nächste Zeit bei der ALM meine Position übernimmst, Paul. Nur die wahren Gründe wird man nicht erfahren. Wenn das publik wird, dann …«

»Dann soll wohl ich den Kopf dafür hinhalten, wenn etwas auffliegt?«, unterbrach ihn Paul. »Damit Herr ALM-Saubermann fein raus ist? Nicht mit mir, lieber Bruder. An dir klebt schmutziges Geld und unschuldiges Blut.«

»Du musst aber für mich einspringen …«

Jürgen erhob sich, ging auf seinen Bruder zu und redete auf ihn ein:

»Jetzt sei nicht so zimperlich, Paul. Morgen ist großer Wahltag und wir haben alle Chancen zu gewinnen. Erklär mir, wie ich mit meinem Gesicht vor die Leute treten soll … eine Rede halten soll? Mir tut jetzt schon der Mund weh.«

Jürgen wischte sich mit dem Handrücken das Blut von den Lippen, weil die Wunde erneut aufgesprungen war.

Er hielt seinen Bruder am Arm fest.

»Komm, Paul, sei kein Schuft. Bloß ein paar nette Worte für die Presse, mich entschuldigen und dich ins Spiel bringen. Das wäre doch gleich die beste Gelegenheit, dich …«

Doch Paul riss sich los. Wütend fuhr er ihm dazwischen:

»Wie oft muss ich dir noch sagen, dass ich mit dir und deiner ALM nichts zu tun haben will?«

»Verräter«, zischte Jürgen und versetzte ihm einen Stoß.

»Das sagst gerade du? Lass deine Wut an anderen aus. Ich geh schlafen. Morgen schau ich mir in Gmünd die Blockheide an, ich hab ein interessantes Buch darüber gelesen.«

Paul wollte schon zur Tür hinaus. Da riss ihn Jürgen zurück und gab ihm eine Ohrfeige. Die Brille flog in hohem Bogen.

Paul bückte sich danach und wollte sie aufheben.

»Überhebliche schwule Sau«, kam leise von Jürgen.

Doch Paul hörte es. Er richtete sich auf und versetzte Jürgen einen Hieb, so dass dieser mehrere Schritte nach rückwärts stolperte.

Etwas schepperte metallisch, rutschte den Boden entlang.

Ohne darauf zu achten, ging Paul und knallte die Tür hinter sich zu. Er sah nicht mehr, wie sein Bruder taumelte und wohin er stürzte …

Ein Blitz fuhr durch Jürgens Körper und verglühte alles, was sich zu einem klaren Gedanken formulieren wollte.

Er war plötzlich in Bolivien und stürzte mit Carmen über den Felsvorsprung. Verzweifelt griff sie nach ihm, berührte nur seine Fingerspitzen, weil er seine Hand feige zurückgezogen hatte. Ihr letzter Blick brannte sich in sein Herz und ließ es in Flammen aufgehen. Lautlos verschwand sie in der Tiefe. Mit ihr auch sein Kind, das unter ihrem Herzen wuchs.

Er jedoch entfernte sich rasend schnell von der Erde, bis er die Welt nur noch als blaue, bunte Glasmurmel sah …

Absolute Dunkelheit … absolute Stille …

Dann – erst ein leises Dröhnen, ein Hämmern und Pochen, das immer lauter und lauter wurde und bis zur Unerträglichkeit anschwoll …

Wwwuuusch …

Es knallte ihn hart auf den Eichenparkett im Wohnsalon. Etwas Fremdes, Bedrohliches steckte in seiner Brust. Er versuchte, es herauszuziehen – zwecklos.

Seine Hilferufe klangen wie ein klägliches Piepsen, schon schwanden ihm wieder die Sinne …

Gestehe! Bereue!, hallte es plötzlich in seinen Ohren.

Ein Rauschen übertönte diese Befehle. Er tauchte aus unbekannten Fluten auf. Er schnappte nach Luft, wollte schreien. Wasser drang in seinen Mund, drohte ihn zu ersticken …

Schreibe!, befahl eine dröhnende Stimme.

Jürgen schwamm im Meer – rotes, träges Wasser …

Ich gestehe, ich bereue!, hörte er sich jammern.

»Schnell! Schreib, bevor du ertrinkst!«, befahl ihm ein Kind in einem Boot, das neben ihm ruderte und sich Jürgen nannte.

Verzweifelt tauchte er die Hand in das Rot …

– – –

Flora Wunderl traf beinahe der Schlag, als sie die Tür zum Wohnsalon öffnete …

Sie war erst jetzt von ihrem Kurzurlaub aus Graz zurückgekommen. Ein alte Schulfreundin hatte sie in Mödling aufgestöbert und spontan eingeladen, das Wochenende bei ihr zu verbringen.

Sie genossen schöne Stunden – ausgefüllt mit Spazierengehen, Museen und Galerien besuchen, im Kaffeehaus sitzen, den Grazer Uhrturm besichtigen. Abends nach dem Essen schauten sie Fotoalben an und plauderten. Sie schwelgten unbeschwert in Erinnerungen, mit dem Vorsatz, sich jetzt öfter zu treffen.

Flora war das erste Mal in Graz gewesen und es hatte ihr sehr gefallen. Gern wäre sie noch länger geblieben, doch sie musste wieder nachhause. Ihre zwei »Buben«, wie sie Jürgen und Paul im Geheimen nannte, mussten ja versorgt werden. Da sie nebenan das Gästehaus bewohnte, betrachtete sie es als ihre heilige Pflicht, das Brüderpaar zu bemuttern. Das Gästehaus gehörte ihr, so lang sie lebte. Nach dem letzten Willen ihres geliebten Hansileins sollte sein Floramausi an die Villa Steinreich gebunden sein.

Die Autofahrt von Graz nach Mödling war anstrengend gewesen und hatte der 70-Jährigen alle Konzentration abverlangt, um im starken Wochenendverkehr keinen Fehler zu machen. Einen Unfall zu bauen, das hätte ihr noch gefehlt. Erleichtert war sie in Wiener Neudorf von der Autobahn abgefahren. Das letzte Stück bis nach Mödling in die Fürstenstraße war für sie direkt eine Erholung gewesen. Daheim hatte sie erst ihre Habseligkeiten ausgepackt und weggeräumt, die benutzte Wäsche in die Waschmaschine gegeben und sich darangemacht, in der Villa nach dem Rechten zu sehen.

Es war bereits dämmrig, als sie sich auf den Weg durch den gepflegten Park zur Villa begab. Seltsam – aus den Fenstern des Wohnsalons drang Licht. Es war doch Wahltag, Jürgens großer Tag. Oder war Paul schon daheim?

Sie hätte ja zuhause bleiben können, aber dieses Treffen mit der ehemaligen Schulfreundin war ihr doch wichtiger gewesen. Flora hatte es nicht so mit der Politik. Wenn im Fernsehen diese Wichtigtuer auftraten, schaltete sie immer weg. In ihren Augen war es nur hohles Geschwätz. Was davon wirklich umgesetzt wurde, das sah man ja – eben nichts.

Es war auch mit ein Grund, warum sie mit Jürgen nicht mehr so konnte wie früher. Seit er wieder in Mödling lebte und besonders, seit er begann, sich politisch zu betätigen, war Floras Zuneigung ihm gegenüber zusehends abhanden gekommen. Als Kind, auch als Jugendlicher hatte sie ihn gemocht. Doch dann war er jahrelang weg gewesen.

Gewiss waren seine Einsätze als Helfer für notleidende Menschen in der Dritten Welt lobenswert. Doch seit Jürgen von Bolivien schwerkrank nachhause gekommen war, hatte er sich verändert, vor allem Flora gegenüber. Das traf sie sehr.

Begonnen hatte es damit, dass sie seiner Meinung nach unerlaubt im Haus Veränderungen vorgenommen hatte, ohne ihn vorher zu fragen. Nach ein paar Diskussionen deswegen hatte sie es sein lassen. Konkret war es um einen Platz im Foyer gegangen, den Flora besonders dekoriert hatte. Zugegeben, er war kitschig, der kleine Gedenkaltar mit einem Gemälde von ihrem Hansilein, mit Blumen und täglich brennenden Kerzen und mit der Bleikristallschale, mit den seltenen Steinen aus dem Schotterwerk, die Flora von ihm als Liebesgabe erhalten hatte, nach der ersten gemeinsamen Nacht. Schließlich war es der Vater der beiden Buben, der ihnen und auch Flora dieses schöne Leben ermöglicht hatte. Deswegen hätte sich Jürgen doch nicht so wütend gebärden müssen! Paul hingegen hatte damals nichts dagegen gehabt. Das war Jahre her.

Als Jürgen mit dieser ALM-Geschichte begonnen hatte, hatte Flora ihn spüren lassen, was sie davon hielt. Es war ihre Retourkutsche, an Jürgens großem Tag nicht in Mödling zu sein – schlimmer noch, nicht einmal zur Wahl zu gehen.

Ganz anders waren ihre Gefühle dem jüngeren Bruder gegenüber. Paul war ihr ans Herz gewachsen. Allein schon deswegen, weil die Mutter bei seiner Geburt gestorben war. Sie wusste, wie Paul schon als Kind darunter gelitten hatte und wie sehr es ihm noch immer zu schaffen machte.

Wenn Flora an Paul dachte, freute sie sich schon wieder auf morgen. Auf die paar Stunden in Pauls Buchhandlung. Denn der Kontakt mit lesebegierigen Leuten hielt sie jung. Wenn sie in der »LeseZeit« im samtgrünen Schaukelstuhl saß und die Leute beobachtete, war sie dem Schicksal dankbar, das sie mit ihrem Hansilein zusammengeführt hatte und ihr den tüchtigen Paul »geschenkt« hatte …

»Jessasmaria … Jürgen! Was ist mit dir?«, stammelte Flora Wunderl, wollte schon auf ihn zueilen, blieb aber wie angewurzelt stehen, weil sie sah, was mit Jürgen war.

Es gab im Wohnsalon eine Statue aus bronziertem Metall.

Jürgens Ballerina – eine grazile Figur, etwa einen Meter hoch und spindeldürr. Sie stand mit einem gestreckten Bein auf dem Boden, den Rücken kreuzhohl gebogen, und stützte sich, mit beiden Armen über dem Kopf, auf dem Boden ab. Ihr zweites Bein streckte sie dabei wie einen Speer schräg in die Höhe.

Diese eigenwillige Figur hatte Jürgen, der oft in Berlin war, eines Tages auf einem Flohmarkt gefunden und mitgebracht. Im Salon hatte sie, neben anderen Figuren, mit denen Jürgen im Lauf der Zeit den Raum füllte, Platz gefunden. Paul hingegen hatte seinen Spaß daran, die Wandregale mit Büchern zu füllen.

Flora fand dieses *verhungerte Krispindl,* wie sie die Skulptur nannte, abartig. Wie ein Spinne lauerte die Figur in der Ecke und man musste Acht geben, nicht von ihrem weggestrecktem Fuß aufgespießt zu werden, wenn man stolperte.

Jetzt stand die Ballerina nicht mehr in der Ecke.

Dafür lag Jürgen dort. Der gestreckte Fuß dieser spinnenhaften Figur ragte aus Jürgens Brust. Seine linke Hand umklammerte das dünne Bein, als wollte er es herausziehen.

Er hätte den Metallfuß zurückschieben müssen, um ihn aus seinem Körper zu bekommen, kam es Flora wie irre in den Sinn, als sie die entsetzliche Szenerie sah.

»Jessasmaria!«, wiederholte sie und faltete die Hände wie zum Gebet, als sie Jürgens ramponiertes Gesicht sah. Übelkeit packte sie plötzlich, ihr Magen rebellierte. Kaffee und Zimtschnecke, die sie in der Autobahnraststätte Zöbern zu sich genommen hatte, kamen ihr hoch, als sie das viele Blut sah, in dem Jürgens Körper lag und das auf dem Holzboden eine bizarre Form hinterlassen hatte.

Mit beiden Händen vor dem Mund, flüchtete sie in Pauls Badezimmer, das näher beim Salon lag. Dort übergab sie sich ins Waschbecken und ärgerte sich, dass sie es nicht mehr bis zum WC geschafft hatte. Sie wusch sich Hände und Gesicht, spülte sich den Mund mit Wasser aus, trank ein paar Schlucke und spülte erneut, bis das eklig säuerliche Brennen im Gaumen verschwunden war.

In den Salon zurückgekehrt, bemerkte sie erst, was auf dem Eichenparkett geschrieben stand.

Da wusste sie, was zu tun war …

Erschöpft sank Flora nach getaner Arbeit in der Küche auf einen Schemel. Wie entrückt starrte sie minutenlang aus dem Fenster. Grässliche Bilder fuhren ihr durch den Kopf und hinterließen das Geschehene als unwirklichen Albtraum.

»Das ist nicht wahr … ist nicht wahr«, sprach sie sich selbst Hoffnung zu und krümmte sich zusammen.

»Das ist nicht wahr … ist nicht wahr … ist einfach nicht wahr«, wiederholte sie immer wieder flüsternd, als ob sie die furchtbare Gewissheit damit verdrängen konnte.

Da schreckte sie hoch und überlegte panisch.

Sie stürzte in Pauls Wohnung zum Telefon, nahm den Höher ab, wählte seine Nummer.

Atemloses Warten …

Das Freizeichen lehrte sie, dass eine Sekunde genauso gut eine Stunde dauern konnte.

Dann … endlich. Er hob ab.

»Paul! Um Himmels Willen, Paul! Wo bist du?

»Ich bin noch auf der Autobahn, komme aber bald zur Abfahrt SCS. Was ist? Du klingst so gehetzt. Ist was passiert?«

»Paul, bitte! Nicht am Telefon. Du musst sofort herkommen!«

»Andeutungsweise – ist es was Schlimmes?«

»Was ganz, ganz Schlimmes, Paul!«

»Ich beeil mich.«

»Komm bitte gleich in den Salon.«

Flora legte den Hörer auf. Sie musste sich setzen und rutschte kraftlos auf den Boden. Erst jetzt, als sie mit Paul gesprochen hatte, war die Anspannung vorüber.

Sie hielt sich die Hände vors Gesicht und begann zu weinen.

Plötzlich riss sie die Hände weg und starrte sie an. Sie erhob sich und rannte in Pauls Badezimmer. Wie verrückt begann sie die Fingernägel zu schrubben, weil noch Blut darunter war.

Anschließend ging sie der Reihe nach alle Handgriffe durch, die sie seit Jürgens Auffinden im Wohnsalon gemacht hatte.

Panik erfasste Flora von Neuem, weil sie nicht mehr genau wusste, wohin sie überall gegriffen hatte, was sie alles berührt hatte. Wieder und wieder war sie mit feuchten Tüchern jeden Quadratmeter im Salon abgegangen, hatte da und dort nochmals drübergewischt und verdächtige Sachen verschwinden lassen, von denen sie annahm, dass Paul sie berührt hätte.

Sie hörte die Haustür ins Schloss fallen.

Flora erschrak und wäre beinahe über Jürgens Beine gestolpert. Sie dimmte das Licht und rannte aus dem Raum – direkt in Pauls Arme. Schluchzend fiel sie ihm um den Hals, verstellte ihm den Zugang zum Wohnsalon und flehte ihn an:

»Bitte, bitte, Paul! Sag mir, dass du es nicht warst!«

»Dass ich was nicht war, Flora?«

»Bitte, schwör es mir … ich kann so nicht mehr leben, wenn ich weiß, dass du das getan hast!«

»Jetzt komm, Flora! Sag mir, was los ist und lass mich endlich an dir vorbei!«

Als Paul in den Salon trat, atmete er einen extremen Geruch nach Putzmittel ein. Dann sah er etwas Undefinierbares.

Noch konnte er auf die Entfernung nicht genau sehen, wer oder was dort in der Ecke auf dem Boden lag. Er drehte das Licht auf. Seine Brille war angelaufen. Er musste sie abnehmen, um den Beschlag abzuwischen. Als er sie wieder aufgesetzt hatte, erkannte er sofort, was dort gekrümmt in der Ecke lag. Auch, dass die dunkle Fläche auf dem Boden eingetrocknetes Blut war.

Er sah die bizarre Figur – diese verdammte, blöde, hässliche Skulptur –, die Jürgen aufgespießt hatte. Weder er noch Flora hatten dieses Krispindl im Haus haben wollen. Aber Jürgen hatte darauf bestanden, schließlich war es beider Wohnsalon.

»Jürgen …«, flüsterte Paul und ging auf ihn zu.

»Jürgen ist tot«, sagte Flora von der Tür aus. »Ich habe alles getan, damit du nicht verdächtigt wirst, Paul.«

»Was? Was alles getan? … Ich verdächtig? Gestern Abend war Jürgen noch putzmunter, als ich zu Bett gegangen bin!«

Paul war vom Anblick schockiert und fasziniert zugleich. Was war in der Nacht geschehen? Er hatte nichts gehört!

»Und in aller Früh bin ich nach Gmünd gefahren, weil ich dort jemanden besucht habe … Ich sehe Jürgen erst jetzt wieder. Wie kannst du glauben, Flora … dass ich … also, ich …«

Paul schwieg, dachte fieberhaft nach und fragte:

»Hast du schon die Polizei verständigt?«

Flora verneinte stumm.

»Wir müssen sie sofort anrufen! Moment, Flora. Seit wann bist du daheim und wann hast du Jürgen hier … so … entdeckt?«

»Ich weiß es nicht mehr.« Flora überlegte hektisch. Daran hatte sie nicht gedacht. Was sollte sie sagen? »Ich weiß es wirklich nicht mehr … ich … ich … ich bin so fertig! Bitte, Paul, schwör mir, dass du es nicht warst!«

»Himmelherrgott, Flora! Ich war es nicht!«, schrie Paul plötzlich und erschrak selbst über sein ungestümes Aufbrausen.

»Ich war es nicht, Flora, ich war es nicht!«, redete er besänftigend auf sie ein. »Ich weiß aber, wer es gewesen sein könnte, und das möchte ich der Polizei melden. Jetzt und sofort!«

Paul ging aus dem Zimmer und ließ Flora allein zurück.

»So warte doch, Paul. Wir müssen uns absprechen, wenn … wenn wir verhört werden!«, rief sie ihm hinterher und stolperte beinahe die Treppe hinunter.

»Du hast zu viele Krimis gelesen, Flora. Das hier ist die Wirklichkeit und die ist viel grausamer, wie du siehst. Meinen Bruder hat es nicht ganz unschuldig erwischt, so viel kann ich nur sagen. Komm jetzt, wir fahren gemeinsam zur Polizei. Und zwar gleich zum S-C-ONE …«

»Bianco …? Hallo …!«

»Ja, jaah … ich hör nix!«, rief Lo. Gelächter und Stimmen klangen durcheinander, so dass Meller beinahe nichts verstand.

»Seids bitte leiser, Leute!«, hörte er Bianco brüllen.

Das Stimmengewirr verebbte langsam zu einem Gemurmel.

»Hallo, ich bin's, Meller … Lo, sitzt du?«

»Wir sitzen alle und warten auf unseren Helden, der sich einfach nicht melden will. Vermutlich ist er durchgebrannt, wie du sagtest.« Meller hörte Lo lachen. »Das muss man sich geben, wir fahren ein unglaubliches Wahlergebnis ein und der Hauptdarsteller ist verschwunden! … Sag, warum soll ich sitzen?«

»Es betrifft euren Hauptdarsteller.«

»Was soll das heißen, Meller?«

»Er ist tot … ermordet.«

»WAS IST ER?«, brüllte Lo in den Hörer.

»Du hast richtig gehört, ermordet.«

»Ermordet?«, stöhnte Lo Bianco.

Augenblicklich waren jegliche Geräusche verstummt.

»Es tut mir leid für euch und die ALM. Ich muss jetzt zum Tatort und melde mich wieder, wenn ich Genaueres weiß, Lo.«

»Wo, Mario … wo ist das passiert?«

»Das sage ich dir später. Ich möchte eine Menschenansammlung vermeiden. Bis dann, Lo.«

Der Anruf aus dem S-C-ONE hatte Meller bei seiner Arbeit daheim empfindlich gestört.

Ob es ihm ausnahmsweise möglich sei, sofort zu kommen? Man wisse zwar, dass er erst ab morgen wieder im Dienst sei, aber es ginge um einen diffizilen Mordfall, hatte es geheißen.

Nicht schon wieder!, aber auch: *Schon wieder?*, waren Mellers erste Gedanken, während er sich angezogen hatte, in seine

Schuhe geschlüpft und mit dem Auto aus der Garage gefahren war.

Die Strecke zum S-C-ONE hätte er blind fahren können.

Die lange Gerade auf der Enzersdorfer Straße bis Mödling Zentrum, eine scharfe Linkskurve einschlagend an der Pestsäule vorbei und ein kurzes Stück die enge Hauptstraße entlang bis zur Ampel, rechts in die Badstraße einbiegen, die Schiller-Straße überqueren und weiter, immer geradeaus bis zur Guntramsdorfer Straße, sich links haltend einbiegen und weiterfahren bis zur Kalterer Gasse, wiederum links einbiegen, etwa hundert Meter weiter und er stand vor dem S-C-ONE Gebäude.

Einmal hatte er nicht mehr gewusst, wie er in sein Büro gekommen war, so sehr hatte ihn während der Fahrt ein Fall gedanklich beschäftigt. Seither lautete seine Prämisse: Niemals blind eingefahrenen Wegen vertrauen, beruflich wie privat …

Meller musste aber in die Fürstenstraße fahren – bloß einen Katzensprung von seiner Villa entfernt.

Der Kommissar befand sich mit Paul Waldmüller und Flora Wunderl im Gästehaus, am Rand des großen Parks auf dem Anwesen der Waldmüller-Brüder.

In der Villa Steinreich war die Spurenermittlung noch voll im Gange. Erst nach Freigabe durch die Beamten würde Meller das Haus betreten dürfen. Man werde ihn verständigen, hatte ihm der Leiter der Spurenermittlung versprochen.

Meller ließ sich erst von Flora Wunderl erzählen, wann und wo sie Jürgen Waldmüller das letzte Mal lebend gesehen und wann sie ihn wo genau gefunden hatte. Aber auch, was sie in der Zeit dazwischen gemacht und wo sie sich aufgehalten hatte.

Sie saßen in der gemütlichen, geschmackvoll eingerichteten Wohnküche. Das Haus gehöre ihr, betonte Flora Wunderl ausdrücklich, das fiel Meller nachhaltig auf. Er stellte den Voicerecorder auf den Tisch und die Frau erzählte.

Wie ein Wasserfall sprudelte es über Wunderls Lippen. Meller musste sie manchmal unterbrechen. Er bat sie, den einen oder anderen Teil ihres Berichts zu wiederholen.

»Bitte etwas langsamer, Frau Wunderl, und schön deutlich, damit man Sie auch verstehen kann.«

Flora Wunderl war aufgedreht und völlig aus dem Häuschen. Kein Wunder, wenn nebenan ein Mord geschehen war, man das Opfer tot vorfand und auch noch kannte.

Sie begann zu weinen, als sie von *ihren* beiden Buben erzählte, die sie ihrem Hansilein zuliebe schon seit vielen Jahren betreute.

»Und jetzt ist der Jürgen ermordet worden – furchtbar! Wer konnte uns das nur antun! Er war so ein herzensguter Mensch. Stimmt's nicht, Paul?«

Der Angesprochene nickte nur, legte tröstend den Arm um Flora Wunderl und drückte sie an sich. Dann nahm er seine Brille ab und begann sie mit einem samtigen Tücherl zu putzen. Dabei starrte er auf das Aufnahmegerät.

Meller schaltete es ab.

Flora Wunderl zog aus dem linken Ärmel ein Taschentuch hervor und schnäuzte sich hinein. Das flauschige Papierfetzerl musste schon von mehreren Weinattacken durchnässt worden sein, bemerkte Meller. Aber auch die Wunderl, weil sie aufstand, sich eine Packung Taschentücher aus einer Küchenlade holte und vor sich auf den Tisch legte.

Sekundenlanges Schweigen folgte.

»Nun zu Ihnen, Herr Waldmüller, ich darf Sie bitten«, forderte Meller ihn auf.

»Wo soll ich beginnen?«, fragte Waldmüller leise.

»Am besten von Anfang an. Wann und wo Sie Ihren Bruder das letzte Mal lebend gesehen haben – und bitte etwas lauter.«

Meller aktivierte den Voicerecorder und stellte ihn nahe vor den Mann auf den Tisch.

Paul Waldmüller begann stockend und viel zu leise zu sprechen. Mehrere Male verhaspelte er sich und schwieg schließlich.

»Das kann ich so nicht«, ergab er sich.

»Ich kann es Ihnen nachfühlen, Herr Waldmüller. Sie sind geschockt. Lassen Sie sich Zeit«, motivierte ihn Meller und mit einem Blick auf die Frau bat er:

»Frau Wunderl, könnten Sie kurz …«

»Ich geh nach oben«, kam Flora Wunderl dem Kommissar zuvor und stand auf. Meller nickte zustimmend.

Als die Frau die Tür hinter sich geschlossen hatte, ermunterte er den schüchternen Mann:

»Und jetzt versuchen wir es noch einmal.«

Paul Waldmüller begann zu erzählen. Von Beginn an, als die beiden Brüder noch Kinder waren …

Meller ließ ihn erzählen, weil er wusste, wie sehr Jürgens Ermordung den jüngeren Bruder getroffen haben musste. Der Kommissar wusste auch von Bianco, dass sich die beiden Brüder immer sehr gut verstanden hatten.

Zwischendurch bat Waldmüller um ein Glas Wasser.

Meller suchte in den Küchenschränken nach Gläsern.

Bald standen ein Krug Wasser und zwei Gläser auf dem Tisch und der Mann erzählte weiter.

Nach etwa einer halben Stunde klopfte es an der Tür.

Der Leiter der Spurensicherung wollte den Kommissar kurz sprechen. Zwischen Tür und Angel erklärte er ihm flüsternd, was in der Villa entdeckt worden war.

Als Meller das vernahm, pfiff er leise durch die Zähne und sah kurz zu Waldmüller hin. Dann rief er Flora Wunderl, die sofort erschien, und bat sie, in der Küche mit Paul Waldmüller auf ihn zu warten.

»Mein Kollege hat inzwischen ein paar Fragen an Sie beide«, klärte Meller die Verdutzten auf. »Ich komme gleich wieder.«

Bevor der Kommissar in den grell ausgeleuchteten Salon durfte, musste er sich einen weißen Overall mit Kapuze überziehen. Die Schuhe steckten in weißen Überziehern und seine Hände in speziellen Einweghandschuhen, auch einen Mundschutz hatte man ihm verpasst. Das war notwendig, um eine Kontamination der Spuren nach Möglichkeit zu vermeiden.

»Sehen Sie? Hier!«

Die Scheinwerfer wurden abgeschaltet. Noch waren Mellers Augen von dem grellen Licht geblendet und mussten sich erst an die plötzliche Dunkelheit gewöhnen. Schemenhaft war der Ermordete auf dem Boden liegend auszunehmen.

Der Beamte hielt nun eine bläuliche Lichtquelle über den Toten und fuhr damit den Körper ab. Überall dort, wo vorhin Blutspuren auf der Kleidung mit freiem Auge zu sehen gewesen waren, reflektierten die Stellen jetzt besonders intensiv, wenn sie von dem speziellen Licht angestrahlt wurden.

»Jetzt die Überraschung«, sagte der Mann und schaltete die bläuliche Lichtquelle ab. Eine Taschenlampe blitzte auf und beleuchtete den Holzboden rechts neben dem Toten. Die Holzmaserung war das Einzige, was zu sehen war.

»So … und jetzt das Ganze unter dem Zauberlicht.«

Der Strahl der Taschenlampe verschwand – kurze Finsternis. Sogleich leuchtete jetzt Blaulicht jene Stelle auf dem Holzboden aus und ließ – wie von Zauberhand geschrieben – einzelne Buchstaben erscheinen:

Man musste sehr genau hinsehen, um die Botschaft lesen zu können.

Hatte der Ermordete in den Sekunden seines Übertritts ins Jenseits noch einen so klaren Kopf besessen, um nach irdischen Gedanken zu handeln? Anzunehmen, die Schreibweise bewies es. Biblisch gesehen blattelte Abel auf diesem alten Eichenparkett seinen Bruder Kain mörderisch auf. Mit einer Anschuldigung, die sich gewaschen hatte. Wenn auch gründlich weggewaschen, daher unsichtbar geworden – bei normalem Licht gesehen. So weit Mellers erster Gedanke.

Wenn es aber die letzte Möglichkeit war, bei schwindender Lebenskraft den Täter anzuklagen – war das ein Akt der Verzweiflung? Der Rache? Ob das noch zählt in der Sekunde des Todes, um zum Beispiel der Polizei langwierige Ermittlerarbeit zu ersparen? Makaber gedacht, fand der Kommissar.

Was war los mit Mellers schräger Gedankenwelt? Frühlingserwachen? Übermütig wegen seiner Genesung? Beides fühlte er, trotz der schaurigen Tatsache, an einem Ort des Verbrechens zu verweilen. Mellers Rückenleiden war spurlos verschwunden, so wie Jürgen Waldmüller die Statue nicht mehr in sich spürte.

Einer Sache aber war sich der Kommissar sicher: Wer auf solche Weise zum Sterben gezwungen wurde, hatte mehr als nur Dreck am Stecken gehabt – hier war reiner Hass im Spiel.

Direkt unspannend für eine Tätererkennung, dachte er beim Betrachten der blutigen Botschaft.

MORD … PAUL – klar, der Mörder.

Oder galt es als Hinweis für Jürgens Bruder?

CARMEN ... VERZ – was konnte es bedeuten?

CARMEN ... VERZogen? Nur wohin?

CARMEN ... VERZückt? Kaum zu glauben.

CARMEN ... VERZagt? Wohl viel eher.

CARMEN ... VERZeih? So ziemlich treffend.

CARMEN ... Wer, verdammt, war Carmen?

Der Kommissar kam ins Grübeln. Flora Wunderl war's wohl nicht. Oder hieß sie mit Zweitnamen Carmen?

Flora Carmen Wunderl? Klang irgendwie nicht rund.

Doch Moment – einmal ganz, ganz anders gedacht –, genauso konnte ein besonders schlimmer Finger diese infame Tat ausgeheckt haben. Er rammt Jürgen Waldmüller die Statue in den Rücken und schreibt mit einem Finger des Opfers ein paar gezielte Hinweise auf den Eichenboden.

Meist wurden Tötungen im Affekt von Personen aus dem Familienkreis verübt – das war statistisch erwiesen. Anlass dafür bot eine Palette menschlicher Abgründe wie Geldgier, Neid, Eifersucht, Hass und, und, und. Ob eins der Motive den jüngeren Waldmüller dazu gebracht hatte, seinen Bruder auf diese Weise abzumurksen, das wollte Meller aus Paul herauskitzeln – aus dem stillen, schüchternen Paul, der ein Leben lang seinen Bruder als Vorbild gehabt hatte.

Laut seiner Aussage war Paul Sonntagfrüh nach Gmünd gefahren. Die Haushälterin hatte Jürgen am Abend entdeckt. Im Salon roch es nach Putzmittel.

Warum nicht die Haushälterin als Tatverdächtige?

Was aber hätte Flora Wunderl davon gehabt, einen ihrer lieben Buben zu ermorden?

Also ein Komplott – Flora Wunderl und Paul Waldmüller schicken gemeinsam den älteren Bruder ins Jenseits.

Die Wunderl, erst die Geliebte von Jürgen und jetzt von Paul?

Man sehe sich die Menschen an, Meller!

Oder aber die Wunderl war die Verschleierin und wollte den jüngeren Bruder entweder decken oder aber bewusst als Verdächtigen hinstellen. Was weiß man?

Wunderls Mimik und wie Paul Waldmüller sie angesehen hatte, das war verdammt verdächtig gewesen und jetzt nach dieser Mordsbotschaft schlüssig.

Ich bin wieder fit, freute sich Meller, *mein Hirn arbeitet auf Hochtouren.*

Jetzt einmal familiäre Fehden außer Acht gelassen ... War es ein politischer Mord? Jürgen Waldmüller hatte bei der Wahl sagenhaft abgeschnitten! Vielleicht schob einer seiner Widersacher die Tat auf den unscheinbaren Bruder, damit dieser in die Bredouille kam.

»Liquidationen«, unter politischen Aspekten verübt, waren seit Jahrtausenden gang und gäbe. Aber dieses Risiko wegen einer mickrigen Gemeinderatswahl auf sich zu nehmen?

Meller, mach dich nicht lächerlich!, schalt er sich. Erst einmal die Ergebnisse der Spurenermittlung abwarten. Die Todeszeit war jedenfalls zu allererst ausschlaggebend.

Doch so lang war die mit Blut geschriebene Botschaft ein triftiger Grund, Paul Waldmüller als Verdächtigen in U-Haft zu nehmen. Ebenso war Flora Wunderl überführt worden, weil in der Zwischenzeit unter ihrem Bett ein Wäschestück mit Blutspuren gefunden worden war. Da hatte sie wohl keine Gelegenheit mehr gehabt, es rechtzeitig zu vernichten.

Aber noch galt die Unschuldsvermutung, solang jemand nicht die Tat gestanden hatte oder die Person der Tat überführt worden war. Waldmüller und Wunderl durften die Villa nicht mehr betreten. Sie wurden in den S-C-ONE gebracht und getrennt weggesperrt, um Absprachen zu vermeiden. Noch an Ort und Stelle wurde an beiden der Speicheltest für die DNA-Analyse durchgeführt.

Immerhin gelang es Meller, das Szenario von Verhaftung und Überstellung der Verdächtigen unauffällig über die Bühne gehen zu lassen. Bis die ersten Leute spitzbekommen hatten, wie mehrere Einsatzfahrzeuge mit Blaulicht vom Waldmüller'schen Grundstück wegfuhren, war der Spuk auch schon vorbei …

– – –

Zwei Tage waren vergangen. Schwere Tage für Lo Bianco und die ALM, aber auch für die gegnerischen Fraktionen.

Die ALM hatte allen Parteien kräftig Stimmen weggenommen. Einigen mehr, anderen weniger. Aber immerhin so viele, dass sich die beiden Großparteien zusammentun mussten, um sich künftig gegen die Macht der *Aktiven Liste Mödling* behaupten zu können. Das war natürlich den führenden Köpfen der Roten und Schwarzen sehr peinlich, weil sie jetzt die Rechnung für ihren jahrelangen Hickhack bekommen hatten.

Lo Bianco und die Mitstreiter der ALM waren die Einzigen, die zu lachen gehabt hätten, dem Wahlergebnis nach.

Den Bürgermeister zu stellen, dazu hatte es zwar nicht gereicht. Aber von null gleich an die dritte Stelle zu gelangen – immerhin, eine beachtliche Leistung. Meller gratulierte Lo nachträglich.

Doch ohne Jürgen Waldmüller war die ALM eine führerlose Gemeinschaft …

»Dann spielst halt du den Chef, Lo«, riet Meller seinem Freund. Bianco saß dem Kommissar im S-C-ONE gegenüber.

»Goschert, wie du bist, kannst jetzt den wilden Mann spielen und die Parteien das Fürchten lehren. Da gab's doch vor Jahren diesen Pepi Wagner. Ich kenn die Geschichten ja nur vom Hörensagen, aber der soll ein sehr rühriger Mann gewesen sein, der allerhand auf die Beine gestellt hat. So was würde dir doch mit links gelingen.«

»Du hast leicht reden, Meller. Erst muss dieser furchtbare Mord aufgeklärt werden. Es war bestimmt ein Attentat mit politischem Hintergrund, solche Wahnsinnige gibt's … Da schau, was der Bacher recherchiert hat!«

Lo hielt Meller die aufgeschlagenen Seiten der *Neue-Süd* unter die Nase. »Da kannst es lesen! Von woher soll das der Bacher gesteckt bekommen haben?«

Chef der ALM ermordet! War es ein politischer Mord?

Sonderbericht über Spekulationen eines politischen Attentats und eine einzigartige Wahl.

Meller schob das Blatt verächtlich zur Seite.

»Geh bitte, Lo! Und diesen Schmus glaubst du? Deine Fantasie in Ehren, aber jetzt vergreift sie sich böse an deinen Gehirnwindungen. So viel vorerst: Es gibt eine heiße Spur, die führt aber nicht in ein politisches Lager, das kannst du mir glauben.«

»Und wer soll es dann gewesen sein?«

»Wir stecken mitten in der Ermittlung – keinerlei Auskünfte, du verstehst. Und an dich schon gar nicht, weil du bist jetzt ein Zeuge, den ich einvernehmen muss.«

»Aber ich bin der Erste, der's erfährt, ja? Das wär auch gleich ein Wink an dich, Meller. Ich wollte dich schon längst einmal fragen. Jetzt sind die Wahlen vorbei und ich hätte …«

»Ich weiß ganz genau, was kommt«, unterbrach ihn Meller.

»Also, wenn du es eh weißt, was ist … bist mit dabei? Du und ich, wir zwei wären ein unschlagbares Team.«

»Muss ich jetzt annehmen, dass du nur drauf gewartet hast, bis der Waldmüller abgenippelt ist?«

»Wer kommt denn auf so einen hirnverbrannten Gedanken?«

»Na wer? Du! Waldmüller ist tot, du bietest mir sofort eine Spitzenfunktion an, ergo machst du dich verdächtig.«

»Meller, spinnst jetzt komplett?«

»Ich weiß. War nur ein Schmäh. Aber ich tu's nicht.«

»Weil du feig bist und nirgends anecken willst, stimmt's?«

»Nein, weil es mit meinem Beruf unvereinbar ist. Politiker vertuschen, Krimineser decken auf, das spießt sich.«

»Aber woher! Mit dir würden wir an der Quelle sitzen!«

»Und wenn ich etwas von der ALM aufdecken müsste?«

»Da wird's nie etwas geben, so lang ich dabei bin.«

»Ich ermittle grad im ersten ALM-Fall, schon vergessen?«

»Meller, was ist los mit dir? Da hab doch ich nix zu tun damit!«

»Das weiß ich, Lo. Aber du siehst, wie schnell man da mittendrin steckt. Wenn du die ALM weiterführen willst, kann ich dir als Freund nur raten: Pass auf, was du künftig von dir gibst. Es kann alles irgendwann gegen dich verwendet werden. Diplomatie war noch nie deine Stärke.«

»Ich weiß, das hat mir Claudia auch schon prophezeit.«

»Lo, du bist, wie du bist, und deswegen mein bester Freund. Weil du kein windiger Politiker bist und nie einer sein wirst. Aber dir werden s' Prügel in den Weg werfen, wo's nur geht. Wir haben über dich geredet. Claudia ist ziemlich sauer.«

»Warum weinen sich alle Frauen immer nur bei dir aus?«

»Nicht alle Frauen, Lo. Es war nur deine.«

»Lassen wir das Thema. Sag, was anderes, Meller – was hast du eigentlich mit Nora zu tun? Ich hab dich am Sonntag noch gesehen mit ihr. Seit wann ist sie denn wieder in Mödling?«

»Verhör ich dich jetzt oder du mich, Lo?«

»Halloo! Das war nur eine Frage.«

»Das betrifft ebenfalls meine Ermittlungen – du weißt, keinerlei Auskünfte.«

»Jetzt nimmst mich aber auf die Schaufel, Kommissar?«

»Dann spring runter, Bianco. Es geht dich nix an, was ich mit Nora zu tun, zu besprechen oder sonst was habe.«

Es klopfte und Claudia kam mit einer Mappe zur Tür herein.

»Ah, Herr Bianco beehrt uns?«, fuhr sie Lo giftig an.

»Soll ich die Herrschaften kurz allein lassen? Gewetzte Messer sind in der Tischlade«, unkte Meller, den der plötzlich bissige Ton seiner Sekretärin irritierte.

Der Tag war sonnig, er war gut drauf und wollte weder für Claudia noch für Lo Partei ergreifen müssen.

Bianco war aufgesprungen, zum Fenster gegangen und sah demonstrativ in die Landschaft.

»Lo, Claudia – vertragt euch doch wieder«, versuchte es Meller. »Oder geht zu einem Mediator. Wenn der auch nix bringt, nehmt eine kleine Auszeit. Wegen der ALM kann doch eure Beziehung nicht den Bach runtergehen, oder?«

»Ha, die ALM, wenn's die nur wäre!«, entgegnete sie verbittert. »Da taucht seine Ex einmal plötzlich auf und schon ist er ganz deppert nach ihr … So schaut's aus.«

»Nora? Da will ich mich nicht einmischen, Lo«, mischte Meller sich ein, »aber du weißt, wie aufgewärmte Sachen schmecken.«

»Sie spinnt«, meldete sich Lo vom Fenster her, »und weiß von nix etwas.« Abrupt drehte er sich um.

»Brauchst du mich noch, Meller? Weil ich müsst jetzt gehen.«

»Nein, vorerst wär's das, Lo. Ich danke dir, servus.«

Bianco ging, ohne Claudia zu beachten.

Meller wartete, bis sich die Tür hinter Lo geschlossen hatte.

»Wann?«, wollte er wissen und spitzte die Ohren.

»Gestern Abend«, erwiderte Claudia. »Sie hat Lo angerufen und weg war er. Wann er nachhause gekommen ist, weiß ich nicht. Ich war schon im Büro. Du verstehst, dass ich sauer bin?«

»Absolut. Ich werd mit ihr reden«, versprach Meller, »da ist nix dahinter. Ich kenn Nora.«

»Und ich kenn Lo«, erwiderte Claudia Rotter und seufzte.

Sie schob Meller die rote Mappe über den Tisch und sagte:

»Die Aussagen sind fertig ausgedruckt … Es gibt aber noch was. Vorhin hab ich den Anruf einer älteren Dame entgegengenommen. Sie habe etwas beobachtet und das sei ihr verdächtig vorgekommen. Zwei unbekannte Männer haben die Wohnung ihrer Nachbarin betreten, obwohl sie die Besitzerin seit Wochen daheim nicht mehr angetroffen hat. Die Frau macht sich Sorgen und wollte bereits eine Vermisstenanzeige aufgeben, hat sich dann aber nicht getraut, weil die Nachbarin ja nicht zu ihrer Familie gehört. Die Geschichte klang mir zuerst etwas verwirrend, doch irgendwie bekam ich das Gefühl, da ist etwas faul. Sie wartet auf unseren Rückruf.«

»Ich erledige das anschließend. Du hast die Nummer?«

Claudia nickte und reichte Meller einen Notizzettel.

»Was hältst du von der Waldmüller-Geschichte?«, fragte er dann und klopfte auf die Mappe mit dem Titel »Waldmüller-Fall«.

»Dazu hol ich uns erst einen Kaffee«, erwiderte sie und stand auf. »Auch eine kleine Aufmunterung – was Süßes?«

Meller nickte …

»Für mich klingen beide Aussagen glaubwürdig«, fand Claudia Rotter, als sie die Tasse nach dem ersten Schluck Kaffee abgesetzt hatte, »da der Gerichtsmediziner bestätigt hat, dass Waldmüller am Samstagabend gestorben ist. Der Frau glaube ich jedenfalls sofort. Die Wunderl wollte den jüngeren Bruder schützen, weil sie annahm, er hätte seinen Bruder umgebracht, wie es auf dem Fußboden zu lesen war. Da hat sie die verräterische Botschaft weggewaschen – das war dumm von ihr. Aber dass Paul seinen Bruder vorsätzlich getötet haben soll, das glaube ich nicht. Dass er Jürgen im Streit einen Schubs gegeben hat und der mit dem Rücken in die Statue gefallen ist – das wäre nachvollziehbar. Aber ich kann mir nicht vorstellen, dass Paul das nicht mehr mitbekommen hätte. Der andere muss doch vor Schmerzen aufgeschrien haben. Vielleicht hat Paul Panik bekommen und ist geflüchtet.«

»Wo er die Nacht verbracht hat, ist nicht nachprüfbar und man muss ihm vorerst glauben, wenn er behauptet, in der Villa geschlafen zu haben. Ich kann mir allerdings schwer vorstellen, dass Paul Waldmüller mit der Gewissheit schlafen geht, dass nebenan sein Bruder verblutet.«

»Das denke ich auch«, fand die Sekretärin.

Meller fuhr fort: »Wie du weißt, wurden sämtliche Aussagen geprüft. Die Schulfreundin hat bestätigt, dass Flora Wunderl von Freitag bis Sonntag bei ihr in Graz war. Also kommt die Wunderl als Täterin eigentlich nicht in Betracht. Pauls neue Bekanntschaft in Gmünd hat ausgesagt, dass er bereits um acht Uhr bei ihr angekommen ist. Also muss der Mann spätestens um sechs Uhr früh in Mödling losgefahren sein, das bestätigt auch sein Kassabeleg von der Jet-Tankstelle an der Wiener Straße/Ecke Grenzgasse vom Sonntag, dem 14. März, um sechs Uhr acht. Auch der Tankwart konnte sich an den Mann erinnern.

Von einer Carmen wusste Paul übrigens nichts und Jürgen war jedenfalls kein so gütiger Mensch, wie er vorgab.«

Meller griff nach ein paar abgegriffenen Notizbüchern, die hinter ihm auf der Anrichte lagen.

»Ich habe mich durch Jürgens Tagebücher gelesen und bin dabei auf eine gewisse Carmen gestoßen. Sie war ein Bauernmädchen – noch keine sechzehn Jahre alt – aus einem Dorf, in dem Jürgen als Entwicklungshelfer eingesetzt war. Carmen war von ihm schwanger. Weil er nicht zu ihr und seinem Kind stand, stürzte sich das Mädchen von einen Felsvorsprung in die Tiefe. Einfach kriminell, wie dieser Mann ein naives, mittelloses Bauernmädchen schamlos ausgenützt hat und in den Tod springen ließ, in seiner verantwortungsvollen Position als Entwicklungshelfer noch dazu. Waldmüller wand sich insofern aus der Affäre – so schreibt er jedenfalls –, indem er behauptete, er könne diese Schande dem Mädchen nicht antun. Was er damit konkret meinte, geht aus seinen knappen Eintragungen nicht hervor. Carmens Todessprung musste ihm jedenfalls schwer auf der Seele gelegen haben. Deswegen bat er Carmen in der Stunde seines Todes um Verzeihung, vermute ich mal.«

»So ein Verbrecher!«, erzürnte sich Claudia Rotter. »Wenn ich mir vorstelle, der Mann machte auf Vorbildbürger, gab sich als edler Spender und schleimte sich mit seiner ALM bei allen ein! Da stellt sich bei mir alles auf.«

»Seine Bürgerliste finde ich an sich sinnvoll. Er hatte mit der ALM bestimmt Ehrenwertes vorgehabt, da bin ich mir sicher. Seine Mitstreiter haben ja auch kräftig mitzureden, denke ich nur an Lo. Da würde nie etwas unsauber laufen. Die Optik stimmt halt nimmer und seine Anhänger werden sich schnell abwenden, sobald sie die Wahrheit erfahren.«

»Du sagst es. Lo bekommt's von mir brühwarm, was sein ALM-Heini für ein scheinheiliger Verbrecher war.«

»Gar nichts wirst du, Claudia. Das bleibt absolut unter uns, so schwer es dir auch fällt«, ermahnte Meller sie. »Denn es kommt noch heftiger. Ich wurde vorhin von der Spurensicherung informiert, dass Blutspuren auf den Sitzen im Fond von Waldmüllers Wagen entdeckt wurden. Blutspuren mit derselben DNA fand man auch im Büro von Waldmüllers Schotterwerk in Wiener Neustadt. Aber auch sein eigenes Blut. Der Safe stand offen. Auf dem Boden lagen neben Firmenunterlagen auch Lippenstift, Taschentücher, Puderdose, Hautcreme, typischer Frauen-Krimskrams. Leider kein Ausweis oder andere Hinweise, wem das Zeug gehört ... Ich bin gespannt, was noch alles ans Tageslicht kommt.«

»Und wie soll ich jetzt Lo gegenübertreten?«, fragte Claudia.

»Lo wird von mir informiert, wenn es an der Zeit ist. Momentan ist er natürlich mächtig durcheinander. Ohne Waldmüller sieht er die ALM in der Krise – die legt sich wieder. Auch eure, Claudia, wart's ab.«

Meller lächelte spitzbübisch.

»Dein Wort in Gottes Gehörgang«, hoffte sie. »Und die Presse?«

»Die wird sich gedulden müssen.«

»Ich seh schon Bachers Horrormeldungen vor mir.«

»Die sind nicht zu verhindern. Spekulationen sind die Grammeln im Fett zum täglichen Brot eines Zeitungsfritzen.«

Meller spielte mit dem Notizzettel und sah auf die Nummer.

»So, und jetzt rufe ich diese Dame an.«

Manuela Kohn war überglücklich.

An ihrem Geburtstag hatte sie sich frei genommen, um die Wohnung zu übernehmen. Ihr neues Zuhause befand sich unweit des Mödlinger Krankenhauses.

Auch sonst konnte sie mit sich zufrieden sein.

Während der Kommissar mit seinem verrissenen Kreuz im Bett lag, hatte sie im Alleingang den Weingartner-Fall gelöst.

In der *Neue-Süd* war Weingartners Enkelin Ursula abgebildet, die von Bacher interviewt worden war. Eigentlich hätte der Journalist nicht mit der Frau gesprochen, wäre nicht Ludi-Omis Schicksal mit dem der Bewohner des Hochhauses in der Mühlgasse verknüpft gewesen. Nur durch Ludmilla Weingartners Sprung aus dem zehnten Stock war die mit Wasser gefüllte Wohnung zufällig entdeckt worden.

Ursula Weingartner hatte erzählt, dass sie den Selbstmord ihrer Großmutter nicht verhindern hatte können. Sie war zu der Zeit im nahe liegenden Supermarkt. Als sie nachhause kam, lag ihre Ludi-Omi schon auf dem Gehsteig vor dem Hochhaus.

Eine junge Mutter hatte Ursulas Bild in der Zeitung gesehen und den Bericht gelesen. Es war dieselbe Frau, die auf der Bank hinter dem Hochhaus gesessen hatte. Weil ihre Trainingshose schmutzig war, hatte Tochter Janine die Frau angesprochen. Hermine Mandl erinnerte sich noch, wie es ihr peinlich gewesen war, weil ihr Kind stets fremde Leute ansprach. Der ängstliche, verstörte Gesichtsausdruck der Frau war ihr nicht mehr aus dem Kopf gegangen und nach dem Lesen des Artikels war ihr sofort aufgefallen, dass die Frau nicht die Wahrheit gesagt hatte. Sie erinnerte sich noch an jenen Tag, kombinierte und rief schließlich den Chefredakteur an, um ihre Beobachtung mit seinem Bericht zu vergleichen. Mit ihr sei der Polizei eine Detektivin verloren gegangen, hatte Bacher die junge Mutter gelobt. Hermine Mandl las gern Krimis und wurde von ihren Freundinnen spaßhalber Krimi-Mimi genannt. Nach dem uralten Schlager: *Ohne Krimi geht die Mimi nie ins Bett.*

War Bacher einer weiteren heißen Story auf der Spur?

Er informierte den S-C-ONE. So kam eins zum anderen und schon saß Ursula Weingartner der V-Agentin Kohn gegenüber.

Wieder und wieder ließ sie sich von der Enkelin erzählen, wie denn das mit dem Selbstmord ihrer Großmutter wirklich abgelaufen war. Da verstrickte sich die Frau durch unterschiedliche Aussagen, brach letztlich zusammen und gestand weinend, dass sie der Ludi-Omi reflexartig einen Stoß gegeben hatte, der sie über die Balkonbrüstung stürzen ließ. In letzter Sekunde wollte sie die Großmutter aber zurückziehen. Doch die Ludi-Omi war zu schwer gewesen, da ist sie leider hinuntergefallen.

Ursula Weingartner wurde dem Staatsanwalt vorgeführt, der das Strafverfahren gegen sie einleitete. Somit war der Weingartner-Fall für Mellers Abteilung geklärt und vom Tisch …

Manuela war früher gekommen, denn sie wollte ihre zukünftige Wohngegend inspizieren. Soeben bog sie von der Ferdinand-Buchberger-Gasse wieder in die Gabrieler Straße ein und steuerte auf das schöne, alte Zinshaus zu, als sie von einem Autofahrer mit flottem Wagen kurz angehupt wurde.

Der Mann vom Realitätenbüro winkte ihr zu. Er fand direkt vor dem Haus einen Parkplatz. Extra für diesen Termin hatte Manuela einen dunkelblauen Overall angezogen, der ihre weibliche, aber auch sehr sportliche Figur betonte.

Sie begrüßten einander und begaben sich ins Haus.

Ronald Sommer hatte ihr schon beim ersten Treffen auf Anhieb gefallen, als er ihr die Wohnung im zweiten Stock gezeigt hatte: extragroßes Wohnzimmer mit Blick auf den Wienerwald, Schlafzimmer, offene Küche, Bad mit WC, im Eingangsbereich eine eingebaute Schrankwand und ein superbreiter Balkon. Alles in allem 72,6 Quadratmeter Wohnfläche. Komplett renoviert und – wichtig für Manuela Kohn – die Zimmer hatten durchgehend drei Meter Raumhöhe.

Das Geld steckte in ihrer Brusttasche. Drei Monatsmieten als Kaution, um die Schlüssel zu erhalten sowie die Provision für die Wohnungsvermittlung. Die künftige Miete von 550 Euro würde Manuela vom Konto abbuchen lassen …

»Also, da wären wir wieder. Ab nun Ihr Zuhause«, begann Ronald Sommer, als er die Tür hinter sich geschlossen hatte. »Keine Angst? Mit einem fremden Mann in einer Wohnung?«, setzte er nach und lachte Manuela sonnig an.

»Ich nicht. Und Sie?«, konterte sie ebenso lachend.

Schlagfertig, die fesche Lady, dachte Ronald. Ihm gefiel die Frau mit den Grübchen, wenn sie lachte, mit der reizvollen Figur, mit der er sich gern mehr vorstellen konnte.

Er war zurzeit Single, die letzte Liaison hatte ein Wochenende lang gehalten und war nicht das Gelbe vom Ei gewesen.

»Und wenn ich jetzt ein … ein … na, Sie wissen schon wäre?«

»Ich bin Polizistin.«

»Ehrlich? Das glaub ich jetzt aber nicht.«

»So wahr ich da steh. Ich arbeite bei der Polizei.«

»So schauen Sie aber nicht aus.«

»Wie soll ich denn Ihrer Meinung nach ausschauen?«

Der Immobilienhändler ging seine letzten Strafmandate wegen Schnellfahrens durch und meinte:

»Na ja, in Uniform, strenger Blick – recht unsympathisch halt.«

»Na danke! Das hab ich jetzt an meinem Geburtstag aber nicht verdient.«

»Ich weiß, hab's im Vertrag gelesen – wünsche alles Gute.«

Ronald Sommer drückte ihr die Hand.

»Sie sind aber eh das Gegenteil davon«, meinte er.

»Ha, Sie kennen mich nicht, wenn ich in Fahrt bin!«, trumpfte die V-Agentin auf und blitzte ihn schnippisch an.

»Leider – noch nicht«, gestand er. »Deswegen würde ich Sie auch gern einladen. Eine Geburtstagseinladung, das wär doch ein guter Grund. Sie suchen sich den Tag aus.«

Da bekam Manuela einen roten Kopf und wurde förmlich: »Jetzt bezahle ich erst einmal die Kaution für mein neues Zuhause und Ihnen die Provision. Ordnung muss sein. Und ich hätte gern eine Bestätigung dafür, dass ich alles bezahlt habe. Sonst kommen S' vielleicht noch auf die Idee, dass ich nicht …«

»Aber Frau Inspektor … Entschuldigung, Frau Kohn«, warf er ein, »mir vertrauen die Frauen.« Er grinste treuherzig.

»Sie bringen mich noch ganz durcheinander. Da schauen S' her! Jetzt hab ich mich verzählt!«, mahnte sie ihn, während sie Schein für Schein auf das Fensterbrett blätterte. Von Neuem begann sie zu zählen. Erst die Kaution, dann seine Provision.

Sommer nahm das Geld entgegen, holte aus seinem eleganten Businesskoffer die Bestätigungen, die bereits abgestempelt und unterschrieben waren. Er überreichte sie der V-Agentin und steckte das Geld in die Tasche.

»Wie? Sie kontrollieren es gar nicht?«

»Frau Kohn, wem soll ich sonst noch vertrauen, wenn nicht einer Polizistin? Sie hauen mich schon nicht übers Ohr. Und falls doch, dann komme ich über Sie …«

Er lachte schelmisch. Seine grünbraunen Augen strahlten.

Diese Augen!, Manuela stellte sich vor, wie er über sie kommen würde.

»Und jetzt?«, fragte sie erwartungsvoll.

»Bitte sehr …«, Sommer überreichte einen Schlüsselbund, »die Wohnung ist die Ihre.«

Eine neue Wohnung, schön groß und mit Balkon, nie mehr die tägliche Route über die Südosttangente und vielleicht noch ein unverhofftes Glück dazu – einen tollen Mann.

»Ich kann Sie ja einladen, wenn ich mit dem Übersiedeln fertig bin«, versprach Manuela einer inneren Stimme folgend.

»Und ich darf etwas Passendes für die Wohnung mitbringen.«

»Ich werd Sie anrufen, versprochen«, erwiderte sie.

Ronald Sommer verabschiedete sich …

Manuel Kohn durchschritt Raum für Raum ihr neues Domizil. Im Badezimmer setzte sie sich probehalber aufs WC. Dann legte sie sich in die Badewanne und schloss die Augen.

Das Handy schlug an. Ihr Vater war dran.

»Na? Hat's geklappt?«, fragte er neugierig.

»Ja, Papi … sie ist so toll! Ich danke dir, dass du mir ausgeholfen hast, aber ich will dir das Geld zurückzahlen.«

»Behalte es, Manischatz. Und wenn du Hilfe beim Übersiedeln brauchst, ruf mich an. Ich kann einen Lieferwagen und ein paar Leute aus der Firma organisieren.«

»Danke, Papi – für alles.«

»Ach, Manischatz! Endlich kann ich dir etwas zurückgeben.«

»Ich liebe dich so sehr, Papi.«

Sie unterbrach die Leitung. Plötzlich flossen die Tränen.

Da lag sie in ihrem schnittigen Overall in der Badewanne und heulte vor Glück. Der Vater hatte ihr das Geld für die Kaution geschenkt. Allein hätte sie die Mittel nicht aufbringen können.

Papi hatte es auch nicht gerade dick im Börserl. Mit seinem Geschenkartikelhandel war er vor vier Jahren in den Ausgleich geschlittert. In dieser schweren Zeit hatte ihn seine Frau verlassen. Geschieden waren sie aber noch immer nicht.

Der Bruch zwischen ihren Eltern hatte Manuela tief getroffen, obwohl sie damals schon aus dem Haus war. Seit die Mutter bei ihrem neuen Lebenspartner wohnte, hatte Manuela jeglichen Kontakt zu ihr abgebrochen. Dafür war sie umso mehr bemüht, ihrem Vater beizustehen, dem es damals gar nicht gut ging.

Er war wie Manuela, warmherzig, gefühlsbetont und immer hilfsbereit. In dieser Zeit der Trauer war ihr erst bewusst geworden, wie sehr sie ihr Vater brauchte.

Mit seinen 55 Jahren hatte Manfred Kohn einen Job als Kundenberater bekommen. Mit diesem Alter noch eine Stelle zu finden, war beinahe unmöglich, doch er hatte Glück. Genau genommen war es Manuelas ehemalige Schulfreundin gewesen, die den Kontakt ermöglicht hatte. Ihr Vater besaß eine florierende Druckerei und suchte einen zusätzlichen Kundenberater, einen erfahrenen Mann, allerdings für das Gehalt eines Jungspitzes. »Immer noch besser als einen Stein auf den Schädel«, hatte ihr Vater damals zu Manuela gesagt, als er die Stelle angetreten hatte.

Inzwischen hatte sich die finanzielle Lage gebessert, er war ein gewinnbringender Mitarbeiter geworden. In seiner Tätigkeit tourte er die Woche über durchs Bundesgebiet. Er kam mit vielen Menschen zusammen und hatte Manuela kürzlich verraten, dass er sich wieder verliebt habe …

Vaters neue Flamme hatte sie inzwischen kennengelernt und sie war erschrocken darüber, wie ähnlich sie der Mutter war.

Ihre Mutter – mehr und mehr verschwand sie aus Manuelas Seele. Wie konnte das sein? Als Kind hatte sie Mami genauso geliebt wie Papi. Ihre Gedanken rasten in die Vergangenheit.

Die Entfremdung war gekommen, als sie fünfzehn Jahre alt war. Ihr erster Freund war der Anlass gewesen. Christian war ein Lagerarbeiter, nichts Besonderes, und die Eltern waren dagegen. Da hatten sie sich heimlich getroffen. Das musste schieflaufen und tat es auch. Sie wurden erwischt. Daraufhin ging die Mutter in die Firma, in der Christian arbeitete, und verlangte von ihm, dass er ihre Tochter nie wieder belästige.

Ein Jahr später war es Manuelas beste Freundin, in die sie sich verliebte. Das brachte ihr Herz und ihre Seele erst recht durcheinander. Niemand durfte davon erfahren. Eine Freundin aber hatte den Vorteil, dass sie jederzeit ins Haus kommen, sogar bei

Manuela übernachten durfte. Als die Mutter sie beide einmal nackt im Bett beim Küssen erwischte, war der Ofen aus. Damals dachte Manuela, sie müsse sich umbringen. Sie wusste nicht, in welche Richtung sie sexuell tendierte. Unterstützung bekam sie von niemandem und sich jemandem anzuvertrauen, davor hatte sie Angst. Der Begriff Lesbe klang für ihre Eltern wie eine unheilbringende Krankheit. Also probierte Manuela es wieder mit einem Mann, ihrem ersten Liebhaber, der ein Stümper war und sie erst recht verunsicherte.

Weitere Männerbekanntschaften – Manuela war inzwischen von daheim ausgezogen – brachten ihr auch nicht das Glück und die Erfüllung, von der sie in Büchern las. Da fiel ihr erneut eine große Liebe zu, dieses Mal Marianne, die sie in der Rosa Lila Villa in Wien kennenlernte. Manuela wurde von ihr in einen Kreis lesbischer Frauen eingeführt. Dort bekam sie bald die Eifersucht zu spüren, wenn sie sich zu sehr mit anderen Frauen anfreundete. Schließlich brach sie diesen Kontakt wieder ab.

Als Manuela beim S-C-ONE begann, lief ihr Irene Schneider über den Weg. Ein paar heiße Nächte waren es gewesen – zu Beginn. Später hatte Irene den intimen Kontakt abgebrochen, Manuela hätte ihn gern aufrechterhalten …

Ich bin ein Wesen, das Männer wie Frauen lieben kann, dachte sie und nahm erst jetzt wahr, dass sie sich die längste Zeit zwischen den Beinen streichelte.

Plötzlich überkam sie eine unbändige Lust. Mit einem Satz sprang sie aus der Wanne und riss sich den Overall vom Leib. Nackt setzte sie sich auf den Badewannenrand, grätschte die Beine, befeuchtete zwei Finger und streichelte behutsam ihren kleinen Hügel. Wohlige Schauer fuhren ihr elektrisierend über den Rücken. Sie beobachtete im türgroßen Spiegel, wie sie rhythmisch zu den Fingern ihr Becken bewegte. Das erregte sie zusätzlich und bald wurde sie von einer Welle getragen und fühlte sich einzigartig im Einklang von Herzschlag und Befriedigung. Viele Menschen besuchte sie in Gedanken – Männer wie Frauen, mit denen sie gern intim gewesen wäre. Zuletzt blieb Irene in ihrem Wünschenetz hängen und während sie kam, wurde Irene Schneider von Ronald Sommer verdrängt. Mit einem Aufschrei sank sie zu Boden und krümmte sich in einem vibrierenden Schauer. Sie atmete flach und begann von Neuem ihre gereizte Vulva zu massieren – nur zart berühren … zwei Finger fanden in ihre Körperöffnung … sie hielt inne … und kam erneut … wellenartig … mehrmals …

Zufrieden sperrte sie die Tür ab und lief die Treppe hinunter. Ein tolles Gefühl – die neue Wohnung war eingeweiht! Wohlig pochte der Nachklang des intimen Spiels in ihrer Körpermitte. Sie presste die Hand auf den noch immer erregten Hügel und spürte das Pulsieren durch den dünnen Overallstoff.

»Jetzt ist aber Schluss«, flüsterte sie sich zu und grinste einen älteren Mann an, der ihr entgegenkam und laut grüßte.

»Grüß Gott auch«, erwiderte sie freundlich.

»Wohnen Sie hier?«, fragte er. »Ich kenn Sie nämlich nicht.«

»Ja, seit heute«, erwiderte Manuela stolz.

»Endlich zieht wieder was Junges in den alten Kasten ein.«

»Na dann, einen schönen Tag noch«, wünschte die V-Agentin und eilte los.

Sie hatte noch einiges zu tun. Zuerst musste sie auf der Bezirkshauptmannschaft einen neuen Pass beantragen. Diesen Sommer wollte sie das erste Mal in die USA reisen.

Bei Sommer fiel ihr wieder der Realitätenmann ein. Vielleicht war Ronald schon mit von der Partie? Zeit zum Kennenlernen hätten sie genug. Manuela grinste entschlossen.

Von wegen Zeit – sie sah auf die Handyuhr und entschied, zu Fuß zur BH zu gehen. Beim Retourweg konnte sie beim Billa an der Bahnbrücke ein paar Sachen einkaufen und den Kühlschrank füllen. Das Bett von Ikea war anschließend dran. Diese Nacht würde sie bereits in der Wohnung verbringen.

Als sie von der Behörde wieder herauskam, ging sie flotten Schrittes den Weg zurück in Richtung Bahnbrücke.

Vor ihr bemerkte sie einen Typen, der sich suchend umblickte. Als sie ihn überholen wollte, rutschte der Mann plötzlich aus und wäre beinahe hingefallen, hätte Manuela nicht reflexartig zugepackt und ihn davor gerettet.

»Hoppala … das wär beinah ins Auge gegangen.«

Völlig verdattert sah sie der Typ an, der sich an ihrem Arm festgekrallt hatte. Er war wesentlich größer als Manuela, mit dunklem Bürstenhaarschnitt, Schnurrbart und von kräftiger Statur. Dem Anschein nach ausländischer Herkunft.

Er war durch seine Unachtsamkeit mitten in einen Hundehaufen getreten.

»Scheiße das!«, schimpfte er und versuchte die eklige Masse an der Gehsteigkante abzustreifen.

»Warten Sie, ich hab ein Taschentuch«, Manuela überreichte ihm eins. »Kommen S', stützen Sie sich an mir ab, dann geht's leichter.«

Sie hielt ihn am linken Arm fest.

»Stinken die verdammte Scheiße!«, polterte er und begann, den Hundekot von der Sohle wegzuwischen.

Plötzlich riss Manuela die Augen auf, starrte den Mann an.

»Das sind ja die Schuhe! Sie sind der …!«, rief sie unkontrolliert und packte fest zu.

Da riss sich der Mann los, gab ihr einen heftigen Stoß, so dass es die V-Agentin mitten auf die Straße schleuderte.

Erschrocken legte eine junge Frau eine Vollbremsung hin, schlitterte mit ihrem Wagen haarscharf am Kopf der V-Agentin vorbei und kam quer zur Fahrbahn zum Stehen.

Manuela rappelte sich hoch und winkte der Verdatterten zu, dass ihr nichts geschehen sei. Breitbeinig stand sie auf der Straße, sah an sich herunter und klopfte sich den Straßenstaub vom Overall. Am linken Knie war er aufgerissen – ärgerlich.

Die Frau war aus ihrem Auto gesprungen, hatte die Autotür offen gelassen. Ihr Kleiner im Kindersitz brüllte wie am Spieß aus dem Fond. Auf Manuela zueilend, rief sie:

»Ich hab Sie wirklich nicht gesehen, plötzlich lagen Sie auf der Straße! Ist Ihnen was passiert?«

»Nein, nein! Fahren Sie weiter, ich hab nichts abbekommen.«

»Ich möchte aber die Polizei rufen. Was ist, wenn Sie einen Schock haben und später …«

»Hören Sie, ich bin von der Polizei«, die V-Agentin zückte ihren Ausweis, »und jetzt fahren Sie weiter. Da … nehmen Sie meine Visitkarte und rufen Sie mich später an, damit Sie beruhigt sind. Ich muss jetzt los.«

Gerade noch sah sie den Mann weiter vorn rechts einbiegen.

Hätte ich mich vorhin nicht so verausgabt, ärgerte sie sich, dann wäre meine Reaktion besser gewesen und ich hätte den Typen noch erwischt …

Dideldidü … dideldidü …! Sambarhythmisch.

Mellers Handy dudelte.

»Meller, ja …?«

»Ich hab ihn! Ich hab ihn erwischt … fast!«

»Hallo …! Wen …? Wer spricht denn eigentlich?«

»Manuela spricht hier, Chef! Ich meine, ich hab ihn fast erwischt und jetzt ist er mir leider entkommen!«

»Bitte, Manuela, der Reihe nach – wer, was, wann und wo!«

»Ich war gerade auf der BH, wegen eines neuen Reisepasses, und als ich herauskam, da ist er mir über den Weg gelaufen.«

»Wer?«

»Na der mit den Schuhen!«

»Weeer?«

»Der mit dem CaNossa-Zeichen auf der Schuhsohle. Ich hab's genau gesehen.«

»Wo bist du jetzt, Manuela?«

»Ich steh vor dem Sozialmarkt, unter der Bahn, wo …«

»Ich weiß, wo der ist. Warte, ich bin gleich bei dir.«

Manuela eilte in den SOMA-Laden, wies sich als V-Agentin aus und wollte wissen, ob man einen dunkelhaarigen Mann mit Schnurrbart gesehen hatte, der vorhin in das Geschäft gekommen war.

Ob der Mann einen Schnurrbart hatte, das konnte die Verkäuferin aber nicht sagen, da sie mit dem Einschlichten einer Lieferung Kaffee beschäftigt gewesen war. Es hatte aber ein Mann nach der Toilette gefragt.

Manuela ließ sich das Herren-WC zeigen und kam dabei an einer Tür vorbei, die halb geöffnet war. Sie trat ein.

In wandhohen Regalen standen auf einer Seite Kisten, Waschpulver in Kartons, Dosen und Gläser mit Lebensmittel.

Auf der anderen Seite befand sich ein Wäschelager. Mäntel, Sakkos, Hosen und Kleider hingen auf Metallstangen. Unterhalb waren Regale vollgestopft mit Herren- und Damenschuhen jeglicher Art und Farbe. Direkt vor Manuelas Füßen lag ein Paar Schuhe hingeworfen, beschmiert mit Hundekot.

Der Schuhträger war verschwunden, der Hintereingang sperrangelweit offen …

Der Kommissar ließ sich den Vorfall von Manuela schildern. Die SOMA-Verkäuferin konnte mit besten Willen nicht sagen, wie der Mann ausgesehen hatte. Der Aussprache nach war er Ausländer, aber davon gab es viele in Mödling.

»Er war aber sehr höflich«, betonte die Frau ausdrücklich.

Auch anwesende Kunden konnten nichts über den Mann sagen, niemand hatte ihn beachtet. Leute, die hier einkauften, hatten wahrlich andere Sorgen. Mit dem wenigen Geld, das ihnen monatlich zur Verfügung stand, mussten sie über die Runden kommen. Man war froh, für den Bruchteil üblicher Preise einkaufen zu können.

Eine sinnvolle Einrichtung, fand Meller, obwohl sie ihm jetzt bei seinen Ermittlungen nicht weiterhelfen konnte.

»Jemand muss hier warten, bis die Spurensicherung kommt«, sagte er zu Manuela Kohn.

»Ich hab aber frei und wollte noch ein Bett kaufen. Obendrein hab ich Geburtstag«, erwiderte die V-Agentin.

»Na dann, alles Gute! Wird es eine Geburtstagsfeier im Bett?«

Der Kommissar reichte ihr die Hand.

»Nein. Es wird meine erste Nacht in Mödling, privat, meine ich. Ich habe vorhin meine neue Wohnung übernommen.«

»Jö, eine frisch Zuagroaste! Na, das freut mich für dich.«

Meller überlegte kurz und entschied:

»Ich mach dir einen Vorschlag, Manuela. Wir warten hier gemeinsam, bis die Kollegen kommen. Dann fährst du mit mir zu einer alten Dame – ich brauch eh Unterstützung –, dafür helfe ich dir das Bett holen und schleppe es in deine Wohnung. Egal, in welchem Stock du wohnst. Und beim Zusammenbauen helfe ich dir auch … Mein Geburtstagsgeschenk.«

»Ich wohne aber im zweiten Stock, Altbau und ohne Lift. Und du hast es doch erst mit deinem Kreuz gehabt.«

Doch ein Glückstag, fand Manuela. Erst Ronald Sommer, dann der CaNossa-Mann und jetzt Meller als Bettenlieferant. Schade, dass ihr der CaNossa-Typ durch die Lappen gegangen war. Das wäre ein Highlight gewesen – der zweite Fall von ihr gelöst. Irene hätte der Neid gefressen.

Dass sie beinahe überfahren worden wäre, tat sie als Berufsrisiko ab. Geburtstagskinder sterben nicht an *ihrem* Tag.

»Sag Ja, bevor ich's mir anders überlege«, erwiderte Meller und lachte. »Versprochen ist versprochen. So – und jetzt genehmigen wir uns eine kleine Jause. Ich sehe eine Kaffeemaschine und schöne große Kuchenstücke. Du bist eingeladen, Manuela.«

»Alles frisch gebacken von der Konditorei Stadtlehner aus der Südstadt«, lobte die Verkäuferin ihre Ware.

Als die Beamten kamen, instruierte sie der Kommissar. Vielleicht fanden sich an einem der Regale die Fingerabdrücke des Verdächtigen. Die Schuhe waren jedenfalls ein Indiz. Warum sonst war der Mann geflüchtet?

Meller war dieser weißhaarigen Frau nicht sympathisch. Das hatte er sofort gespürt, während er ihre Hand gedrückt hatte.

Er war mit Manuela Kohn in die Stefan-Milow-Gasse gefahren, um sich Frau Schellenbergs Sorgen anzuhören.

Jetzt saßen sie im Wohnzimmer der Rentnerin.

Ihre Nachbarin, Cécile Möllermann, war seit dem 16. Februar nicht mehr zuhause gewesen. Das war beunruhigend, da sie – wenn sie länger weg war – stets sagte, wann sie zurückkommen würde. Von einem Installateur wusste die Rentnerin, dass er Frau Möllermann an jenem Abend freundlicherweise nach Wiener Neustadt gefahren hatte, weil ihr Auto kaputt gewesen war. Das hatte Frau Schellenberg von dem Handwerker erst am Montag darauf erfahren, als er bei ihr die Heizung repariert hatte.

»Das war es aber nicht, was mir Sorgen bereitet hat«, sagte die Alte, »sondern, dass sie sich seither nicht mehr gemeldet hat.«

»Lebt Frau Möllermann allein oder hat sie einen … Freund?«

»Sie hat keinen Mann, was ich sehr schade finde – so eine schöne, intelligente Frau! Sie lebt nur für ihre Arbeit, müssen Sie wissen. Sie macht solche Seminare für Menschen in Firmen, die etwas aus sich machen sollen oder so ähnlich. Ich kenn mich da nicht so aus. Aber Frau Möllermann muss recht erfolgreich sein, weil sie andauernd unterwegs ist.«

»Vielleicht hat sie in ihrer Hektik nur vergessen, Sie zu informieren, und ist auf Urlaub gefahren?«

»Frau Möllermann ist nicht vergesslich oder gar schusselig. Sie hat mich immer informiert, wenn sie über mehrere Tage oder Wochen weg war«, verteidigte die Alte ihre Nachbarin und strafte den Kommissar mit einem vorwurfsvollen Blick.

»Frau Schellenberg, ich will ihre Nachbarin nicht der Schusseligkeit oder sonst was beschuldigen. Was ich brauche, sind Hinweise auf Ereignisse oder Auffälligkeiten, die den regelmäßigen Tagesablauf von Frau Möllermann gestört haben.«

»Deswegen habe ich Sie ja hergebeten«, sagte sie wichtigtuerisch. »An jenem Tag, als der Installateur bei ihr war, hat kurz zuvor ein Mann an ihrer Tür geläutet. Ich hab das durch den Türspion beobachtet. Rein zufällig – weil sonst könnt ich es nicht berichten. Das war schon sehr verdächtig, weil der Mann unbedingt in die Wohnung wollte, nachdem Frau Möllermann geöffnet hatte. Aber sie wollte ihn nicht reinlassen und da habe ich gehört, wie der Mann plötzlich aufgeschrien hat und die Tür von Frau Möllermann wieder zugefallen ist. Ich bin dann auf den Gang hinaus, weil ich schauen wollte, was da los ist.«

Die Alte dachte kurz nach und erzählte weiter:

»Ich hab mir den Mann ganz genau angeschaut. Ein sportlicher Mann, recht fesch, aber mit wenig Haaren auf dem Kopf, so blonde, kurz geschnittene. Mein Mann – der Himmelvater hab ihn selig – hat immer gesagt, Männer mit Glatzen haben ein Riesenproblem ... keine Haare auf dem Kopf ... Ist das nicht lustig?«

Sie kicherte und schwadronierte weiter:

»Sie müssen wissen, ich hab's ein bisserl mit dem Detektivspielen, weil – seit mein Mann tot ist – das Leben gar nimmer lustig ist. Er hat immer gesagt, ich soll net ...«

»Später, Frau Schellenberg, später können Sie mir erzählen, was Ihr Mann gesagt hat. Ich will jetzt zwei Dinge ...«

»So warten S' doch! Was sind S' denn so hektisch? Ich bin noch nicht fertig! Also, vor zwei ... vor drei ... nein, am Samstag in der Nacht war das. Da sind zwei Männer im Gang gestanden und dann in der Wohnung von Frau Möllermann verschwunden. Eine Sporttasche hatten sie auch mit.«

»Wieso wissen Sie das so genau?«

»Jessas, dauernd fallen Sie mir ins Wort! Sie werden noch sterben, wenn S' so ungeduldig sind!«

»Das werden wir alle«, erwiderte Meller genervt.

»Mit dem Herzen werden Sie's kriegen, warten S' nur.«

»Wir haben es sehr eilig, müssen Sie wissen«, warf Manuela Kohn ein.

»Wer von mir was will, der hat sich zu gedulden.«

»Ich gedulde mich, Frau Schellenberg«, entschuldigte sich Meller und wünschte der Alten einen tagelangen Maulkrampf.

»Wo war ich – ahja, wie die gekommen sind. Also, ich hab sie durch meinen Türspion gesehen. Aber nur, weil ich die Haustür ghört hab. Die macht immer so einen Lärm, wenn sie zufällt. In der Nacht ist das besonders laut und ich werd davon munter. Ich hab's der Hausmeisterin eh schon so oft gsagt, aber sie ...

Ich weiß, Herr Kommissar, ich schweife schon wieder ab … Also, ich schau und was seh ich? Zwei Männer, die in die Wohnung gehen! Ich hab sofort kombiniert, dass die einen Schlüssel zur Wohnung haben. Frau Möllermann hat nämlich eine Sicherheitstür, da geht nix ohne Schlüssel. Mich wundert nur, dass sie mir nicht gesagt hat, wer aller einen Schlüssel von der Wohnung hat … Ja, und da hab ich dann den blonden Glatzerten erkannt …«

»Wie sahen die beiden aus? … Etwa so?«

Meller zeigte Schellenberg einen Papierabzug von Helmut Kleiners einzigem Foto sowie eine Phantomzeichnung von Behlül, die nach den Beschreibungen von Milan Ivanovics und Ashanti Kashidda angefertigt worden war.

»Kann sein oder auch nicht. Ich hab die Gsichter nur verschwommen gesehen, weil ich ohne Brille gschaut hab.«

»Sie sagten aber, den Glatzerten sofort erkannt zu haben?«

»Ich hab halt sofort so ein Gfühl ghabt, dass es nur der sein kann, der Frau Möllermann damals bedrängt hat, Sie verstehen? Ich hab mir jedenfalls gedacht, ich wart, bis die wieder aus der Wohnung kommen. Leider hab ich dummerweise aufs Klo müssen. Als ich dann wieder beim Guckerl rausgschaut hab, hab ich lang schauen müssen und wär beinah eingschlafen. Da bin ich wieder ins Bett gegangen, weil kalt war mir auch schon in die Füß … So, das war alles, was ich gesehen hab. Und was mach ma jetzt, Herr Kommissar?«

»Sie machen zuerst einmal gar nichts, Frau Schellenberg«, erwiderte Meller und dachte nach.

Was war von der Beobachtung zu halten?

Gewiss, die Alte war einen neugierige Petze, die bestimmt von jeder Person im Haus Schuh- und Kleidergröße, wenn nicht sogar die Zahnpastamarke kannte. Eine, die den Inhalt der

Müllcontainer prüfte und sich aus dem Abfall der Mitbewohner allerhand zusammenreimte.

»Wir dürfen nur bei Gefahr im Verzug in die Wohnung eindringen. Wenn Frau Möllermann Personen ihres Vertrauens einen Zweitschlüssel überlässt, ist das ihre Angelegenheit. Wir haben jedenfalls keine Handhabe, ohne Beschluss die Wohnung betreten zu dürfen.«

»Ich hab auch einen Schlüssel«, sagte Wilma Schellenberg plötzlich und grinste.

»Wie? Und das sagen Sie uns erst jetzt?«, ärgerte sich Meller.

»Sie haben mich ja nicht konkret danach gefragt und ausreden haben Sie mich auch nicht lassen«, erwiderte die Alte beleidigt. »Den hat mir Frau Möllermann im Vertrauen übergeben, damit ich ihre Blumen gieße, wenn sie nicht da ist.«

»Na, worauf warten wir?«, erwiderte Meller erleichtert. »Gießen wir die Blumen Ihrer Nachbarin, Frau Schellenberg!«

Falls die beiden Männer auf Beute aus gewesen waren, so hatten sie sich untypisch verhalten. Einbrecher hinterlassen stets ein Chaos. Die Wohnung war penibel sauber gehalten. Die Pflanzen frisch gegossen, was Meller spürte, als er unauffällig den Finger in einen der Blumentöpfe steckte.

»Sie waren bereits hier, Frau Schellenberg?«

Die Frau fühlte sich ertappt und reagierte gereizt:

»Musste ich ja, sonst wären die Pflanzerl verdurstet.«

»Und sonst? Haben Sie sonst was angerührt?«

Meller sah die Rentnerin forsch an.

»Nur gegossen«, gestand Wilma Schellenberg ruppig.

Das würde ein weiterer Job für die Spurenermittler, sofern es überhaupt etwas zu ermitteln gab. Das war erst abzuwarten.

Hektik, Stress, Burn-out – weiß der Teufel, was die Businesslady veranlasst hatte, um für ein paar Wochen eine Auszeit zu nehmen.

Die lästige Schellenberg wäre für Meller das erste Argument gewesen.

»Frau Möllermann telefonisch zu erreichen, haben Sie versucht … und sie natürlich nicht erreicht, nehme ich an?«

Die Alte nickte stumm.

»Der Installateur? Seine Nummer haben Sie?«

Sie nickte ein weiteres Mal.

So gefiel ihm die Rentnerin. Sein Wunsch nach einer Maulsperre für die Alte schien in Erfüllung gegangen zu sein.

Manuela Kohn war inzwischen in einem der Nebenzimmer verschwunden. Im Schlafzimmer hatte sie sich umgesehen und – eine Marotte aus ihrer Kindheit – auch unters Bett geschaut.

Eine schwarze Sporttasche lag darunter. Noch etwas kam zum Vorschein – ein Paar verchromte Highheels der Sonderklasse.

»Wuii! Etwas für besonders heiße Nächte.«

Manuela grinste. Sie öffnete die Tasche und schüttete den Inhalt auf das Bett. Unterschiedliche Peitschen, Kleidungsstücke aus Latex in Rot und Schwarz, eine Ledermaske, Metallketten, Handschellen, Massageöl und Aufputschtabletten lagen vor ihr.

Inzwischen waren der Kommissar und die Rentnerin in das Schlafzimmer nachgekommen. Sie staunten nicht schlecht.

»Es scheint, Ihre Nachbarin war nicht nur ein Arbeitstier, sondern auch eine Genießerin spezieller Lebensformen.«

Meller drehte das Paar Schuhe in seinen Händen und überlegte, wo er es hinstellen sollte. Da bemerkte er, dass eine der Kastentüren einen Spalt offen war.

»Sie wissen nicht, was da drinnen ist?«, fragte er die Rentnerin und zeigte mit einem Schuh auf den Schrank.

»Was denken Sie? Ich spioniere doch nicht in fremden Kästen!«

Abwehrend winkte sie mit den Händen. Erst recht, als Meller ihr die Schuhe in die Hand drückte.

»So was Sündiges greife ich nicht an!«

Sie ließ die Schuhe einfach fallen. Haarscharf neben ihren Füßen bohrte sich einer der spitzen Stöckel in den Parkettboden und hinterließ eine Kerbe.

»Vorsicht – die sind aus Metall!«

Bestürzt sah sie auf das Loch, das der Schuh geschlagen hatte.

»Die Leut haben keinen Genierer mehr! Keine Moral mehr ist unter den Menschen! Im Fernsehen zeigen s' auch immer so schweinische Sachen! Gott wird uns alle dafür bestrafen!«

»Sie müssen ja nicht hinschauen«, meinte Manuela genervt.

Meller hatte sich dem Kastenteil zugewandt und inspizierte den Inhalt. In den unteren drei Fächern herrschte perfekte Ordnung, zusammengelegte Bettwäsche, Kante auf Kante.

Im obersten Fach lagen lose Blätter, darauf ein Ordner.

Den hatte jemand in der Hand gehabt, dessen Inhalt durchstöbert und nicht mehr so hineingelegt, wie es die penible Möllermann vermutlich gewohnt war.

»In den Ordner haben Sie auch nicht hineingeschaut.«

Meller ersparte sich, eine Antwort abzuwarten. Im Blickwinkel sah er, wie die Alte verneinte.

Er schnappte sich die losen Seiten. Es ging um ein Haus, um Verträge, um Umbaugenehmigungen, um Gemeindeabgaben, um Handwerkerrechnungen et cetera.

Meller hatte genug gesehen. Er sah auf die Uhr und klopfte auf den Ordner. »Den nehme ich auch mit. Falls Frau Möllermann inzwischen auftaucht, sagen Sie es ihr und auch, dass Sie mich verständigt haben. Wir melden uns wieder bei Ihnen. Einen schönen Tag wünsche ich noch.«

Wieder im Auto, bekam Meller ein schlechtes Gewissen.

»Na, war das nervend? Und ich vermassle auch noch deinen Geburtstag, Manuela. Fahren wir dein Bett holen. Ich sollte jetzt zwar nach Gablitz, aber da kann ich ja anschließend hinfahren. Bei den Unterlagen geht's um ein Haus, das dieser Möllermann gehört … Peitschen, Latexzeugs und ein einsames Haus, das riecht ganz nach …«

»Das Bett kann warten, Chef. Fahren wir zuerst nach Gablitz. Jetzt bin ich auch scharf drauf geworden.«

»Auf deine Verantwortung, es ist dein freier Tag. Hast wohl auch Blut geleckt, was?« Meller lachte.

»Das ist eben das Spannende an meinem Job. Man weiß nie, was einen überrascht. Deswegen gefällt's mir beim S-C-ONE.«

»Wir sind ja auch ein Superteam.«

»Bei dem Chef kein Wunder«, lobte sie den Kommissar.

»Ich kann auch verdammt ungut werden.« Er grinste.

Meller informierte via Handy seine Sekretärin, dass er mit Manuela Kohn in Richtung Gablitz fuhr. Er gab Name und Adresse durch, die ihm die V-Agentin vorlas …

Das GPS führte ihn zuerst in die Irre und es dauerte, bis der Kommissar die Abzweigung fand. Eine schmale Straße führte minutenlang durch dichten Wald, der sich plötzlich zu einer Lichtung auftat. Das Haus stand etwas abseits am Waldrand, ein ehemaliges Forstgebäude, stilvoll renoviert und mit einem fantastischen Blick über einen Teil der Ortschaft.

Der Kommissar war etwa dreißig Meter vom Haus entfernt und hielt an. Vor dem Gebäude stand ein dunkler Wagen mit geöffnetem Kofferraumdeckel. Ein Mann war mit dem Beladen beschäftigt, ein zweiter Mann kam soeben aus dem Haus. In der Hand hielt er eine Aktentasche, die er im Auto verstaute. Er rief dem anderen etwas zu.

Die Männer sahen in Mellers Richtung. Da sprang einer der beiden ins Auto, der andere verschwand wieder im Haus.

Intuitiv schaltete Mellers Hirn: ein heller schlanker Typ und ein dunkler kräftiger. Waren das etwa gar Helmut Kleiner und Behlül?

Meller warf Manuela sein Handy in den Schoß und rief:

»Verdammt, das sind unsere Gesuchten! Schnapp das Handy und informiere die Einsatzleitung! Wir brauchen dringend Verstärkung. Drück dich so flach wie möglich runter, damit sie dich nicht sehen.« Er checkte blitzschnell die Lage.

»Ich muss umdrehen. Wir hauen ab … Ich fahr jetzt langsam los. Hast du schon eine Verbindung?«

»Nein, das funktioniert so nicht, ich …«

Plötzlich peitschten Schüsse durch die Luft. Sirrend schlugen sie in die Karosserie ein.

»Die schießen … Verdammt! Bleib unten, Manuela!« Meller duckte sich, verriss das Lenkrad, stieg aufs Gas und kurvte in die Wiese hinein. In einem Halbkreis schoß er auf das Haus zu.

Die Unebenheiten des Bodens rüttelten beide durcheinander. Mellers Wagen schlingerte hin und her, die Räder drehten durch, Erdreich spritzte von den Reifen in Fontänen weg.

Mit voller Wucht knallte Mellers BMW mit der Breitseite auf das andere Fahrzeug und stieß einen der Gangster zu Boden, der seine Ellbogen zum Zielen auf dem Autodach abgestützt hatte.

»Verdammt – die Wiese ist zu weich! Ich komm nicht weg!«

Meller versuchte in Slalomlinie aus der Gefahrenzone zu kommen. Ein Kieselsteinregen deckte die Gangster ein. Irgendwo ging eine Fensterscheibe zu Bruch.

Der zweite Mann sprang plötzlich hinter dem Auto hervor und feuerte hinter Mellers BMW her.

Ein heftiger Knall – die Heckscheibe zersplitterte. Ein weiteres Geschoss fuhr direkt zwischen Meller und Manuela Kohn in die Windschutzscheibe, die einen Scherbenregen auf die beiden niederprasseln ließ.

Endlich war Meller wieder auf der Straße, die Reifen bekamen Grip und der BMW schoss mit einem Satz nach vorn, so dass es beide in die Sitze presste.

Braves Auto, lobte er seinen Wagen und fuhr etwa hundert Meter weiter in eine kleine Waldschneise.

»Du bleibst hier und rufst Verstärkung. Dann läufst du in den Wald und gehst in Deckung … Alles okay bei dir?«

Manuela saß wieder aufrecht und nickte stumm, während Meller aus dem Auto sprang.

»Die kauf ich mir jetzt!«, rief er ihr noch zu, holte seine Glock aus dem Schulterhalfter und lief im Schutz der Bäume den Waldrand entlang auf das Anwesen zu.

Der Wagen stand noch unverändert mit offener Heckklappe. Einer der beiden saß im Auto. Der Motor lief bereits und der Mann hupte ungeduldig.

Meller lief gebückt aus dem Wald auf das Haus zu und zielte auf die Reifen. Da sirrten ihm schon Kugeln um den Kopf. Ein Stich fuhr ihm wie glühender Stahl durch den Körper. Er warf sich auf den Boden und rollte sich ab. Der Typ, der auf ihn geschossen hatte, stand auf der Eingangstreppe und legte erneut auf ihn an. In Sekundenbruchteilen sah Meller seine Hand auf die tödliche Gefahr zielen … *und Schuss!*

Den Mann riss es mit einem Schrei nach hinten. Er sank zu Boden und kollerte die Treppe herab.

Da gab der andere im Wagen Gas. In einem Bogen steuerte er schlingernd auf Meller zu.

Mit letzter Kraft hechtete dieser zur Seite und spürte noch, wie sein rechter Fuß weggeschleudert wurde. Der Wagen schoss mit einem irren Tempo auf die Straße zu.

Meller wollte ihm noch nachschießen, da sah er plötzlich Leute aus dem Wald treten. Das konnte er nicht riskieren. Er ließ die Waffe sinken, richtete sich auf und wollte aufstehen.

Das Brennen ließ seinen Puls hochfahren.

Ich bin getroffen worden!

Meller griff sich an die Seite. Blut klebte an seiner Hand. Er tastete die Wunde ab, es musste ein Durchschuss sein – schmerzhaft, aber relativ harmlos. Erleichtert atmete er auf und sah zum Haus hin. Der Mann lag noch immer kopfüber auf der Treppe, die Hände weit von sich gestreckt.

»Und wenn es dich erwischt hat, mir soll es recht sein«, fluchte Meller innerlich. Jemand, der ihm nach seinem Leben trachtet, hatte eine Lektion verdient. Auch er hatte schon mehrere Male dem Tod ins Auge sehen müssen. Was für ein blöder Ausdruck, dem Tod ins Auge sehen, kam es ihm in diesem Moment. Wer weiß schon, ob er in der Stunde seines Todes nicht die Augen aus Furcht und Angst zumachen würde.

Wie betäubt stand Meller in der Wiese und wollte auf das Haus zugehen. Beim ersten Schritt knickte er ein. Der rechte Fuß war angeschwollen und der Schuh fehlte. Den musste es ihm vom Fuß gerissen haben, als ihn der Wagen gestreift hatte. In einiger Entfernung sah er ihn. Er humpelte auf die Stelle zu.

Zwei Erwachsene und ein Kind standen am Waldrand und beobachteten ihn. Der Mann schien zu telefonieren, denn er deutete auf Meller. Plötzlich verschwanden sie wieder im Wald.

Das konnte ihm nur recht sein. Sollte die Polizei nur kommen, so schnell wie möglich.

Meller dachte an seine Kollegin. Auch sie würde bereits das Einsatzkommando verständigt haben. Das beruhigte ihn.

Er humpelte auf den Gangster zu, beugte sich zu ihm hinunter und fühlte den Puls.

Der Mann war tot, direkt ins Herz getroffen.

»Ich wette, du warst der verdammte Behlül«, sagte er halblaut zu sich. Der kräftige untersetzte Typ war dunkelhaarig und trug einen üppigen Schnurrbart.

Meller hatte in Notwehr einen Menschen erschießen müssen. Das war zwar bedauerlich, jedoch unumgänglich. Er raffte sich auf und wollte Manuela anrufen. Da fiel ihm ein, dass sie sein Handy hatte. Er humpelte die Straße entlang bis zu seinem Auto. Als er endlich zur Stelle gekommen war, wo er sich eingeparkt hatte, wunderte er sich, warum Manuela noch immer im Auto saß. Er hatte ihr doch befohlen, sich sofort in Sicherheit zu begeben.

Er klopfte an ihrer Seite ans Fenster.

»Die Gefahr ist vorbei. Einen hat's erwischt. Der andere ist mir leider entkommen. Hast du die Kollegen verständigt?«

Doch Manuela reagierte nicht, sondern fixierte stur einen Punkt im Wald. Da griff eine eiskalte Hand nach Mellers Herz und er erschrak …

Das konnte nicht – nein, das durfte nicht sein!

Er riss die Tür auf. Manuela sank kraftlos in seine Arme.

»Manuela, was ist …?«

Der Kommissar spürte in seiner linken Hand das klebrige Nass auf Manuelas Rücken …

Geschockt saß der Kommissar auf der Treppe des ehemaligen Forsthauses und starrte in den frühen Abend.

Rund ums Haus und im Gebäude wimmelte es von Polizisten und Spurenermittlern. Einsatzfahrzeuge standen der Reihe nach geparkt am Straßenrand. Der Rettungswagen, der Meller ins

Krankenhaus hätte bringen sollen, war ohne ihn abgefahren. Der Notarzt hatte Meller hingewiesen, dass er auf eigene Verantwortung darauf verzichtet habe.

Das Grundstück war großflächig abgesperrt worden. Dennoch standen Neugierige wartend am Waldrand, als ob es die sechs Richtigen im Lotto gratis abzuholen gäbe.

Meller hasste die sensationslüsterne Meute und er war nahe dran, auf sie zuzugehen und sie zu verjagen. Doch das Gehen fiel ihm schwer, der Fuß war dick einbandagiert und zwei Krücken lagen neben ihm auf der Treppe.

Jetzt erst spürte er, wie sehr ihn das Geschehene belastete.

Sein Oberkörper steckte in einem Druckverband. Zur Verwundung an der linken Seite hatte ihm der Arzt gratuliert:

»Na, Glück gehabt. Einmal noch davongekommen.«

Was heißt Glück gehabt! Manuela Kohn war das Glück nicht hold gewesen. Eine tödliche Kugel hatte sich durch den Sitz in ihren Rücken gebohrt. Es war jenes Geschoss gewesen, das die Heckscheibe des BMW durchschlagen hatte.

Wer konnte ahnen, dass dieser Tag so tragisch enden würde?

Manuelas Geburtstag war zu ihrem Todestag geworden. An diesem Tag war sie 27 Jahre alt. Anstatt in eine neue Wohnung einzuziehen, in einem neuen Bett zu schlafen, war sie zur ewigen Ruhe verurteilt worden.

Niemand gab Meller die Schuld und dennoch fühlte er sich für Manuelas Tod verantwortlich.

Er wollte so lang hier sitzen bleiben, bis die Ermittlungen abgeschlossen waren. Er wollte dabei sein, wenn der stämmige, dunkelhaarige Todesschütze in den Aluminiumsarg gelegt wurde. Dieser verdammte Kerl, der von Ivanovics und der Schwarzafrikanerin bestimmt als Behlül identifiziert werden würde, dessen war sich Meller sicher.

Möllermanns Anwesen war ein Haus der Lust, ein Tempel für Sadomaso-Spiele und andere sexuelle Praktiken. Die Ermittler fanden Räumlichkeiten, in denen sich Zahlungskräftige verwöhnen lassen konnten. Diese Wunscherfüllung war professionell abgelaufen. Das zeigte eine penible Auflistung ihrer Kunden. An sich noch kein Strafbestand, sofern der Betrieb angemeldet war und die Einnahmen versteuert wurden. Was in beiden Punkten nicht der Fall war.

Das hieß, Cécile Möllermann gehörte ab sofort zur Gruppe der heiß gesuchten Personen, da man noch mehr als eine bloße Verbindung mit den beiden Gangstern vermutete.

Auch nach dem zweiten Mann war eine groß angelegte Suchaktion im Gange. Leider hatte Meller das Kennzeichen des dunklen Opel nicht erkennen können.

Oder war es ein Ford Kombi gewesen?

Er war sich nicht sicher, alles war so schnell abgelaufen …

Sieben

Gründonnerstag, 1. April 2010

Es war verdächtig still im Haus.

Kein Wunder, kurz vor Ostern hatten sich viele frei genommen und waren ins verlängerte Wochenende gefahren, um nicht in den alljährlichen Karfreitag-Verkehrsstau zu geraten.

Geknickt saß Mike Lehner in seinem Büro.

Er war allein und fühlte sich auch so – alleingelassen.

Mike hätte nicht gewusst, wohin er fahren sollte. Er wusste nicht einmal, wohin er nach Büroschluss gehen sollte. An wen er sich während der Osterfeiertage wenden sollte.

Gewiss, er konnte sich in diesem Häuschen an der Wiener Straße verkriechen, in dem Meller die ersten Jahre, seit er in Mödling war, gewohnt hatte. Mike war diesem Grafiker Lo Bianco dankbar, dass er übergangsweise dort wohnen konnte.

»Auch für länger«, hatte Bianco versichert und ihm vielsagend grinsend ein tolles, freies Leben gewünscht.

Wenn der Mann wüsste, wie sehr er an seinem alten hing!

Mikes Leben war von Grund auf durchgebeutelt worden. Seine Gedanken jedoch kreisten um einen einzigen Wunsch:

Warum kann nicht alles so sein wie früher?

Stoppl, seine Frau, und Tobias, sein Junge – sie hatten sich von ihm abgewandt, hatten sich von ihm getrennt.

Getrennt von Tisch und Bett, getrennt von Taschengeld und Computer. Sämtliche familiären Verbindungen waren gekappt worden. Der Begriff Vater war wie ein Krebsgeschwür aus dem Körper namens *Familie* herausgeschnitten worden.

Mike war das Geschwür und er lag in einem speziellen Abfallkübel für Sondermüll. Er hatte seine Familie verloren.

Doch er hatte noch mehr verloren – sein Selbstvertrauen, seine unerschütterliche Kraft und innere Ruhe, seine stille Lebensfreude. Alles war weg, futsch!

Auch sein Herz war weg, obwohl es mehr denn je schmerzte und bei jedem Schlag wie ein schlecht gebrauter Fusel in ihm brannte und ihm hochstieß – zum Kotzen!

Er fühlte sich nicht vom Winde verweht, sondern von einem Twister zerlegt. Und wenn das nicht bald aufhörte, würde er den letzten Schritt tun müssen …

»Den letzten Schritt tun?«, riss es Mike aus seinen Gedanken.

So bescheuert war er nun auch wieder nicht, wie ihm sein Gewissen einzureden versuchte.

Wie jedes Jahr hatten die Lehners Ostern zuhause verbringen wollen. Bei den Familien in Laa an der Thaya. Das war vorbei.

Wenn er wenigstens einen Kollegen zum Reden gehabt hätte. Doch alle waren ausgeflogen, hatten Urlaub genommen.

Die letzten Tage waren für ihre Gruppe heftig gewesen. Sie hatten Manuela Kohn zu Grabe tragen müssen. Es war ein erschütterndes Begräbnis gewesen, bei dem Manuelas Vater vor dem offenen Grab zusammengebrochen war. Manuela war stets die Aufopfernde, die Verständnisvolle, die Vermittlerin in ihrer Gruppe gewesen. Sie selbst hatte von ihren Kollegen am wenigsten gefordert. Manuela Kohn würde auch ihm fehlen.

An ihrem Grab wurden viele Tränen vergossen, sogar von einem zynischen Kerl wie Axel Körner …

Mike würgte den dicken Kloß im Hals hinunter, der sich anmeldete. Er wischte sich Tränen aus den Augen und schnäuzte sich. Kurz entschlossen fasste er Mut.

Er nahm den Hörer ab und wählte ihre Nummer.

Ihr Anrufbeantworter war der Einzige, der sich seine Probleme anhören würde, oder sie hob bewusst nicht ab, weil sie seine Nummer erkannte. Mike probierte es auf dem Handy seines Sohnes. Auch Tobias war *zurzeit nicht erreichbar.*

»Scheiße, Scheiße, Scheiße!«, fluchte er und knallte mit der Faust auf den Tisch.

Als Mike von Deutschland zurückgekommen war, hatte er gehofft, mit Stoppl ein vernünftiges Gespräch führen zu können. Als ihm ein Schreiben ihres Anwalts im Büro erreichte, wusste er, wozu Frauen in der Lage waren, wenn sie einen Mann vernichten wollten. Es sollte zu keinem Gespräch mehr kommen. Stoppl hatte sich in einer Hassspirale verstrickt.

Mike musste an die verwirrte Frau im Rehazentrum in Bad Berleburg denken. Das Gespräch mit Karin Kleiner war ihm ziemlich nahegegangen. Weniger das, was sie von sich gab, sondern wie sie es erzählte. Die Frau war in einer Welt von Verfolgung, Hass und Angst gefangen. Niemand konnte ihr noch helfen, die Ärzte hatten sie aufgegeben.

Karin Kleiner hatte von Nazis, von Verfolgung und von einem Schatz fantasiert und dass alle hinter ihm her seien. Doch er war sicher versteckt, denn sie müsse ihn vor bösen Menschen beschützen. Dann hatte sie Geräusche gehört. Schüsse, militärische Befehle. Sie hatte sie nachgeahmt. Mitten im Satz hatte sie ihren Finger auf Mikes Mund gelegt und geflüstert:

»Pssst! … Sei still, Helmut! … Hörst du es auch?«

Dabei hatte sie Mike mit ihren Blicken förmlich durchbohrt.

»Was soll ich denn hören?«, hatte Mike geantwortet.

»Aber Kind! Psst! Bist du taub? Psst! Die Welt brennt! Wir verbrennen, weil du ein unartiges Kind bist!«

Dann hatte die Frau wie irre gelacht und hysterisch geschrien: »Rebeccas Schatz wird niemand finden!«, und hatte begonnen, auf Mike einzuschlagen. Da war er aufgesprungen und aus dem Zimmer geflüchtet.

Es war, wie die Ärztin gesagt hatte, die Frau war verrückt …

Das Brennen in Herznähe kam unvermittelt.

Brutal warf es Mike Lehner zu Boden, nahm ihm den Atem und er rang verzweifelt nach Luft. Der Sessel war weggerutscht und mit Getöse an den Kasten geknallt …

Das hatte die ewig fleißige Putzfrau im Gang vor Lehners Bürotür gehört. An sich hätte sie an diesem Tag schon Schluss machen können. Doch auch sie wollte den morgigen Tag frei haben. Nur noch dieser Bürotrakt war zu reinigen – in drei Stunden konnte sie es schaffen, wenn sie flott war.

Der Lärm aus Lehners Zimmer ließ sie aufhorchen.

Sie hatte nicht angenommen, noch jemanden anzutreffen. Wenn ja, dann am ehesten den Chef der Gruppe 4, *was scheene Mann ist wie Kluunii,* wie sie für Meller schwärmte. Doch sein Büro war auch schon verwaist.

Sylvana Hamurcu öffnete die Tür zu Lehners Zimmer – auch niemand mehr da. Zu dem stillen, großen Mann in Zimmer 212 hatte sie wenig Bezug.

Erst als sie ein Röcheln vernahm, ging sie zum Schreibtisch hin und sah den Zwei-Meter-Mann auf dem Boden liegen.

Bei der Farbe seines Gesichts wusste die Putzfrau sofort, wie viel es für den Mann geschlagen hatte, wenn nicht innerhalb von Minuten Hilfe kam. Einer aus ihrer Verwandtschaft hatte auch dieselben Symptome gehabt. Leider war er an einem

Herzinfarkt gestorben, weil die Rettung viel zu spät gekommen war.

Sylvana war eine Frau von schnellem Begriff. Sie riss die Tür auf und schrie in den Gang hinaus:

»Hilfe! Hiiilfeee! Große Mann habe Herz kaputt!«

Dann stürzte sie zum Telefon hin und wählte die Nummer eins-vier-vier. Als abgehoben wurde, rief sie in den Hörer:

»Schnell kommen Rettung in die S-C-ONE! In Zimmer zwei-eins-zwei liegen Herzinfarkt mit Mann auf die Boden. Schnell kommen Rettung, es gehen um Leben und Tod!«

Der Mann in der Rotkreuzzentrale verstand ihr Kauderwelsch und schickte sofort einen Wagen zu der Adresse.

Währenddessen drehte der Putzengel Mike Lehner in Seitenlage, was bei der Länge und dem Gewicht des Mannes wahrlich kein Leichtes war. Sie riss ihm das Hemd auf und machte seinen Oberkörper frei. Dabei konnte sie es sich nicht verkneifen ein: »Is auch scheene Mann mit starke Brust« von sich zu geben.

Sie öffnete das Fenster, setzte sich zu Lehner und tätschelte ihm die Hand. In Gedanken war sie betend bei ihrem Gott, der den großen Mann weiterleben lassen möge. Gleichzeitig fluchte sie, weil die Zeit so schnell verging und niemand auftauchte.

Mike Lehner bekam von alldem nichts mit, als die Rettung mit ihm an Bord mit Blaulicht und *Tatü-Tata* zum Krankenhaus raste …

– – –

Die Feiertage waren vorüber, sämtliche Ostereier waren gefunden, aufgepeckt und verspeist worden.

Wie hatte es Körner schüttelreimend treffend formuliert? Ostern war wieder einmal so richtig *perfekt verpeckt.*

Jene Eier, die niemand gefunden hatte, würden bald einen üblen Gestank hinterlassen. Ohne zu wissen, von woher der Wind den strengen Geruch wehte, würden Spaziergänger die Nase rümpfen und sich wohl oder übel eine Nase voll nehmen müssen. Schlechte Gerüche waren wie Schicksalsschläge – hinterhältig und gemein, wenn sie einen voll auf die Nase trafen.

Diese obskure Erkenntnis spazierte durch Mellers Kopf, während er Post und Zeitungen sichtete, die sich auf dem Schreibtisch gestapelt hatten.

Es gab genügend faule Eier, über die berichtet wurde, und es ärgerte den Kommissar, dass wieder einmal die Polizei schuld sei, die dieser neuen Welle der Brutalität hilflos gegenüberstehe – überhaupt, diese nicht schon früher erkannt habe. Man hätte doch wissen müssen, dass seit der Grenzöffnung vermehrt Kriminaltouristen ins Land kämen. Aber waren es nicht die Politiker gewesen, die anfangs der Zweitausenderjahre den Mitarbeiterstand im Polizeidienst radikal reduzieren ließen, ehemalige Gendarmerieposten auflösten und aus Einsparungsgründen zusammengelegt hatten? Hauptsache, die politische Optik stimmte, auch wenn die Bevölkerung dagegen protestierte.

Jetzt sollten die Exekutive und die Kriminalabteilungen Wunder wirken, um der Lage Herr zu werden. Da half es momentan wenig, wenn verkündet wurde, polizeilicher Nachwuchs werde sukzessive ausgebildet und käme in den nächsten Jahren zum Einsatz.

Schön und gut – und bis dahin? Als ob die kriminellen Individuen gnädigerweise zuwarten würden, bis dieser Nachwuchs auf sie losgelassen werden konnte.

Meller ärgerte sich über diese platten Vorwürfe der Medien, die Polizei erfülle ihre Aufgaben nur zum Teil. Sollten diese Zeitungsschmierer jene Politiker hervorholen und zur Schnecke machen, die seinerzeit diese Kürzungen veranlasst hatten. Doch so ist es im Leben: Wenn wer den Kopf hinhalten muss, dann immer noch der Schmiedl vor dem Schmied …

Meller las einen Bericht, in dem er von einem Journalisten angegriffen wurde, er hätte ahnen müssen, dass die beiden Gangster in dem ehemaligen Forsthaus Unterschlupf gefunden hatten. Hätte er rechtzeitige Schritte eingeleitet, könnte die junge V-Agentin noch am Leben sein.

Ja, woher hätte Meller das denn wissen müssen?

Genauso gut wäre jedes andere Auto von den Verbrechern unter Beschuss genommen worden, das sich dem Haus genähert hätte! Schließlich führte eine öffentliche Straße dorthin. *Hätte man, würde man* – im Nachhinein waren alle ja so klug! Manuela Kohn war erschossen worden – war zur falschen Zeit am falschen Ort. Ebenso hätte es Meller erwischen können, hätte es einen x-beliebigen Spaziergänger treffen können.

Wie hätten die Meldungen wohl gelautet, wenn ein Gruppenchef des S-C-ONE zufällig von einem wild um sich schießenden Gangster über den Haufen geknallt worden wäre?

Tragischer Tod eines langjährigen Kriminalisten?

Manuelas Tod war nicht minder tragisch. Für Meller, für die gesamte Mannschaft des S-C-ONE und vor allem für Manuelas Eltern. Und Meller bekam über die Medien zusätzlich eine Ohrfeige verpasst. Sich dagegen zu wehren, war zwecklos.

Die spürbar zunehmende Brutalität in der Region rund um Wien hatte nicht Meller zu verantworten. Er und seine Kollegen taten ihr Möglichstes, um kriminelle Individuen auszuschalten. Doch sie konnten erst in Aktion treten, wenn ein Verbrechen entdeckt worden war.

Natürlich waren die Leute des S-C-ONE ebenso bemüht, eine mögliche Tat zu verhindern, sobald sie sich als solche herauskristallisierte. Es gab genügend V-Agenten, die im Sumpf sämtlicher Verbrechensgenres als verdeckte Ermittler observierten.

Sohin gesehen, waren sie immer hinter jemandem her, der Böses im Sinn hatte. Sonst müsste man jede Person prophylaktisch verhaften. Jeder Mensch könnte ja irgendwann in seinem Leben eine Straftat begehen – woraufhin die ganze Welt bald ein einziges Gefängnis wäre …

Das war sie auch, dachte Meller bekümmert und seufzte.

Joe, der es sich unter dem Schreibtisch gemütlich gemacht hatte, seufzte ebenfalls und wechselte seine Schlummerstellung.

Meller sah auf die Uhr.

Lo Bianco hatte sich angesagt und müsste jeden Augenblick auftauchen. Schon klopfte es an der Tür. Es war nicht Lo, sondern seine Sekretärin. Ihrer Miene nach hatte sie keine guten Nachrichten.

»Mike geht's beschissen, ich habe mit dem Arzt gesprochen.«

»Hast du Stoppl noch immer nicht erreicht?»

Meller dachte nach. Richtig, die Schule begann erst morgen. Die Kinder hatten also noch frei.

»Nein, sie reagiert weder auf einen Anruf noch auf eine SMS«, erwiderte Claudia Rotter.

»Ich vermute, sie hat ihren Buben geschnappt und sich mit ihm irgendwo verkrochen, um ihr Leben zu überdenken. Tobias hat den Eltern in letzter Zeit ziemliche Probleme bereitet. Stoppl ist ein impulsiver Mensch. Sie hat Mike über alles geliebt und wurde von ihm sehr verletzt. So weit kann ich sie verstehen. Mit dem Scheidungstermin hat sie Mike den Boden unter den Füßen weggezogen … Erreichbar müsste sie aber schon sein, allein des Kindes wegen …«

»Und wegen eines Fehltritts schmeißt sie alles hin?«, fuhr ihm Claudia dazwischen.

»Das sagst gerade du, eine Frau?«

»Jessas, ja! Mike hat sich eine zum – eh schon wissen – gefunden. Doch er ist ein guter Vater und hat sich sonst nie was zu Schulden kommen lassen. Jetzt liegt er aber mit einem Herzinfarkt im Krankenhaus. Er braucht seine Familie!«

»Der Meinung bin ich auch, Claudia. Aber trotzdem liegt es an Stoppl, was sie jetzt macht oder auch nicht ... was passiert ist, ist passiert. Je mehr wir uns einmischen, desto bockiger wird sie, glaub mir's. Ich kenne Frauen, die hassen.«

»Aha und woher?«, fragte sie lauernd.

»Da, zum Beispiel«, Meller hielt ihr eine Zeitung entgegen, »jeden Tag kannst du davon lesen. Nicht nur die Zeiten, auch die Frauen werden brutaler.«

Es klopfte und Lo Bianco trat ein. Er sah übernächtigt aus.

»Hallo allerseits«, grüßte er müde.

Als Claudia ihn sah, ging sie, ohne ihn eines Blickes zu würdigen, aus dem Zimmer.

»Was war denn das jetzt?«, fragte ihn Meller, während sie sich die Hände schüttelten.

»Krieg ohne Worte. Anders ausgedrückt: Funkstille im Hause Bianco. Sie ist sauer, weil ich sauer bin.«

»Eine logische Konsequenz. Und was soll sie bewirken?«

»Dass es vorbei ist – mit der Leidenschaft, mit dem Bussi-Bussi-Geben. Getrennte Betten, getrennte Gefühle, Halbe-Halbe, daher auch halbes Leid«, erwiderte Bianco und grinste säuerlich.

»Das tut mir leid, Lo. Aber warum habt ihr es so weit kommen lassen? Ihr seid doch in der Lage, Probleme auszudiskutieren?«

»Diskutiere du mit einer, die einen mit ihrer Eifersucht erwürgt!«

»Claudia und eifersüchtig?«, wunderte sich Meller.

»Sie hat mir jedenfalls die Alternative gestellt: Entweder sie oder die andere.«

»Welche andere? Ist mir da was entgangen? Ich dachte, ihr habt Zoff wegen der ALM-Geschichte?«

»Das auch und wegen ihr – weißt eh, wer.«

»Lo – net sie schon wieder! Also, du bist der größte Trottel, den ich kenne.«

»So übertreiben brauchst auch wieder nicht, Mario. Ich kann halt nicht aus meiner Haut.«

»Aber ohne lang nachzudenken in eine andere hinein!«

»Passiert ist passiert! Daher könntest du bei Claudia vielleicht ein gutes Wort für mich … weißt eh und so halt …«

»Das mach schön selber, Lo! Du hast eh ein Riesenglück, weil Claudia ist eine echte Männerversteherin. Zumindest hat sie Mikes Seitensprung irgendwie verständlich empfunden und sogar gemeint, dass sich Stoppl deswegen nicht so aufführen sollte. Also, ich seh gute Chancen für dich, Lo. Obwohl du sie dieses Mal wirklich nicht verdienst – meiner Meinung nach.«

»Du hast leicht reden, Mario. Dir passiert so was nie und dafür bist du auch zu beneiden.«

»Ich bin auch nicht so bescheuert wie du, Bianco. Ich verwende auch das, was sich Hirn nennt, bevor ich mich wo reinhänge – beziehungsmäßig meine ich.«

»Irgendwie auch ein Fehler, findest nicht, Meller?«

»Wer ist schon fehlerlos, Lo? Wobei wir beim Thema wären. Ich hab dir Infos versprochen. Was ich dir berichte, ist nur für deine Ohren bestimmt. Vergiss den Käse, den du in den Zeitungen liest. Wir halten Infos vor der Öffentlichkeit zurück, weil noch andere Fälle damit im Zusammenhang stehen. Also, wenn was nach außen dringt, hast du mich als deinen bittersten …«

»Du beleidigst deinen besten Freund. Gib's zu, du bist eifersüchtig wegen Nora, stimmt's?«, unterbrach ihn Lo Bianco.

Meller sah ihn lang an. Es ärgerte ihn, dass Lo sich wieder mit

Nora traf, obwohl es ihn nichts anzugehen hatte. Nora war Biancos Exfrau und dennoch – es störte Meller, dass der Kerl einfach so bei Nora auftauchen konnte. Sollte die alte Geschichte wieder von vorn losgehen?

Meller fegte seine Erinnerungen wie Brotbrösel vom Tisch.

»Klar stört es mich, allein wegen Claudia. Hör auf mit dem Alte-Sachen-Aufwärmen und hör mir lieber zu. Was du jetzt erfährst, wird dich und eure ALM wenig erfreuen. Ich kann dir nur raten, den Namen Waldmüller aus eurem Programm vollständig zu streichen, sofern dir an der ALM noch was liegt.

Jürgen Waldmüller hatte zwei Gesichter. Das eine war der ehemalige Entwicklungshelfer und heutige Unternehmer, der ALM-Visionär, gütige Wohltäter und Spender für alle möglichen Hilfsprojekte. Das andere Gesicht zeigt einen Steuerhinterzieher, aber auch einen eiskalten Menschen, der ein junges Bauernmädchen in Bolivien geschwängert hatte und zuließ, dass sich die Schwangere in die Tiefe stürzte, weil er sich nicht zu seinem Ungeborenen bekannte. Das geschah vor Jahren, als er noch als Entwicklungshelfer tätig war.

Und jetzt kommt's: Inzwischen ist eine weibliche Leiche auf seinem Firmenareal in Wiener Neustadt gefunden worden. Ob Waldmüller der Mörder ist, muss noch geklärt werden. Wenn Täter und Opfer tot sind, ist es schwierig, das zu eruieren.

Wir suchen jedoch eine gewisse Cécile Möllermann, die in Gablitz ein illegales Etablissement führte. Man fand eine Liste honoriger Herren – auch Jürgen Waldmüller war einer von jenen –, die sich von der umtriebigen Möllermann beglücken ließen. Die beiden Männer, vermutlich Helmut Kleiner und der Türke Behlül, die Jürgen Waldmüller überfallen haben, sind in Gablitz aufgestöbert worden. Ob die weibliche Leiche die gesuchte Möllermann ist, wird zurzeit geprüft …

Reicht dir das vorerst in der Causa Jürgen Waldmüller?«

Lo Bianco nickte betroffen. Meller fuhr fort:

»Kleiner und Behlül standen wiederum nachweislich im Zusammenhang mit dem beabsichtigten Einsturz des Hochhauses sowie der Ermordung eines immer noch unbekannten Mannes in der mit Wasser gefüllten Wohnung. Der Türke wurde zwar von mir inzwischen – na ja, du weißt …«

Meller schwieg, der Gedanke an Manuela schmerzte ihn.

»Der andere, Helmut Kleiner, ist leider noch flüchtig. Er steht auch unter Verdacht, seine Großmutter ermordet zu haben. Das war jene alte Frau, die monatelang tot im Bett gelegen ist.

Jetzt zu Paul Waldmüller. Er hat ausgesagt, dass sein Bruder in der Firma von zwei Männern zusammengeschlagen und ausgeraubt wurde. Die Verletzungen in Jürgens Gesicht stammten von diesem Überfall. Paul Waldmüller wird jedoch beschuldigt, seinem Bruder im Streit einen Stoß gegeben zu haben, der Jürgens Tod zur Folge hatte. Da niemand Zeuge war, werden das Staatsanwalt und Gerichte zu klären haben. Erschwerend für den jüngeren Waldmüller kommt hinzu, dass Flora Wunderl, die Haushälterin der beiden, einen markanten Hinweis Jürgens, der Paul des Mordes bezichtigte, verschwinden lassen wollte.

Alle diese Zusammenhänge kristallisierten sich erst im Nachhinein heraus. Um die unschuldigen Menschen, die dabei ums Leben gekommen sind, tut es mir sehr leid.

Überleg es dir, ob du der *Aktiven Liste Mödling* noch einen Gedanken widmen willst. Aktiv war er ja, euer Waldmüller. Er hat sich allerdings verdammt weit aus dem Fenster gelehnt.«

Meller schwieg. Die beiden sahen sich nachdenklich an.

Was ist aus uns geworden, dachte der Kommissar, Lo ist ein ewiger Chaot, der schnell hellauf für eine Sache zu begeistern ist, sie im nächsten Augenblick aber genauso fallen lassen kann.

Er hoffte, dass Lo sich jetzt ebenso entscheiden würde.

»Du machst es mir leicht, Mario. Für mich ist die ALM gestorben. So wie die Geister, die sie geboren hatten.«

»Es waren böse Geister«, erwiderte Meller.

»Nur einer war böse.« Darauf bestand Lo Bianco.

Als wäre Joe damit gemeint gewesen, begann er plötzlich im Schlaf zu knurren und zu wimmern. Er schlug mit den Pfoten auf den Boden und kroch aus seiner Schlafhöhle hervor.

»Joe ist sicher der Unschuldigste, allein, wie der dreinschaut«, bemerkte Meller und kramte ein Leckerli hervor.

Das Gschau von dem Hund werd ich mir merken – für die nächste Frau, nahm sich Bianco unausgesprochen vor …

– – –

Zuerst hatte er überlegt, sich ein Auto zu kaufen, entschied sich dann aber doch für einen Mietwagen.

Der silbergraue 5er BMW war eine gute Wahl.

Er hatte für eine Woche im Voraus bezahlt, sogar eine Rechtsschutz- und Insassenversicherung hatte er abgeschlossen, falls etwas passieren sollte. Man konnte ja nie wissen.

Seine Beraterin gefiel ihm, und er verspürte plötzlich das Bedürfnis, länger in Erfurt zu verweilen.

»Sie sprechen perfektes Deutsch, Herr Branduardi«, hatte ihn Lilly Reichhold – wie auf ihrem Schildchen am Revers der dunkelblauen Jacke zu lesen stand – gelobt und war leicht errötet, als er ihr direkt in die Augen gesehen hatte.

Er wusste, wie man Frauen ansehen musste, um ihnen etwas Farbe auf die Wangen zu zaubern.

»Ich habe in Frankfurt Architektur studiert, deswegen.«

Stefano Branduardi zeigte lächelnd seine Zähne.

»Darf ich Ihnen einen Kaffee anbieten, inzwischen wird der Wagen für Sie vorbereitet. Einen Cappuccino vielleicht?«

»Grazie, sì, einen Cappuccino.«

Als Branduardi mit dem BMW an der Glasfront vorbeifuhr, winkte sie ihm noch extra zu. Er hupte kurz und lächelte.

Was für ein geiler Italiener, dachte sich Lilly Reichhold.

Bei Männern dieses Alters kam sie besonders gut an. Er sah noch jünger aus als auf dem Foto. Die Schwarz-Weiß-Kopie des Ausweises zeigte einen knapp Vierzigjährigen. Sie wusste, wann der Italiener den Wagen wieder zurückgeben musste. An diesem Tag hatte sie Dienst. Mal sehen, ob sich ein Date arrangieren ließ. Sie sah an sich hinunter, zog das Bäuchlein ein, streckte ihre Brust heraus und grinste siegessicher …

Es waren etwa hundert Kilometer bis zu seinem Ziel.

Von Erfurt fuhr er über Bad Langensalza nach Mühlhausen, weiter nach Beinrode bis nach Bodenrode …

Während der Fahrt ging er die letzten Ereignisse durch.

Be hatte es erwischt. In einer Zeitung hatte er gelesen, dass bei der Schießerei eine Polizistin umgekommen war. Warum musste Be auch sofort schießen? Der Typ war einfach zu durchgeknallt. Allein schon die Idee, eine Wohnung unter Wasser zu setzen, damit Ashanti, diese schwarze Fotze, unterhalb in der Wohnung erdrückt werden würde? Und erst die Sache mit dem Typen – seine Schuhe warf er einfach aus dem Fenster –, er verpackte ihn in Plastik, echt pervers! Bloß weil der Geilspecht nicht für das Mädchen bezahlen wollte, das ihm Be vermittelt hatte. Den Türken kannte er noch von Mallorca, dort wurde Behlül von allen nur Be genannt. Branduardi lächelte grimmig. Auf Mallorca war er auf Be noch wütend gewesen.

Als er in Wien zufällig auf ihn gestoßen war, war seine Wut verraucht gewesen. Be hatte ihm geholfen, diese Hure ausfindig zu machen, die seinen Bruder ermordet hatte und mit dem Geld durchgebrannt war. Wut kam ihm wieder hoch, als er an das Rauschgift dachte, das samt dieser Hure verschwunden war. Er hatte die Stelle abgesucht, wo die Polizei seinen Bruder gefunden hatte.

Cordula oder Cécile, wie sich diese verdammte Schlampe genannt hatte – ein gezielter Schuss und das war's. Sollte der Typ vom Schotterwerk dafür verdächtigt werden. Er wird schon seine Gründe gehabt haben, diese Hure verschwinden zu lassen. Er musste grinsen, als er an dieses Weichei Waldi dachte. Branduardi hatte ihn beobachtet, als er in Anzug und Krawatte den Bagger betätigt hatte, um die Leiche zu verbuddeln.

Aber ein grandioses Haus hatte sich diese Hure einrichten lassen. Mit dem Geld allerdings, das ihm und seinem Bruder gehörte.

Dann hatte Be in dem Haus glatt zweihunderttausend Euro in bar und vier Sparbücher gefunden. Dazu die dreihunderttausend vom Schotterwerktypen – eine satte Beute, die er nicht mehr teilen musste …

Von Bodenrode ging es weiter nach Reinholterode. Hier legte Branduardi eine kurze Rast ein. Die meiste Zeit war er der einzige Gast an einem der drei Tischchen vorm Haus, an denen der wenige Verkehr vorüberfuhr.

Während er aß, blätterte er eine regionale Zeitung durch.

In welch biederem Eck war er gelandet. Nicht einmal begraben wollte er hier sein. Als er mit dem Essen fertig war, holte er das vergilbte Blatt hervor und studierte es genau …

Dieser Loser, dachte er, als ihm der Typ mit dem angeblichen Schatz einfiel, weswegen er noch nicht in Brasilien war.

Irgendwie war an der Geschichte was dran, die er aus Kleiner herausgepresst hatte. Oder war es die Todesangst, die ihn ein Märchen hatte erfinden lassen? Er hatte Helmut Kleiner diese Skizze abgenommen und ihm versichert, ihn am Leben zu lassen und nicht in der Zisterne verschwinden zu lassen wie dieses Mädchen aus der Ukraine, das Kleiner beim Gefügigmachen erwürgt hatte. Vorausgesetzt, das mit dem Schatz stimmte. Er hatte Kleiner dabei gefilmt – ein Druckmittel, falls er nicht spurte. Ein Mord ist ja kein schlechtes Druckmittel, oder? Zwölf Konserven und einen Dosenöffner hatte er Kleiner das letzte Mal in der Höhle hinterlassen. Der Holzzuber war noch halbvoll mit Wasser. Wenn der Trottel schlau genug war, würde er damit auskommen, bis er wieder in der einsamen Steinhütte auftauchen würde. Er war doch immer wieder aufgetaucht in den letzten Monaten. Es waren noch einige wichtige Dinge zu erledigen und vor allem Spuren zu legen, um die Polizei auf die falsche Fährte zu führen. Hätte Kleiner seine Schulden bezahlt, wäre er nie in diese missliche Lage gekommen.

Branduardi grinste schäbig, er hatte noch Kleiners verzweifeltes Flehen und Bitten in den Ohren, als er ihm Blut abzapfte und ihm mit Stofflappen Schweiß von der Stirn und unter den Achseln abrieb. Ein Trick, den er schon mehrfach angewandt hatte, um falsche DNA-Spuren zu legen …

Es riss ihn förmlich aus dem Sessel – so vertieft war er in die gezeichnete Skizze –, als die Kellnerin fragte, ob er noch was wünsche. Sie musste ihm über die Schulter geschaut haben, denn sie grinste wissend.

»Oh, eine Schatzsuche? Am Wochenende fahren oft Leute durch, die an solchen Schatzsuchefahrten teilnehmen. Da ist wenigstens was los hier.«

»Ich organisiere solche Touren – aber nix verraten.«

Er lächelte und fragte: »Nach Böseckendorf … geht's da lang?«

»Ja, über Berlingerode. Ist nicht mehr weit«, sie zeigte die Richtung. »Wann läuft die Tour?«, wollte sie wissen.

»In vierzehn Tagen«, log er.

Er bezahlte, stieg in sein Auto und fuhr die L2015 entlang die letzten Kilometer über Berlingerode und Bleckenrode und langte endlich am Ziel an …

Das Haus und die vier Bäume nahe Böseckendorf fand er tatsächlich. Viel schien sich hier seit den Sechzigern nicht verändert zu haben.

Das Haus war unbewohnt, in einem desolaten Zustand und die markante Baumgruppe stand ziemlich dicht beieinander. Aber alle Wege und Hinweise fand er, wie sie auf der Skizze vermerkt waren …

Den Packen eingerolltes Papier – von der Feuchtigkeit zerstörte Aktien – hatte er liegen lassen. Seiner Meinung nach hatten sie keinen Wert mehr. Eine Handvoll Schmuckstücke, die er aus einer rostigen Metallkassette geborgen hatte, lagen jetzt im Auto auf dem Nebensitz. Der Schatz war nicht so ergiebig.

»Ein paar Tausender wird er schon bringen. So, und jetzt endlich ab nach Brasilien«, sagte er sich laut vor.

Die Sonne stand tief und warf ihr Licht auf die Schmuckstücke. Ein besonders schön geschliffener Stein blitzte auf und blendete Branduardi.

Während er auf der langen Geraden dahinschoss, wollte er nach dem Stein greifen. Eine Unebenheit auf der Straße ließ den Schmuck durcheinanderpurzeln und vom Sitz fallen.

»Hiergeblieben«, grummelte er und versuchte während der holprigen Fahrt eine Brosche zu erhaschen. Er fixierte das Lenkrad mit dem linken Knie und beugte sich tief nach rechts, um das Schmuckstück in die Finger zu kriegen …

Den Traktor mit Anhänger, der von links aus einem Feldweg gekommen war und die Straße überquerte, sah er viel zu spät. Der BMW bohrte sich ungebremst in den Anhänger. Stefano Branduardi knallte mit dem Kopf voran durch die Windschutzscheibe auf die Seitenwand des Anhängers.

Er war auf der Stelle tot …

– – –

»Gib es mir, Kevin!«, rief das Mädchen und wollte dem Jungen das vergilbte Blatt aus der Hand reißen. »Kannst es sowieso nicht lesen!«

»Na und?«, wehrte Kevin ab und hielt das Blatt in die Höhe.

»Mann, bist du doof!«, schimpfte das zweite Mädchen. »Lass Sonja vorlesen. Hier lag eindeutig ein Schatz, das sieht doch ein Blinder! Wenn ich mir vorstelle, wie oft wir schon hier waren!«

Sie schnappte die rostige Blechkassette und schleuderte sie achtlos ins Feld.

Sonja, ein zartes rotblondes Mädchen, schnappte sich den Brief, setzte sich unter einen der vier Bäume und las laut:

Meine geliebte Herta.

Wenn du diese Zeilen liest, wird das eingetroffen sein, wovor ich am meisten Angst hatte: Unsere Flucht ist missglückt.

Wir wissen nicht, wohin uns das Schicksal treibt und ob es uns jemals wieder zusammenführen wird. Wenn nicht, so werden wir bestimmt in einem späteren Leben das Glück finden, das für uns so schön begonnen hat. Du weißt ja, ich glaube an eine Wiedergeburt.

Meine Eltern haben mir Familienschmuck hinterlassen, den ich vergraben habe. Einen Plan, wo er genau liegt, siehst du auf der Rückseite, damit du den Schatz auch findest. Er soll Dich immer an mich erinnern.

Meine Geliebte, Du mein Herz. Du unendlicher Quell meiner Freuden und meiner Lust. Ich vergehe vor Sehnsucht nach Dir, nach unseren Berührungen, unseren Liebkosungen.

Gott behüte und beschütze Dich,

Deine Rebecca *Böseckendorf, 25. 9. 1961*

»Igitt, das sind ja zwei Lesben!«, rief der Junge.

»Immer noch besser als ein doofer Typ, der nicht lesen kann«, erwiderte Sonja und grinste ihre Freundin an.

– – –

Die Polizeibeamten in Erfurt staunten nicht schlecht, als sie über Interpol erfuhren, dass jener Stefano Branduardi, der nahe Böseckendorf bei einem Autounfall verunglückt war, bereits seit Anfang Februar verschollen war. Von einem Wochenendtrip nach Wien war der gebürtige Meraner nicht mehr zurückgekehrt. Seine Familie war in großer Sorge deswegen. Sie hatte eine Vermisstenanzeige aufgegeben.

Der Mann war durch die fünfhunderttausend Euro verdächtig geworden, die in einer Aktentasche verstaut im Kofferraum lagen. Verstärkt wurde der Eindruck, als man im Gepäck des Verunglückten auch den Reisepass eines gewissen Haymo Sauter fand, dessen Bruder Erwin auf Mallorca einem Verbrechen zum Opfer gefallen war. Haymo Sauter wurde von der spanischen Polizei schon des Längeren wegen Menschenhandels und Zuhälterei observiert.

Weiters wurden vier Sparbücher mit einer Einlagesumme von knapp 450 000 Euro und ein Reisepass, lautend auf Cécile Möllermann, gefunden. Diese Person war vom Security-Circle-One in Österreich zur Fahndung ausgeschrieben worden.

Verdächtig war auch das Fläschchen mit Menschenblut, das im Gepäck verstaut war. Es war nicht Branduardis Blutgruppe und man vermutete, dass der Italiener damit eine Straftat vorgehabt hatte.

Frappierend war auch die Ähnlichkeit zwischen Haymo Sauter und Stefano Branduardi. Es musste noch der DNA-Abgleich abgewartet werden, um feststellen zu können, wer der Tote wirklich war – doch wie man die italienischen Behörden kannte, würde das wieder dauern …

– – –

So hatte er sich sein Ende nicht vorgestellt.

Die Vorräte waren aufgegessen, das Wasser längst getrunken. Er wusste nicht mehr, wie lang er schon in dieser verdammten Höhle gefangen war, in dieser verhassten Einöde, wo ihn niemand hörte. Warum nur war er im September wieder auf die Insel zurückgekommen?

Er hatte das erste Mal in seinem Leben seine Großmutter besucht und diese Schatulle mitgehen lassen. Auch wenn seine Mutter nicht mehr ganz dicht im Kopf war und stets von einem unglaublichen Vermögen fantasiert hatte – sie hatte Recht gehabt: Den Schatz gab es wirklich. Was auch immer es war, was in diesem Nest Böseckendorf vergraben lag, er hätte es einfach sofort holen, zu Geld machen und damit abhauen sollen. Nach Indien, Australien, in den brasilianischen Urwald – egal, wohin. Nur weg von diesem verdammten Typen, der ihn so reingelegt hatte! Doch jetzt hielt ihn Haymo dort gefangen, wo alle Mädchen gefügig gemacht worden waren. Es war zu spät.

Das Schlimmste aber war, der Dosenöffner war nach einer Woche kaputtgegangen und es war ihm unmöglich, eine weitere Dose zu öffnen. Das muss man sich vorstellen, man hat Essbares in Büchsen und keinerlei Möglichkeit, sie zu öffnen. In seiner Wut und Verzweiflung hatte er auch noch den Wasserzuber umgeschüttet …

Irgendwann hatte er aufgehört, um Hilfe zu rufen; er hatte aufgehört, die Tage und Nächte zu zählen; er hatte aufgehört zu beten. Wenn es einen Gott gab, er hatte ihn hier vergessen. So wie Haymo, der nicht mehr aufgetaucht war.

Einmal noch hinausschauen durch das einzige Loch in der Felswand, das ein wenig Blau des Himmels zeigte. Wolken verdeckten es kurz und zogen vorüber.

Er lag in Resten eigener Ausscheidungen. Er hatte davon gegessen und getrunken und sie wieder erbrochen – bis auch diese Quelle versiegt war.

Helmut Kleiner hatte aufgehört zu glauben und zu hoffen.

Für immer die Augen schließen …

Er wusste, seine letzte Stunde hatte geschlagen …

Epilog

Von wegen Wahrheit …

Danke …

Dies ist die wahre Geschichte einer unwahren Begebenheit.

Der Autor versichert, dass sämtliche Ereignisse, die darin vorkommenden Menschen, Tiere und sonstigen Details wie flüchtige Gedanken seiner unerschöpflichen Fantasie entsprungen sind. Lediglich Joe, Mellers Hund, gibt es tatsächlich und er führt sich wie beschrieben auf.

Es steht natürlich allen frei, Spekulatives in das eine oder andere Geschehen hineinzuinterpretieren oder mit realen Personen in Verbindung zu bringen.

Mödlings Politiker dürfen sich in Sicherheit wiegen – einer wie Jürgen Waldmüller hätte in ihrer Stadt kaum eine Chance.

Wer aber die beschriebenen »Tatorte« in Mödling und Umgebung spazierend »begeht«, hat zwei Fliegen mit einem Schlag getroffen: Man kann sich noch intensiver in die Story hineinversetzen und lernt zeitgleich eine wunderschöne Babenbergerstadt mit allen ihren Kanten und Ecken, Bögen und Rundungen, mit ihren Häusern, Straßen und Plätzen – vor allem mit ihrer bunten Menschenvielfalt kennen …

Die Meller-Krimis sind eine Art zwiespältige Liebeserklärung des Autors an seine Wohn- und Wirkungsstätte …

Danke, Eva und den lieben Freunden Gabi und Alex, die meine literarischen Ausschweifungen rigoros in das rechte Format gebracht haben …

Danke, Mareike. Als Lektorin fegte sie gnadenlos mit professionellem Rotstift über das literarische Werk …

Danke dem kriminaltechnischen Berater Robert und dem Tatortexperten Wolfgang. Erneut unterstützten sie mich mit ihrer jahrelangen Erfahrung …

Danke der Apothekerin Susanne, die mich über die Abgründe medikamentöser Dosierungen aufklärte …

Danke auch wieder allen Menschen, die mich – verdient wie unverdient – dazu inspiriert haben, dieses oder jenes so zu schreiben, wie es zu lesen ist …

Joe, der Cocker, erhält als *Dankeschön* seine heißgeliebten Schweinsohren …

Mellers sechster Fall ist ein schauriges Mysterium.

Böse Mächte tauchen aus der Vergangenheit auf und sind einfach nicht totzukriegen. Manch eine/r wird verdächtigt und reagiert deswegen ziemlich kopflos.

Würde nicht Meller mit seiner Crew dem Spuk ein Ende bereiten, ein Gemetzel wäre unausbleiblich.

Mehr sei nicht verraten …

Taschenbuch, 355 Seiten
ISBN 978-3-902578-02-0

KrimiRoman

Wolfgang Weiss
TODESFÄLLE – Mellers zweiter Fall

Sandra Kramer ist endlich neunzehn und überglücklich. Da zerplatzt ihr Traum wie eine Seifenblase, weil er, dieser Feigling, es plötzlich mit der Angst zu tun bekommt. Ausgerechnet an ihrem Geburtstag!
Am nächsten Morgen liegt Sandra tot unter dem Aquädukt nahe dem Mödlingbach. Eine verhängnisvolle Affäre, zerschellt auf kaltem Asphalt.
Ein Unglücksfall? Ein Selbstmord? Oder war es gar …?

Dieser und weitere Todesfälle bringen Kommissar Mario Meller vom S-C-ONE im Zuge seiner Ermittlungen selbst in höchste Lebensgefahr …

Taschenbuch, 355 Seiten
ISBN 978-3-902578-03-7

KrimiRoman

Wolfgang Weiss
KAMPFGEISTER – Mellers dritter Fall

Am 7. 7. 2007 befindet sich die »Hochzeitsstadt Mödling« in einer Bombenstimmung.
77 Trauungen an einem Tag sowie zwei Explosionen, die frühmorgens die Bürger des bezaubernden Babenbergerstädtchens aus dem Schlaf reißen …
Eine mysteriöse Gruppe bekennt sich zu den Anschlägen und kündigt weitere an. Der Beginn einer Terrorwelle?

Kommissar Mario Meller und sein Team vom S-C-ONE haben alle Hände voll zu tun, um diesem mörderischen Treiben ein Ende zu bereiten. Es ist ein Kampf gegen wirre Hitzköpfe und hinterhältige »Kampfgeister«.

Taschenbuch, 353 Seiten
ISBN 978-3-902578-04-4

KrimiRoman

Wolfgang Weiss
PUNSCHKILLER – Mellers vierter Fall

Dichtes Gedränge und Geschiebe, ein Anstoßen, ein Zuprosten und ein herzliches Wünschen von allem Möglichen …
Es ist Advent, die stillste Zeit im Jahr!
In der Mödlinger Altstadt rücken die Menschen wegen kommender Krisen und beißender Kälte näher zusammen. Da brodelt etwas in den Töpfen und greift verhängnisvoll um sich – erst als folgenschweres Unglück, doch schon bald aus mörderischer Absicht …

Schwere Zeiten für Kommissar Mario Meller vom S-C-ONE, dem auch privat das Schicksal übel mitspielt.

Taschenbuch, 161 Seiten
ISBN 978-3-902578-11-2

JugendRoman

Wolfgang Weiss
BRÖSELBÄR LEBT! – Erstes Abenteuer

Das Leben von Florian Streber ist alles andere als schön. Er haust mit seinem alkoholkranken Vater in einer aufgelassenen Lackfabrik.
Für Flo – wie er genannt wird – schlimm genug. Doch da gibt es noch Rüssel, Latte und Rosti, die ihm das Leben schwer machen.
Aber er kämpft verbissen – auch um Marli zu beeindrucken –, denn so leicht lässt sich Flo nicht unterkriegen.
Eines Tages werden ein geheimnisvoller Stein und ein Bär, der alles andere als ein Bär ist, seine Beschützer …

Mit »Bröselbär lebt!« beginnt eine Romanserie für Jugendliche ab 12 Jahren sowie für jung gebliebene Erwachsene.

Taschenbuch, 175 Seiten
ISBN 978-3-902578-12-9

JugendRoman

Wolfgang Weiss
BRÖSELBÄR BRENNT! – Zweites Abenteuer

Flo ist Schlagzeuger der Band URGEILE TÖNE geworden – dank Marli. Da greift die Wirtschaftskrise um sich.
Sogar die Band leidet darunter, denn sie steht von einem Tag auf den anderen ohne Proberaum da …
Flo hat mächtigen Ärger mit seinem Vater, und Bröselbär bekommt diesen eines Nachts brennend zu spüren. Zum Glück springt Manni in letzter Sekunde rettend ein …
Plötzlich verschwindet Einstein spurlos und Flo ist völlig verzweifelt …

Ein weiteres Bröselbär-Abenteuer für Jugendliche ab 12 Jahren sowie für jung gebliebene Erwachsene.

gefühlvoll,

berührend,

schicksals-

haft

BRÖSELBÄR
VERLAG

Taschenbuch, 552 Seiten
ISBN 978-3-902578-00-6

Biografie

Wolfgang Weiss
SECHSTER-SECHSTER-FÜNFZIG

Zu Tränen rührend, aber auch zum Lachen komisch. So waren die ersten Jahre von Wolfgang Weiss, seine Geschichten, Erlebnisse und Abenteuer. Als er und sein älterer Bruder Schlimmes auf einem Pflegeplatz in Tirol erlebten.

Erst die Jahre im SOS-Kinderdorf Altmünster machten aus den beiden wieder das, was sie schon immer sein wollten: glückliche Buben, die sich vor *nix und neamd* fürchten wollten.

Ein authentisches Schicksal.
Eine einzigartige Dokumentation.
Ein atemberaubender Roman, der sich in den Jahren von 1950 bis 1964 abspielt.